일본 무뢰파 단편소설선

사카구치 안고 외 지음
박현석 옮김

玄 人

일본 무뢰파 단편소설선

사카구치 안고
다카미 준
다자이 오사무
다나카 히데미쓰
오다 사쿠노스케

목   차

사카구치 안고(1906~1955)

　니가타(新潟) 현 출신으로 본명은 헤이고(炳五). 어렸을 때부터 유치원도 제대로 가지 않고 골목대장으로 온갖 장난을 쳤다. 1926년에 도요(東洋) 대학 인도철학과에 입학했으나 가혹한 수행 때문에 깨달음 얻기를 포기했다. 1930년에 친구들과 동인지 『말』을 창간했으며 이듬해에 발표한 「바람 박사」가 마키노 신이치(牧野信一)의 절찬을 얻어 문단의 주목을 받았다. 이후 여러 편의 가작을 발표하지만 세평은 그다지 좋지 않았으나, 1946년에 전후 일본의 본질을 날카롭게 파악, 통찰한 「타락론」, 「백치」의 발표로 일약 인기 작가가 되었다. 전후 세상을 반영한 소설과 수필, 탐정소설, 역사연구 등 다채로운 집필활동을 전개하는 한편 국세청과 싸우기도 하고 경륜의 부정사건을 고발하기도 하는 등 실생활에서도 세상의 주목을 받았다. 1955년에 뇌익혈로 급사했다.

요나가 아씨와 미미오
夜長姫と耳男

우리 스승님은 히다(ヒダ) 지방의 으뜸가는 명인이라 일컬어지던 조각가였는데, 요나가(夜長)의 장자에게서 부름을 받은 것은 노병(老病)으로 세상을 떠날 날도 얼마 남지 않은 때였다. 스승님은 당신 대신으로 나를 추천하며,

"이놈은 아직 스무 살밖에 되지 않은 젊은이입니다만, 어린 아이 때부터 제 무릎아래에 두고 길렀으며, 특별히 가르친 것도 아닌데 제가 고안해낸 작법을 대부분 터득하고 있는 놈입니다. 50년을 가르쳐도 안 되는 놈은 안 되는 법입니다. 아오가사(靑笠)나 후루카마(古釜)에 비하자면 실력은 떨어질지도 모르겠지만 작품에 힘이 담겨 있습니다. 신사를 지을 때는 이음매나 장부에 저조차 생각지 못했던 방법을 고안해내기도 하고, 불상을 조각하면 이게 어린놈이 만든 걸까 의심이 들 정도로 깊은 생명감이 느껴집니다. 저의 병 때문에 어쩔 수 없이 이놈을 대리로 보내는 것이 아니라, 아오가사나 후루카마와 솜씨를 겨루어도 결코 뒤지지 않으리라 제가 생각했기에 보내는 것이라는 점을 알아주시기 바랍니다."

듣고 있던 나조차 기가 막혀서 그저 눈을 둥그렇게 뜰 수밖에 없었을 정도로 과분한 말이었다.

나는 그때까지 스승님으로부터 칭찬을 들은 적이 한 번도 없었

다. 물론 그 누구도 칭찬을 한 적이 없는 스승님이었으나, 아무리 그렇다 해도 이 갑작스러운 칭찬은 나를 완전히 경악케 했다. 당사자인 내가 그 정도였으니 오래 된 여러 제자들이 스승님께서 노망이 드셔서 터무니없는 말씀을 해버리셨다고 떠들어댄 것도 마냥 질투심 때문만은 아니었다.

요나가의 장자가 보낸 사람인 아나마로(アナマロ)도 제자들의 말에 일리가 있다고 생각했다. 그랬기에 나를 별실로 가만히 불러,

"너희 스승님이 노망이 나셔서 그렇게 말씀하셨다만, 설마 장자의 부름에 진짜 응할 만큼 너도 무모하지는 않겠지?"

이런 말을 듣자 나는 은근히 화가 났다. 그때까지 스승님의 말씀에 의심을 품기도 하고 자신의 실력에 불안을 느끼고 있던 것이 단번에 사라지고 얼굴로 피가 솟구쳐 올랐다.

"제 실력으로는 부족할 만큼 요나가의 장자는 존귀한 분이십니까? 죄송한 말씀입니다만 제가 조각한 불상이 마음에 들지 않는다고 말할 절은 천하에 한 군데도 없을 겁니다."

나는 눈에 보이는 것도, 귀에 들리는 것도 없다는 듯 소리 질러대는 자신의 모습을, 새벽에 울어대는 닭 같다고 생각했을 정도였다. 아나마로는 쓴웃음을 지었다.

"제자들끼리 수호신의 사당을 짓는 것과는 차원이 다른 얘기야. 네가 솜씨를 겨뤄야 할 사람들은 너희 스승님과 함께 히다의 3대 명인이라 불리는 아오가사와 후루카마야."

"아오가사도, 후루카마도, 스승님조차도 두렵지 않습니다. 제가 일심불란으로 일을 하면 저의 생명이 제가 만드는 절과 불상에 깃들 뿐입니다."

아나마로는 나를 딱하게 여겨 한숨을 내쉴 것 같은 얼굴이었으

나, 어떻게 마음을 고쳐먹은 것인지 스승님 대신 나를 장자의 저택으로 데리고 갔다.

"너는 행복한 사람이야. 네가 만든 물건이 눈에 찰 리는 없겠지만, 일본의 모든 남자들이 얼굴도 보지 못했으면서 사랑에 가슴을 태우고 있는 요니가 아씨 가까이서 지낼 수 있으니 말이다. 하다못해 일을 늦출 수 있는 데까지 늦춰서 한시라도 더 오래 머물 궁리를 하는 편이 좋을 게다. 어차피 이기지도 못할 일에 대해서 고심한다는 건 쓸데없는 짓이야."

길을 가며 아나마로는 이런 말을 해서 나를 화나게 만들었다.

"어차피 이기지도 못할 저를 굳이 데려갈 필요는 없지 않습니까?"

"바로 그래서 행운이라는 거야. 너는 운이 좋은 녀석이야."

나는 길을 가는 도중에 아나마로와 헤어져 돌아가버릴까 몇 번이고 생각했다. 그러나 아오가사, 후루카마와 솜씨를 겨룰 수 있다는 명예가 나를 유혹했다. 그들을 두려워하여 달아난 것이라 여겨진다는 것은 유감스러운 일이었다. 나는 스스로에게 말했다.

'일심불란으로 내 생명을 담아 일을 한다면 그것으로 족해. 나무의 옹이와 다를 바 없는 눈을 가진 놈들의 마음에 들지 못한다한들 그게 무슨 상관이야. 내가 조각한 불상을 길가의 절간에 안치하고 그 아래에 구멍을 파서 땅에 묻혀 죽어버리면 그만이야.'

틀림없이 나는 살아서 돌아가지 않겠다는 비통한 각오를 마음에 새기고 있었다. 결국은 아오가사와 후루카마를 두려워하는 마음을 품고 있었던 탓이리라. 솔직히 말하자면 자신은 없었다.

장자의 저택에 도착한 이튿날, 아나마로의 안내를 받아 안채의 정원에서 장자를 만나 인사를 했다. 장자는 뚱뚱하게 살이 쪘고 뺨이 늘어져서 복의 신과 같은 모습을 한 사람이었다.

옆에 요나가 아씨가 있었다. 장자의 머리에 백발이 생기기 시작할 무렵에 간신히 태어난 외동딸이었기에, 백일 동안 매일 밤 2줌의 황금을 짜서 떨어진 이슬을 모은 물을 데워 목욕시켰다는 말이 있었다. 그 이슬이 스며들었기에 아씨의 몸은 태어나면서부터 반짝이고 황금의 향이 난다는 것이었다.

나는 일심불란으로 아씨를 바라보아야 한다고 생각했다. 왜냐하면 스승님께서 늘 이렇게 말씀하셨기 때문이었다.

"특이한 사람이나 물건을 만났을 때는 눈을 떼서는 안 된다. 나의 스승님께서 그렇게 말씀하셨다. 그리고 그 스승님은 당신의 스승님께 그렇게 배웠고, 그 스승님의 스승님의 다시 스승님의 먼 옛날의 커다란 스승님의 때부터 대대로 그렇게 가르치셨다. 커다란 뱀에 다리를 물리는 한이 있어도 눈을 떼서는 안 된다."

그랬기에 나는 요나가 아씨를 바라보았다. 나는 소심한 탓인지 굳게 각오를 하지 않으면 사람의 얼굴을 쳐다보지 못했다. 그래도 주눅 들지 않고 바라보고 있는 동안 점차 평정심으로 돌아가는 만족감을 느꼈을 때, 나는 스승님이 주신 교훈의 커다란 의미를 깨달은 듯한 느낌이 들었다. 잡아먹을 듯 내려다보아서는 안 된다. 그 사람이나 그 물건과 함께 같은 빛깔의 물이 된 듯 꿰뚫어보아야만 한다.

나는 요나가 아씨를 바라보았다. 아씨는 아직 13살이었다. 몸은 훌쩍 자라 키가 컸으나 어린아이의 향기가 감돌고 있었다. 위엄은 있었으나 두렵지는 않았다. 나는 오히려 몸 가득 솟구쳤던 힘이 빠져나가는 듯한 느낌이 들었는데, 그것은 내가 졌기 때문일지도 몰랐다. 그리고 나는 아씨를 바라보고 있었지만, 아씨 뒤에 널따랗게 솟아 있는 노리쿠라(乘鞍) 산이 스며들어 나중까지도 선명하게 남아 있었다.

아나마로가 나를 장자에게 보이며,

"이 사람이 미미오입니다. 아직 젊지만 스승님의 작법을 전부 터득했으며 거기에 독자적인 작법도 고안해냈을 만큼 스승을 뛰어넘은 자로, 아오가사나 후루카마와 솜씨를 겨루어도 뒤처지지는 않을 것이라고 스승이 극찬했을 정도의 조각가입니다."

뜻밖에도 기특한 말을 했다. 그러자 장자는 고개를 끄덕였으나,

"그렇군, 커다란 귀야."

나의 귀를 일심으로 바라보았다. 그리고 다시 말했다.

"커다란 귀는 아래로 늘어지는 경우가 많은 법인데 저 귀는 위로 뻗어서 머리보다 높이 솟아 있어. 토끼의 귀 같아. 하지만 얼굴의 상은 말이야."

나는 머리로 피가 솟구쳐 소용돌이쳤다. 나는 사람들에게서 귀에 대한 말을 들을 때만큼 흥분해서 혼란을 느끼는 경우도 없었다. 그 어떤 용기나 결심도 이 혼란을 막을 수는 없었다. 온몸의 피가 상체로 솟아올라, 곧 땀이 떨어졌다. 그건 평소와 다를 바 없는 일이었으나, 이날의 땀은 전례 없는 것이었다. 이마도, 귓가도, 목덜미도 한꺼번에 땀이 넘쳐 폭포처럼 흘러내렸다.

장자는 그것을 신기하다는 듯 바라보았다. 그러자 아씨가 외쳤다.

"정말 말이랑 똑같아. 검은 얼굴이 빨개져서 말하고 색이 똑같아."

시녀들이 소리 내어 웃었다. 나는 이미 물이 끓고 있는 솥처럼 되어버렸다. 솟아오르는 김도 보였으며 얼굴과 목과 가슴과 등,

피부 전체가 땀의 깊은 강이었다.

그래도 나는 아씨의 얼굴만은 바라보아야만 하며 눈을 떼어서는 안 된다고 생각했다. 일심불란으로 그렇게 생각했으며, 그것을 실행하기 위해서 온 힘을 다했다. 그러나 그러한 노력과 솟아올라 넘쳐나는 혼란이 서로 분리되어 병행했기에 나는 어찌해야 좋을지 모른 채 서 있었다. 긴 시간이, 그리고 어떻게 해볼 수도 없는 시간이 흘렀다. 나는 갑자기 몸을 돌려 달리고 있었다. 다른 적당한 행동이나 차분한 말을 해야 한다고 생각하면서도 가장 하고 싶지 않은, 그리고 생각지도 않았던 행동을 해버리고 만 것이었다.

나는 내 방의 문 앞까지 달려갔다. 그리고 대문 밖까지 달려나갔다. 그런 다음 걷다가 다시 달렸다. 어찌 해야 좋을지 몰랐던 것이다. 나는 강물을 따라 산의 잡목림 속으로 들어갔고 폭포 아래서 오랜 시간 바위에 앉아 있었다. 정오가 지났다. 배가 고팠다. 하지만 해가 저물기 시작할 때까지는 장자의 저택으로 돌아갈 기운이 나지 않았다.

나보다 오륙일 늦게 아오가사가 도착했다. 다시 오륙일이 지나서 후루카마 대신 아들인 지이사가마(小釜)가 도착했다. 그를 보더니 아오가사가 실소하며 말했다.

"말귀의 스승만 그런 건가 싶었더니, 후루카마도 마찬가지군. 이 아오가사에게는 이길 수 없다고 생각한 것은 기특한 일이지만, 대신 온 두 애송이가 가엾군."

아씨가 나를 말에 비유한 뒤부터 사람들은 나를 말귀라고 부르게 되었다.

　나는 아오가사의 오만함이 보기 싫었으나 아무 말도 하지 않았다. 나의 마음은 이미 정해져 있었다. 여기를 최후의 장소라 각오하고 일심불란으로 일에 혼신의 힘을 쏟으면 그만이었다.

　지이사가마는 나보다 7살 많은 형이었다. 그의 아버지인 후루카마도 병을 핑계로 아들을 대신 보낸 것이었으나, 소문에 의하면 꾀병이라는 것이었다. 아나마로가 가장 나중에 그를 부르러 갔기에 화가 난 것이라고 했다. 그러나 지이사가마가 아버지에게도 뒤지지 않는 조각가임은 이미 알려져 있는 사실이었기에 나의 경우처럼 뜻밖의 대리인은 아니었다.

　지이사가마는 자신의 실력에 상당한 자신감이 있는 것인지 아오가사의 오만함을 눈썹 하나 까딱하지 않고 흘려들었다. 그리고 아오가사에게도, 또 나에게도 똑같이 정중하게 인사를 했다. 지독하게도 차분한 놈이라는 생각에 약간 으스스한 기분이 들었는데, 그 후에 살펴보니 녀석은 안녕히 주무셨어요, 안녕하세요, 안녕히 주무세요, 라는 등의 인사 이외에는 사람들에게 말을 걸지 않는다는 사실을 점차 알게 되었다.

　내가 알게 된 것과 같은 사실을 아오가사도 알게 되었다. 그리고 그는 지이사가마에게 말했다.

　"너는 어째서 인사만은 야물딱지게 하는 거지? 마치 이마에 앉은 파리는 손으로 쫓아야 하는 법이라고 정해놓은 것처럼 번거롭잖아. 조각가의 손은 끌을 사용하지만 일일이 파리를 쫓기 위해서 어깨뼈가 자라난 것은 아닐 게야. 사람의 입은 필요한 말을 하기 위해서 구멍이 뚫린 거지만 밤낮의 인사 따위는 혀를 내밀거나 방귀를 뀌는 것으로도 족한 법이야."

나는 이 말을 듣고 시원시원하게 얘기하는 아오가사가 왠지 마음에 들었다.

　세 조각가가 전부 모였기에 정식으로 장자 앞에 불려가 이번 일에 대한 이야기를 들었다. 아씨를 수호할 지불(持佛)을 만드는 것이라 듣기는 했으나 아직 자세한 내용은 알지 못했다.

　장자가 옆에 있는 아씨를 쳐다보고 말했다.

　"우리 딸의 이번 생과 다음 생까지도 지켜주실 존귀한 부처님의 형상을 조각해주었으면 하네. 지불당에 안치해두고 딸이 아침저녁으로 배례할 것인데, 부처님의 형상과 그것을 안치할 감실이 있었으면 하네. 부처님은 미륵보살. 그 외에는 각자의 뜻에 맡기겠네만, 딸이 16살이 되는 해의 정월 초하루까지 만들어주었으면 하네."

　세 조각가가 그 일을 정식으로 받아들인 뒤 인사를 마치고 나자 주안상이 들어왔다. 장자와 아씨는 정면의 한 단 높은 곳에, 그 왼쪽으로 세 조각가의 주안상이, 오른쪽에도 3개의 주안상이 나란히 놓여 있었다. 거기에는 아직 사람의 모습은 보이지 않았으나 아마도 아나마로와 그 외의 중심이 되는 인물 둘이 앉으리라 나는 생각했다. 그런데 아나마로가 데리고 온 것은 두 여자였다.

　장자가 두 여자를 우리와 대면케 한 뒤 이렇게 말했다.

　"저쪽의 높은 산을 넘어, 그 너머의 호수를 건너, 다시 그 건너의 널따란 들판을 지나면, 돌과 바위로만 이루어진 높은 산이 있네. 그 산을 울며 넘으면 다시 널따란 들판이 있고, 나시 그 너머에 안개가 깊은 산이 있네. 그 산을 다시 울며 넘으면 넓디넓은 숲이 있고 그 숲 가운데를 커다란 강이 흐르고 있네. 그 숲을 사흘에 걸쳐서 울며 빠져나가면 몇 천 개나 되는 샘물이 솟아오르고 있는 마을이 있다네. 그 마을에서는 하나의 나무그늘 아래, 하나의 샘마다에서 한 명의 아가씨가 길쌈을 하고 있다고 하네. 그 마을의 가장 커다란 나무 아래의 가장 깨끗한 샘 옆에서 길쌈을 하고 있던 것이 가장 아름다운 아가씨로 여기에 있는 어린 쪽이 그녀의 딸일세. 이 딸이 길쌈을 할 수 있게 되기까지는 딸의 어머니가 길쌈을 했는데 그 사람이 이쪽의 나이 든 여인일세. 그 마을에서 무지개다리를 건너 우리 딸의 옷을 짓기 위해 멀리 히다의 구석진 곳까지 와준 것일세. 어머니를 쓰키마치(月待)라 하고, 딸을 에나코(江奈古)라고 하네. 우리 딸의 마음에 드는 불상을 만든 자에게는 아름다운 에나코를 상으로 드리겠네."

장자가 돈을 듬뿍 써서 사들인, 길쌈을 하는 아름다운 노예인 것이다. 내가 태어난 히다 지방으로도 노예를 사기 위해 다른 지방에서 오는 사람들이 있지만, 그건 남자 노예를 사기 위한 것이고, 또 나 같은 조각가가 노예로 팔려간다. 그러나 어쩔 수 없는 필요에 따라 먼 지방에서 사러 오는 것이기에 노예는 소중하게 다루어지며, 귀한 손님과도 같은 대접을 받는다고 하지만, 그것도 일이 완성되기 전까지의 이야기다. 일이 끝나 쓸모가 없어져버리면 돈으로 산 노예이기에 남에게 주든, 이무기에게 주든 전부 주인 마음대로다. 그렇기에 먼 지방으로 팔려가기를 좋아하는 조각가는 없으며, 여자의 몸이라면 더더욱 그러리라.

가엾은 여자들이여, 라고 나는 생각했다. 하지만 아씨의 마음에 드는 불상을 만든 자에게 에나코를 상으로 주겠다고 한 장자의 말은 나를 깜짝 놀라게 했다.

나는 아씨의 마음에 들 만한 불상을 만들 마음이 없었던 것이다. 말의 얼굴과 똑같이 생겼다는 말을 듣고 산 속으로 정신없이 달려들어갔을 때, 나는 해가 저물 무렵까지 폭포수 아래의 웅덩이 옆에 머물며 아씨의 마음에 들지 않는 불상을 만들기에, 아니 불상이 아니라 끔찍한 말의 얼굴을 한 괴물을 만들기에 혼신의 힘을 쏟아붓겠다고 굳게 결심을 했었기에.

그랬기에 아씨의 마음에 드는 불상을 만든 자에게 에나코를 상으로 주겠다고 한 장자의 말은 내게 커다란 경악을 주었다. 또한 커다란 분노도 느끼게 했다. 또한 이 여자는 내가 받을 여자가 아니라는 사실을 깨달았기에 비웃음도 걷잡을 수 없이 솟아올랐다.

그러한 잡념을 억누르기 위해서 나는 조각가의 마음에 집중하기로 했다. 스승님께서 가르쳐주신 조각가의 마음가짐을 써야 할 때가 바로 지금이라고 생각했다.

이에 나는 에나코를 바라보았다. 커다란 뱀이 발을 물어도 이 눈을 떼지 않겠다고 가슴속에 다짐하며.

"이 여자는 산을 넘어 호수를 건너 들판을 지나, 다시 산을 넘고 들판을 지나고, 또 산을 넘고 커다란 숲을 빠져나와 샘이 솟는 마을에서 온 길쌈을 하는 여자라고? 그거 참 진귀한 동물이로군."

나의 눈은 에나코의 얼굴에서 떨어지지 않았으나, 일심불란은 아니었다. 왜냐하면 나는 경악과 분노를 억누른 대신 깃들어버린 비웃음을 달리 어떻게 해볼 수도 없었기 때문에.

그 비웃음을 에나코에게 향하는 것은 부당한 일이라 깨닫고 있기는 했으나 나의 눈을 에나코에게 향한 채 거기서 뗄 수 없다면, 눈에 깃든 비웃음도 에나코의 얼굴로 향하는 수밖에 달리 방법이 없었다.

에나코는 나의 시선을 깨달았다. 점차 에나코의 얼굴빛이 변했다. 나는 아차 싶었으나 에나코의 눈에서 증오의 불꽃이 타오르는 것을 보자 나도 갑자기 증오가 타올랐다. 나와 에나코는 모든 것을 잊고 그저 증오를 담아 서로를 노려보았다.

에나코의 매서운 눈이 가볍게 빗겨났다. 에나코가 깊은 의미가 담긴 듯한 웃음을 지으며 말했다.

"제가 태어난 지방은 사람의 숫자보다 말의 숫자가 많다고 일컬어지고 있는데 말은 사람을 태우고 달리기 위해서, 그리고 농지를 갈기 위해서 쓰이고 있습니다. 이쪽 지방에서는 말이 옷을 입고, 손에 끌을 쥐어 절이나 불상을 만드는 데 쓰이고 있군요."

나는 즉석에서 맞받아쳤다.

"우리 지방에서는 여자가 전답을 가는데 너희 지방에서는 말이 전답을 갈기에 말 대신 여자가 길쌈을 하는 모양이로구나. 우리 지방의 말은 손에 끌을 쥐고 목수 일을 하지만 길쌈은 하지 않아. 하다못해 길쌈이라도 해야겠지. 먼 길을 와서 고생이 많군."

에나코의 눈이 튀어나올 듯 벌어졌다. 그리고 조용히 자리에서 일어났다. 장자에게 가볍게 목례를 하더니 성큼성큼 내 앞으로 다가왔다. 멈춰 서서 나를 내려다보았다. 물론 나의 눈도 에나코의 얼굴에서 떨어지지 않았다.

에나코가 상 옆으로 반 바퀴 돌아 내 뒤로 왔다. 그리고 가만히 내 귀를 쥐었다.

'그런 건가! ······.'

라고 나는 생각했다. 어차피 먼저 눈을 뗀 너의 패배야, 라고 생각했다. 그 순간이었다. 나는 귀에 타오를 것 같은 일격을 받았다. 앞으로 고꾸라져 상의 한가운데를 손으로 짚었다는 사실을 깨달은 것과, 사람들의 술렁임이 귓속으로 들려온 것은 동시였다.

나는 몸을 돌려 에나코를 바라보았다. 에나코의 오른손은 칼집을 벗긴 비수를 쥐고 있었는데 그 손은 조용히 아래쪽으로 늘어져 있었으며, 살의는 조금도 보이지 않았다. 에나코가 무슨 볼일이라도 있는 양, 어색하게 허공으로 들어올려 늘어뜨리고 있는 것은 왼손이었다. 그 손가락에 쥐고 있는 물건이 무엇인지 나는 순간 깨달았다.

나는 고개를 돌려 나의 왼쪽 어깨를 보았다. 거기가 뭔가 좀 이상하다 생각하고 있었는데 어깨 전체가 피로 젖어 있었다. 돗자리 위에도 피가 떨어져 있었다. 나는 잊고 있던 먼 옛날의 어떤 일을 떠올리듯 귀의 아픔을 깨달았다.

"이게 말의 한쪽 귀입니다. 다른 한쪽은 당신의 도끼로 잘라내어, 하다못해 사람의 귀와 비슷하게 만들어보세요."

에나코는 잘라낸 내 한쪽 귀의 윗부분을 내 술잔 속에 넣고 자리에서 물러났다.

그로부터 엿새가 지났다.

우리는 저택 안의 일부에 각자 오두막을 짓고 거기에 들어앉아 일을 하기로 되어 있었기에 나도 산의 나무를 베어 와서 오두막을 짓기 시작했다.

나는 창고 뒤편의 사람들이 오지 않는 곳을 골라 오두막을 짓기로 했다. 그곳은 부근에 잡초가 무성하게 자라서 뱀과 거미의 서식지가 되어 있었기에 무서워서 사람들이 오지 않는 장소였다.

"그래. 마구간을 짓기에는 여기가 안성맞춤이기는 하지만, 햇볕이 조금 덜 들지 않는가?"

아나마로가 훌쩍 나타나서는 놀려댔다.

"말은 감이 매우 뛰어나기 때문에 사람이 다가오면 일에 전념을 할 수가 없습니다. 오두막이 완성되어 일을 시작한 다음부터는 작업장에 절대 오지 말아주시기 바랍니다."

나는 높다란 창을 2중으로 만들고 문에도 특별한 장치를 해서 작업장을 들여다볼 수 없도록 궁리를 하지 않으면 안 되었다. 나의 작업은 완성될 때까지 비밀로 해두지 않으면 안 되었다.

"그건 그렇고, 말귀야. 장자님과 아씨께서 부르시니 도끼를 가지고 나를 따라오도록 해라."

아나마로가 이렇게 말했다.

"도끼만 가지고 가면 됩니까?"

"응."

"정원수라도 베라고 말씀하실 건가요? 도끼를 사용하는 것도 조각가의 일이기는 합니다만, 재료를 준비하는 사람과 조각가는 하는 일이 다릅니다. 나무를 베어내는 것뿐이라면 따로 적당한 사람이 있을 겁니다. 하찮은 일로 제 마음이 흐트러지지 않도록 해주셨으면 합니다."

투덜거리며 손에 도끼를 들고 나오자 아나마로가 묘한 눈빛으로 나를 위아래로 훑어보더니,

"잠깐 앉아라."

그는 이렇게 말하고 자신이 먼저 목재조각의 끝에 걸터앉았다. 나도 마주보고 앉았다.

"말귀야, 내 말을 잘 들어보아라. 네가 아오가사나 지이사가마와 끝까지 솜씨를 겨루어보겠다고 마음먹은 것은 기특한 일이다만, 이런 집에서 일을 하고 싶지는 않겠지?"

"어째서!"

"흠. 잘 생각해보아라. 너, 귀가 잘려서 많이 아팠지?"

"귓구멍에 비해서 귓바퀴는 별 쓸모가 없는 것인지 지혈을 위해 삼백초의 잎을 빻아 송진에 섞어서 처발랐더니 별 탈도 없이 아픔도 가셨고, 귀에도 꽤 도움이 된 듯합니다."

"앞으로 여기에 있어봐야 네게 변변한 일은 일어나지 않을 게야. 한쪽 귀 정도로 끝난다면 다행이겠지만, 목숨이 달린 일이 일어날지도 몰라. 다른 말은 하지 않겠다. 이대로 여기에서 달아나 돌아가도록 해라. 여기에 황금 한 주머니가 있다. 네가 3년 동안 일해서 훌륭한 미륵불을 만든다 할지라도 이렇게 많은 황금을 받지는 못할 게다. 뒷일은 내가 잘 말해두도록 할 테니 지금 얼른 돌아가도록 해라."

아나마로의 얼굴은 뜻밖에도 진지했다. 그렇게도 나를 쫓아내고 싶은 걸까? 3년 동안의 삯보다 더 많은 황금을 주면서까지 내쫓고 싶을 정도로 나는 필요 없는 조각가인 걸까? 이런 생각이 들자 화가 치밀어올랐다. 나는 외쳤다.

"그런가요? 당신들의 생각에는 내 손이 끌이나 대패를 쥐는 조각가의 손이 아니라 도끼로 나무를 베어내는 나무꾼의 팔로 보이는 건가요? 알겠습니다. 저는 오늘부터 이 집에 고용된 조각가가 아닙니다. 하지만 이 오두막에서 일만은 하겠습니다. 먹을 것 정도는 혼자서도 해결할 수 있으니 어떤 도움도 받지 않을 것이며, 단 한 푼도 주실 필요 없습니다. 제가 멋대로 3년 동안 일을 한다 한들 별다른 지장은 없겠지요?"

"잠깐만, 잠깐만. 넌 뭔가 착각을 하고 있는 듯하구나. 네가 미숙하기에 쫓아내는 것이라고는 아무도 말하지 않았어."

"도끼만 들고 따라오라니 달리 생각할 길이 없지 않습니까?"

"그래, 바로 그 점이야."

아나마로는 나의 양 어깨에 손을 얹더니 이상할 정도로 나를 빤히 바라보았다. 그리고 말했다.

"내가 말을 잘못한 모양이구나. 도끼만 들게 해서 함께 데려오라고 한 건 어르신의 명령이시다. 하지만 도끼를 들고 함께 가지 말고, 지금 당장 여기서 달아나라고 한 것은 나 혼자서 한 말이다. 아니, 나만이 아니라 장자님께서도 사실은 내심 그것을 바라고 계신다. 그렇기에 이 황금 한 주머니를 내게 건네주시어 너를 달아나게 하라고 깨우쳐주신 것이다. 그도 그럴 것이 만약 네가 도끼를 들고 나와 함께 장자님 앞으로 나간다면, 네게 좋지 않은 일이 일어날 것이기 때문이다. 장자님께서는 너를 걱정하고 계신 게야."

뭔가 의미가 담겨 있는 것 같은 말이 나를 더욱 화나게 했다.

"저를 걱정하고 계시다니, 그 이유를 숨김없이 털어놓으셨으면 합니다."

"그것을 말해주고 싶다만, 입을 연 순간 그냥은 넘어갈 수 없는 말도 있는 법이다. 하지만 조금 전부터 말한 것처럼 내 목숨과 관계된 일이 일어날지도 모른다."

나는 그 자리에서 마음을 정했다. 도끼를 들고 자리에서 일어났다.

"함께 가겠습니다."

"얘야."

"하하하. 너무 우습게보지 마십시오. 죄송한 말씀입니다만 히다의 조각가는 어렸을 때부터 일에 생명을 담아야 하는 법이라고 배웁니다. 일 외에 목숨을 버릴 만한 것은 떠오르지도 않습니다만, 솜씨 겨루기를 두려워하여 달아났다는 말을 듣기보다는 그쪽을 선택하는 편이 낫지 않겠습니까?"

"오래 살면 세상으로부터 천하의 조각가라는 말을 들을 만한 명인이 될 자질을 갖춘 녀석이지만, 아직은 어리구나. 한때의 수치는 오래도록 살면 씻겨지는 법이다."

"쓸데없는 말은 이제 그만두시기 바랍니다. 저는 여기에 올 때부터 살아서 돌아갈 생각은 잊고 있었습니다."

아나마로는 포기했다. 그러자 갑자기 냉담해졌다.

"나를 따라와라."

그는 앞장서서 성큼성큼 걸어갔다.

안뜰로 안내되었다. 툇마루 아래의 땅바닥 위에 멍석이 깔려 있었다. 거기가 나의 자리였다.

나의 맞은편에 에나코가 자리하고 있었다. 손을 뒤로 묶인 채 아무것도 깔지 않은 땅바닥에 앉아 있었다.

나의 발소리를 듣고 에나코가 고개를 들었다. 그리고 줄을 풀면 뛰어들 개처럼 내게서 눈을 떼지 않고 노려보았다. 아니꼬운 녀석, 하고 나는 생각했다.

'귀를 잘린 내가 여자를 미워하는 거라면 이해가 되지만, 여자가 나를 미워하다니 영문을 알 수가 없군.'

이렇게 생각하다 나는 문득 깨달았는데, 귀의 아픔이 가신 뒤부터 이 여자에 대해서는 생각해본 적조차 없었다.

'생각해보면 신기한 일이로군. 나처럼 화를 잘 내는 사람이 귀를 잘라낸 여자를 저주하지 않다니 기묘한 일이야. 나는 누군가에게 귀를 잘린 일은 생각했지만, 자른 사람이 이 여자라는 사실은 거의 생각하지 않았어. 반대로 여자가 나를 원수처럼 한없이 미워하다니, 이해할 수가 없어.'

나의 저주하는 마음이 전부 마신(魔神)을 조각하는 일에 쏠려 있기에 아니꼬운 여자 한 마리를 생각할 여유가 없었던 거겠지. 내가 15살이었을 때, 동료 가운데 한 사람이 나를 지붕에서 밀어 떨어뜨려 손과 다리의 뼈가 부러진 적이 있었다. 그 동료는 사소한 일로 나에게 원한을 품고 있었다. 나는 뼈가 부러졌기에 3개월 정도 목수 일은 할 수 없었으나, 스승님은 내가 단 하루라도 일을 쉬는 것을 허락하지 않으셨다. 나는 한 손과 한 발로 난간에 조각을 새기지 않을 수 없었다. 뼈가 부러진 상처라는 건, 밤에도 잠을 잘 수 없을 만큼 아픈 법이다. 나는 울며 울며 끌을 놀렸지만, 울며 울며 잠들지 못하는 긴 밤의 고통보다, 울며 울며 일을 하는 낮이 더 견디기 쉬운 것이라는 사실을 알게 되었다. 마침 다행히도 보름이었기에 한밤중에 일어나 끌을 놀리다 아픔을 견디지 못해 몸부림치며 운 적도 있었고, 손이 미끄러져서 허벅지에 끌이 박힌 적도 있었으나, 고통을 초월한 것은 일밖에 없다는 사실을 그때처럼 똑똑하게 깨달은 적도 없었다. 한 손, 한 발로 조각한 난간이었으나 두 손, 두 발을 쓸 수 있게 된 뒤 다시 바라보아도 특별히 손을 볼 필요는 없었다.

그때의 일이 몸에 스며들어 있었기에 한쪽 귀를 잘린 아픔 정도는 작업에 더욱 열중할 수 있는 격려가 되었을 뿐이었다. 곧 본때를 보여주겠다고 생각했다. 그리고 더없이 섬뜩한 마신의 모습을 떠올리며 몸서리쳤으나, 본때를 보여주려는 것이 이 여자라고 생각한 적은 없었던 듯했다.

'내가 여자를 저주하지 않은 이유는 그나마 알 것도 같은 기분이 들지만, 여자가 나를 원수처럼 미워한다는 것은 이해할 수 없는 일이야. 어쩌면 장자가 그런 말을 했기에 내가 여자를 갖고 싶어 한다고 생각해서 저주하고 있는 걸지도 모르겠군.'

그런 생각이 들자 이유를 알 수 있을 것 같은 기분이었다. 그랬기에 분노가 피어올랐다. 바보 같은 여자. 내가 너를 갖고 싶어서 일을 할 사람으로 보이냐? 데려가라고 해도 어깨에 떨어진 버러지처럼 손으로 털어내버리고 돌아가면 그만이다. 이렇게 생각했기에 나는 마음이 차분해졌다.

"미미오를 데리고 왔습니다."

아나마로가 실내를 향해 커다란 목소리로 외쳤다. 그러자 발 너머로 기척이 들리더니 자리에 앉은 장자가 말했다.

"아나마로는 어디 있느냐?"

"여기에 있습니다."

"미미오에게 결정된 내용을 들려주어라."

"알겠습니다."

아나마로가 나를 노려보더니 다음과 같이 말했다.

"우리 집의 여자 노예가 미미오의 한쪽 귀를 잘라냈다는 소문이 퍼져서는, 히다의 조각가들에게도 히다 지방 사람들에게도 체면이 서지 않는다. 따라서 에나코를 사죄(死罪)에 처하기로 했다만, 미미오가 원한을 산 당사자이니 미미오의 도끼로 목을 치게 하겠다. 미미오, 쳐라."

나는 이 말을 듣고 에나코가 나를 원수처럼 노려보는 것도 당연한 일이라고 생각했다. 그 혐의가 풀린다면 나머지는 마음에 둘 일도 없으리라. 나는 이렇게 말해주었다.

"친절하신 말씀 참으로 감사합니다만, 그럴 필요는 없습니다."

"못 하겠느냐?"

나는 자리에서 벌떡 일어났다. 도끼를 쥐고 성큼성큼 걸어가 에나코 바로 앞에서 힘을 주어, 섬뜩한 눈길로 쏘아보았다.

에나코의 뒤편으로 돌아가 도끼를 대어 새끼줄을 슥슥 끊었다. 그리고 원래의 자리로 휙 돌아왔다. 나는 일부러 아무런 말도 하지 않았다.

아나마로가 웃으며 말했다.

"에나코의 죽은 목보다 살아 있는 목을 원한다는 것이냐?"

이 말을 듣자 나의 얼굴로 피가 솟구쳤다.

"음란한 소리를. 버러지와 다를 바 없는 길쌈하는 여자에게 히다의 미미오는 애초부터 마음조차 두지 않았습니다. 동쪽 지방의 숲에서 사는 버러지에게 귀를 물린 것뿐이라고 생각하고 있으니 화가 날 리도 없지 않겠습니까? 버러지의 죽은 목도 산 목도 원하지 않습니다."

이렇게 외쳤으나 얼굴이 새빨갛게 물들고 땀이 한꺼번에 쏟아진 것은 나의 마음을 배반하는 일이었다.

얼굴이 새빨갛게 물들고 땀이 쏟아진 것은 이 여자의 산 목을 갖고 싶다는 속셈 때문이 아니었다. 나를 미워할 이유가 있으리라고는 여겨지지 않았는데도 여자가 나를 원수처럼 노려보았기에, 그렇다면 내가 여자를 나의 것으로 만들고 싶다는 속셈이라도 가지고 있는 것이라 여겨 저주하고 있는 것이라고 생각했다. 그리고 바보 같은 여자. 너를 데리고 가라는 말을 들어도 어깨에 떨어진 버러지처럼 털어내고 돌아갈 것이라고만 생각했다.

품지도 않은 속셈을 의심받아서는 곤란하다고 진작부터 크게 마음에 담아두고 있던 일을 뜻밖에도 아나마로의 입을 통해서 들었기에 나는 허를 찔려 당황하고 만 것이었다. 일단 당황하기 시작하면 그것을 부끄럽게 여기기도 하고 마음에 걸리기도 해서 나의 얼굴이 더욱 뜨겁게 타오르고 땀이 폭포처럼 흘러내리는 것은 언제나 있는 일이었다.

'난처하게 됐군. 안타까운 일이야. 이렇게 땀을 흠뻑 흘리며 당황해서는, 마치 내가 그런 속셈을 품고 있었다고 자백하는 것이나 다를 바 없는 일이라고 여겨질 게 뻔해.'

그런 생각이 들었기에 나는 더욱 허둥댔다. 이마에서 땀방울이 뚝뚝 떨어져 그칠 기색은 조금도 보이지 않았다. 나는 포기하고 눈을 감았다. 내게 있어서 이 홍조와 땀은 정면으로 맞서 대항할 수 없는 커다란 적이었다. 포기하고 눈을 감은 채 애써 무심으로 돌아가는 것 외에 비처럼 쏟아지는 땀을 막을 방법은 없었다.

그때 아씨의 목소리가 들려왔다.

"발을 올려줘."

그렇게 명령했다. 아마 시녀도 있었던 것일 테지만 나는 굳이 눈을 떠 확인하지 않았다. 비처럼 쏟아지는 땀을 한시라도 빨리 멈추게 하기 위해서는 보고 싶은 것도 봐서는 안 된다. 나는 다시 한 번 아씨의 얼굴을 가만히 바라보고 싶었던 것이다.

"미미오, 눈을 떠. 그리고 내 물음에 답을 해."

라고 아씨가 명령했다. 나는 어쩔 수 없이 눈을 떴다. 발은 올려져 있었으며, 아씨는 툇마루에 서 있었다.

"넌 에나코에게 귀가 잘렸는데도 버러지에게 물린 것 같다고 했지? 정말 그렇게 생각해?"

천진하고 밝은 웃음을 띤 얼굴이라고 나는 생각했다. 나는 크게

끄덕이고,

"정말 그렇게 생각합니다."라고 대답했다.

"나중에 거짓말이었다고 하면 안 돼."

"그런 말 하지 않을 겁니다. 버러지라고 생각하기 때문에 죽은 목도 산 목도 싫으니까요."

아씨가 생긋 웃으며 고개를 끄덕였다. 아씨가 에나코에게 말했다.

"에나코. 미미오의 한쪽 귀도 물어주렴. 버러지한테 물려도 화는 나지 않는다니 마음껏 줄어주도록 해. 버러지의 이빨을 빌려줄게. 돌아가신 어머니의 유품 가운데 하나지만 미미오의 귀를 물고 나면 네게 줄게."

아씨가 비수를 집어 시녀에게 건네주었다. 시녀는 그것을 들고 에나코 앞으로 가서 내밀었다.

나는 에나코가 설마 그것을 받으리라고는 생각지 않았다. 도끼로 목을 치는 대신 손에 묶인 줄을 잘라 풀어준 나의 귀를 자를 칼이다.

그러나 에나코는 받았다. 하긴 아씨가 준 칼을 받지 않을 수 없을 테지만, 설마 그 칼집을 벗겨내지는 않으리라 나는 생각했다.

가련한 아씨는 천진하게 장난을 즐기고 있는 것이다. 저 얼굴의 해맑은 웃음을 보면 안다. 벌레조차 죽이지 못할 얼굴이란 이를 말하는 것이다. 장난을 즐기는 흥분도 없고 무엇인가를 꾀하고 있는 그늘도 없었다. 동녀(童女)의 웃음 띤 얼굴, 그 자체였다.

나는 그렇게 생각했다. 문제는 에나코가 교묘한 말솜씨로 손에 쥔 비수를 아씨에게 돌려줄 수 있느냐 하는 것이었다. 비수를 그대로 자신의 것으로 만들 수 있을 만큼 교묘한 말을 떠올린다면 더욱 재미있을 것이었다. 거기에 응해서 내가 경구(警句)라도 한마디 덧붙일 수 있다면 더할 나위 없으리라. 틀림없이 아씨는 만족해서 발을 내리리라.

나중에 돌아보니 내가 이렇게 생각한 것은 신기한 일이었다. 왜냐하면 아씨는 에나코에게 비수를 주고 나의 귀를 자르라고 명령했으며, 내가 한쪽 귀를 잃은 것도 그 대부분의 이유는 아씨에게 있지 않은가? 그리고 내가 끔찍한 마신의 상을 조각하겠다고 마음을 정한 것도 아씨 때문. 그 조각상을 보고 가장 먼저 놀라야 할 사람도 아씨가 아니면 안 될 터였다. 그런 아씨가 에나코에게 비수를 주며 내 귀를 잘라내라고 명령했는데, 나는 그것을 행복한 놀이의 한때라고 문득 생각했다는 것은 돌아보면 신기한 일이었다. 아씨의 해맑게 웃는 얼굴, 맑고 동그란 눈 때문이었을까? 나는 꿈이라도 꾼 것처럼 신기해서 견딜 수가 없다.

나는 에나코가 칼집을 벗겨낼 리 없으리라 생각했기에 그런 생각을 눈에 담은 채 넋을 놓고 아씨의 웃는 얼굴을 바라보았다. 생각해 보면 이것이 무엇보다 커다란 불찰, 마음의 빈틈이었으리라.

내가 섬뜩한 기운을 깨닫고 눈을 돌렸을 때, 에나코는 이미 성큼성큼 내 앞까지 와 있었다.

아뿔싸! 하고 나는 생각했다. 에나코는 내 코앞에서 비수의 집을 벗기고 내 귀 끝을 쥐었다.

나는 다른 모든 것은 잊고 아씨를 보았다. 아씨의 말이 있을 거다. 에나코에게 내리는 아씨의 명령이. 저처럼 해맑고 깨끗한 동녀의 웃는 얼굴에서 당연히 터져나올 거부할 수 없는 한마디가.

나는 망연히 아씨의 얼굴을 바라보았다. 해맑고 천진한 웃음의 얼굴을. 동그랗고 맑은 눈을. 그리고 나는 마음을 놓고 있었다. 이러고 있는 사이에 순서에 따라서 내 귀가 잘려나가리라는 사실을 나는 전부 알고 있었으나, 내 눈은 아씨의 얼굴을 바라본 채 어떻게 해볼 수도 없었으며 나의 마음은 눈에 담긴 방심이 전부였다. 나는 귀가 잘려나간 뒤에도 멍하니 아씨를 올려다보았다.

내 귀가 잘려나갈 때, 나는 아씨의 동그란 눈이 생생하게 빛나며 크고 초롱해지는 것을 보았다. 아씨의 뺨에 붉은 빛이 살짝 감돌았다. 가벼운 만족감이 나타났다가는 곧 사라져버렸다. 그러자 웃음기도 가시고 없었다. 매우 딱딱한 얼굴이었다. 깊은 생각에 잠긴 듯한 얼굴이기도 했다. 뭐야, 이게 다야, 라며 아씨는 화가 난 것처럼 보였다. 그리고 휙 몸을 돌려서, 아씨는 아무런 말도 하지 않고 자리에서 떠나버렸다.

아씨가 자리에서 떠나려 할 때, 나의 눈에 한 방울씩 커다란 눈물이 맺혀 있다는 사실을 깨달았다.

그로부터 햇수로 3년 동안은 나의 싸움의 역사였다.

나는 오두막에 들어앉아서 끌을 놀렸을 뿐이지만, 내가 끌을 놀리는 힘은 나의 눈에 남아 있는 아씨의 웃는 얼굴에 늘 짓눌려 있었다. 나는 그것을 다시 떨쳐내기 위해서 필사적으로 싸우지 않으면 안 되었다.

내가 아씨에게 자연스럽게 넋을 놓아버리게 된 일은 내가 아무리 몸부림쳐도 어차피 승산이 없는 일이라 여겨졌으나, 나는 무슨 일이 있어도 그것을 떨쳐내고 끔찍한 원령(怨靈)의 상을 만들어야 한다고 애를 태웠다.

나는 움츠러드는 마음이 일어났을 때 물을 뒤집어쓰는 일을 생각해냈다. 열 번이고 스무 번이고 정신이 아득해지도록 물을 뒤집어 썼다. 또 호마(護摩)의 수법에서 생각이 떠올라, 나는 송진을 태웠다. 그리고 발바닥의 장심을 불로 지졌다. 그러한 것들은 전부 나의 마음을 분발케 해서 잡아먹을 듯이 일에 전념하게 하기 위해서였다.

나의 오두막 주위는 질퍽질퍽한 수풀이어서 수많은 뱀들의 서식처였기에, 뱀은 오두막 안으로도 거침없이 기어들어왔는데 나는 그것을 찢어 생혈을 마셨다. 그리고 뱀의 사체를 천장에 매달았다. 뱀의 원령이 나에게로 옮겨 붙고, 또 일에도 옮겨 붙으라고 나는 염원했다.

나는 마음이 움츠러들 때마다 수풀로 나가서 뱀을 잡아다 찢어서 생혈을 짜내 단숨에 들이켰으며, 남은 것은 만들고 있는 원령의 상에 떨어뜨렸다.

하루에 일곱 마리, 열 마리씩 잡았기에 한 번의 여름이 지나기도 전에 오두막 주변의 수풀에서는 뱀이 사라져버리고 말았다. 나는 산으로 들어가 하루에 한 자루씩 뱀을 잡았다.

오두막의 천장은 매달아놓은 뱀의 사체로 가득했다. 구더기가 들끓고 코를 찌르는 냄새가 가득했으며 바람에 흔들렸고, 겨울이 되자 바람에 바스락바스락 소리를 냈다.

매달아놓은 뱀이 한꺼번에 덮쳐오는 듯한 환상을 보고 나면 나는 오히려 힘이 솟아났다. 뱀의 원령이 나에게 깃들어 내가 뱀의 화신으로 되살아난 듯한 느낌이 들었기 때문이었다. 그리고 그렇게 하지 않으면 나는 일을 계속할 수가 없었던 것이다.

나는 아씨의 웃는 얼굴을 떨쳐낼 수 있을 만큼 힘이 담긴 원령의 모습을 만들어낼 자신이 없었던 것이다. 나의 힘만으로는 부족하다는 사실을 깨닫고 있었다. 그것과 싸우는 괴로움에 차라리 정신이 이상해졌으면 좋겠다고 생각했을 정도였다. 나의 마음이 아씨에게 들러붙는 원령이 되어버렸으면 좋겠다고 바라기도 했다. 그러나 작업의 가장 중요한 부분을 깎기 시작하면 반드시 한 번은 아씨의 웃는 얼굴에 짓눌려 있는 나의 움츠러든 마음을 깨닫곤 했다.

3년째의 봄이 왔을 때, 일이 7부쯤 완성되어 중요한 부분의 작업을 하고 있었기에 나는 생혈에 굶주려 있었다. 나는 산속으로 들어가 토끼나 너구리나 사슴을 잡아서는 가슴을 갈라 생혈을 짜냈으며 창자를 흩뿌렸다. 목을 잘라 그 피를 조각상에 떨어뜨렸다.

"피를 마셔라. 그리고 아씨가 16살이 되는 해의 정월에 생명이 깃들어 살아나라. 사람을 죽여 피를 마시는 귀신이 되어라."

그것은 귀가 긴 무엇인가의 얼굴이었는데 원령인지, 마신인지, 죽음의 신인지, 귀신인지, 유령인지 나로서도 정체를 알 수 없었다. 나는 그저 아씨의 웃음을 거두게 할 수 있을 만큼의 힘이 담긴 무시무시한 것이기만 하면 그것으로 충분했다.

가을이 한창일 무렵에 지이사가마가 일을 마쳤다. 그리고 가을이 끝날 때쯤에는 아오가사도 일을 마쳤다. 나는 겨울이 되어서야 마침내 상의 조각을 마쳤다. 그러나 그것을 넣을 감실에는 아직 손도 대지 못했다.

감실의 모양이나 무늬로는 아씨의 가구에 어울리는 귀여운 것이 가장 좋을 것이라고 생각했다. 문을 열면 나타나는 상의 섬뜩함을 돋보이게 하는 데는 어디까지나 가련한 양식이 가장 좋으리라.

나는 며칠 남지 않은 짧은 기간 동안 걸핏하면 침식도 잊은 채 감실을 만들었다. 그리고 아슬아슬하게 섣달그믐날 밤까지 작업을 해서 어쨌든 완성을 할 수 있었다. 정교한 세공은 할 수 없었지만 문에는 가볍게 화조(花鳥)를 곁들였다. 호화롭지도 화사하지도 않았으나 소박하다는 점에 오히려 기품이 깃들어 있는 듯 여겨졌다.

한밤중에 사람들의 손을 빌려 옮겨서 지이사가마와 아오가사의 작품 옆에 나의 것도 늘어놓았다. 나는 어쨌든 만족스러웠다. 나는 오두막으로 돌아와 모피를 뒤집어쓰고 땅 속으로 빨려들어가듯 잠들었다.

나는 문 두드리는 소리에 눈을 떴다. 날이 밝아 있었다. 해가 꽤 높이 떠 있는 듯했다. 그렇군. 오늘이 아씨가 16살이 되는 날이군, 이라고 나는 문득 떠올렸다. 문을 두드리는 소리는 집요할 정도로 계속되었다. 나는 먹을 것을 가져온 하녀라 생각했기에,

"시끄러워. 평소처럼 말없이 밖에 놓아두고 가. 내게는 새해도 설날도 다 필요 없어. 여기만은 다른 세상이라고 내가 입에 침이 마르도록 얘기했건만, 3년이 지났는데도 아직 모르겠단 말이야?"

"눈을 떴으면 문을 열어."

"건방진 소리 하지 마. 내가 문을 여는 건 눈을 떴을 때가 아니야."

"그럼 언제 열지?"

"밖에 사람이 없을 때야."

"그게 정말이야?"

나는 그 말을 들었을 때 잊을 수 없는 특징을 가진 아씨의 억양을 깨달았기에 목소리의 주인이 아씨 자신이라는 사실을 직감했다. 나의 온몸이 갑자기 공포로 얼어붙은 것처럼 느껴졌다. 어떻게 해

야 좋을지 몰라 나는 허둥지둥 헛되이 시간을 허비하고 있었다.

"내가 여기에 있는 동안 나오도록 해. 나오지 않으면 나오게 만들어줄게."

조용한 목소리가 이렇게 말했다. 아씨가 시녀에게 명령하여 문밖에 무엇인가 쌓게 했다는 사실을 나는 깨달았는데, 부싯돌 부딪치는 소리에 그것이 마른 풀이라는 사실을 직감했다. 나는 튕겨져 오르듯 문 쪽으로 달려가 빗장을 벗기고 문을 열었다.

문이 열리자 그곳으로 바람이 불어 들어오듯 아씨가 생글생글 오두막 안으로 들어왔다. 내 앞을 지나쳐 앞장서서 안으로 들어갔다.

3년 동안 아씨의 몸은 몰라볼 정도로 어른이 되어 있었다. 얼굴도 어른이 되어 있었으나 천진하고 밝은 웃음만은 3년 전과 다름없이 해맑은 동녀의 것이었다.

시녀들은 오두막 안을 보고 질려버린 듯했다. 아씨만은 그런 기색도 없었다. 아씨는 신기하다는 듯 실내를 둘러보고, 또 천장을 둘러보았다. 뱀은 무수한 뼈가 되어 매달려 있었으며, 바닥에도 무수한 뼈가 떨어져 있었다.

"전부 뱀이네."

아씨의 웃는 얼굴이 생생한 감동으로 반짝였다. 아씨는 머리 위로 손을 뻗어서 매달려 있는 뱀의 백골 가운데 하나를 쥐려 했다. 그 백골이 아씨의 어깨 위로 무너져 떨어졌다. 그것을 손으로 가볍게 털어냈으나 떨어진 것에는 눈길도 주지 않았다. 하나하나가 신기해서 하나의 물건에 오래 집착할 수 없는 사람처럼 보였다.

"이런 걸 생각해낸 게 누구지? 히다의 조각가들의 작업장은 전부 이런가? 아니면 너의 작업장만 이런 거야?"

"아마 저의 오두막뿐일 겁니다."

아씨는 고개조차 끄덕이지 않았으나, 마침내 만족스러움에 얼굴이 웃음으로 맑게 빛났다. 3년 전, 내가 마지막으로 보았던 아씨의 얼굴은 갑자기 딱딱하게 굳어서 따분하기 짝이 없다는 듯한 얼굴이었으나 나의 오두막에서는 얼굴에 웃음이 끊이지 않았다.

"불을 붙이지 않기를 잘했어. 태워버렸다면 이걸 보지 못했을 테니."

전부를 다 둘러보고 나서 아씨는 만족스럽다는 듯 말한 뒤,

"하지만 이제는 태워버리는 게 좋겠어."

시녀에게 마른 풀을 쌓고 불을 붙이게 했다. 오두막이 연기에 휩싸였다가 한꺼번에 확 타오르는 것을 지켜보고 난 뒤 아씨가 내게 말했다.

"진귀한 미륵상을 만들어줘서 고마워. 다른 2개에 비하자면 백 배고 천배고 마음에 들었어. 상을 주고 싶으니 옷을 갈아입고 와."

밝고 천진하게 웃는 얼굴이었다. 나의 눈에 그것을 남기고 아씨는 떠났다. 나는 시녀에게 안내를 받아 목욕을 하고, 아씨가 준 옷으로 갈아입었다. 그리고 안채의 방으로 안내되었다.

나는 공포 때문에 목욕을 할 때부터 제정신이 아니었다. 드디어 아씨께 살해당하는구나, 하고 나는 생각했다.

나는 아씨의 천진하게 웃는 얼굴이 어떤 것인지 알 수 있었다. 에나코가 나의 귀를 잘라내는 것을 바라보고 있던 것도 그 웃는 얼굴이었으며, 나의 오두막 천장에 매달려 있던 수많은 뱀을 바라보던 것도 그 웃는 얼굴이었다. 내 귀를 잘라내라고 에나코에게 명령한 것도 그 웃는 얼굴이었고, 에나코의 목을 나의 도끼로 치라고 판결한 것도 사실은 그 웃는 얼굴이 그것을 보고 싶었기 때문이

었음에 틀림없었다.

　그때 아나마로가 여기서 얼른 달아나라고 내게 권하며 장자도 은밀하게 내가 여기서 달아나기를 바라고 계신다고 말했는데, 참으로 짚이는 데가 있는 말이었다. 그 웃는 얼굴에 대해서는 장자도 달리 방법이 없었던 것이리라. 참으로 당연한 일이라고 나는 생각했다.

　사람들이 축복하는 새해 첫날에 망설이는 기색도 없이 자기 집의 한쪽 구석에 불을 지른 그 웃는 얼굴은 지옥의 불도 두려워하지 않고 피의 연못조차도 두려워하지 않는 것이리라. 하물며 내가 만든 괴물 따위는 그 웃는 얼굴이 7살, 8살 무렵에 가지고 놀던 소꿉놀이 장난감 같은 것이었으리라.

　"진귀한 미륵상을 만들어줘서 고마워. 다른 것의 백배고 천배고 마음에 들었어."

　아씨의 이 말이 떠오를 때마다 나는 그 두려움에 몸이 오그라들었다.

　내가 만든 그 괴물에 무슨 섬뜩함이 담겨 있단 말인가? 사람의 마음을 깊은 속에서부터 얼어붙게 만드는 참된 힘은 무엇 하나 담겨 있지 않다.

　정말 무서운 것은 그 웃는 얼굴이다. 그 웃는 얼굴이야말로 살아 있는 마신도 원령도 미치지 못할 만큼 참으로 두려운 유일한 것이리라.

　나는 오늘에 이르러서야 마침내 그 웃는 얼굴이 무엇인지를 깨달았지만, 무시무시한 것을 만들겠다며 3년에 걸쳐서 일을 하는 동안 언제나 아씨의 웃는 얼굴에 짓눌려 있던 나는, 비록 깨닫지는 못했다 할지라도 마음 한구석에서는 그것을 느끼고 있었던 것일지도 몰랐다. 참으로 무시무시한 것을 만들기 위해서라면 그 웃는 얼굴에 짓눌리는 것도 당연한 일이었으리라. 그 웃는 얼굴보다 참으로 더 무시무시한 것은 없으니.

이번 생의 추억으로 그 웃는 얼굴을 조각으로 남기고 난 뒤 살해당하고 싶다고 나는 생각했다. 내 생각에, 아씨가 나를 살해할 것은 더 이상 의심의 여지도 없는 일이었다. 그것도 오늘, 목욕을 마치고 안채로 안내되자마자 아씨는 나를 살해하리라. 뱀처럼 나를 찢어서 거꾸로 매달지도 모르겠다고 생각했다. 그런 생각이 들자 공포심에 숨이 멎을 듯하여 나는 자신도 모르게 필사적으로 합장을 하고 싶은 마음뿐이었으나, 진심으로 몸부림치고 울며 합장한다 한들 그 웃는 얼굴이 무엇인가를 받아줄 리도 없으리라.

이 운명을 헤치고 나가는 방법은 어쨌든 이것 하나밖에 없으리라고 나는 생각했다. 그것은 나의 조각가로서의 필사적인 소망에 부합하는 것이기도 했다. 어쨌든 아씨에게 부탁해보자고 나는 생각했다. 그리고 이렇게 마음이 정해지자 나는 마침내 목욕탕에서 나올 수 있었다.

나는 안채의 방으로 안내되었다. 장자가 아씨를 데리고 모습을 드러냈다. 나는 인사조차 답답하게 느껴졌기에 머리를 바닥에 조아리고 필사적으로 외쳤다. 나는 얼굴을 들 힘이 없었던 것이다.

"일생의 소원입니다. 아씨의 얼굴을 조각하게 해주십시오. 그것을 새겨서 남길 수만 있다면 그때는 죽어도 여한이 없습니다."

장자가 뜻밖에도 흔쾌히 대답했다.

"딸이 거기에 동의한다면, 나도 바라던 일일세. 얘야, 다른 의견은 없느냐?"

그에 대한 아씨의 대답도 흔쾌한 것으로, 이 역시 참으로 뜻밖이었다.

"제가 그 일을 미미오에게 부탁하려던 참이었어요. 미미오가 원한다면 더할 나위 없어요."

"그거 다행이구나."

장자가 크게 기뻐하며 자신도 모르게 커다란 소리로 외친 뒤, 내게 다정하게 말했다.

"미미오야, 얼굴을 들어라. 3년 동안 고생 많았구나. 너의 미륵은 역설적인 작품이다만, 조각에 담긴 기백은 범상한 사람의 것이 아니다. 특히 딸의 마음에 든 듯하여, 그것만으로도 나는 만족스럽다는 말 외에 더는 덧붙일 말이 없구나. 잘 해주었다."

장자와 아씨는 내게 수많은 답례품을 주었다. 그리고 장자가 덧붙여 말했다.

"딸의 마음에 드는 조각상을 만든 자에게는 에나코를 주겠다고 약속했으나 에나코가 세상을 떠나버려 그 약속만은 지킬 수 없게 되었다는 점이 안타깝구나."

그러자 그 말을 이어받아 아씨가 말했다.

"에나코는 미미오의 귀를 잘라낸 비수로 목을 찔러 죽어 있었어. 피로 물든 에나코의 옷은 미미오가 지금 속옷으로 입고 있는 게 그거야. 대신 입히기 위해서 남자 옷으로 다시 만들었어."

나는 이제 그 정도의 일로는 놀라지 않게 되었으나, 장자의 얼굴이 창백해졌다. 아씨는 생글생글 웃으며 나를 바라보고 있었다.

그 무렵, 이 산속에까지 마마가 유행해서, 이 마을에서도 저 마을에서도 죽은 자를 헤아릴 수가 없었다. 역병이 마침내 이 고을에까지 밀려왔기에 집집마다 역병을 물리치기 위해서 부적을 붙이고 대낮에도 문을 걸어잠근 채 집안사람 모두 한 자리에 모여앉아 밤낮으로 신불에게 기도했으나 악마는 어느 틈으로 파고드는 것인지 날이 갈수록 죽는 자가 늘어날 뿐이었다.

장자의 집에서도 널따란 저택 안의 덧문을 닫고 식구들은 한낮에도 숨을 죽이고 있었으나, 아씨의 방만은 아씨가 덧문을 닫지 못하게 했다.

"미미오가 만든 괴물의 상은 미미오가 수많은 뱀을 찢어 죽여 거꾸로 매달아놓고 생혈을 뿌려가며 저주를 담아 새긴 괴물이니 역병을 쫓는 부적 정도는 될 것 같아. 그 외에는 이렇다 할 쓸모도 없을 듯한 괴물이니 문 밖에 장식해둬."

아씨는 사람에게 명령하여 감실째 문 앞에 놓게 했다. 장자의 저택에는 망루가 있었다. 아씨는 때때로 망루에 올라 마을을 둘러보았는데, 동구 밖 숲 속으로 죽은 자를 버리기 위해 시체를 옮기는 자들을 보면 아씨는 하루 종일 만족한 듯한 모습이었다.

나는 아오가사가 남겨놓은 오두막에서 이번에야말로 아씨의 지불인 미륵상에 혼신의 노력을 기울이고 있었다. 부처의 얼굴에 아씨의 웃음을 옮겨놓자는 것이 나의 생각이었다.

이 저택 안에서 인간답게 꿈틀거리고 있는 것은 아씨와 나, 두 사람뿐이었다.

미륵에 아씨의 웃는 얼굴을 옮겨 지불을 조각할 것이라는 말을 듣고 아씨는 일단 만족한 듯했으나, 실제로 나의 작업을 마음에 두고 있는 듯한 모습은 보이지 않았다. 아씨는 나의 작업이 얼마나 진척되었는지 보러 온 적은 끝내 없었다. 오두막에 모습을 드러내는 것은 반드시 죽은 자를 숲으로 버리러 가는 사람들의 무리를 보았을 때뿐이었다. 특별히 나를 선택해서 그 얘기를 들려주러 오는 것이 아니라 저택 안의 사람들에게 하나하나 빠짐없이 들려주며 돌아다니는 것이 아씨의 즐거움인 것처럼 보였다.

"오늘도 죽은 사람이 있어."

그 이야기를 들려줄 때도 생글생글 즐거운 듯했다. 온 김에 불상이 얼마나 완성되었는지 보고 간 적도 없었다. 거기에는 눈길 한 번 주지 않았다. 그리고 오래는 머물지 않았다.

나는 아씨에게 놀림을 당하고 있는 게 아닐까 여겨졌다. 아닌 척 시치미를 떼고 있지만 사실은 역시 설날에 나를 죽일 생각이었던 것임에 틀림없었다고 나는 종종 생각했다. 왜냐하면 아씨는 내가 만든 괴물을 역병을 쫓는 부적으로 문 앞에 가져다놓게 했을 때,

"미미오가 수많은 뱀을 찢어 죽여 거꾸로 매달아놓고 뱀의 생혈을 뿌려가며 저주를 담아 조각한 괴물이니 역병을 쫓는 부적 정도는 되겠지. 그 외에는 이렇다 할 쓸모도 없을 듯하니 문 앞에 장식해둬."

라고 말했다고 한다. 나는 사람을 통해서 그 말을 듣고 자신도 모르게 움츠러들고 말았다. 내가 저주를 걸며 조각했다는 사실까지 꿰뚫어보고 있었으면서 나를 살려둔 아씨가 무서웠다. 세 조각가의 작품 가운데서 내 작품을 선택해놓고 역병을 쫓는 부적으로라도 쓰는 것 외에는 이렇다 할 쓸모도 없을 듯하다고 거침없이 말하는 아씨의 진심이 더없이 두려웠다. 내게 답례품을 내린 새해 첫날에는 아씨의 말에 장자까지 질려버리고 말았다. 아씨의 참된 속내는 아버지인 장자조차도 가늠하기 어려운 것이리라. 아씨가 그것을

행하기 전까지 사람들에게 아씨의 마음은 조금도 이해할 수 없는 수수께끼인 것이리라. 지금은 나를 살해할 생각이 염두에 없다 할지라도 설날에는 있었을지 모르며, 또 내일은 생길지도 모를 일이었다. 아씨가 내게 어떤 흥미를 느끼고 있다는 사실은, 내가 아씨에게 언제 살해당해도 이상할 것 없다는 사실에 다름 아니리라.

나의 미륵은 그럭저럭 아씨의 천진하게 웃는 얼굴에 다가가고 있었다. 동그란 눈. 끝에 주옥을 머금은 것처럼 싱그럽고 둥근 기운을 띤 코. 그러나 그러한 얼굴의 형태는 특별히 기술을 요하는 일도 아니었다. 내가 심혈을 기울여야 할 것은 천진하게 웃는 얼굴의 비밀이었다. 한 점의 흐림도 없이 맑고 밝고 천진하게 웃는 얼굴. 거기에는 피를 즐기는 한 줄기의 징후조차 드러나 있지 않다. 마신으로 통하는 어떠한 빛깔도, 어떠한 냄새도 나타나 있지 않다. 단지 천진한 동녀의 것이 웃는 얼굴의 전부로 어디에도 비밀은 없는 것이었다. 그것이 아씨의 웃는 얼굴의 비밀이었다.

'아씨의 얼굴은 형태 외에 어떤 냄새가 풍기고 있는 걸지도 몰라. 태어나자마자 황금을 짠 이슬로 목욕을 해서 아씨의 몸은 태어나면서부터 반짝이고 황금의 냄새가 난다고들 하는데, 속된 눈이 오히려 날카롭게 비밀을 꿰뚫어보는 경우도 있는 법이야. 아씨의 얼굴을 감싸고 있는, 눈에 보이지 않는 냄새를 내 끌로 새겨내지 않으면 안 돼.'

나는 이런 생각을 했다.

그리고 그 천진하게 웃는 얼굴이 언제 나를 살해할지도 모를 얼굴이라고 생각하자 그 두려움이 내 작업의 축이 되었다. 문득 손을 멈추고 정신을 차리고 나면, 그 두려움이 부둥켜안아도 모자랄 정도로 사무치게 마음에 스며들 때가 있었다.

아씨가 나의 오두막에 나타나서,

"오늘도 사람이 죽었어."

라고 말할 때, 나는 아무것도 할 말이 없어서 대부분은 아씨의 웃는 얼굴을 바라보고 있을 수밖에 없었다.

나는 아씨의 본심을 물어보고 싶지는 않았다. 속된 생각은 무익한 것이다. 아씨에게 본심이 있다고 한다면 천진하게 웃는 얼굴이, 그리고 냄새가 전부다. 적어도 조각가에게는 그것이 전부이며, 나의 현세에서의 몸에게도 그것이 전부이리라. 3년 전, 내가 아씨의 얼굴을 넋을 놓고 바라보았을 때부터 그것이 전부라고 이미 정해진 것이나 다를 바 없는 일이었다.

아무래도 마마가 지나간 듯했다. 이 마을 사람의 5분의 1이 목숨을 잃었다. 장자의 저택에서는 수많은 사람들이 살고 있지만, 한 사람도 병에 걸린 사람이 없었기에 내가 만든 괴물이 단번에 마을 사람들의 신앙의 대상이 되었다.

장자가 가장 먼저 신심을 품었다.

"미미오가 수많은 뱀을 산 채로 찢어서 거꾸로 매달아 생혈을 뿌려가며 저주를 담아 만든 괴물이기에 그 무시무시한 마마도 접근하지 못했던 것이다."

아씨의 말을 그대로 흉내 내어 사람들에게 떠들어댔다.

괴물은 산 위에 있는 장자의 집 대문에서 밑으로 옮겨져, 산 아래에 있는 연못가 삼거리에 급하게 세워진 사당 안에 진좌되었다. 멀리 떨어진 마을에서 참배를 하러 오는 사람도 적지 않았다. 그리고 나는 곧 명인 대접을 받았지만, 그보다 더 커다란 평판을 얻은 것은 요나가 아씨였다. 내 손에 의해서 만들어진 괴물이 때마침 완성되어 일가를 지킬 수 있었던 것도 아씨의 힘 덕분이라는 것이었다. 존귀하신 신이 아씨의 살아 있는 몸에 깃든 것이다, 존귀하신 신의 화신이다, 라는 소문이 삽시간에 각 마을로 퍼져나갔다.

산 아래에 있는 사당으로 나의 괴물을 참배하러 온 사람들 가운데는 산 위에 있는 장자의 저택 문 앞까지 와서 공손히 절하고 돌아가는 자도 있었으며, 문 앞에 공물을 놓고 가는 자도 있었다.

아씨가 공물로 바쳐진 무나 채소를 내게 보이며 말했다.

"이건 네가 받은 물건이야. 맛있게 삶아서 먹도록 해."

아씨의 얼굴은 생글생글 반짝이고 있었다. 나는 아씨가 놀리러 온 것이라고 생각했기에 불끈 화가 났다. 그리고 대답했다.

"천하에 이름 높은 부처님을 만든 히다의 조각가는 여럿 있지만 공물을 취했다는 이야기는 들은 적이 없습니다. 살아 있는 신에게 바친 공물임에 틀림없으니 맛있게 삶아서 드시기 바랍니다."

아씨의 웃는 얼굴은 나의 말에 상관하지 않았다. 아씨가 말했다.

"미미오, 네가 만든 괴물이 정말로 마마를 노려보아 되돌려 보낸 거야. 나는 망루 위에서 매일 그 모습을 지켜봤어."

나는 어처구니가 없어서 아씨의 웃는 얼굴을 바라보았다. 그러나 아씨의 마음은 도무지 헤아릴 수가 없었다.

아씨가 다시 말했다.

"미미오, 네가 망루에 올라 나와 같은 것을 보았다 할지라도 네가 만든 괴물이 마마를 노려보아 되돌려보낸 모습을 보지는 못했을 거야. 너의 오두막이 불타버린 순간부터 너의 눈은 볼 수 없게 되어버렸으니. 그리고 네가 지금 만들고 있는 미륵에는 할아버지나 할머니의 두통을 가시게 할 힘조차도 없어."

아씨가 한없이 맑은 모습으로 나를 바라보았다. 그러다 몸을 돌려 나가버렸다. 나의 손에는 무와 채소가 남겨져 있었다.

나는 아씨의 마법에 걸려 포로가 되어버린 것이라고 생각했다. 무시무시한 아씨라고 생각했다. 어쩌면 인간의 힘을 뛰어넘은 아씨 일지도 모르겠다고 생각했다. 하지만 내가 지금 만들고 있는 미륵 에는 할아버지, 할머니의 두통조차 가시게 할 힘이 없다는 것은 무슨 뜻일까?

"그 괴물에는 어린아이를 울릴 힘조차 없지만 미륵에는 무엇인 가가 있을 것이다. 적어도 나라는 인간의 영혼이 그대로 깃들어 있을 것이다."

나는 확신을 가지고 이렇게 말할 수 있으리라 생각했지만, 아씨 의 웃는 얼굴이 나의 확신을 뿌리째 흔들어 무너뜨렸다. 내가 놓쳐 버린 것이 어딘가에 틀림없이 있는 듯 여겨져, 불안하고 문득 견딜 수 없을 만큼 서글픈 감정을 느끼게 되어버렸다.

마마가 지나간 지 50일도 지나지 않아서 이번에는 다른 역병이 마을을 넘고 고을을 넘어 찾아왔다. 여름이 와서 뜨거운 날들이 계속되었다.

사람들은 다시 뜨거운 낮에도 덧문을 닫고 신불에게 기도하며 살았다. 그러나 마마가 지나는 동안 밭을 갈지 않았기에 이번에도 밭을 갈지 않으면 먹을 것이 떨어질 터였다. 이에 농부들은 두려움 에 떨면서도 밭으로 나가 괭이를 휘둘렀는데, 아침에는 건강하게 나갔던 사람이 한낮의 밭에서 빙글빙글 맴돌다 쓰러져 잠시 밭을 기어다니다 숨이 끊어지는 경우도 적지 않았다.

산 아래 삼거리의 사당에 있는 괴물에게 참배를 하러 왔다가 사당 앞에서 숨이 끊어져버린 사람도 있었다.

"존귀한 아씨의 신이시여. 나쁜 병을 물리쳐주십시오."

장자의 문 앞까지 와서 이렇게 비는 자도 있었다.

장자의 저택 역시 낮에도 다시 덧문을 닫았으며 사람들은 숨을 죽인 채 생활했다. 아씨만은 덧문을 닫지 않았으며, 때때로 망루 위에서 산 아래의 마을을 바라보았고 죽은 자를 볼 때마다 저택 안의 모든 사람들에게 그 이야기를 하며 돌아다녔다.

나의 오두막으로 와서 아씨가 말했다.

"미미오, 오늘은 내가 무엇을 봤다고 생각해?"

아씨의 눈이 평소에 비해서 더 크게 반짝이고 있는 듯도 했다. 아씨가 말했다.

"괴물이 있는 사당으로 참배를 하러 왔다가 사당 앞에서 빙글빙글 맴돌더니 사당에 기대어 죽은 할머니를 보았어."

내가 말했다.

"그 괴물 녀석도 이번의 역신은 쫓아내지 못하는 것입니까?"

그 말은 들은 척도 하지 않고 아씨가 조용히 이렇게 명령했다.

"미미오, 뒷산에서 뱀을 잡아와. 커다란 자루 가득."

이렇게 명령했는데, 나는 아씨가 명령을 하면 어쩔 수가 없다. 말없이 뜻대로 움직일 수밖에 없었다. 그 뱀으로 무엇을 하려는 것일까 하는 생각도 아씨가 떠나고 난 뒤가 아니면 내 머릿속에는 떠오르지 않았다.

나는 뒷산으로 들어가서 수많은 뱀을 잡았다. 작년의 지금 무렵에도, 또 그 전 해의 지금 무렵에도 나는 이 산에서 뱀을 잡았었지, 라며 그리움에 잠겼다가, 그때 문득 깨달았다.

작년의 지금 무렵에도 또 그 전 해의 지금 무렵에도 내가 뱀을 잡기 위해 이 산을 헤매고 다닌 것은 아씨의 웃는 얼굴에 짓눌려 움츠러든 마음을 다잡기 위해 악전고투를 펼치던 때였다. 아씨의 웃는 얼굴에 짓눌렸을 때에는 내가 만들고 있던 괴물이 무기력하게 보였다. 끌 자국 전부가 헛된 것처럼 보였다. 그리고 무기력한 괴물을 다시 똑바로 쳐다볼 용기가 솟아오르기 전까지는 이 산 속 뱀의 생혈을 전부 마셔버려도 모자라지 않을까 계속 두려움에 떨곤 했었다.

그 무렵에 비하자면 지금의 나는 아씨의 웃는 얼굴에 짓눌리는 일은 없었다. 아니, 짓눌려 있는 건지도 모르겠으나, 떨쳐내지 않으면 안 된다는 불안한 싸움은 없었다. 아씨의 웃음이 짓누르고 있는 힘 그대로를 나의 끌이 표현하기만 하면 된다는 예술 본래의 삼매경에 잠겨 있을 뿐이었다.

지금의 나는 어쨌든 마음의 평안을 얻어 순수하게 예술과 싸우고 있으니, 작년의 나나 올해의 나나 변함이 없다고 생각했지만, 상당히 변한 것 같다는 생각이 문득 떠올랐다. 그리고 올해의 내가 모든 면에 있어서 낫다고 생각했다.

나는 커다란 자루에 뱀을 가득 담아 돌아갔다. 커다랗게 부풀어 오른 자루를 보고 아씨의 눈이 천진하게 반짝였다. 아씨가 말했다.

"자루를 들고 망루로 와."

망루에 올랐다. 아씨가 아래를 가리키며 말했다.

"삼거리의 연못가에 괴물의 사당이 있잖아. 사당에 기댄 채 죽은 사람의 모습이 보이지? 할머니야. 저기에 이르러 잠깐 절을 하는가 싶더니 갑자기 일어나 빙글빙글 맴돌기 시작했어. 그런 다음 비틀비틀 기어다니다가 간신히 사당에 손을 얹었는가 싶었는데 움직이지 않게 되어버렸어."

아씨의 눈은 그곳으로 향한 채 움직이지 않았다. 그러다 아씨는 아래 세상의 곳곳으로 눈을 움직여 질리지도 않고 바라보았다. 그리고 중얼거렸다.

"밭으로 나가서 일하는 사람들이 많아. 마마 때는 밭에 나간 사람의 모습을 볼 수 없었는데. 괴물의 사당으로 참배를 왔다가 죽은 사람도 있는데 밭에 있는 사람들은 무사해."

나는 오두막에 들어앉아 일에만 빠져 있었기에 저택 안의 사람들과도 거의 교류가 없었고, 저택 밖의 사람들과는 전혀 교류가 없었다. 따라서 마을을 덮친 역병의 무시무시한 소문을 가끔 듣는 적은 있어도 내게 있어서는 별천지의 일이었기에 직접적으로 피부에 와닿는 느낌은 없었다. 나의 괴물이 잡귀를 쫓는 신으로 치켜 올려지고 내가 명인으로 떠받들어지고 있다는 말을 들어도, 그것조차 별천지의 일이었다.

나는 처음으로 높은 망루에서 마을을 바라보았다. 그것은 뒷산에서 내려다본 마을의 풍경을 거리만 단축시켜놓은 것 같은 모습이었는데 괴물의 사당에 기댄 채 죽은 사람의 모습을 보자, 그것 역시 나와는 상관없는 무미건조한 광경이기는 했으나, 마을의 측은함이 인상에 남기도 했다. 저런 괴물은 잡귀를 몰아내는 데 아무런 도움도 되지 않는다는 사실을 잘 알고 있었기에, 그 사당에 기대어 죽는 사람이 있다는 것은 죄스러운 일이었다. 차라리 태워버리는 게 좋을 텐데, 라고 나는 생각했다. 내가 죄를 범하고 있는 것 같다는 무의미한 생각이 들기도 했다.

아씨가 아래 세상을 한껏 바라본 뒤 몸을 돌렸다. 그리고 내게 명령했다.

"자루 안의 뱀을 한 마리씩 산 채로 찢어서 피를 짜줘. 너는 그 피를 짜서 어떻게 했지?"

"저는 술잔에 받아 마셨습니다."

"열네 마리고, 스무네 마리고?"

"한 번에 그렇게 마시지는 못하지만 마시기 싫을 때는 주변에 뿌리면 그만입니다."

"그리고 찢어 죽인 뱀을 천장에 매달아놓은 거지?"

"그렇습니다."

"네가 했던 것과 똑같이 해줘. 생혈만은 내가 마시겠어. 얼른."

아씨의 명령에는 그저 따를 수밖에 달리 방법이 없는 나였다. 나는 생혈을 받을 술잔과 뱀을 천장에 매달기 위한 도구를 가지고 올라와서 자루의 뱀을 한 마리씩 찢어 생혈을 짜내고 순서대로 천장에 매달았다.

나는 설마 싶었으나 아씨는 망설이는 기색도 없이 생긋 천진하게 웃으며 생혈을 단숨에 들이켰다. 그것을 보기 전까지는 특별한 일도 아니라고 생각했으나, 그때부터는 너무나도 커다란 두려움에 뱀을 찢는 데 익숙해져 있던 손마저 걸핏하면 실수를 하곤 했다.

나도 3년 동안 헤아릴 수 없는 뱀을 찢어서 생혈을 마시고 사체를 천장에 매달았지만, 내가 내 손으로 한 일이었기에 두렵다고도 이상하다고도 생각지는 않았었다.

아씨는 뱀의 생혈을 마시고 뱀을 망루에 거꾸로 매달아 무엇을 할 생각인 것일까? 목적의 선악이야 어찌 됐든, 망루에 올라 망설이는 기색도 없이 생긋 웃으며 뱀의 생혈을 마시는 아씨는 너무나도 천진하고, 두려웠다.

아씨는 3마리째의 생혈까지는 단숨에 들이켰다. 4마리째부터는 지붕과 바닥에 흩뿌렸다.

내가 자루 속의 뱀을 전부 찢어 매달기를 마치자 아씨가 말했다.

"다시 한 번 산으로 가서 자루 가득 뱀을 잡아와. 해가 떨어지기 전까지는 몇 번이고. 이 천장 가득 매달 때까지는 오늘도, 내일도, 모레도. 얼른."

한 번 더 뱀을 잡으러 갔다오자 그날은 날이 벌써 저물어버리고 말았다. 아씨의 웃는 얼굴에 아쉬워하는 듯한 그림자가 비쳤다. 매달려 있는 뱀과 매달려 있지 않은 공간을 만족스럽다는 듯, 그리고 아쉽다는 듯, 아씨의 웃는 얼굴은 한동안 망루의 천장을 올려다보며 움직이지 않았다.

"내일은 아침 일찍부터 나서야 돼. 몇 번이고. 그리고 잔뜩 잡아오도록 해."

아씨는 미련이 남았다는 듯 저물어가는 마을을 내려다보았다. 그리고 내게 말했다.

"저기 봐. 할머니의 시체를 치우기 위해서 사당 앞에 사람들이 모여 있어. 저렇게 많은 사람들이."

아씨의 웃는 얼굴이 더욱 밝아졌다.

"마마가 왔을 때는 기껏해야 두어 명이 언제나 맥 빠진 모습으로 시체를 옮겼는데 이번에는 사람들의 기운이 아직 넘치고 있어. 내 눈에 보이는 마을 사람들 모두가 빙글빙글 맴돌다 죽었으면 좋겠어. 그 다음에는 내 눈에 보이지 않는 사람들도. 밭에 있는 사람들도, 들판에 있는 사람들도, 산에 있는 사람들도, 숲에 있는 사람들도, 집안 사람들도, 모두 죽었으면 좋겠어."

나는 냉수를 끼얹은 것처럼 몸이 굳어 움직일 수가 없었다. 아씨의 목소리가 맑고 조용하고 천진했기에, 언제나처럼 더할 나위 없이 무섭게 여겨졌다. 아씨가 뱀의 생혈을 마시고 뱀의 사체를 망루에 매다는 것은 마을 사람들 모두가 죽기를 빌기 위해서였다.

나는 견딜 수가 없어서 한달음에 달아나고 싶었으나 나의 발이 굳어버렸으며, 마음도 굳어버리고 말았다. 나는 아씨가 밉다고는 한 번도 생각한 적이 없었으나, 이 아씨가 살아 있다는 것은 무시무시한 일이라는 사실을 그때 처음으로 깨달았다.

날이 희붐하게 밝아올 때 어김없이 눈이 떠졌다. 아씨의 명령이 몸에 스며서 정확히 그 시간에 눈이 떠질 정도로 나의 마음은 얽매여 있었다.

나는 묵직한 마음을 견딜 수 없었으나, 자루를 짊어지고 날이 채 밝지도 않은 산속으로 들어가지 않을 수도 없었다. 그리고 산으로 들어가자 나는 필사적으로 뱀을 잡았다. 조금이라도 빨리, 조금이라도 많이, 라며 조급해하고 있었다. 오로지 아씨의 기대에 부응하고 싶다는 일념만이 나를 끊임없이 부추기고 있었다.

커다란 자루를 짊어지고 돌아오자 아씨가 망루에서 기다리고 있었다. 그것을 전부 매달고 나자 아씨는 얼굴을 반짝이며,

"아직 아주 이른 시간이야. 사람들이 밭에 이제 막 나왔어. 오늘은 몇 번이고, 몇 번이고 잡아다줘. 얼른, 가능한 한 힘을 내서."

나는 말없이 빈 자루를 쥐자마자 산으로 서둘러 올라갔다. 나는 오늘 아침부터 아직 한 마디도 아씨에게 말을 하지 않았다. 아씨에게 말을 할 기운이 없었던 것이다. 곧 망루의 천장 가득 뱀의 사체가 매달릴 것임에 틀림없었는데, 그때는 어떻게 될지를 생각하자 나는 괴로워서 견딜 수가 없었다.

아씨가 하고 있는 일은 내가 작업장으로 쓰던 오두막에서 하던 것의 흉내에 지나지 않는 듯했으나, 나는 단순히 그렇게만은 생각할 수가 없었다. 내가 그런 짓을 한 것은 작지만 어쩔 수 없는 필요에 의해서였지만, 아씨가 하고 있는 일은 인간이 생각할 수 있는 일이 아니었다. 우연히도 나의 오두막을 보았기에 그것을 따라한 것일 뿐, 나의 오두막을 보지 못했다면 다른 무엇인가를 따라서 똑같이 무시무시한 행동을 했을 터였다.

게다가 이 정도의 일도 아씨에게는 그저 시작에 불과하리라. 아씨의 일생에 있어서 앞으로 어떤 것을 떠올리고 무슨 일을 행할지, 그것은 도저히 인간 따위가 헤아릴 수 있는 것이 아니었다. 도저히 내가 감당할 수 있는 아씨가 아니며, 내 끝도 도저히 아씨를 포착할 수 없으리라는 사실을 나는 진심으로 깨닫지 않을 수 없었다.

'맞아. 아씨의 말대로 지금 만들고 있는 미륵 따위는 그저 조그만 인간에 지나지 않아. 아씨는 저 푸른 하늘만큼이나 커다란 것 같다는 생각이 들어.'

너무나도 끔찍한 것을 봐버렸다고 나는 생각했다. 이러한 것을 보았으니 앞으로는 무엇에 의지해서 일을 계속해나갈 수 있을지 나는 한탄하지 않을 수 없었다.

두 번째 자루를 짊어지고 돌아오자 아씨의 뺨과 눈이 반짝임으로 타오르며 나를 맞이했다. 아씨가 내게 생긋 웃어보이며 외쳤다.

"굉장해."

아씨가 손가락으로 가리키며 말했다.

"저기, 저쪽 밭에 죽은 사람이 있지? 조금 전에 죽은 거야. 괭이를 하늘 높이 치켜들었는가 싶었는데 떨어뜨리더니 빙글빙글 맴돌기 시작했어. 그리고 저 사람이 움직이지 않게 되었다 싶은 순간,

저기, 저쪽 밭에도 한 사람이 쓰러져 있지? 저 사람이 빙글빙글 맴돌기 시작했어. 그리고 조금 전까지만 해도 바닥을 기며 꿈틀거리고 있었는데."

아씨의 눈은 그곳에 가만히 쏠려 있었다. 아직 움직이지는 않을까 기대를 하고 있는 것일지도 몰랐다.

나는 아씨의 말을 듣고 있는 동안 땀이 축축하게 배어나오기 시작했다. 두려움인지 슬픔인지 알 길이 없는 커다란 무엇인가가 치밀어올라, 나는 어떻게 해야 좋을지 알 수가 없었다. 나의 가슴에 딱딱한 것이 응어리져서 그저 헐떡헐떡 숨을 쉴 뿐이었다.

그때 아씨의 맑은 목소리가 나를 불렀다.

"미미오, 저길 봐! 저쪽, 저기! 빙글빙글 맴돌기 시작한 사람이 있어. 저기, 빙글빙글 맴돌고 있지? 해님이 눈부시다는 듯. 해님에 취한 것처럼."

나는 난간으로 달려가 아씨가 가리키는 쪽을 보았다. 장자의 저택 바로 아래에 있는 밭에서 한 농부가 두 팔을 벌리고 하늘 아래를 헤엄치듯 흐느적흐느적 비틀거리고 있었다. 허수아비에 다리가 달려 좌우로 갈지자를 그리며 흐느적흐느적 작은 원을 맴돌고 있는 듯했다. 털썩 쓰러지더니 바닥을 기기 시작했다. 나는 눈을 감고 뒤로 물러났다. 얼굴도, 가슴도, 등도 땀으로 가득했다.

'아씨가 마을 사람들을 전부 죽여버리고 말 거야.'

나는 그것을 분명하게 믿었다. 내가 망루의 천장 가득 뱀의 사체를 전부 매단 순간 이 마을의 마지막 한 사람이 숨을 거두리라.

내가 천장을 올려다보니 바람이 지나는 망루였기에 몇 십 개나 되는 뱀의 사체들이 장단에 맞춰서 천천히 흔들리고 있었으며, 틈 사이로 맑은 하늘이 파랗게 보였다. 문을 굳게 닫아놓은 나의 오두막에서는 이런 광경을 볼 수 없었는데, 매달아놓은 뱀의 사체까지 이처럼 아름답게 보이다니 어떻게 된 일일까 나는 생각했다. 이건 인간세계의 일이 아니라고 나는 생각했다.

내가 거꾸로 매단 뱀의 사체를 내 손으로 잘라 떨어뜨리거나 여기서 내가 달아나거나, 둘 가운데 하나를 선택할 수밖에 없다고 나는 생각했다. 나는 끌을 힘껏 쥐었다. 그러나 무엇을 선택해야 할지 여전히 망설여졌다. 그때 아씨의 목소리가 들려왔다.

"드디어 움직이지 않게 되었어. 얼마나 귀여운지 모르겠어. 해님이 부러워. 일본의 모든 들판과 마을과 거리에서 이렇게 죽어가는 사람을 전부 보고 있을 테니."

그 말을 듣는 사이에 나의 마음이 변했다. 이 아씨를 죽이지 않는 한 빈약한 인간의 세계는 견딜 수 없을 것이라고 나는 생각했다.

아씨는 무심히 들판을 바라보고 있었다. 빙글빙글 맴돌고 있는 사람을 새로이 찾고 있는 것일지도 몰랐다. 이 얼마나 가엾은 아씨란 말인가, 라고 나는 생각했다. 그리고 마음이 정해지자, 신기하게도 나는 망설이지 않았다. 오히려 강한 힘이 나를 떠밀고 있는 것 같다는 생각이 들었다.

나는 아씨에게로 다가가 왼손을 아씨의 왼쪽 어깨에 얹고 끌어안아 오른손에 들고 있던 송곳을 가슴에 박아넣었다. 나의 어깨는 헐떡헐떡 커다랗게 물결치고 있었으나, 아씨는 눈을 떠서 싱긋 웃었다.

"잘 가라고 인사를 한 다음에 죽여야 하는 법이야. 나도 잘 있으라고 인사를 한 뒤 가슴을 찔렸을 텐데."

아씨의 동그란 눈은 끊임없이 내게 웃음 짓고 있었다.

나는 아씨의 말이 옳다고 생각했다. 나도 인사를 하고 싶었으며,

하다못해 사과의 말 한마디라도 외친 뒤에 아씨를 찌를 생각이었으나 역시 흥분해서 아무런 말도 하지 못한 채 아씨를 찔러버리고만 것이었다. 이제 와서 무슨 말을 할 수 있겠는가. 나의 눈에서 나도 모르는 사이에 눈물이 넘쳐흘렀다.

그러자 아씨가 나의 손을 잡고 생긋 웃으며 속삭였다.

"좋아하는 것은 저주하거나 죽이거나 싸우지 않으면 안 되는 법이야. 너의 미륵이 부족한 것도 그 때문이고, 너의 괴물이 훌륭한 것도 그 때문이야. 언제나 천장에 뱀을 매달아놓고 지금 나를 죽인 것처럼 훌륭하게 일을 하도록……."

아씨의 눈이 웃다가, 감겼다.

나는 아씨를 끌어안은 채 정신을 잃고 쓰러져버렸다.

전쟁과 한 여자
戰爭と一人の女

　노무라(野村)는 전쟁 중에 한 여자와 살고 있었다. 부부와 같은 관계에 있었으나 아내는 아니었다. 왜냐하면 처음부터 그렇게 약속을 했으며, 어차피 전쟁이 패배로 끝나 모든 것이 엉망이 되리라. 패전의 혼란스러운 모습이 두 사람 자체가 맺은 인연의 모습으로, 가정적인 애정 따위는 두 사람 모두 가지고 있지 않았다.

　여자는 조그만 술집의 주인으로 누군가의 첩이었는데 타고난 음탕함 때문에 조금이라도 마음에 들면 어떤 손님과도 관계를 맺는 여자였다. 이 여자의 장점이라고 한다면 억척스럽게 돈을 벌겠다는 마음이 없다는 점으로, 술을 손에 넣기 어려워져 영업이 곤란해지자 깨끗하게 술집을 그만두고 노무라와 동거를 시작한 것이었다.

　여자는 누군가와 함께 살 필요가 있었는데 노무라가 혼자였기에, 당신과 하나가 될까, 라고 말했더니, 그래, 어차피 전쟁으로 엉망이 되어버릴 테니 그럼 지금부터 엉망이 되어 전쟁의 엉망과 연결을 짓도록 할까, 라고 웃으며 대답했다. 왜냐하면 어차피 여자는 노무라와 동거를 시작한 후에도 때때로 누군가와 관계를 맺을 것이라 노무라는 믿어 의심치 않았기 때문이었다. 싫어지면 나가도 돼, 노무라는 처음부터 이렇게 말하고 여자를 맞아들인 것이었다.

　여자는 유곽에서 생활한 적이 있었기에 육체에 정상적인 애정의 기쁨, 이 없었다. 따라서 이 여자와의 동거에 남자로서는 거기에 가장 큰 불만, 이 있을 테지만, 정조관념이 없다는 것도 보기에 따라서는 신선한 것으로, 가정적인 어두움이 없다는 점이 노무라는 마음에 들었다. 유희의 상대로 그 유희에는 마지막 만족이 결여되어 있지만, 어쨌든 늘 유희적인 관계에 있는 것만으로도 없는 것보다는 나을지도 모르겠다고 노무라는 생각했다. 전쟁 중이 아니었다면 같이 살 마음은 들지 않았을 것이다. 어차피 모든 것이 파괴될 것이다. 살아남아도 노예가 될 것이라 생각했기에 가정을 건설하겠다는 마음은 없었다.

여자는 쾌감을 느끼지 못했으나 이 남자에게서 저 남자에게로 관계를 맺고 싶어 했다. 창기라는 생활에서 온 습성도 있었을 테지만, 타고난 성격이 유달리 음탕했기에 육욕과 식욕이 같은 상태여서, 갈증을 달래듯 다른 남자의 살갗을 갈구했다. 유녀에서 빼내 첩으로 삼을 만큼의 용모는 있었으며 사지가 아름답고 전신의 살도 맵시가 있었다. 그랬기에 알몸이 되면 매력이 있었다. 묘하게 식욕을 자극하는 육체였다. 따라서 여자가 만약 정상적인 애정의 기쁨을 느꼈다면 수많은 남자들이 빠져들었을 테지만, 깊이 빠져든 남자는 한 사람도 없었다. 남자를 빠지게 하는 마지막 것이 결여되어 있었다.

손님 중에는 상당히 빠져서 접근하는 남자도 있었으나 여자와 교섭이 이루어지고 나면, 오히려 열이 식어버리는 것은 그 때문이었고, 여자는 또 끈적한 교섭을 싫어하는 성격이었기에 그 편이 오히려 마음에 들었다. 뜨거운 사랑을 받은 적이 없으며 한순간 귀여움을 받는 것이 전부인 자신의 숙명을 기뻐했으며, 기질적으로도 음탕했으나 질척함은 없었다.

아담하고 마른 듯하지만 묘하게 몸매가 좋고, 둔감한 듯하지만 묘하게 민활한 움직임을 보이는 여자의 알몸이 주는 매력은 정말 질리지가 않았다. 정감을 자극하는 싱싱함이 넘쳐흐르고 있었다. 그러나 참된 기쁨을 드러내지 않았기에 영혼이 빠져나간 빈껍데기 같았지만, 함께 살아보니 또 다른 기쁨도 얼마간은 있었다. 여자가 쾌감을 드러내지 않기에 노무라도 냉정해져서 그는 육감의 직접적인 만족보다 여자의 지체를 여러 가지로 움직여 그 묘한 싱싱함을 즐기는 기쁨을 발견해냈다. 여자는 쾌감이 없었기에 결국에는 귀찮아하기도 하고 화를 내기도 했다. 노무라도 웃음을 터뜨려버리곤 했다.

그런 여자였기에 세상의 평범한 부인들처럼 얌전을 떠는 것도 싫었지만, 배급품을 받기 위한 행렬 같은 건 더없이 싫었기에, 그렇게 커다란 돈을 가지고 있는 것도 아니었으나 기세 좋게 암시장의 물건을 사다가 맛난 음식을 한껏 차려주었다. 음식을 만드는 일만은 싫어하지 않고 여러 종류의 음식을 늘어놓아 노무라가 기뻐하며 먹는 모습을 기분 좋다는 듯 바라보았다. 그런 기질은 사랑스럽게 여겨져서, 바람기만 없다면 내게는 좋은 아내일 텐데, 라고 노무라는 생각하곤 했다.

"전쟁이 끝나면 저를 내쫓을 건가요?"

"내가 내쫓는 게 아니겠지. 좋든 싫든 전쟁이 쫓아내버리고 말 거야. 목숨조차, 요즘 같은 공습이라면 그렇게 오래 붙어 있을 것 같지는 않은 형세야."

"저 요즘에 사람이 바뀐 것 같은 기분이 들어요. 아내로 사는 생활이 몸에 익었어요. 즐거워요."

여자는 솔직했다. 노무라는 웃음을 지었으나 여자가 깨닫지 못한 일의 정체를 설명해주지는 않았다. 그리고 여자의 사랑스러움을 즐겼다.

"아내로 사는 생활이 몸에 익었다면 육체적 즐거움도 느껴주었으면 좋겠는데."

노무라가 농담처럼 웃으며 무심코 말했으나, 여자는 표정이 바뀌어버리고 말았다.

표정이 바뀌더니 여자는 결국 훌쩍훌쩍 울기 시작했다.

"좋지 않은 말을 너무 지나치게 했군. 용서해줘."

그러나 여자는 화가 난 것이 아니었다. 여자는 울면서 눈물이 맺힌 눈으로 노무라를 넋이 빠진 사람처럼 바라보며 기도하듯 속삭였다.

"용서해주세요. 저의 과거가 나빴던 거예요. 죄송해요. 정말로 죄송해요."

여자는 노무라의 무릎 위에 엎드려 울기 시작했다. 노무라는 그 가련함에 견디지 못하고 훌쩍이는 여자에게 입맞춤을 했다. 눈물처럼 입도 젖어 그 감촉이 신선했다. 노무라는 정감을 참지 못하고 여자를 안았다. 여자는 울며, 몸부림치며, 솟아오르는 감격을 나타냈고, 등이 아플 정도로 노무라를 끌어안은 채 떨어지지 않았지만, 그러나 육체 자체의 참된 감동과 기쁨은 역시 결여되어 있었다. 노무라는 마음속으로 절망의 한숨을 내쉬었으나 그것을 여자에게는 보이지 않으려 노력했다. 하지만 여자는 그것을 눈치 채고 있었다. 왜냐하면 흥분이 가라앉은 여자의 눈에 증오가 번뜩이며 흐른 것을 노무라는 놓치지 않았기 때문에.

★

노무라가 사는 동네의 사방 10리 부근이 불바다로 변한 밤이 왔다. 누가 뭐래도 공장지대였기에 드르륵하는 소이탄이 쏟아져 내렸으며, 거기에 폭탄이 뒤섞여 있었다. 사방이 불바다가 되었다. 앞의 도로를 피난민들이 엎치락뒤치락하며 흘러가고 있었다.

"우리도 도망가기로 할까."

"네, 하지만."

여자의 얼굴에는 망설이는 듯한 그늘이 있었다.

"불을 끌 수 있을 때까지 꺼주세요. 당신, 죽는 거 무서워요?"

"죽고 싶지는 않아. 드르륵 떨어질 때면 심장이 멎는 것 같아."

"저도 그래요. 하지만, 당신."

여자의 얼굴에 필사의 것이 흘렀다.

"전, 이 집을 타게 두고 싶지 않아요. 이 당신의 집, 저의 집이에요. 이 집을 타지 않게 해주세요. 전 불타버릴 때까지 달아나지 않을 거예요."

그때 드르륵하는 소리가 들리자 여자는 노무라의 팔을 잡아끌고 방공호 안으로 들어갔다. 끌어안은 여자의 심장은 공포 때문에 크게 고동치고 있었다. 몸도 겁에 질려서 딱딱하게 움츠러들어 있었다. 이 얼마나 사랑스럽고, 또 솔직한 여자란 말인가, 라고 노무라는 생각했다. 그리고 그는 불에 맞설, 죽음에 맞설 뜻밖의 용기가 솟아올랐다는 사실을 깨달았다.

"알았어. 너를 위해서 노력해볼게. 온전히 너를 위해서."

"네. 하지만 무리하지는 마세요. 조심하세요."

"좀 모순되지 않아?"

라고 노무라는 놀려댔다. 넘쳐흐르는 넓고 커다란 애정과 침착함을 반갑게 자각했다. 곳곳의 수조에 물을 채우고 집의 사방에 물을 뿌렸다. 여자도 그것을 도왔다. 두 사람은 이미 물을 흠뻑 뒤집어썼다. 불은 벌써 다가오고 있었다. 전후좌우 전부. 아주 커다란 불길이었으나 마침내 옆집에 옮겨붙더니, 의외로 작은 옆집만의 것이 되어 불바다 전부를 두려워할 필요가 없다는 사실에 대한 확신이 솟아올랐다.

노무라가 크게 활약했다는 자각을 갖기도 전에 옆집의 불길은 잦아들었으며, 결국 두 사람의 집은 타지 않고 남았다. 사방 1정[1] 정도를 남겨놓고 불바다였으나 그 불바다는 더 이상 다가오지 않았다.

"아무래도 집과 목숨은 건진 것 같아."

여자는 빈 양동이를 쥔 채 정원의 흙바닥 위에 쓰러져 있었다. 온몸의 기운이 빠져버린 것이었다. 노무라도 온몸의 기운이 빠져버리고 말았다.

"피곤하지?"

여자는 조그맣게 머리를 움직였을 뿐이었다. 극도의 피로 속에서는 기껏 맞이한 감동에도 힘이 전혀 들어가지 않았다. 하지만 문득 눈물이 쏟아질 것 같은 기분이 들었다. 그래서 문득 여자의 얼굴을 보고 싶다는 생각이 들었는데, 엿보듯 여자의 얼굴을 보자,

"저기요."

여자가 입을 움직였다. 죽은 것처럼 지쳐 있었다. 노무라도 같이 땅바닥에 누워 여자에게 입맞춤하자,

"좀 더, 안아주세요. 네? 더 세게. 좀 더, 더요."

---

1) 町. 거리의 단위. 1정은 약 109m.

"그렇게는 힘이 남아 있지 않아."

"그래도 더요. 네? 저 당신을 사랑하고 있어요. 저, 깨달았어요. 하지만 저의 몸, 어째서 이 모양인 걸까요."

여자가 폭발하듯 흐느껴 울었다. 노무라가 여자를 애무하려 하자,

"아니. 싫어요, 싫어. 저 당신에게 미안해요. 저, 죽을 걸 그랬어요. 맞아요, 저희 죽는 게 나을 뻔했어요."

그러나 노무라는 그다지 감동하지 않았다. 감동하기는 했으나 그와는 반대되는 차가운 것도 가지고 있었던 것이다.

언제나 일시적으로 흥분하고 감동하는 여자였다. 오늘의 여자는 사랑스러웠다. 하지만 바람기 있는 본성만은 어떻게 해볼 수 있는 여자가 아니었다.

여자는 본능적으로 유희에 한없이 집착하며 추구하는 성격을 가지고 있었다. 도박을 좋아했다. 댄스를 좋아했다. 여행을 좋아했다. 하지만 공습에 갇혀 생각대로 행동할 수 없었기에 자전거 연습을 시작했다. 노무라도 함께 자전거를 탔으며 둘이서 2시간 정도 산책을 했다. 그것이 틀림없이 재미있었다.

교통기관이 극도로 파괴되어 보행이 주요한 교통기관이었기에 자전거의 속력조차 신선했으며, 죽음의 모습을 띤 채 불에 탄 거리에서 묘하게 생기가 느껴졌다. 요즘에는 말도 안 되는 얘기지만, 차를 한 잔 마실 가게도 없고 상품을 파는 상점도 없고 유희가 없는 것이 이미 자연스러운 상태 속에서는 자전거를 타는 것만으로

도 즐거움이 느껴졌다.

여자는 흥분과 피로를 좋아했기에 자전거가 한층 더 즐거웠으며, 두 사람은 멀리 떨어진 동네의 책 대여점에서 책을 찾아가지고 왔다. 그렇게 빌린 책이 이미 수백 권에 이르러서, 전쟁이 끝나면 나도 책 대여점을 차릴까, 하고 여자가 말할 정도가 되었다.

노무라에게는 내일에 대한 공상이 없었다. 전후에 대한 설계 따위는 아무것도 없었다. 그날, 그날이 있을 뿐이었다.

곳곳이 점령당해 전쟁이 벌어지고 있을 때, 얼마간의 짐을 싣고 여자와 둘이서 자전거를 나란히 달려 산속으로 달아나는 자신의 모습을 진지하게 생각하고 있었다. 그는 자전거에 실을 얼마 되지 않는 짐의 내용에 대해서까지 이래저래 생각하고 있었다. 도중에 일본의 패잔병에게 강탈당하거나 여자가 강간당하는 일까지 걱정하고 있었다.

슬픈 소망이라고 노무라는 생각했다. 그러자 그는 일본인 모두가 죽고 둘만 살아남았으면 좋겠다는 절망적인 생각이 들었다. 그러면 여자도 바람을 피우지 못하리라.

하지만 그는 여자에게 그렇게 집착하고 있는 것도 아니었다. 그래도 사실은 크게 집착하고 있는 것 아닐까 의심이 가는 경우가 있었다. 왜냐하면 전쟁으로 모든 것이 파괴될 것이라는 분명한 한계가 있기에 애착에도 그 한정이 은밀하게 작용하여 그렇게 차분히 있을 수 있는 것 아닐까 여겨졌기 때문이었다. 뭐, 전쟁의 파괴를 받지 않고 살아남는다면 좀 더 온전한 여자를 찾으면 그만이야. 이 불구의 여체에게서 달아나는 일 따위는 아무렇지도 않은 일이라고 생각해.

그 불구의 여체가 불구인 채로 하나의 매력으로 느껴지기 시작했다. 노무라는 여자의 지체를 여러 가지로 움직여가며 탐닉하는 일에 이끌리기 시작한 것이었다.

"그렇게 하는 건 싫어요."

그는 여자의 두 팔을 뒤로 돌려 등 쪽에서 꺾어올렸다. 정욕과 증오가 하나가 되어 그의 행동은 광포했다.

"아, 아야. 뭐하는 거예요."

여자가 발버둥치려 해도 소용없는 일이었다. 그러다 갑자기 꺄아 하는 비명을 질렀다. 노무라는 여자의 등을 활처럼 더욱 휘게 한 뒤 여자의 머리를 이리저리 흔들었다. 여자는 이를 악물고 괴로워했다. 그리고 으, 으, 으, 하는 신음만이 흔들리는 머리에서 흘러나왔다.

그는 여자를 밀치기도 하고 굴리기도 하고 힘껏 끌어안기도 했다. 여자는 저항하지 않았다. 신음하고 지치고 몸부림치고, 그러나 오히려 만족하고 있는 듯한 모습이기도 했다. 그래도 여자의 쾌감은 역시 없었다. 그리고 정욕의 끝에, 노무라를 바라보는 여자의 눈에는 증오가 있었다. 거기에는 정욕과는 상관이 없는, 무엇인가를 생각하는, 무미건조한 무표정이 있었다.

노무라는 그 무미건조하게 표정이 없는 여자의 얼굴을 마음에 걸리적거릴 정도로 이상하게 깊이 생각하게 되었다. 한마디로 말하자면 그 얼굴을 잊을 수가 없었다. 그 얼굴에 대한 애착은 불구인 여자의 감각 자체에 대한 사랑을 의미했다.

전쟁이 끝나기 5일 전에 노무라는 부상을 당했다.

원자폭탄 공격이 시작되었으니 드디어 죽을 날도 머지않았다는 생각이 들었다. 하지만 살고 싶다는 희망은 강했다. 그랬기에 방공호의 수리를 시작했다. 불타고 난 자리의 토대에서 돌을 가져와 방공호의 사방에 벽을 덧쌓고 있었다. 그 돌 5개가 무너져 노무라의 다리 위를 점점 압박하기 시작했다. 가장 위쪽의 하나만은 손으로 밀쳐냈지만 아래에서부터 무너졌기에 막을 방법이 없었다. 버티고 있으면 다리가 부러질 것이라 직감했기에 가능한 한 조용히 슬금슬금 뒤로 쓰러졌다. 발은 맨발이었다. 돌은 무릎 뼈까지 파고들어 있었다. 경험한 적 없는 격렬한 아픔 속에 절망하려는 마음과 의지가 있었다. 담장 밖에서 사람의 발소리가 들렸기에 도움을 청할까도 싶었으나, 그 사람이 무슨 일인가 묻고 이해를 해서 달려와주기까지의 시간 동안 다리가 부러질 것이라 생각했다. 그는 하나씩 돌을 밀어젖히기 시작했다. 돌은 하나에 15관[2]으로, 엉덩방아를 찧은 자세에서 밀어젖히려면 비정상적인 힘이 필요했다. 돌을 전부 치우고 나자 그는 현기증과 정신을 잃을 것 같다는 느낌이 들었으나 의지의 힘이 다리의 골절을 막았다는 사실에 만족스러운 기분이 들었다. 그와 동시에 보행이 자유스럽지 못해서는 전쟁으로 목숨을 잃을 때가 더욱 가까워졌다는 생각이 들었다. 그리고 비로소 여자를 불렀다. 그리고 손수레에 실려 병원으로 갔다.

종전의 날에는 아직 걸을 수가 없었다.

살아서 전쟁의 끝을 볼 줄이야! 상처의 고통이 생생했기에 그 생각은 강했다. 하지만 드디어 여자와는 작별이구나, 아마도 이 상처가 낫기 전에 여자는 어딘가로 가버리리라, 라고 생각했다.

---

[2] 무게의 단위. 1관은 3.75㎏.

그것은 그다지 강렬한 감정을 수반하지는 않았다.

"전쟁이 끝났어."

"무슨 뜻인가요?"

여자는 라디오를 잘 알아듣지 못한 모양이었다.

"허무하게 끝나버렸어. 나도 드디어 목숨을 잃을 때가 다가왔구나 하고 정말로 각오를 하고 있었는데. 살아서 전쟁의 끝을 맞이한 너의 감상은 어떻지?"

"정말 한심했어요."

여자는 한동안 알 수 없는 표정을 지었다. 아마 여자도 두 사람의 별리에 대해서 직감한 바가 있었던 것이라고 노무라는 생각했다.

"정말 전쟁이 끝난 건가요?"

"정말이야."

"그럴까요."

여자는 자리에서 일어나 옆집으로 물어보러 갔다. 1시간쯤이나 이 집 저 집 이웃들과 이야기를 나누다 돌아와서,

"우리 온천에 가요."

"걸을 수 없으니 그럴 수도 없잖아."

"일본은 어떻게 되는 걸까요?"

"그걸 난들 알겠어?"

"어떻게 되든 상관없어요. 어차피 잿더미인 걸요. 맛있는 홍차, 어때요?"

"좋지."

여자는 홍차를 타서 가지고 왔다. 노무라가 일어서려고 하자,

"먹여드릴 테니 그냥 누워 계세요. 자, 드세요."

"그런 건 싫어. 어린아이처럼 반 숟가락씩 빨아먹어서야 쓰겠

어?"

"이렇게 드시지 않으시면 안 드릴 거예요. 정말 버려버릴 거예요."

"별 쓸데없는 생각을 다 하는군."

"병에 걸렸고, 거기에 전쟁에서 졌기에 듬뿍 사랑을 해드리는 거예요. 사랑을 받는 거 싫으세요?"

여자는 입에 머금어 노무라의 입으로 옮겼다.

"이번에는 당신이 저를 먹여주세요. 네, 일어나요, 어서."

"싫어. 일어났다 누웠다."

"그래도, 부탁이니, 자, 당신의 입으로요."

여자는 누워서 멍하니 입을 벌리고 있었다. 여자는 소량의 홍차를 아끼듯 마시고 입 주위를 핥았다. 황홀하다는 듯 웃고 있었다.

"저기요, 당신. 이 홍차에 청산가리가 들어 있었다면 저희 벌써 죽었겠지요?"

"끔찍한 말은 하지 말아줘."

"괜찮아요. 넣지 않을 테니까. 전 말이죠, 죽을 때의 흉내를 내보고 싶었던 거예요."

"도조3) 대장은 죽을 테지만, 너까지 죽을 필요는 없을 거야."

"당신, 공습의 불을 끈 날 밤, 기억하고 계세요?"

"응."

"저, 정말로 같이 불에 타죽었으면 좋겠다고 생각했어요. 하지만 정신없이 불을 껐어요. 생각대로는 되지 않는 법인가봐요. 죽고

---

3) 도조 히데키(東條英機, 1884~1948). 군인, 정치가. 태평양전쟁의 최고 책임자가 되었으나 전황이 불리해진 1944년에 사직. 전후 군사재판에서 A급 전범이 되어 교수형에 처해졌다.

싶지 않은 사람은 몇 만 명이나 죽었는데. 전 살아봐야 아무런 희망도 없어요. 잠에 들 때면 눈이 떠지지 않으면 좋을 텐데, 라고 생각해요."

노무라는 여자의 마음을 알 수가 없었다. 하고 있는 말에 진실이 담겨 있는 것인지 전혀 짐작도 할 수가 없었다. 어떤 이유에서인지 그는 그저 여자와의 격렬한 유희 뒤에 보이는 여자의 무미건조하고 무표정한 얼굴을 떠올리고 있었다. 그때 무엇을 생각하는 건지 물어보지 않을 수 없게 되었다.

"너는 그때 무미건조하고 무표정한 얼굴을 해. 나를 증오하는 빛이 눈을 스치고 지날 때도 있어. 너는 나를 미워하는 게 틀림없다는 생각이 드는데, 그 외에 나로서는 전혀 정체를 알 수 없는 무엇인가를 생각하고 있는 게 아닐까 여겨져. 그때 무엇을 생각하는 건지 가르쳐줄 수 없을까?"

여자는 영문을 알 수 없다는 얼굴을 했다. 그런 다음 부끄럽다는 듯 희미하게 웃었다.

"그런 건 묻는 게 아니에요. 여자란 심각한 생각 같은 건 하지 않는 법이니."

그리고 진지한 얼굴이 되어,

"당신은 저를 사랑해주셨지요?"

"너는 사랑을 받았다고 생각해?"

"네, 아주요."

여자의 대답은 담백했다.

여자는 예의 일시적인 감동에 흥분하고 있는 것일 뿐이라고 노무라는 생각했다. 그리고 감동의 깊은 곳을 파헤쳐보면 언젠가는 헤어질 운명, 헤어지지 않고는 견디지 못할 여자 자신의 본성을 알아차린 것의 표현이 아닐까 의심했다.

"나는 사랑해준 적 없어. 말하자면 그저, 색에 굶주렸던 거야. 그저 야비한 모습에 지나지 않았어. 네게 모욕을 주며 탐욕을 즐긴 것뿐이잖아. 네가 그걸 모를 리 없을 텐데."

그가 내뱉듯이 밀렸다.

"하지만 인간이란 그게 전부예요. 그걸로 충분해요."

여자의 눈이 희고 둔탁하게 빛난 듯한 느낌이었다. 놀랄 만한 진실을 여자가 말한 것이라고 노무라는 생각했다. 이 말만은 여자의 거짓 없는 마음의 일부라는 사실을 깨달은 것이었다. 유희가 전부. 그것이 이 사람의 전신적인 사상인 것이다. 그럼에도 이 사람의 육체는 유희의 감각에 있어서 불구였다.

이 사상에는 따라갈 수 없다고 노무라는 생각했다. 고상한 무엇인가를 원했다. 하지만 어차피 부부관계란 그것이 전부일 뿐인 관계가 되는 것 아닐까 하는 생각이 들기도 했다. 의외로 좋은 아내일지도 모르겠다고 노무라는 생각했다.

"언제까지고 이대로 있고 싶어."

"정말 그렇게 생각해요?"

"너는 어떻게 생각해?"

"저는 죽는 편이 좋아요."

라고 여자는 당연한 일이라는 듯 말했다. 마냥 거짓말만도 아닌 듯한 울림도 담겨 있는 것처럼 여겨졌다. 음탕한 자신의 본성을 싫어하기 때문이라고밖에 여겨지지 않았다. 죽을 리 있겠어. 단지 일시적 위안을 위한 장난감이야. 그러나 노무라는 말과는 달리 여자와 헤어지는 편이 좋겠다고 생각했다.

"당신은 유희를 불결하다고 생각하고 있는 거예요. 그래서 저를 더럽다고 생각하기도 하고 미워하기도 하는 거예요. 물론 당신 자신도 자신을 더럽다고 생각하고 있어요. 하지만 당신은 거기에서 벗어나고 싶다, 좀 더, 깨끗하게 고상해지고 싶다고 생각하고 있는 거예요."

말과 함께 여자의 눈에 증오가 담기기 시작했다. 얼굴이 매섭고 험악해졌다.

"당신은 비겁해요. 자기 자신이 불결하면서 고상해지고 싶다, 벗어나고 싶다, 그건 비겁해요. 어째서 불결하지 않다고 생각하려 하지 않는 거죠? 그리고 저를 불결하지 않은 깨끗한 여자로 만들어 주려 하지 않는 거죠? 저는 부모에 의해 유곽에 팔려서 남자들의 장난감이 되어 왔어요. 저는 그런 여자이기에 유희를 좋아해요. 불결하다고는 생각지 않아요. 저는 좋지 않은 여자예요. 하지만 좋아지고 싶다고 바라고 있어요. 어째서 당신이 저를 좋아지게 하려고는 하지 않는 거죠? 당신은 저를 좋은 여자로 만들려 하지 않고 어째서 혼자서만 벗어나려 하는 거죠? 당신은 저를 불결하다고 결론짓고 있어요. 저의 과거를 경멸하고 있는 거예요."

"너의 과거를 경멸하고 있는 게 아니야. 난 단지 이렇게 생각하고 있는 거야. 너와 내가 맺어진 처음이 경솔해서 좋지 않았던 것이라고. 우리는 부부가 되어야겠다고는 생각지 않았어. 그것이 두 사람의 마음의 형태를 결정한 것 아닐까."

여자는 커다랗게 뜬 눈으로 노무라를 노려보고 있었다. 그러다 몸을 돌려 눕더니 이불을 뒤집어쓰고 울기 시작했다.

노무라는 여전히 삐딱하게 생각하고 있었다.

여자는 어째서 화를 내기 시작한 것일까. 그것도 요컨대 자신의 음탕한 피를 인식했기에 오히려 그 독혈(毒血) 자체가 몸부림치고 있는 아우성이며, 보기에 따라서는 교활한 속임수이고, 여자는 그 것을 의식하고 있지 못할 테지만 마치 자신이 음탕한 것은 노무라 가 고상하게 만들어주지 않았기 때문이라고 말하기라도 하려는 장 치이기도 하다.

누가 뭐래도 노무라의 머릿속에는 여자의 음탕하기 짝이 없었던 과거의 생활이 들러붙어 있었다. 여자에게 분명하게 말할 수는 없 지만 그것은 틀림없이 독혈이 자연스럽게 시키는 행동으로 이지 따위로는 억누를 방법이 없는 것이라 보고 있었던 것이다.

전쟁은 끝났다.

전쟁 동안만의 애정이라는 생각은 두 사람의 머릿속에 깊이 새겨 져 있었다. 적이 상륙하는 날까지, 그것은 두 사람이 매일 주고받은 암시적 말이었으며, 말 따위는 미치지도 못할 애정 자체의 의지이 기까지 했다. 그 전쟁이 끝난 것이었다.

여자는 정말로 같이 살 마음이 있는 걸까? 라고 생각해보아도 노무라는 믿고 싶은 마음이 들지 않았다.

음탕한 피가 공습경보에 정신이 팔려 있었으나 그 공습도 사라질 것이며 밤의 밝은 시간도 부활하고 여러 가지 유희도 부활할 터였 다. 여자의 피가 음탕하게 미쳐 날뛰기 시작하는 것도 아주 짧은 시간의 문제이리라. 막으려 한들 막을 수 있을까. 고상하게 하려 한들 고상해질까.

종전을 맞이하고 보니 각오는 정해진 듯했다. 그건 여자도 마찬 가지다. 자신에게 덤벼든 여자는, 두 사람의 애정이 영원히 지속되 기를 바라는 것처럼 말했지만, 보기에 따라서는 자신보다 더 적극 적으로 이미 두 사람의 파탄을 위한 공작의 첫 걸음을 뗀 것이라 여겨지기도 한다고 노무라는 생각했다.

여자란 언제든 착한 사람이 되고 싶어 하는 법이다, 자신의 미명(美名)을 준비해두고 싶어 하는 법이다, 라며 갑자기 증오심까지 솟아올랐다.

여자는 하룻밤의 여행이라도 온 것과 같은 가벼움으로 왔지만, 나갈 때는 그럴 수 없는 법인 걸까? 아니, 한동안 음탕함을 잊고 만날 수 있는 남자가 달리 없었기에 지금은 이런 식이지만, 머지않아 나를 질리게 만들 것은 불을 보듯 뻔한 일이다, 라고 노무라는 점점 좋지 않은 쪽으로 생각했다. 여자의 변덕을 못 본 채 함께 살아갈 만큼의 초연함은 가질 수 없을 것이라고 생각했다.

"더는 비행기가 날지 않는 거죠?"

여자는 울음을 그치고 엎드려서 턱을 괴고 있었다.

"이제 공습은 없을 거야. 사이렌도 없을 거야. 있을 수 없는 일처럼 여겨져."

여자가 잠시 후,

"이제 전쟁 얘기는 그만두기로 해요."

초조함이 드러나 있었다. 여자는 휙 몸을 돌려 똑바로 눕더니,

"될 대로 되라지."

눈을 감았다. 식욕을 자극하는 사랑스럽고 싱싱한 작은 몸이었다.

전쟁이 끝났구나, 하고 노무라는 여자의 지체를 탐욕스럽게 바라보며 점점 더 차갑게 맑아진다는 듯 계속 생각에 잠겼다.

다카미 준(1907~1965)

1907년에 후쿠이(福井) 현의 지사인 사카모토 산노스케(阪本錺之助)의 서자로 후쿠이 현에서 태어났다. 본명은 다카마 요시오(高間芳雄). 제1고등학교를 거쳐 1930년에 도쿄 제국대학 영문과를 졸업했다. 노동운동에 참가했다가 1933년에 검거되어 전향했다. 유치 중에 아내가 다른 남자와 달아나 이혼했다. 전향과 가정붕괴의 이중고 속에서 쓴 「잊지 못할 옛 친구」가 제1회 아쿠타가와(芥川) 상 후보작이 되어 단번에 주목을 받았다. 요설적 설화 형식을 주장하여 기성 리얼리즘의 극복을 추구했으며 장편 「어느 별 아래서」와 평론 「문학 무력설」로 인텔리 작가로서의 독자적 지위를 구축했다. 제2차 세계대전 이후에는 현대사의 동란 속에서 자신을 상대화하는 데 성공했다. 전쟁 전후에 쓴 일기가 귀중한 기록으로 남았다. 일본근대문학관 창설과 자료수집에 진력했다.

신 경
神 經

　머리를 정리해야겠다 싶어서 산책에 나섰으나 머리도 그다지 맑아지지 않은 채 집으로 돌아왔다. 현관을 올라선 곳 바로 옆에 있는 계단에 발을 걸친 순간, "―조금 전에 전화가."라고 아내가 부엌에서 얼굴을 내밀며 말했다. 설거지를 하고 있었는지 두 손이 새빨갰으며, 얼굴에도 물방울이 방울방울 튀어 있었다. 그 하나가 콧등에 떡하니, 상당히 커다란 물방울인데 흘러내리지도 않고 얌전하게 자리 잡고 있는 것이 왠지 우스워서 나는 쓴웃음을 지으며,

　"―어디서?"

라고 묻자, 아내는 새끼손가락으로 코 옆을 긁으며,

　"스다 씨―였나, 그랬어요."

　말을 들은 순간 나는 덜컥 했으며 웃음기도 사라졌다. 아내의 콧등에 있던 물방울도 한기로 빨개진 콧방울로 슥 흘러내렸다. 스다란 5년 전에 헤어진 전처의 성이었다. 아내는 그녀의 성도 본인도 알고 있는데, "스다 씨었나……."라고 발한 것은 어떤 이유에서였을까?

　"그래서, 뭐래?" 나는 계단을 오르기 시작했다.

　"뭐랬더라. 쓰키지(築地)에 있으니 꼭 와달라는 말이었어요."

　"쓰키지? 무슨 일이지? 모르겠는데."

말하며 달아나듯 올랐으나, 나는 특별히 시치미를 떼고 있는 것이 아니었다. 전처인 스다 아유코(須田鮎子)에 대해서는 내가 굳이 탐색을 하려들지 않아도 이런저런 친구들이 급보를 전한다는 듯한 얼굴로, 예를 들어 최근의 소식을 들어 말하자면, "─얼마 전에 예의 여사를 긴자(銀座)에서 만났어. 뭐? 한동안 만나지 않았다고? 그럼 바 엑스라는 걸 열었다는 건, 그건 알고 있어? 손님이 많냐고? 몰랐어? 엑스는 벌써 문을 닫았어. 워낙 발이 넓으신 여사시라, 찾아오는 손님마다 전부 외상이었어. 그런데 물건은 현금으로 들여야 했으니 망하지 않는 게 더 이상하지. ─지금은 다시 여급이 되어 바 로미오에 다니고 있어. 굉장한 후원자가 붙어 있으니 딱히 일을 하러 가지 않아도 될 텐데, 대체 어떤 이유에서일까?"라는 식으로 차례차례 번갈아가며 소식을 전해주었다. 하지만 그러한 지식으로는 '쓰키지에 있으니 꼭 와달라'는 말의 의미는 알 수 없었다. 게다가 아유코가 나를 불러내기 위해 전화를 건 것은 이번이 처음이었다. 하지만 아내는, ─"전화 왔어요."라고 이웃집 하녀가 말을 전해주는 것에 대해서 언제나 "네, 미안해요."라고 집 안에서 커다란 목소리로 대답만 하고 이웃집으로 전화를 받으러 가는 것은 내가 외출해서 집에 없는 경우가 아니면 나의 역할이었기에, 지금까지도 종종 아유코가 나를 불러내기 위해 전화를 걸었던 것이라고 오해를 하고 있을지도 몰랐다. 그래서 '스다 씨였나'라고 말한 것일지도 몰랐다. 그리고 내가 '모르겠는데'라고 말한 것은 그저 말뿐이라고 받아들였을지도 모르겠다고 생각하자 나는 우울해져서, 이미 다 오른 계단 위에서, "무슨 일이지? 그 외에 다른 말은 하지 않았어?"

"네. ─그 말씀뿐, 나중에 다시 걸겠다고 하시며." 아내의 목소리는 특별히 감정을 품고 있는 것 같지는 않았으나 뒤이어, "오랫동안 연락을 못 드려서 죄송하다고 하셨어요."

"흠."

"사모님이세요, 라며."

"거참."

"목소리가 걸걸해서 전화로는 잘 알아듣기 어려워서⋯⋯."

이 말을 듣고 나는 아아, 그렇게 된 거로군 하며 고개를 끄덕였다. 그 사람은 틀림없이 아유코의 오빠인 스다 겐타로(須田謙多郞)였으리라.

'남자한테 온 전화였지?'라고 물으려다 쓸데없는 말이라는 생각에 허둥지둥 입을 닫고 그대로 방으로 들어갔다.

내가 아내를 새로이 맞아들인 뒤, 스다 겐타로는 우리 집에 한 번도 온 적이 없었기에 아내는 그를 몰랐다. 아유코에게 그런 오빠가 있다는 사실조차 아내는 몰랐다. 알고 있었다면 "아유코 씨의 오빠인 스다 씨가⋯⋯."라고 말했을 터였다.

나는 그와 3년 가까이 만나지 못했다. 물론 소식 등도 주고받지 않았다. 어째서 갑자기 전화를 걸어온 것일까? 그러나 그 의문은 그렇게 깊이 생각할 것도 없이, '쓰키지에 있으니 와달라고? 아하, 쓰키지란 쓰키지 경찰서를 말하는 거로군.' 하고 답이 내 머릿속에 퍼뜩 떠올랐다.

'쓰키지에 있으니 제발 좀 빼달라는 전화였군. 웃기지도 않아. 경찰서에서 그런 전화를 걸 수 있는 건가? 아니, 실제로 걸려온 것을 보니 걸 수 있는 것 같은데⋯⋯.'

보통은 3년이나 만나지 못했다면 갑자기 그런 전화를 거는 것은 얼핏 생각하기 어려운 일이지만, 그의 경우에는 얼마든지 있을 법한 일이라 여겨진 것이다. 나는 틀림없이 그럴 것이라 짐작했다.

－그는 원래 불량소년이었다. 그러다 요즘에는 성실해졌지만, 최근에 다시 아사쿠사(浅草) 부근에서 돌아다니는 모습을 보았다는 사람도 있었다. －무슨 짓인가를 저질러 쓰키지 경찰서에 검거된 것일 테지만, 그런 그가 쉽게 상상됨과 동시에 우리 집에 갑자기 전화를 걸어온 당돌함, 무모함, 그런 그에게도 나는 예전부터 익숙해져 있었다.

지금으로부터 5년쯤 전, 그건 아유코와 헤어진 직후였다. －그랬다. 내 입으로는 말하기 어렵지만 아유코가 나와 관계를 끊고 다른 남자를 만들어 집에서 나가버린 것이었다. "그런 여자는 호적에서 파버리고 단호하게 포기해버려라."라고 어머니는 말했으며, 또 친구들도 말했으나 나는 아유코를 포기하지 못하고 애증이 되지 못하는 괴로운 상념에 시달리며 몸부림치는 나날을 보내고 있었다. 그와 같은 상태에 있을 때의 어느 날 밤, 아유코의 오빠가 갑자기 오오모리(大森)에 있는 우리 집으로 찾아왔다.

"이거－, 어서 오세요."

그는 도쿄(東京)에 있지 않았기에 만나는 것은 오랜만이었다. －아유코 일가는 나와 아유코가 결혼할 당시에는 우에노(上野) 히로코지(広小路)에서 살고 있었지만 거기서 운영하던 중국 단밤 수입업이 사변 때문에 뜻대로 풀리지 않아 곧 이토(伊東)에 땅을 사서 그곳에서 양과 돼지를 치게 되었기에 일가가 모두 그쪽으로 이사했다. 아유코의 오빠도 마음을 다잡고 이토에서 목축에 힘쓰고 있다고 들었다.

이토에서 상경한 것이라 생각했기에, "－자, 올라오세요."라고

말했더니,

"네, 고맙습니다."

나보다 2살 어린 그가 무뢰한 같은 투로 말하고, 그러나 자꾸만 손을 비벼댔다. 어딘가 비굴한 느낌의 겸손함에도 무뢰한을 떠오르게 하는 것이 배어 있었지만, 동시에 참으로 사람 좋은 그의 모습도 느낄 수 있었다.

"들어오세요."

거듭 말하자,

"네. 하지만 몸이 지저분해서."

"괜찮아요." 말하면서 살펴보니 아니나 다를까, 그의 바지는 튀어오른 흙으로 범벅이 되어 있었다. 구깃구깃한 양복에 짚신을 신은, 마치 룸펜 같은 차림새였으며, 양말을 신지 않은 발은 진흙으로 온통 뒤덮여 있었다.

"사실은 요코하마(横浜)에서 여기까지 걸어와서."

나의 눈길에 답하듯 말하고, "―지금부터 도쿄로 돌아갈 생각인데 이제는 너무 지쳐서. 죄송하지만 전차 삯 좀 주실 수 없으시겠습니까? 너무 지쳐서 더 이상은 걸을 수가 없기에……."

이 말에 나의 머리로 피가 확 치밀어올랐다. 무슨 소릴 하는 거야. 뻔뻔하게도 그런 말이 입에서 잘도 나오는군. ―나는 하마터면 소리를 지를 뻔했다. 하지만 다실에 계신 어머니를 생각해서 나는 꾹 눌러 참고, "어쨌든 잠깐 밖으로……."라며 현관으로 내려섰다. 퍼부어주고 싶은 말이 가슴속에서 소용돌이쳤다. 집에서는 형편이 좋지 않았기에 밖으로 나간 것이었다.

―나의 분노를 사람들은 어쩌면 매정한 것이라고 생각할지도 모르겠다. 만약 당시 그의 딱한 모습을 봤다면 사람들은 한층 더

그렇게 생각했으리라. 하지만 내 입장에서는, —나는 진심으로 화가 났었다. 그는 아유코가 우리 집에서 나간 이후 처음으로 내 앞에 모습을 드러낸 아유코의 본가 쪽 사람이었다. 사실 아유코가 집을 나간 이후, 처음 한동안은 나도 체면이 있었기에 아유코의 본가에는 아무런 말도 하지 않고 나 혼자서 아유코에게 돌아오라고 설득을 했었으나, 아무래도 나 혼자만의 힘으로는 안 되겠다 싶었기에 더는 추태고 뭐고 따질 것도 없이 이토의 아버님께 그간의 사정을 적은 편지를 보내, 본가 쪽에서 설득을 하도록 해야겠다고 생각했다. 이토에서 곧 답장이 왔는데 조만간 상경해서 아유코를 만나겠다는 내용이었다. 그 조만간이라는 것이 내게는 불만이었다. 이거 큰일이다 하며, 이토에서 당장 달려와 줄 것이라고만 생각하고 있었기 때문이었다. 그 조만간이 일주일쯤 지났을 무렵에 앞서 이야기한 것처럼 아유코의 오빠가 찾아온 것이었다. 나는 아버님의 대리로 온 것이라 생각했다. 물론 그게 아니라는 사실은 금방 알게 되었으나, 아무리 그래도 그의 동생이, 그가 쓸 법한 말을 빌려 표현하자면 나의 얼굴에 똥칠을 한 경위는 알고 있을 터. 그렇다면 오빠로서 우선은 그 일에 관한 말을 당연히 해야 한다고 생각하고 있었는데, 갑자기 돈을 빌려달라고 했다. —나는 화가 불쑥 치밀어 올랐다. 나는 그러한 그의 태도에만 화가 난 것이 아니었다. 그의 태도에는 같은 피를 물려받은 동생 아유코가 나에게 행한 형편없는 행동과 일맥상통하는 부분이 있다고 순간 느껴졌기에, 그에 대한 분노가 아유코에 대한 분노를 새삼스럽게 부채질한 것이었다. 그리고 거기에 무책임한 처가에 대한 분노도 덧씌워져 있었다. —

"당신은 요코하마에서 왔다고 했으니, 결국은 이토에서 출발해서……."

도쿄로 오는 도중 요코하마에서 내려 예의 방탕함으로 가진 돈을 전부 써버린 것이냐고 내가 물으려 하자,

"사실 이토는," 하고 그가 말을 가로막았다. "─2, 3개월 전에 아버지의 집에서 나와버렸기에."

"나와버렸다?"

"실은 도쿄로 다시 돌아와서……."

그런 거였군. 어쩐지 이토의 본가에서 왔다고 하기에는 차림새가 너무 지저분했다. ─또 타락해버린 것일까.

"그렇다면 당신은……."

내가 잠시 말하기를 망설이다, "아유코에 대해서는……."

모르는 것 아닐까. 그래서 별 생각 없이 온 것 아닐까. ─그러나 그는,

"네, 들었습니다."

라고 거리낌 없이 말했다.

들었다고? 그렇다면 아유코의 오빠로서 내 앞에 당당하게 얼굴을 내밀 염치는 없으리라. 이렇게 말하고 싶었으나 상대방이 너무나도 태연한 얼굴을 하고 있었기에 거기에 압도되어 말을 할 수가 없었다. 그의 말투에서는 뻔뻔함이라거나 교활함과는 다른, 일반 사람들과는 신경이 조금 다른 무엇인가가 느껴졌는데, 뒤이어 그가 참으로 화가 난다는 듯, "─정말 괘씸한 놈입니다."라고 말했을 때 나는 그것을 분명하게 느꼈다. 불미스러운 일을 저지른 동생에 대해서 말하는 투가 아니었다. 다시 말해서 오빠로서 나에 대해 면목이 서지 않는다는 듯한 느낌은 눈곱만큼도 없었으며, 자신을 아유코 쪽의 사람이 아니라 나와 같은 쪽 사람이라고 여기고 있는 듯한 말투였다. 나는 분노를 넘어 어처구니가 없었다. 시선을 돌리

며, "―아유코를 만나봤습니까?"라고 묻자, "그게 그러니까―."라며 그가 묘하게 힘을 주어 말했다. "긴자의 뒷골목에서 우연히 마주쳐서요. 그래서 물어보았더니 당신 집에서 뛰쳐나와 긴자의 아파트에 있다고 해서 정말 깜짝 놀랐습니다. 그래서 아파트는 어디냐고 물었더니, 아유코 녀석 끝까지 가르쳐주지 않았습니다. 그때도 보시는 것처럼 꼴사나운 모습을 하고 있었는데 그런 모습으로 아파트에 와서는 곤란하다는 것이었습니다. 그건 이해할 수 있었습니다만, 저로서도 동생이 살고 있는 곳 정도는 알아두어야겠다고 생각했으나 아무래도 가르쳐주지 않았습니다. ―사실은 지금이니까 하는 말입니다만, 아유코는 예전에 당신 집에 제가 찾아오는 것도 굉장히 싫어했습니다. 아유코는 이렇게 말했었습니다. 오빠는 멍청한 소리를 해서 내가 창피하니까 오지 마, 라고. 그랬었습니다. 그야 아유코는 여학교를 나왔고 저는 소학교밖에 다니지 못했으니 아유코가 보기에 저는 틀림없이 멍청하게 보일 겁니다. 물론 저는 전혀 교육을 받지 못한 멍청이입니다만, 스스로도 멍청하다는 사실은 잘 알고 있습니다. 그건 아유코에게도 늘 하는 말입니다. 그래도 동생이 대놓고 오빠는 멍청하다고 하면, 아무리 저라도 좋은 기분은 들지 않습니다. 하지만 생각해보면 그건 틀림없는 사실이기에 저도 찾아오는 것은 자제하고 있었습니다. ―그런데 이번에는 절대로 찾아오지 말라니. 아무리 저라도 화가 났습니다. 그건 정말 지독한 여자로……."

나는 여기서 "돈이라도 요구해서는 곤란하다고 아유코는 생각했던 것 아닐까요."라고 중얼거리듯 말했다. 그러자 그는 뜻밖이라는 얼굴로,

"동생에게 돈을 준 적은 있어도 요구한 적은 단 한 번도 없었습니

다. 지금까지 집을 나와서 여러 가지로 어려운 일이 있었지만 동생에게만은 그런 짓을 한 기억이 없습니다. 아유코가 당신 집에 있었을 때, 저는 단 한 번도 당신이나 아유코에게 돈을 요구하러 온 적이 없지 않았습니까?"

그러고 보니 그랬다. ―그리고 그가 계속해서 말했다. "오늘 밤 이렇게 부탁을 드리러 온 것은, 동생이 이제는 댁에 없기 때문으로……."

나는 신경이 뒤얽혀서 뭐가 뭔지 모르게 되어버렸다.

선로를 따라 역으로 가는 길에 이르러, 나는 신호등 아래서 빈약한 지갑을 꺼내 약간의 돈을 주었다.

"자, 여기―."

"―정말 죄송합니다. 이걸로 살았습니다." 삼가 받들듯 했기에 나는 부끄러워서, "그럼, 또……"하고 등을 돌렸다. 그렇게 감사를 받아야 할 정도의 돈도 아니었다. 그것을 그렇게 감사하는 것으로 보아, 그는 굉장히 어려웠던 모양이었다. 그리고 돈을 뜯어내기 위해서가 아니라, 정말로 전차 삯이 없어서 우리 집으로 뛰어든 것이라는 사실은, 그 흙투성이가 된 모습으로도 알 수 있었다. 나는 그의 여동생에 대한 감정 때문에, 그에게까지 매정하게 대한 것은 잘못이었다고 여겨지기 시작했다. 그리고 생각해보니, 내가 준 정도의 돈은 예전에 그가 내게 몇 번이고 곧잘 쥐어주던 것이었다. 그때 그는 우에노 히로코지에 있던 아버지의 가게에서 얌전히 일을 하고 있었는데, 그의 동생과 막 결혼한 내가 둘이서 아사쿠사로 극단 '카지노 포리'의 연극을 보러 갔다가 돌아오는 길에 가게에 들르면, 집으로 돌아가려 할 때 내 옆으로 다가와서, "―이걸로 차를 타고 가세요."라며 귓가에서 속삭이고 내 손 안에 은화를 밀어

넣곤 했다. 처음 그런 일이 있었을 때 나는 적잖이 당황했다. 차를 타고 가라고 하는 거라면 굳이 그렇게 뒷골목 여급이나 누군가 반해버린 여자에게 몰래 돈을 주는 것 같은 짓 할 필요 없이 정정당당하게 차를 잡아 돈을 내주면 될 일이었다. 게다가 자동차 삯이라기에는 동전의 숫자가 조금 많았다. 나는 무뚝뚝한 얼굴로, "됐습니다."라며 되돌려주었다. 그러자 그는 "자, 자."라고 당황한 듯 머리를 흔들며 싸움을 말리는 사람 같은 손길로 나를 밖으로 밀쳐내고, "자, 자. 괜찮아요."라며 금고 앞에 앉아 있는 아버님 쪽을 힐끗 돌아보았다. "자동차 삯이라면 이렇게 많이는……." 내가 말하자, "근처에서 어머님께 선물이라도 사가지고……. 변변한 물건은 살 수 없을 테지만." 그때는 이미 가게에서 떨어진 곳까지 나를 끌고 왔기에 손을 놓으며, "아버지가 워낙 노랑이라서 아무래도……."

아유코와 차에 오른 뒤 나는 호의를 무시해서는 안 된다고 생각하여 받은 은화를 보이며 사정을 이야기했다. 그러자 그녀는 노골적으로 얼굴을 찌푸리며, "―그런 무례한 짓을 하다니. 그래서 오빠가 싫은 거야. 그런 오빠이기에 전 오빠를 경멸하는 거예요. 그리고 오빠는 내게 오빠인 양 행세하지 못하기에 당신에게 오빠인 양 행세하기 위해서……."

"그런 말 하는 거 아니야." 돈을 받았다는 우울함보다 오빠를 헐뜯는 동생의 말을 듣는 우울함 쪽이 더 강했다. "―게다가 아버님께서 주신 돈을 봉투에 넣지 않고 돈만 그대로 건네준 것일 뿐이니,"

이런 나의 말을 끊으며 아유코는 "그건 아니에요. 그 노랑이 아버지가 차를 타고 가라고 말할 것 같아요?" 이번에는 아버지를 비난했다. 하지만 그 말은 아유코의 오빠도 했었다. 그가 아버지는 노랑이라고 말했을 때, 나는 선물을 사기에는 금액이 너무 적다는 뜻인 줄 알았다고 했더니 그 돈은 오빠가 준 것이라고 했다. 아유코는 곧바로 말을 이어, "그건 오빠가 가게의 매출에서 몰래 빼돌린 돈이에요."

"몰래 빼돌렸다고?"

듣고 보니 거동이 이상하기는 했었다.

"─생각해보면 오빠도 불쌍하기는 해요. 용돈을 제대로 된 데 쓰지 못한다며 아버지는 오빠에게 용돈을 전혀 주지 않으니까요." 그도 그럴 것이, 지금이야 얌전하게 살고 있지만 아유코의 오빠는 원래 불량소년이었기에 돈을 주면 유흥에 빠진다며 용돈을 주지 않았기 때문이었다. "원인 중 하나는 아버지가 노랑이이기 때문이기도 해요. 그래서 오빠도 물건을 판 돈을 빼돌리는 거니 그게 오히려 오빠를 안 좋게 만드는 거예요." 그리고 오빠가 불량소년이 된 것도 아버지가 원인 중 하나라고 아유코는 말했다. 상인의 아들에게 학문은 필요 없다며 아버님은 아유코의 오빠를 중학에 보내지 않았다. 여유가 없었던 것이 아니라 중국 단밤이 한때 유행하여 상당한 재산을 모았으면서도 아들을 소학교까지만 보내고 집에 둔 것이었다. 아유코의 말에 의하자면 아버지가 학비를 아까워했기 때문이라고도 했다. 그런 아버지라고 한다. 이렇게 해서 소학교 때의 학우들은 모두 중학생이 되었는데 자신만 상점의 어린 점원처럼 가게에서 일을 한다는 불만 때문에 언제부턴가 불량한 친구들과 가까이 지내게 되었다. 불량한 친구들이 또 그를 꼬드겨서 가게의 돈을 훔쳐내게 했고, 그 돈 덕분에 그는 치켜세워져 더욱 좋지 않게 되었다.

내가 아유코와 결혼했을 무렵에는 그도 더는 불량소년이라고

할 수 있는 나이가 아니었으며, 행실도 바로 잡았지만 가게의 돈을 빼돌리는 버릇만은 고치지 못했다. —나는 쥐어진 돈이 그런 돈이라는 사실을 알았기에 다음에 또 그가 건네주려 했을 때 앞으로는 절대로 받지 않겠다는 듯한 얼굴로 강하게 거부했다. 그러자 그가 보기에도 딱할 정도로 의기소침해져서 누렇게 탁해진 눈으로 나를 가만히 바라보았는데 그 슬픈 눈빛은, 아아, 결국은 당신도 아유코처럼 경멸을 하는구나, 라고 말하는 듯했다. 나는 그런 그를 보자 갑자기 가련함과 초조함이 느껴져 "—마음 상하셨다면, 이렇게 베풀어주신 호의를 거절하기도 어려우니……, 그럼 사양하지 않고." 라며 영 어색하기 짝이 없는 손을 어쩔 수 없이 내밀었다. 그러자 그는 바로 생기를 되찾은 것처럼 되어, "—저도 지금은 워낙 부모의 신세를 지고 있어서. 곧 자리를 잡으면……"이라고 말하고 도토리를 떠오르게 하는 모양의 머리에 마치 갓난아기의 털처럼 갈색으로 옅은 것이 덥수룩한 곳에 털썩 손을 얹어 그 손으로 위에서부터 자신의 몸을 잡아 흔드는 듯한 모습으로 흐물흐물 몸을 꼬았는데, '자리를 잡으면' 어쩌겠다는 것인지. 용돈이 떨어지게는 하지 않겠다고 수줍어하면서도 큰소리를 치고 있는 듯도 하고, 혹은 그렇게 생각하고 있기는 하지만 어느 세월에……, 라며 뒤이어 바로 일어난 자조와 비하 때문에 몸을 꼬고 있는 듯도 한, 갑자기는 판단하기 어려운 기묘한 몸짓을 했는데, 그 얼굴에서는 오빠인 양한다며 아유코도 그럴 듯한 말을 했다고 새삼스럽게 감탄하게 만드는, 묘하게 자랑스러워하는 듯한 표정이 생생하게 빛나고 있었다.

　나는 그가 오빠인 양 행세한다며 아유코처럼 비웃을 마음은 들지 않았다. 아유코가 비웃는다면, 바로 그렇기 때문에 오히려 내게 오빠인 양 행세하게 내버려두고 싶었다. 그렇게 하기 위해서 그가 가게에서 빼돌린 돈을 말없이 받아야 한다는 것은 틀림없이 마음에 걸리는 일이기는 했으나, 그가 그것으로 오빠인 양 행세하며 만족감을 느끼리라는 점을 생각한다면 마음에 걸리는 일에는 눈을 감을 수밖에 없었다. 아무래도 그는 주위 사람들로부터 철저하게 경멸당해 언제까지고 불량 취급을 받고 있는 듯했다. 그러한 가운데 나만이라도 진심으로 그를 형님으로 대해서 그가 형님인 양 행세하게 해주는 것은, 그에게 그 순간의 조그만 만족감을 주는 것 이상으로 더욱 분발해서 삶을 살아갈 수 있게 하는 자신감을 주는 일이 되지나 않을까 남몰래 생각했던 것이었다. 하지만 그러한 생각은 멋지게 빗나가고 말았다. 그는 마침내 아버지와 대판 싸움을 한 뒤, 집에서 뛰쳐나갔다. 가게의 돈을 빼돌린다는 사실이 발각되고 만 것이었다. ─그 후, 아버님의 사업이 부진해서 일가가 이토로 옮길 무렵에 용서를 받아 집으로 돌아갔으니 다행이라고 할 수 있었으나, 집을 뛰쳐나간 원인인 가게의 돈을 빼돌린 일에 대해서는 나도 책임이 없다고는 할 수 없었다. 내가 그에게 형님인 양 행세하게 했던 것이, 간접적으로는 돈을 빼돌리는 일에 한 몫을 담당하고 있었기 때문이었다.

옛날얘기가 너무 길어진 듯하지만, 나는 그에게 전차 삯을 주고 혼자서 집으로 돌아오는 길에, 예전에는 내가 그렇게 해서 그로부터 자동차 삯을 받았다는 사실을 떠올린 것이었다. 추억 속의 그는 참으로 사람 좋은 인물이었다. 그리고 지금도 선량한 사람이라고 생각되었다.

그런데 인간의 머리란 묘한 것이다. 인간의 ─아니, 나의 머리가 묘한 것일지도 모르겠다. 그리고 당시의 나는 애욕의 수렁에 머리를 처박고 있었기에 머리가 이상해진 것만은 틀림없는 사실이었다.

즉, 나는 예전의 그를 생각하며 머리를 동정심 쪽으로 기울이고 있었는데, 문득 깨닫고 보니 어느 틈엔가 분노가 머릿속을 활발하게 날아다니고 있었다. 분노는 이렇게 아우성치고 있었다. ─사람이 좋은 건 너 자신이잖아. 얕잡아보고 있다는 사실을 깨닫지 못하다니, 정말 대단한 호인이로군. 과연 생각해보니 얕잡아보고 있는 것 같다는 느낌이 들기도 했다. 원래대로 하자면 아유코의 오빠로서 나의 얼굴을 볼 수 있을 리 없는 그가 제아무리 난처함에 빠졌다고는 해도 안녕하세요, 하며 찾아오다니 이건 틀림없이 나를 얕잡아보는 처사였다. 그러고 보니 아유코에게도 얕보이고, 아유코의 일가에게도 얕보이고 있다는 듯한 느낌이었다. 나는 참으로 비참하다는 생각에 빠져들고 말았다.

이튿날, 나는 ─아니, 이쯤에서 옛날얘기는 그만두기로 하자.

이상은 내게 갑자기 전화를 걸어온 스다 겐타로의, 평범한 사람과는 신경이 약간 다른 점을 전달하기 위해서 쓴 것인데, 글이 서툰 데다가 쓸데없는 얘기만 늘어놓았기에 과연 소기의 목적을 달성했는지는 잘 모르겠다. 게다가 신경이 약간 다르다는 것은 나 개인의 주관적인 인상으로, 과연 스다 겐타로가 객관적으로 그런지 어떤지는 알 수 없는 일이니, 혹시 나의 소개로 독자가 그와 같은 인상을 받지 못했다 할지라도, ─그것은 그냥 아무래도 상관없는 일이라고 해두자. 어쨌든 나는 그의 갑작스러운 전화를, 그러면 이상할 것도 없는 일이라고 생각했다. 그 사실만 독자에게 이해를 시켰다면 그것으로 그만이다.

─나중에 다시 건다고 했다는데, 전화는 밤이 되어서도 걸려오지 않았다. 그렇게 되자 내가 먼저 쓰키지 경찰서로 전화를 걸거나,

혹은 그를 데리러 가지 않으면 안 된다는 의무감과도 같은 것에 사로잡히게 되었는데, 아무래도 반갑지 않은 역할이었기에 가능하다면 달아나고 싶었다. 그러자 '그냥 내버려두면 돼. 지금은 아무런 관계도 없는, 게다가 3년 동안이나 만난 적도 없는 사람이니······.' 하고 마음속에서 매정하게 말하는 소리가 들려왔으나, 특히 내게 의지하여 부탁을 한 것이라는 생각이 들기도 하고, 나 외에는 의지할 사람이 아마도 없을 것이라는 생각이 들기도 하자, 그가 완전히 가엾어져서 이런저런 생각 속에서 일을 할 마음이 어딘가로 완전히 달아나버리고 말았다. 그랬기에 에잇, 제길, 하며 긴자로 술을 마시러 나가버리고 말았다.

누구 같이 마실 사람 없을까 생각하며 길을 걷다가, 마찬가지로 술 상대를 찾고 있는 것 같은 얼굴을 한 S군과 마주쳤다. "마실래?"라고 물었더니, 물론 찬성하고 "오늘밤은 오토리사마1)이니 이따 요시와라(吉原)에 가보세."라고, 전에 아사쿠사에서 산 적이 있던 S군이 말했다. "―그런가. 오늘이 오토리사마인가. 몰랐어."라고 말하며 나는 S군이 아유코와 그녀의 오빠를 알고 있다는 사실이 떠올랐기에,

"사실은 오늘 스다 겐타로 군에게서 갑자기 전화가 왔었어."

"흠."

"―3년 만이야."

"흠."

"그런데 뭐라고 했는지 알아?" 나는 일부러 잠깐 사이를 두었다가 놀라지 말라는 듯한 투로, "쓰키지에 있으니 와달라는 거야."

---

1) お酉さま. 오오토리(鶯) 신사의 제사일. 11월.

정말 어처구니없는 전화 아니냐고 말하려 했으나 S군이 바로,

"—그런 것 같더군."

이라고 별로 흥미 없다는 듯한 목소리로 말을 가로막았다. 나는 놀라서, "그런 것 같다니, —자네는 알고 있었단 말인가?"

"응." S군이 그의 버릇대로 작고 분주하게 머리를 끄덕이며, "—쓰키지에 있는 모양이야."

"누구한테서 들었지?"

"본인한테서 들었어."

"본인한테서 들었다고?" 나는 버릇인 기성을 내질렀다. "어떻게 들은 거야? 역시 전화나……."

"아니, 얼마 전에 긴자에서 만났어."

"만나서, 그래서……."

"만나서 들었지."

나는 영문을 알 수가 없었다. 하지만 S군은 전부 알고 있다는 듯한 얼굴로,

"무대장치를 담당하고 있대."

"무대장치?" 더욱 알 수 없는 말이었다. "무대장치가 뭔데?"

"무대장치는 무대장치지. 연극의—."

나는 무심결에 "아아, 그런 거였군."하고 외쳤다. 쓰키지라는 것을 나는 쓰키지 경찰서라고 지레짐작하고 있었는데, 연극의 '쓰키지'였다는 사실을 알게 된 것이었다. 쓰키지에 있으니 꼭 와달라는 것은 어처구니없는 전화가 아니라, 오히려 친절하게 연극을 보러 오라고 얘기한 것이었다. 일반적으로 '쓰키지'라 불리고 있는 쓰키지자(築地座) 극장에서는 마침 화제의 신극이 공연되고 있었다.

이 무슨 일이란 말인가, 하며 나는 참회의 입술을 씹었다. 나는

예전에 스다 겐타로의 주위 사람들이 언제까지고 그를 불량 취급하며 제대로 봐주지 않는 것을 씁쓸하게 생각했었다. 그래서는 갱생하고 싶어도 갱생할 수 없을 것이라고 생각했으며, 앞서 이야기한 대로 내가 그에게 형님인 양 행세하게 한 것도 그런 주위 사람들에 대한 일종의 항의를 담아서 한 일이었다. 그런데 그런 내가 마음속에서는 그를 역시 불량이라고 보고 있었던 것이었다. ─

　　S군은 나의 외침을 듣고, "─뭐야."라고 말했다. 나는 "─아무것도 아니야."라고 어물쩍 넘어갔다. '쓰키지'를 쓰키지 경찰서인 줄 오해했다는 사실은 차마 말을 할 수가 없었다.

　　스다 겐타로의 이름이 나왔기에 S군은 스다 아유코가 다니고 있는 바 로미오에 가자고 했다. 나는 평소 같았으면 거절했을 테지만, 그날 밤만은 오랜만에 아유코를 만나봐야겠다고 생각했다.

　　아유코는 나의 얼굴을 보더니 남자 같은 말투로, "왔어? 오랜만이네."라고 호탕하게 말하고 거수경례 같은 태도를 취했다. 사실을 말하자면 나는 여기로 들어올 때, 아유코가 지금은 미천한 여급으로 전남편인 내 앞에 모습을 드러내야 한다는 사실에 혹시 굴욕을 느낄지도 모르겠다고 생각하여 망설임을 느꼈었다. 예전에 나를 배반한 아유코에게 그런 식으로 집착하여 음험하게 복수하려는 것처럼 보인다면 이제 와서는 아무런 감정도 품고 있지 않은 내게는 약간 난처한 일일 터였다. 매정한 행동이라 여겨질지도 모르겠다고 반성했으나 그런 걱정은 쓸데없는 것이었다.

　　"─건강해?"

라고 아유코가 말했다. 세상에서 흔히 말하는, 기세에 짓눌린다는 것은 이를 두고 하는 말이리라. 나는 쓴웃음을 지으며, "오늘 오빠에게서 갑자기 전화가 왔었어."

"오빠 뭐하고 지낼까?"

"몰라?"

"응."하고 태연한 얼굴이었다.

"안 만나?"

"훨씬 전부터 안 만났어. 몇 년이나 됐으려나. ―그런 오빠는 의미 없어."

"의미 없다고? ―이거 놀랐는걸."

듣자하니 아유코는 이토의 본가와도 오래 전부터 연락을 주고받지 않았다고 한다.

"아버지도 의미 없어?"

내가 묻자,

"그보다 뭐 마실래? 맥주?"

라고 갑자기 손님을 대하는 듯한 투로 말하고, 맥주라고 대답했더니 바닥에 끌릴 정도로 긴 스커트를 휙 돌려 흔들흔들 마치 춤을 추는 듯한 모습으로 걸어갔다. 이 세상이 재미있어서 견딜 수가 없다는 듯한 모습이었다.

S군과 둘이서 오토리사마에 갈 예정이었으나 S군이 아유코에게 같이 가자고 하자 아유코가, "―가고 싶어요."라고 즉석에서 대답했기에 우리는 바 로미오 옆에 있는 어묵집에서 아유코가 가게의 일을 마치고 나오기를 기다리기로 했다. 아유코는 놀 기회만 생기면 무슨 일이 있어도 결코 놓치지 않았다.

나는 S군과 둘이라면 상관없지만 아유코와 함께 가는 것은 썩 내키지 않았다. 그러나 S군이 "상관없잖아. ―나 혼자서는 아무래도."라고 말했기에 S군을 위한다는 마음으로 기다리고 있었다. 얼마 지나지 않아서 아유코가 그곳으로 가게의 친구 한 명을 데리고 왔다. 호사스러운 표범 모피를 입고 시원시원하게 주위를 압도하는 듯한 느낌이었기에 어묵집의 손님들과 함께 나도 눈을 둥그렇게 떴다. 상당한 후원자가 붙어 있는 것 같다는 사실을 알 수 있었다.

"저기, 바로 가지 않을래?"

라고 아유코가 우리들 테이블 앞에 떡하니 버티고 서서 말했다. S군이 가게의 입장을 생각해서, "─잠깐 여기서 조금 마시고."라고 말하자, "요시와라에 가서 마셔요."라며 아유코는 벌써 출입문 쪽으로 발걸음을 향하고 있었다. 그랬기에 우리는 그 가게에서 나왔는데, 우리의 모습은 사나운 여자 표범에게 목을 물려 어쩔 수 없이 끌려나온 쥐와도 같았다. 밖으로 나오자,

"저기, 고로(ゴロ)를 같이 데리고 가지 않을래?"

라고 말하고 우리의 대답은 기다리지도 않은 채 아유코는 마침 다가오고 있던 자동차에 대고, "아카사카(赤坂), 3냥. ─."

고로란, 오오야 고로(大屋五郎)라는 젊은 미남 레뷰(revue) 가수로 얼마 전까지 아유코와 살았었으나, 아유코에게 후원자가 생기자 '위자료'를 받고 헤어진 사람이라는 이야기를 나는 들은 적이 있었다. 그 고로와 오늘밤 만나기로 약속해서 사실은 아카사카의 어묵집에서 고로가 기다리고 있다는 사실을 자동차에 탄 뒤 아유코는 우리들에게 말했다. 나는 어처구니가 없어서,

"그럼 헤어졌지만……."

이라고 말하자,

"─가끔 만나."

아유코가 거리낌 없는 얼굴로 말했다.

아카사카의 어묵집으로 갔으나 고로의 모습은 보이지 않았다.

나는 예전에 긴자 거리에서 아유코로부터 소개를 받아 고로와는 아는 사이가 되어 있었다. 덧붙여 말하자면, 아유코가 우리 집에서 나가는 계기가 된 사내는 고로가 아니었다. 그 사내와 아유코는 바로 헤어졌다. "－평소에 내가 늘 늦었기에, 고로는 아직 다른 곳에서 마시고 있는 거야." 그리고 아유코는 고로가 나타날 때까지 기다려달라고 우리에게 말했다. －상당한 시간이 흘러서 그가 모습을 드러냈다.

"늦었잖아. 어디서 마셨어?"

아유코가 동생에게 하는 듯한 투로 말했는데, 1살밖에 나이가 많지 않은 젊은 고로는 화려한 차림새 때문인지 겉으로 보기에는 아유코의 동생 같았다.

"술을 마신 게 아니야. 집에서 공부를 하고 있었어." 그리고 나의 모습을 보자, "앗, 이거."라고 말했다. "아아, 이거."라고 나도 말했다. 기묘한 순간이었다.

우리는 차에 올랐다. 보조석에 앉은 고로는 요즘 작곡을 열심히 공부하고 있다고 내게 말했다. "－언제까지고 가수를 해먹을 수는 없기에. 작곡가로 전향해서."

"좋은 생각이네요."

내가 진지하게 대답하자 옆에서 아유코가 농담으로 눙치려는 듯, "그게 아니잖아. 고로의 공부라는 건, －지금 N신문에서 작곡을 현상모집 중이잖아. 거기에 응모해서 1천 엔을 타기 위한 공부로……."

한꺼번에 터진 웃음에 사람 좋은 듯한 고로도 함께 아하하 웃어버렸으나, 문득 깨달았는지, "－하지만 비교적 진지하게 공부하고 있어."라고 말하고 나를 돌아보며, "저도 말입니다, 아유코에게 버림받은 이상, 한번 크게 공부를 해서 인기를 얻어야겠다고 생각하고 있습니다." 글로 읽으면 심각한 느낌이 들지만, 실제로는 어딘가 해학적인 느낌이었다. 그랬기에 나도 모르게 그만, "좋은 생각입니다."라고 말하자, "─당신은 아유코에게 버림을 받은 덕분에 인기를 얻은 셈 아닙니까? 그러니 저도 당신처럼 한번 인기를 얻어야겠다고 생각해서⋯⋯."

글로 읽으면 어딘가 나에게 화풀이를 하듯 악의를 품고 있는 말처럼 들릴지도 모르겠으나, 실제로는 그가 진심으로 그렇게 생각하고 있다는 느낌을 분명하게 드러내고 있었다.

"무슨 소리야, 그건⋯⋯."

하며 S군이 웃었다. 나도 헤헤헤 웃었으나, 내가 아유코에게 버림받은 원한과 괴로움을 쓴 소설로 뜻밖에도 (고로의 말대로 하자면) 인기를 얻은 것은 틀림없는 사실이었다. 그렇다 해도 그 말을 나의 면전에서 하다니, 아무래도 고로의 신경은 평범한 사람과는 조금 다른 구석이 있는 듯했다.

하지만 생각해보면 그런 나도 조금 이상하기는 했다. 얼마 전까지 아유코의 정부였던 고로와 실실 웃으며 오토리사마 구경을 가다니, 나의 신경도 평범한 사람과 조금 다른 구석이 있는 듯했다. 그러고 보니 아유코도 어떤 마음이었던 걸까? 고로와 만날 약속이 있었다면 S군이 함께 가자고 했을 때 거절하면 됐을 텐데, ─아무래도 아유코의 신경 역시 평범한 사람과는 다른 듯했다.

나는 조금 전에 아유코의 오빠를 평범한 사람과 신경이 다른 구석이 있는 사내인 것처럼 이야기했었는데, 생각해보니 우리는 모두가 그런 듯했다.

그런데 그 아유코의 오빠도 그날 밤, 우리와 마찬가지로 오토리사마를 구경하러 왔었던 듯했다. 듯했다고 말한 것은, ―일이 이렇게 되었기 때문이다. 오토리사마를 구경 나온 인파 속에서 키가 큰 내가 휙 고개를 돌렸는데, ―뜻밖에도 그의 얼굴이 보였다. 상대방은 나를 보지 못했다.

"형님이다. 너의 오빠가……."

내가 깜짝 놀라서 옆에 있던 아유코에게 말했다. 그러자 아유코는, "응?"하며 몸을 움츠리고는,

"마주치면 귀찮아지니, 달아나는 게……."

이렇게 말하더니 사람들을 헤치며 후다닥 가버렸다. 나도 아유코와 같이 있는 모습을 보일까 두려워 달아났다. ―이렇게 해서 나는 아유코의 오빠를 얼핏 보았을 뿐이기에 어쩌면 착각일지도 모른다. 낮의 전화 때문에 다른 사람을 잘못 본 것일지도 몰랐다. …….

제방의 말고깃집에서 밤을 새고 나는 아침이 되어 집으로 돌아갔는데, 술을 마셨으면서도 감기에 걸려 그로부터 일주일쯤 누워버리고 말았다.

바로 그 일주일 동안의 한가운데쯤에 아유코의 오빠로부터 다시 전화가 걸려왔다. 전화를 받으러 갔던 아내가 옆집에서 돌아오더니 나의 머리맡으로 와서,

"스다 씨라는 분, 어떤 분이에요?"
라고 여우에라도 홀린 듯한 얼굴로 말했다.

"어떤 분이냐니?"

나는 불안함이 엄습해 이불에 얼굴을 숨기듯 했다.

"아주 이상한 말을 했어요."

"이상한 말?"

"묘해요. ─이렇게 말했어요. 제가 전화를 받아 남편은 마침 감기에 걸려서 누워 있기에, 라고 말했더니, 스다 씨라는 분이 이렇게 말하잖아요. ─그런가요. 그거 큰일이군요. 정성껏 간호해주세요. 요이치(与一) 씨는 말이죠, 라고 당신을 이름으로 부르고, 요이치 씨는 예전부터 걸핏하면 바로 자리에 누워버리곤 했는데, 아무래도 몸이 튼튼하지 못한 분 같으니 잘 보살펴주셔야 합니다. 아시겠죠? 모쪼록 잘 좀 부탁드리겠습니다, 라는 거예요."

"흠."

하고 나는 숨을 내쉬었다. 과연 이상한 말을 했다. 아내에게 그런 말을 해서는 곤란하다는 생각이 들어 화가 났으나, 동시에 가슴이 뜨거워지는 것도 느꼈다. 곤란하다고 말한 것은, ─아니나 다를까 아내가 말했다.

"뭐랄까, 스다 씨라는 분의 얘기를 듣고 있으면, 제가 당신을 소홀히 대하고 있고, 그래서는 안 된다고 야단을 치고 있는 듯하다고─말해야 할지, 마치 그분이 당신을 제게 맡긴 것 같다는 생각이 들기도 하고……, 그분이 저보다 당신에 대해서 오래전부터 훨씬 더 잘 알고 있었던 것 같기도 하고……."

"그런 의미가 아니겠지. 그건 당신이 너무 깊이 들어간 거야."

나는 말을 끊었다. 아내가 그런 식으로 들은 것은 결코 아내가 너무 깊이 들어간 것이 아니라 상대방이 틀림없이 그런 분위기로 말했을 것이라 생각했지만 입으로는 단호하게 부정했다.

아내는 나의 말을 그대로 받아들여, "그런데, ─스다 씨라는 분, 어떤 분이신가요?"

"─그냥, 마음씨 좋은 친절한 사람이야."

아내가 그런 걸 묻고 있는 게 아니라는 사실은 알고 있었으나,

나는 일부러 딴청을 부리며 말했다. 아내의 물음에 대해서 '스다 씨는 스다 아유코의 오빠야.'라고 대답해야 할 터였으나, 그 사실을 알았을 때의 아내의 마음을 생각하자 말하기가 좀 거북했다. 아유코의 오빠가 어떤 사람인지 알고 있다면 모르겠지만 그렇지 않은 이상, 그의 무신경한 말은 틀림없이 고통을 줄 것이 뻔했다.

　—아내는 내가 아유코와 헤어진 지 2년쯤 지나서 우리 집으로 시집을 왔다. 아유코와의 일도 알고 있었으며, 아유코를 모델로 해서 쓴 나의 소설도 읽었다. 따라서 그 일에 무엇 하나 숨길 것은 없었으나, 한층 더 얽매이는 일 없이 하자는 생각으로, 친구들이 나를 위해 열어준 제2회 결혼식 축하회라는 것에 아유코도 불러 아내와 아유코를 친구처럼 지내게 했다. 그렇게 해서 우리는, 내 입으로 말하기는 좀 우습지만, 원만한 가정을 꾸렸던 것이다.

　그런데 원만한 가정이라는 것은 나처럼, 말하자면 신경이 조금 다른 소설가에게는 아무래도 소설의 재료가 되지 못한다. 그런 점에서 아유코는 그 후에도 마치 소설을 몸소 연기하기라도 하는 듯한 기이한 행동만 했기에, 나는 지금의 아내와 결혼한 이상 더는 아유코에 대해서 써서는 안 된다고 생각했으나 결국은 역시 써버리고 마는 것이었다. 그것이 아내에게는, 아무리 시간이 흘러도 나의 머리에서 아유코가 지워지지 않는 증거처럼 여겨지는 모양이었다. 또 거기에다 친구들이 우리 집에 차례차례로 놀러올 때면 반드시 아유코에 대한 새로운 뉴스를 가지고 왔는데, 누가 뭐래도 나는 친구들 앞에서 전처와 후처를 악수시킨 사람이라고 생각했기 때문이리라, 일반적인 가정에서라면 지금의 아내를 생각해서 그 면전에서는 하지 않을 것임에 틀림없는 전처에 대한 이야기를 친구들도 아무렇지 않게 거침없이 해댔다. 이렇게 아유코에 대한 화제의 씨

앗을 늘 만들고 있었고, 그 이야기도 또 친구들이 나를 위해서 특별히 정보를 가지고 온 것이라는 느낌이 아니라, 가십거리 같은 화제로 재미삼아서 이야기하는 것이라는 느낌이었는데, 아내 입장에서 보자면 친구가 그렇게 우리 집으로 아유코의 동정을 끊임없이 가지고 와서 자기 앞에서 펼쳐보이는 상태는, 왠지 자신이 무시당하고 있으며 자신을 문제 삼고 있지 않은 듯한 느낌이라고 해야 할지, ―남편이나 친구들의 마음속에서 원래의 진짜 아내는 역시 아유코이고 자신은 그냥 아유코에게서 남편을 부탁받은 사람인 것 같다는 불쾌한 느낌이라고 해야 할지, 어쨌든 견딜 수 없는 느낌을 받고 있는 듯했다. ―그럴 리는 없겠지만, 나는 어리석은 아내여, 라고는 말할 수 없었다. 나로서는 아내여, 용서해주게, 라고 말할 수밖에 없었다.

―내가 스다 겐타로의 전화 내용을 아내에게서 듣고 아내에게 그런 말을 해서는 곤란하다고 화를 낸 것은 위와 같은 이유에서였다. 안 그래도 아내의 마음은 이미 어긋나기 시작했는데, 거기에 아유코의 오빠에게서 그런 말을 듣는다면 그것을 더욱 어긋나게 만드는 것이나 다를 바 없는 일이었다.

그러나 화가 남과 동시에 가슴이 뜨거워졌다고 말한 것은― 그런 무신경한 말 속에서 그의 참으로 친절한 마음, 그것을 느꼈기 때문이었다. 그런 그에 비해서 나라는 놈은 그의 모습을 보자마자 아유코와 함께 후다닥 달아나버리고 말지 않았는가. ―거기에 그의 말은 또한 동생조차 피하고 있는 자신의 고독함을 돌아본 뒤에 한 말 같이 여겨졌기에 그것도 나의 가슴을 뜨겁게 했다. 게다가 그의 동생이 예전에 나를 소홀히 대했다― 라고 말하는 것도 조금 우습지만, 세상의 평범한 아내 같지 않았다는 사실 때문에, 내게 다시는 그런 일이 없기를 바라고 있는 것 같다고 여겨지기도 했다. ······.

아내는 기묘한 말을 하는 스다라는 사람이 나와 어떤 관계에 있는 사람이냐고 물은 것이었으나,

"그보다 얼음주머니를 갈아줘. 얼음이 벌써 녹아버렸잖아."

라고 나는 타박하듯 말해, 어디까지고 얼버무렸다.

나의 심기가 상한 것에 놀라 아래층으로 내려간 아내는 아유코에게 오빠가 있다는 사실을 몰랐기에, 스다라는 사람이 아유코의 오빠일 것이라고는 생각조차 못하는 모양이었다.

연말 가까이가 되어 다시 전화가 왔는데 이번에는 내가 받았다.

오늘 밤에 연극을 보러 오지 않겠냐는 것이었다. 변함없이 갑작스러웠다. 마침 일이 없었기에 나는 "가겠습니다."라고 대답했다.

"그럼, 앞에서 기다리고 있을 테니."

─그날 밤, 약속한 시간에 갔더니 정문 안쪽에서 그가 틀림없이 기다리고 있었다. 문은 바깥의 차가운 공기가 안으로 들어오지 못하도록 닫혀 있었지만, 온실처럼 커다란 유리문이었기에 그의 모습이 밖에서도 보였다. 그리고 그에게도 내가 보였기에 나라는 사실을 깨닫자 도어보이처럼 문을 열고,

"─어서 오십시오."

라며 맞아들였다.

"오랜만입니다. 전화 주셔서 감사합니다. ······."

"오랜만입니다. 반갑습니다. ······."

그런 인사를 나누는 동안 문 밖에 손님이 왔는데, 손님을 보자 그는 나에게 그랬던 것처럼 슥 문을 열더니,

"─어서 오십시오."

정중하게, 그리고 즐겁다는 듯 인사를 하고 바로 맞은편의 표를 받는 곳 쪽으로 손을 뻗어, "자, 저쪽으로."

이렇게 말하는 사이에 곧바로 손님이 또 왔다. 그는 또 문을 열고, "어서 오십시오."라고 말했는데, 마침 손님이 몰려드는 개막 직전으로 꼬리에 꼬리를 물고 들어왔기에 나와 이야기를 나눌 시간은 주어지지 않았다. 나는 멍하니 서서 무대장치라고 들었는데 문을 담당하는 사람으로 들어온 걸까 싶었다. 하지만 그렇다고 하기에는 차림새가 너무 심했다. 누가 봐도 무대장치답게 지저분하고 허름한 바지를 입고 있었으며, 바지와는 색이 다른 상의 안에는 아주 오래 입어서 낡은 듯한 갈색 셔츠를 입었고 넥타이도 매지 않았다.

그는 상의 주머니에서 표를 꺼내 내게 "이거."라며 쫓기는 사람처럼 건네주더니, "그럼 나중에……."

그랬기에 나는 그를 남겨두고 안으로 들어갔다. ─생각해보면 이곳은 추억을 간직한 극장이었다. 이 쓰키지자가 연극의 실험실이라는 이름 아래 창립되었을 무렵, 나는 아직 세상의 거친 풍파를 알지 못하는 학생이었다. 그 무렵 여기서 화려하게 상연되던 번역극을 보기 위해 나는 얼마나 열심히 드나들었는지. ─아유코의 오빠가 이 추억 가득한 극장에 들어오다니, 전혀 생각지도 못한 일이었다.

연극은 어떤 대가의 유명한 소설을 극화한 것이었다. 그 첫 번째 막이 끝났을 때 나는 그대로 좌석에 남아 있었는데 아유코의 오빠가 찾아왔다. 그랬기에 나는 복도로 나갔다.

"당신은, 이곳의 무엇으로 들어오셨나요?"

내가 묻자, "─무대장치로."라고 대답한 것에 대해서 무대장치라면 막간에 여기로 올 수 있을 리 없으리라 생각했기에, 그런 의미의 말을 했다. 그러자 장치가 모든 막에 걸쳐서 똑같다는 것이었다.

"아, 그렇습니까. ─저는 처음 문 앞에서 만났을 때, 문을 담당하는 사람으로 들어온 걸까 싶어서."

"─그렇습니까. 가끔 문 쪽에서 도와달라고 하기에⋯⋯."

나는 말없이 고개를 끄덕였으나, 그가 문에서 일을 도울 때의 어딘가 굉장히 즐거워하는 듯한 모습이 떠올라, 혹시 그가 먼저 나서서 일을 돕고 있는 게 아닐까 하는 불안한 생각이 들었다. 그에게는 원래부터 그런 일종의 화려한 것을 좋아하는 성격이 있기에, 결국은 사람이 좋아서 하는 일일 테지만 옆에서 보기에는 나서기 좋아하는 성격이라고 비난을 받을 만한 짓을 하는 손해보기 쉬운 성격이 있다는 사실을 나는 알고 있었다. 그리고 설령 도와달라고 정말로 부탁을 받았다 할지라도 무대장치이니 상관없다며 지저분한 차림으로 문에 선다면 그렇게 고맙다고는 생각지 않으리라. 그 점을 그도 생각하지 않으면⋯⋯. 그런 불안을 내가 품은 것은, 그를 위하는 마음이 있었기 때문이었다. 아마도 여기저기 떠돌다 간신히 얻은 일다운 일이라 여겨졌는데, 그것을 그렇게 나서기 좋아하는 성격 때문에 잘려서는 안 된다고 생각한 것이었다. 아무리 그렇게 생각했다 할지라도 차마 입 밖에 내서 말할 수는 없었기에, 그런 마음을 담아, "─다행이네요."라고 말했다. 그러자 그는 나의 생각대로, "네, 그게, 덕분에 간신히 자리를 잡았습니다만─ 꽤나 고생을 했었습니다."라고 말했다.

"갑자기 전화가 와서 저도 깜짝 놀랐습니다."

쓰키지 경찰서에 대한 이야기는, 설마 할 수가 없었다.

"오래도록 연락을 드리지 못해서─ 그럭저럭 여기에 간신히 자리를 잡게 되었기에 바로 연락을 드린 겁니다만, 자리를 잡기 전까지는 죄송한 일인 줄 알면서도 끝내 연락을 드리지 못했습니다."

물어보니 이토의 본가와는 여전히 관계를 끊은 상태라고 했다. 그는 살이 없는 뺨에 쓸쓸하게 미소를 지어 보이고, 노인처럼 주름투성이에 버석버석 거칠어진 손을 비비며, "—워낙 한때는 넝마주이까지 했었기에—."

"흠."

가슴 아픈 추억에 눈썹을 찡그렸으나, 다른 사람에게는 거의 얘기하지 않을 그런 부끄러운 일을 나에게는 숨김없이 털어놓는다는데 가슴을 깊이 찔렸다. 나의 머리에 문득 아유코가 입고 있던 호사스러운 표범 가죽이 떠올랐다. 그랬기에 나는 화난 사람처럼 말했다.

"그럴 때는 아유코에게 말해서 돈을 빌리면 될 텐데……. 아버님께는 말할 수 없다 할지라도."

"아유코라고요? 말도 안 되는 소리."

"어째서? —친동생 아닙니까?"

"그야 아유코는 물론 제 동생임에는 틀림없지만." 이렇게 말하고 그는 뒷걸음질 치는 듯한 몸짓을 하더니, "—전 이미 아유코를 동생이라고 생각지 않습니다."

"—그럼, 아직도 만나지 않고……."

"안 만납니다."

단호하게 말한 데 이끌려서 그만, "나도 만난 지 오래 됐지, 꽤."

거짓말을 했다. 그렇게 말하지 않으면 그에게 미안하다는 생각이 들 것 같았기 때문이었는데, 말하고 난 뒤 나도 모르게 그만 쓸데없는 소리를 하고 말았다. "아유코는 저희들하고 또 달라서 깍쟁이처럼 지내고 있으니, —아무래도 돈도 가지고 있는 듯한 느낌입니다.

표범 가죽 같은 걸 차려입고······."

여기까지 말하다 아차 싶어서 "아니, 그러니까 호사스러운 가죽을 입고 긴자를 돌아다닌다는 얘기를 들었습니다만. —이렇게 말하면 실례일지 모르겠습니다만, 깍쟁이 같은 점, 아유코는 아버님을 닮은 듯합니다."

그때 개막을 알리는 벨이 따르릉 울렸다. 나는 술잔처럼 동그랗게 만든 손을 입가로 가져가며 "끝나고 한잔하지 않겠습니까?"

"네, 감사합니다."

"—밖에서 기다리겠습니다."

나는 술잔을 기울이며 그와 이야기를 나누고 싶다는 생각이 간절하게 들었다.

그런데 그로부터 몇 번째인가의 막간에 그가 다시 나의 자리로 와서,

"간만의 기회입니다만, 오늘 밤에는 무대 뒤편에서 잠깐 일이 생겨서."

"—아쉽네요."

"다음에 다시······."

정말 미안하게 됐다는 듯 머리를 흔들고, "—이걸."하며 그때까지 등 뒤에 숨기고 있던 과자상자인 듯한 꾸러미를 내 무릎 위에 놓았다.

"이러지 않으셔도 됩니다." 순간 나는 예전에 곧잘 은화를 집어주던 때의 일이 떠올랐다.

"별 건 아니지만, 사모님께······."

"그렇습니까. 감사합니다."

라고 나는 순순히, 그리고 정중하게 인사를 했다.

"앞으로도 자주 와주세요."

그의 얼굴은 맑게 개어 있었다.

나는 혼자서 돌아가는 길에 어묵집으로 들어갔다.

과자상자를 옆에 놓고 마시며 어떤 의미에서 이걸 준 걸까 생각했다. 느낌은 알겠는데 의미에 대해서는 잘 알 수가 없었다. 또 그것을 아유코의 오빠에게서 받은 것이라며 아내에게 건네줄 수도 없었기에 그걸 뭐라고 해야 좋을지, 그것도 머리를 아프게 했다. 거짓말을 해서는 그에게 미안했다.

그러다 나는 귀찮아져서 "에잇, 내가 먹어버리자."라며 과자상자를 열어 과자 하나를 덥석 베어물었다. 목이 메어 술을 마셨다. 달콤하고 씁쓸한, 묘한 맛이었는데 내게 과자상자를 준 그의 호의가 바로 그런 맛이었다.

"세상에, 놀라운 사람."

여자가 옆으로 와서 과장스러운 목소리로 말했다. "그런 사람이 있다는 얘기는 들었지만 당신이 그런 줄은 몰랐어요. ─그거랑 술을 마시면 맛있나요?"

"아니, 맛없어."

"어머, 이상한 사람이야."

"─정말 이상해."

나는 과자를 입 안으로 밀어넣었다.

인　간
人　間

　이 부끄러워해야 할 거리에 발을 들여놓은 것은 게이스케(圭介)에게 있어서는 거의 1년 만의 일이었다. 싸구려 화장품과 소독약 냄새, 지치고 갈라진 여자의 목소리와 탁하게 빛나는 남자의 눈으로 가득 들어찬 골목. 골목은 창자처럼 어둑하게 끝도 없이 이어져 있었다.

　―이 거리로 게이스케를 처음 데리고 온 것은 그보다 3살 어린 니이미 도라히코(新美虎彦)였다. 벌써 몇 년 전의 일이었을까? 5년쯤은 되지 않았을까. 게이스케는 그 니이미를 지난 반년 동안 만나지 못했다. 이 거리로 들어서자 문득 니이미가 떠올랐다. 그랬기에 니이미가 친하게 지내던 '할멈'의 집을 찾아가보고 싶어졌다.

　표찰의 이름이 바뀌어 있었다. 그러나 작은 창문의 여자는 1년 전과 같은 얼굴이었다. 뺨이 통통하게 볼록하고 전체적으로 봐서 생기 있고 살집이 풍성하고 몸집이 큰 여자였는데, 1년 전에 봤을 때의 느낌에서 조금도 바뀌지 않은 것이 왠지 뜻밖이라 여겨져 게이스케는 감탄한 듯한 목소리로 자신도 모르게, "너 아직도 있었어?"라고 말했다. 화려한 꽃무늬 양장을 입은 여자는 콧방울 부근을 긁으며 피곤하다는 듯한, 그러나 애교가 있는 미소를 보였다. 게이스케의 얼굴을 잊어버린 것 같기도 했다.

"도라 군, 아직도 오나?" 니이미 도라히코를 말하는 것이었다. 여자는 말없이 머리를 옆으로 흔들었다.

"안 와? 나도 한동안 만나지 못했는데, ―그럼 할멈 있어?", "―없어." 여자가 처음으로 입을 열었다. 이제야 게이스케가 생각났다는 듯한 눈으로, "할멈, 벌써 그만뒀어.", "그만뒀다고?", "응. 대련(大連)에 있는 아들에게로 가버렸어.", "흠.", "할멈, 노망이 나서 더는 있을 수 없었어."

한쪽의 작은 창은 닫혀 있었다. 게이스케가 여자에게 담배를 주며, 너는 벌써 꽤 오래 있었던 것 같은데 아직 계약이 안 끝났어? 라고 별로 필요하지도 않은 것을 물어, 올해로 자유의 몸이 될 거라는 사실을 알게 되자, "―그거 멋지군."하며 니이미가 자주 쓰던 말로 기쁨을 이야기했으나, 여자는 특별히 기쁘지도 않은 듯 망막한 웃음으로 그 말을 받아들였다. 게이스케의 등 뒤에서는 함께 온 회사의 동료들 몇 명이 모여서, 이 거리에는 익숙하지 않은 듯 묘하게 몸이 굳은 모습으로 서로 바싹 붙어서 여자의 얼굴을 들여다보고 있었는데, 얼굴만은 간신히 생글생글 웃고 있었다. 이렇게 탐험대처럼 보이는 무리들은 단지 구경을 위해서 온 손님이라는 사실을 여자는 알고 있었다. 게다가 이 여자는 게이스케가 니이미와 올 때면 언제나 니이미와 놀던 여자였다. ―여자는 미소 짓고 있을 뿐, 들어오라고도 뭐라고도 말하지 않았다. 게이스케는 할멈이 있으면 사람들과 함께 차를 마시러 들어갈 생각이었으나, 없다니 하는 수 없었다.

"그럼, 영업에 방해될 테니 물러나기로 하지." 게이스케는 발걸음을 돌리고 싶지 않았으나 왠지 멋쩍은 기분이 들어 등을 보였다.

그러자, "저기, ……."하고 여자가 불렀다.

"왜?"

"도라 군 어떻게 지내…….."

"요즘에는 보지 못했어."

"그래?"

─골목길을 돌아나오자 동료들이 게이스케의 등을 두드렸다. "당신은 전문가군로요."라고 말했다.

한 나이 지긋한 대가가 이 거리를 소재로 삼은 소설을 신문에 연재하여 여러 가지 의미에서 센세이션을 일으킨 이후, 게이스케의 회사 사원들 사이에서도 이 거리에 대한 흥미가 특히 솟아나 있었다. 그날 밤은 야나기바시(柳橋)의 후타바(二葉)에서 사원들의 조그만 모임이 있었는데 예의 소설이 단행본이 되어 세상에 모습을 드러냈을 무렵으로 게이스케의 옆자리에 앉았던 동료가 왕복 전차 안에서 읽는다며 그 책을 가지고 있었다. 그 책이 계기가 되어 몇 명 사이에서, 예전에 여럿이서 함께 가보고 싶다고 했던 그 거리에 오늘 밤에야말로 가보지 않겠느냐고 얘기가 나왔고 게이스케도 그 현장 견학에 섞여 1년 만에 발을 들여놓은 것이었다. 그들은 하나같이 선량한 샐러리맨으로, 선량한 만큼 묘하게 방탕한 쪽의 나쁜 짓을 자랑하여, 실제로는 그렇지 않으면서도 은근히 과시하려는 경향이 있었다. 여기에 오기까지 그들은 이 거리에 관한 지식을 경쟁하듯 떠들어댔고, 그렇게 해서 각자 자신이 이 지역에서는 상당한 경험을 쌓고 있다는 사실을 내보이려 안달이 나 있었다. 그들의 그런 허영심과도 같은 유치하고 시시한 말들에 게이스케는 왠지 짜증이 나서 그 혼자만은 아무런 말도 하지 않았다. 그랬기에 그를 처음이라고 착각하고 있던 그들은, 막상 현지에 이르자 그가 여자와 대화하는 것을 듣고, 이건 또 뭐야, 하며 깜짝 놀라 압도되고 말았다. "─전문가면서 아닌 척하다니, 비겁합니다."

그 말을 듣고 게이스케는 여자와의 대화가 일종의 과시처럼 들린 걸까 싶어 한없이 부끄러워졌고, 맥이 빠져버렸다. 니이미가 떠올랐기에 그 집을 찾은 것이었다. 과시하려던 것은 아니라고 했으나, 마음의 어딘가에 그들을 단번에 기죽게 만들겠다는 생각이 있었다는 것을 부정할 수는 없었다. 그랬기에 더욱 부끄러웠던 것이다.

"몇 살쯤인가요, 그 여자는."

"글쎄, 모르겠는데."라고 게이스케는 말했다. 그러한 친구들과는 성격이 전혀 다른 니이미 도라히코를, 게이스케는 한없이 만나고 싶어졌다.

─생각해보면 니이미 도라히코도 일종의 과시를 위해서 게이스케를 이 거리로 데려온 것일지도 몰랐다. 당시 니이미는 25살이었다.

게이스케가 얘기는 들었지만 아직 한 번도 간 적이 없다고 말하자, "정말이에요?"라며 니이미는 커다란 기성을 올리고 눈을 둥그렇게 떴다. 익숙해지지 않으면 보는 사람이 부끄러워지는 과장된 표정이었다. 니이미는 그때 K촬영소의 배우였다.

"그럼 제가 한번 안내하겠습니다."

"─도라 군도 꽤나 불량해졌군."

하고 게이스케가 말했다. 니이미는 움찔했던 얼굴에 자조적인 미소를 지으며 한동안 입을 다물고 있다가,

"─사실은 친해진 여자가 있어서."

"오호."

"아니요, 조금도 예쁜 여자가 아니에요."

"겸손 떨지 않아도 돼."

"정말이에요. 보면 알 거예요. —게다가 성격이 아주 괄괄하고 거친 굉장한 여자로, 사실은."하며 니이미가 들려준 바에 의하면, 레이코(礼子)라는 그 여자는 제2대 누구누구라고 일컬어지고 있던 여자였다. 누구누구라는 것은 굳이 밝히지 않겠다. 니이미는 그런 유명한 여자인 줄도 모르고 별 생각 없이 들어간 것이었는데, 처음 만난 날부터 완전히 의기투합했다고 한다. 그렇게 말하며 니이미는 여자가 자신에게 빠진 것이라는 듯한 냄새를 은연중에 피워댔다. 여자는 솜씨가 좋아서 돈을 잘 버는 데다, ……연락이 오면 그쪽으로도 가끔 나가서 많은 돈을 받아오기에 일반적인 여자들과는 달리 자기주장을 할 수 있었다. 이에 지금은 니이미가 돈 한 푼 없이 가도 레이코는 받아주며, 용돈까지 준다는 것이었다. "이거 놀랐는 걸. 도라 군도 굉장한 남자가 되었군." 게이스케는 니이미의 무절제함에 가만히 눈썹을 찌푸렸다.

"—그 정도는 아닙니다."라며 니이미는 머리를 긁었다.

레이코를 보여줘, 보여드릴게요, 라고 얘기가 되어 두 사람은 스미다가와(隅田川) 건너편으로 갔다. —게이스케는 처음이었다. 얘기를 들은 적은 있었으나 여러 가지로 듣는 동안 불결함과 추악함과 음침함에 대한 혐오감이 호기심보다 더 강해져 갈 마음이 들지 않았던 것이다.

겨울 밤이었다. 큰길에는 검은 강바람이 불어대고 있어서 따뜻한 음식을 부지런히 삶으며 늘어서 있는 포장마차도, 그 두툼한 포렴이 무자비하게 날려 올라가 싸늘하게 보이는 풍경이었다. 그러나 사람들로 들어찬 좁은 골목으로 일단 들어서자, 후끈하고 눅눅한 온기가 고여 드리워져 있는 듯했다. 사람이 빠져나온 이부자리에 남아 있는 그 불결한 온기를 닮아 있었다. 하지만 그것은 어쩌면 이 거리에 처음으로 발을 들여놓은 게이스케의 마음상태 때문이었는지도 몰랐다.

익숙한 발걸음으로 골목을 뚫고 나아가는 니이미의 뒤를 게이스케는 말없이 따라갔다. 그러다 어떤 집 앞에 다다르자 니이미는 한 작은 창문에 대고 무엇인가를 달래듯 상냥한 목소리로,

"레이코 있어?"

라고 말하더니 닫혀 있는 한쪽 작은 창으로 손가락을 가져갔다.

"—2층이야."

라고 여자가 웃음기도 없이 무뚝뚝하게 말했을 때, 니이미는 벌써 문을 열고 구조를 알고 있는 듯한 얼굴을 밀어넣으며 도둑들의 신호 같은 손짓으로 게이스케를 불렀다.

다가간 게이스케의 귀에,

"할멈."

하며 어리광을 피우는 듯한 니이미의 목소리가 들려왔다.

게이스케가 입구로 들어서자 니이미는 신을 벗으며 안에 대고 다시, "—할멈."이라고 말했다. "누구야." 안에서부터 들려온 아주 매정한 듯한 느낌의 탁한 목소리에, "나야.", "—뭐야. 꽁지야? 요란스럽기는." 니이미는 쓴웃음을 지었다. —그는 배우라고는 하지만 초라한 하급 배우였다. 현대극 쪽에 속해 있었기에 포졸 역할을 맡는 경우는 없었으나, 사극으로 말하자면 포졸 역할쯤의 배우라고 할 수 있으리라. 니이미의 그처럼 보잘것없는 현재에 대해서 게이스케는 약간의 책임을 느끼고 있었기에, 하필이면 그처럼 모질고 명백한 모멸의 말이 들려오자 귀를 힘껏 얻어맞은 듯한 느낌이 들었다. 자신에게 한 말이 아니라 니이미에게 한 말이었기에 그의

고통을 걱정하는 괴로움이 자신에게 전해져 2중으로 아픔이 느껴졌다. 어쩌면 친하기에 그런 별명으로 부르는 것일지도 몰랐으나, 뭐라 표현할 수 없는 기분을 그런 것으로 씻어낼 수는 없었다. 게이스케는 안으로 들어가기가 망설여졌다. "자, 자."하고 니이미는 게이스케를 재촉하며 자신은 마루턱에 올라 "할멈, 오늘은 꽁지가 아니야. 중절모야."

이렇게 말하며 중절모를 벗었다. ─옆의 여자는 게이스케를 힐끗힐끗 무표정한 눈으로 바라보며 창밖을 지나는 사내에게 말을 걸고 있었다.

꽁지라는 건, 한가운데 꽁지가 달려 있는 베레모를 니이미가 언제나 쓰고 있었기에 '할멈'이 붙인 별명이라는 사실을 게이스케는 니이미에게서 듣고 나중에야 알게 되었다. 그런 거였군, 하며 미소 지었으나 동시에, 설령 그렇다 할지라도 노파는 역시 꽁지라는 말과 연관 지어 모멸적으로 말한 것이 아닐까 하는 의심이 드는 것을 게이스케는 억누를 수가 없었다. ─

"으 추워라."

라고 말하며 니이미는 아래층 방의 장지문을 열고 안으로 들어가 외투를 입은 채 마치 화로를 덮치기라도 할 듯한 자세로 그 앞에 웅크리고 앉아 화사한 손을 불 위로 가져갔다. 게이스케도 니이미가 하는 것을 보고 그와 마찬가지로 외투를 입은 채 방으로 들어가 화로 맞은편에 앉아 있는 노파에게 가볍게 인사를 했으나, 노파는 곁눈질로 보았을 뿐 특별히 대답하려 들지도 않고,

"뭐야, 젊은 사람이 꼴사납게."라고 니이미에게 말했다. 익살스러운 구석이라고는 조금도 찾아볼 수 없는 참으로 밉살맞은 목소리였으나 니이미는 이미 익숙해졌는지 태연한 얼굴로 흘려듣고 손을

슥슥 호기롭게 비비며,

"장사는 어때, 할멈."

"뭔 소릴 하는 게야."

라고 거뭇하게 쭈그러든 작은 체구의 노파가 독살스럽게 말했다.
"너야말로 어떠냐?"

"—아무래도 글러먹은 것 같아."

"아무래도 글러먹은 것 같다고? 그럼 아직 글러먹지 않는 데라도
있단 말이냐?" 찻주전자에 차를 따르며 말했다. 니이미는 시치미를
떼는 듯한 얼굴로 영차 하며 책상다리를 하고 앉아,

"—차를 좀 줘. 뜨거울 때."

"시끄러운 사내로군. 지금 따르고 있잖아."

게이스케는 자리에 있기가 거북했다. 미지근하고 기분 나쁜 차를
마시고 있자니 계단 울리는 소리가 들려 누군가 위에서 내려오는
모양이었는데 발소리가 곧 방문 밖에서 멈추더니,

"도라 군이야?"라는 요염한, 그러나 탁한 여자의 목소리와 함께
맞음새가 좋지 않은 장지문이 거칠게 열렸다.

"—레이코." 니이미는 희색이 만면하다고 해야 할 정도였다.

게이스케는 장지문 밖에 선 여자의 얼굴을 보고 마음속에서
'앗!' 하고 외쳤다.

—니이미가 촬영소에 늘어간 지 1년쯤 지났을 때의 일이었다.
어느 날, 오오모리에 있는 아파트로 게이스케를 찾아와서, 공부를
위해 연극을 하기로 촬영소 사람들의 뜻이 모였으니 뭔가 적당한
각본을 좀 가르쳐달라고 했다. 그거 좋은 기획이라고 게이스케는
말하며, 촬영소에는 각본부가 있는데 어째서 그 사람들과 상의하지

않는 걸까 의심이 들었다. 그러나 니이미가 말한 촬영소의 뜻 있는 사람들이란 각본부와 인연이 거의 없는 하급 배우들이라는 사실을 바로 알게 되었다. 게이스케는 기껏 의욕에 넘쳐서 촬영소에 들어간 니이미가 빛이라고는 전혀 보지 못하는 하급 배우가 되어 낙담한 것 아닐까 마음에 걸렸으나, 공부를 위해 연극을 할 생각이라며 꽤나 기운이 넘치는 듯한 모습을 보았기에 안심하고, "요즘에는 각본을 별로 보지 않았지만 찾아볼게."라고 말했다.

흐린 일요일 아침이었다. 그때 게이스케는 지금처럼 제대로 된 회사가 아니라, 언제 망할지도 모를 조그만 출판사에서 근무하고 있었다. 니이미의 불우함을 마음에 두는 것이 우스울 정도, 그 자신도 제대로 된 직업을 얻지 못하고 의심쩍은 곳을 여기저기 돌아다니는 처참한 꼴이었다. 학생 시절, 동인잡지에 소설이나 연극을 썼고, 대학을 나와서도 막연하게 작가를 희망하여 고향에서 보내주는 돈이 있는 동안에는 취직을 싫어해서 빈둥거리고 있었다. 그러는 사이에 돈을 보내지 않게 되었고 문학청년 기분도 사라져, 그럼 어디 일자리를 찾아볼까 했으나 이번에는 일자리 쪽이 그를 싫어하는 형편이 되었다. ─학교를 나온 해에, 동인잡지 친구의 소개로 아마추어 극단에 관여한 적이 있었다. 학생들만의 극단으로 남자배우는 물론이고 여자배우도 모 여학교의 학생, 그리고 장치는 그림도 제대로 그리지 못하는 미술학교 학생이 맡았으며, 연출을 맡은 학생이 경영부도 담당하는 식이어서, 본인들은 진지할지 몰라도 옆에서 보기에는 마치 절반은 취미활동과도 같은 연극이었다. 동인잡지처럼 모두가 동인비를 내서 공연자금을 충당하고 있었다. 그곳의 문예부원이 된 게이스케는 예전에 자신도 각본을 쓴 적이 있었기에 실제 무대를 접하고 싶은 마음이 있어서 들어온 것이라고 말했으나, 사실은 어딘가 화려한 기분의 들뜬 분위기에 이끌렸던 것뿐이었다. 그 동인 연극이 인연이 되어 게이스케는 니이미와 알게 되었다. 단, 니이미는 학생이 아니었다. 다시 말해서 극단의 동인이 아니었다. 게이스케가 고른 번역극을 공연하게 되어 역할이 각자 동인들에게 주어졌는데, 조연이기는 하나 딱 하나 아무래도 아마추어 학생에게는 감당하기 버거운 역할이 남아 그것은 동인 외의 사람에게 도움을 청하기로 했다. 그때는 각종 아마추어 극단이 우후죽순처럼 생겨났었는데, 그 가운데 조금은 비중을 차지하고 있던 한 극단에 니이미가 있었다. 니이미는 중학교를 졸업한 뒤, 신극 배우를 동경하여 그 아마추어 극단의 연구생 같은 것이 되었으며, 몇 년인가 후인 그 당시에는 역할도 주어져 몇 번인가 무대에 올랐었다. 그런 니이미가 게이스케의 극단에 불려온 것인데, 처음 연극을 하는 학생들 사이에 섞이고 보니 역시 빛이 나는 듯했다. 게이스케는 찬사의 뜻을 담아, "니이미 군은 앞으로도 계속 무대에 섰으면 좋겠습니다."라고 말했다. 그러자 니이미는 "계속해나갈 생각입니다."라고 얼굴을 붉히며, 그러나 의욕에 넘쳐서 말했다. 게이스케는 취미로 연극을 하고 있는 학생 수준으로 니이미를 보았기에 니이미가 장래에 배우로 성공하여 이름을 알리고 싶어 하는 그 뜻을 알지 못했던 것이다. ―

그리고 지금은 영화배우가 된 니이미로부터 각본을 골라달라는 부탁을 받고 게이스케는 문득 그 무렵의 일을 떠올린 것이었다. 그러자 마음이 무거워졌다.

"―촬영소는 어때? 재미있어?"

게이스케는 무릎을 끌어안고 아무렇게나 자란 턱수염을 버석버석 무릎에 문지르며 불명료한 목소리로 말했다.

"—네, 그냥."

니이미의 대답도 흐릿했다.

"매일 나가?"

"네."

"촬영이 없어도?"

"예정표를 보러요."

"흠. —아버님은 건강하셔?"

"똑같아요."

니이미는 웃었으나, 순수하게 웃어넘기는 것이 아니라 어딘가 쓸쓸한 듯한, 애처로운 듯한, 마음의 그늘이 느껴지는 듯한 웃음이었다. 니이미의 아버지는 엄격하고 근직한 소학교의 선생님이었다. 니이미에게도 그 근직한 면이 전해져 게이스케가 처음 니이미를 보았을 때는, 얼마간 여성스러운 느낌도 드는 니이미의 예의바른 태도에서 가정교육을 잘 받은 양가의 자제를 느꼈다. 니이미는 잘 배워 몸에 밴 예의바름을 스스로는 싫어했기에 거기서 벗어나기 위해 애써 거칠게 행동하는 면이 있었으나, 그 몸에 익지 않은 거친 행동이 오히려 엄격한 가정을 이야기해주고 있었다. —니이미가 배우를 동경하여 아마추어 극단에 들어가는 것을, 엄격한 소학교의 교사인 아버지가 허락했을 리 없었다. 그것을 무릅쓰고 극단에 나가는 것이었는데, 그로부터 얼마 지나지 않아서 게이스케의 극단이 첫 번째 공연 만에 바로 활동을 중단한 것과 거의 동시에 니이미가 속한 극단도 경영난 때문에 해산해버리고 말았다. 니이미는 엄격한 아버지의 반대가 있기도 하고, 거기에 신극 배우라는 것의 겉에서 보기에는 화려하지만 안으로 들어가면 그것으로 먹고살 수 없다는 현실에 점차 환멸과 불안을 느끼기 시작했기에 이번 기회에 과감히 배우의 길을 단념해버릴까 생각하고 있었다. 그때 우연히 길거리에서 게이스케를 만났다. 게이스케는 그런 니이미의 마음을 알지 못했다. 니이미의 가정에 대해서도 아직 몰랐기에, 엄격하기는 하나 자녀의 의지에 얼마간 자유를 허락하는 부유한 양가의 자제를 니이미에게서 막연하게 느끼고 있었다. 게이스케는 전에도 한 적이 있는, 앞으로도 계속 무대에 섰으면 좋겠다는 말을 그때도 했는데, 무책임한 마음으로 한 것이 아니라 게이스케로서는 니이미에게 소질이 있다고 진지하게 생각했기에 격려한 말이었다. 그러나 소질이 있다고 본 눈이 정확한 것인지, 그리고 그런 격려는 그 시절 게이스케의 문학청년적인 무른 감성에서 나온 것은 아닌지, 거기에는 적잖이 의문이 있었다. 그야 어찌 됐든 게이스케의 말은 니이미에게도 강한 울림을 주었다. 흔들리던 마음이 그것으로 배우의 길을 가겠다는 쪽으로 다시 휙 돌아섰다.

얼마 후, 니이미는 연줄을 통해서 촬영소에 들어갔다. 게이스케가 생각한 것과는 달리 부유한 가정의 아들이 아닌 니이미는, 언제까지고 그렇게 집에서 용돈을 받아가며 빈둥거리고 있을 수는 없었다. 배우로 성공하겠다는 결심은 이제 움직일 수 없는 것이었으나 돈이 되지 않는 신극으로는 안 되었다. 그래서 촬영소에 들어가면 얼마 되지는 않지만 급료를 받을 수 있었기에, 사실은 무대의 길을 걷고 싶었으나 배우의 꿈을 버리지 않을 수 있다는 점에서 영화배우가 되었다. 영화배우로 이름을 떨친 후 신극으로 돌아오면 된다는 마음으로 촬영소에 들어갈 결심을 했을 때는 커다란 의욕으로 넘쳐나 있었다. 아버지에게는 말하지 않았다. 아버지는 물론 반대였다. ─니이미가 촬영소에 들어갔다는 사실을 알았을 때 게이스케는 깜짝 놀랐다. 게이스케의 말에 굳게 결심하게 되었다는 말을 들었을 때, 게이스케는 더욱 놀랐다. 신극의 무대에 서라고 한 것이지 활동 배우가 되라고 말한 기억은 없다며, 평소에도 놀란 듯 보이는 눈을 껌뻑거리는 게이스케에게 니이미는 앞서 기술한 것과 같은 마음을 이야기했다. 그 이야기를 할 때 게이스케는 처음으로 니이미의 집안에 대해서 알게 되었다. "―기대에 어긋나지 않게 열심히 하겠습니다." 이렇게 말한 니이미는, 지금까지와는 완전히 다르게 정성껏 매만져 반들반들 윤기가 흐르는 얼굴에, 아직은 현실의 오탁이나 비애를 알지 못하는 청년다운 순진한 희망의 빛을 보이고 있었다. 게이스케는 그도 역시 순진한 문학적, 청년적인 감정 때문에(그리고 당시의 풍조 때문에도) 활동 배우를 애초부터 경멸하고 있어서 신극 배우와 활동 배우를 같은 배우라는 점에서 연결 지어 생각한다는 것은 도저히 불가능한 일이었기에 니이미의 말에 뭔가 거북함을 느꼈으나 그의 넘쳐나는 의욕에 대해서는, "―열심히 해 보십시오."라고 말할 수밖에 달리 방법이 없었다. "하겠습니다.", "최선을 다하시기 바랍니다." (그 무렵 게이스케는 니이미가 얼마 뒤 제2대 누구누구, 라고 불리는 마굴의 닳고 닳은 여자와 "도라군이야?", "레이코."라는 말을 주고받는 몹쓸 사내가 되리라고는 꿈에도 생각지 못했다. ―덧붙여 말하자면, 게이스케가 니이미를 따라 처음으로 마굴에 발을 들여놓게 된 사정을 적은 앞 구절에서 니이미의 비참한 하급 배우 생활에 대해서 게이스케가 약간의 책임을 느끼고 있다고 쓴 것은, 앞서 이야기한 것과 같은 경위가 있기 때문이었다. 게이스케는 결코 영화배우가 되라고 한 것은 아니었다. 그러나 게이스케가 배우의 길을 걸으라고 부추기지 않았다면 니이미는 영화로 들어서지 않았을 것이며, 비참한 하급 배우로 떨어지는 일도 없었을지 모른다.)

이야기를 앞으로 돌리겠다. 게이스케가 "아버님은 건강하셔?"라고 말한 것은 니이미가 한마디 말도 없이 영화배우가 되었기에 아버지는 화가 나서 말도 하지 않게 되었다는 사정을 니이미에게서 들어 알고 있었기에 그런 아버지의 화가 아직도 가라앉지 않았냐고 묻고 싶은 마음을 담아 그렇게 말한 것이었다. 니이미도 그런 줄 알았기에 "똑같아요."라고 말한 것이었다. ─말을 하지 않을 정도로 화가 났으면서도 아버지는 니이미에게 집에서 나가라고는 말하지 않았다. 아버지는 니이미를 사랑하고 있었다. 아버지의 애정을 니이미도 알고 있었다.

─"산책을 하지 않겠습니까?"라고 니이미가 말해서, 두 사람은 아파트를 나섰다. 게이스케가 역 앞의 찻집 쪽으로 발걸음을 향하려 하자 게이힌 국도1) 쪽으로 가보지 않겠느냐고 니이미가 말했다. 어딘가 안절부절못하는 느낌이었다.

게이스케는 촬영소에 대해서 물었다. 영화제작의 기구에 대해서 알고 싶은 것이었으나, 니이미는 배우들의 가십거리 같은 것만을 이야기했다. 스타인 누구는 진지하고 열심인데, 누구의 연기는 봐줄 수 없을 정도로 서툰 주제에 오만하고 여자의 뒤꽁무니만 쫓아다닌 다거나, 그런 이야기 중에,

"가토리(香取) 씨가 기미시마(君島) 씨와 드디어 깨끗하게 헤어졌습니다."

라고 말했다. 게이스케가 가토리라는 사람과 지기라도 되는 것 같은 말투였다. 가토리는 조연으로 이름이 알려진 간부 배우인데, 니이미는 그 가토리의 제자처럼 되어 있었다. 배우가 되기 전에

---

1) 京浜国道. 도쿄와 요코하마 사이를 잇는 국도.

여러 가지 일을 하며 고생을 했기에 이해심이 깊은 좋은 사람이라고 니이미는 가토리에 대해서 언제나 입에 침이 마르도록 극찬을 했었다. 가토리보다 급이 위인 기미시마라는 젊은 스타 여배우와 결혼했으나 니이미의 말에 의하면, "말할 수 없을 만큼 건방진 여자로, 가토리 씨가 가엾다."는 것이었다. 게이스케는 그런 니이미의 말을 통해서밖에 가토리를 알지 못했다.

"가토리 씨라는 사람은 몇 살?"
이라고 게이스케가 물었다.

"서른두 살입니다."

"아직 젊군."

"네."하며 니이미는 고개를 끄덕이고, "—가토리 씨는, 훌륭한 여배우 따위와는 결혼하는 게 아니야, 이번에는 가난하더라도 조신한 아가씨와 결혼할 거야, 라고 말합니다."

"상대를 찾았나?"

"아니요, 아직이요. 그렇게 말하고 있을 뿐입니다."

두 사람은 양쪽 길가에 조그만 찻집이 늘어서 있고 정원처럼 시원하게 물을 뿌린 길을 빠져나와 게이힌 국도에 이르렀다. 날카롭게 빛나는 마른 길을 검은 자동차들이 꼬리에 꼬리를 물고 질주하고 있었다.

"아, 바다가 보인다."라고 니이미가 외쳤다. 맞은편의 커다란 요리점과 찻집 사이로 바다가 보였다. "바다를 보지 않으시겠습니까? —이런 데서 보지 말고 해수욕장이 있던 곳으로 갔으면 합니다."

게이스케도 찬성했다. 오오모리 해안 근처의 아파트에 살면서도, 그곳은 아침 일찍 나갔다가 밤늦게 잠을 자러 들어올 뿐이었기에 끝내 그쪽으로는 산책을 나간 적이 없었다.

　해수욕장이 있던 자리는 마치 쓰레기장처럼 지저분한 느낌으로 그렇게 넓지 않았으며, 풀도 드문드문 조금밖에 자라지 않은 공터가 되어 있었다. 거기에 이르기까지는 바람을 조금도 느끼지 못했으나 공터에 발을 내디딘 순간 짠 내를 머금은 강한 바람이 정면에서부터 불어왔다. 가슴까지 오는 높다란 방파제에는 역시 바다를 보러 온 몇 명의 사람들이 이미 각자 흩어져 서 있었다. 자동차는 밑에 세워둔 채 자신은 제방 위로 올라가 로댕의 '생각하는 사람'과 똑같은 자세로 마치 조각처럼 가만히 움직이지 않고 바다 너머를 바라보는 사내도 있었다. 게이스케는 자기도 역시 바다를 보러 왔다는 사실은 잊은 채, 바닷바람이 벌써 살 속으로 파고드는 이 계절에 청소년이라면 모르겠지만, 몽상에 잠기는 즐거움과 같은 것은 먼 옛날에 잊었을 법한, 하나 같이 나이 지긋한 남자들이 일부러 이런 곳까지 발걸음을 옮겨, 그것도 가만히 서서 바다를 본다는 사실이 왠지 이상하게 느껴졌다. 흐린 하늘 아래의 바다 빛깔은 사람의 눈을 잡아끌어 떼어놓지 않는, 바라보고 있으면 마음이 깨끗해지는 것 같은 그런 상쾌하고 신비한 것은 결코 아니었다. 도회의 때가 흘러든 바다는 암울하고 불결한 살갗을 가지고 있었다. 그런데도 사람들은 가만히 바라보고 있었다. 단, 방파제에 부딪치는 파도소리만은 마음에 스미는 맑은 울림을 가지고 있었다. ―어딘가 쓸쓸함이 느껴지는 시쳐버린 듯한 풍경이었다.

　게이스케는 사람들의 모습을 이상히 여기면서도 언제부턴가 자신 역시 그들 가운데 하나가 되어 있었다. 니이미도 피곤한 듯한 얼굴로 말없이 서 있었다. ―한동안 그렇게 있다가 니이미가 마침내,

"사실은……."

하고 말했다. 얼굴은 똑바로 앞을 향한 채, "사실은, ―저, 연애를 하고 있습니다."

장난스럽게 말하려 했으나 그렇게 하지 못한 어색함이 있었다. 게이스케는 "흠."하고만 말했다. 그러자 니이미가 입을 다물어버리고 말았다.

"여배우인가?"

라고 게이스케가 말했다.

"아니요, 평범한 아가씨입니다." 눈을 바다로 향한 채 혼잣말처럼 계속했다. "요코하마에 있는 회사에 다니는 타이피스트입니다. 저와 같은 나이로……, 이번 일요일쯤에 데리고 오겠습니다. 만나 주십시오."

게이스케는 끄덕이고 셋이서 놀자고 말했다.

"가토리 씨 댁에도 얼마 전에 데리고 갔었습니다만, 연인이라고 하기에는 왠지 거북한 듯해서 친척이라고 했습니다. 그랬더니 나중에 역시 연인이 아니냐고 하시기에 아니라고 했더니, ―좋은 여자야. 만약 너의 연인이라면 네게는 아까운 여자야― 라고 너무 심한 말씀을 하셔서."

소중하고 멋진 장난감을 사람들에게 자랑하고 싶어서 몸이 근질거리는 어린아이 같았다. 니이미의 말에서는 그런 어린아이 같은 순진한 기쁨과 순수한 행복감으로 넘쳐나는 마음이 느껴졌다.

두 사람은 이후 오랜 시간 바다를 바라보았다.

―다음 일요일, 니이미는 자신의 말대로 여자를 데리고 게이스케의 아파트로 찾아왔다. 윤곽이 뚜렷하고 이국적인 느낌의 약간 오만한 구석이 있는 얼굴로, 그렇게 뺨에 살이 없는 마른 체형의 여자

는, 자기 자신이 마른 게이스케가 좋아하는 스타일은 아니었으나, 동작이나 감정이 활달하고 시원시원해서 화사한 바람처럼 상쾌한 그런 분위기는 멋진 것이라고 생각했다. 니이미와 비슷한 크기의 키였으나, 시원시원하게 마른 체형 때문인지 니이미보다 얼마간 큰 것처럼 보였다. "들어오세요."라고 게이스케가 말하자 니이미는, 그때는 아직 잃지 않은 예의바름과 또 연인을 데리고 온 탓도 있었을 테지만, 몸을 가지런히 하고 앉았다. 여자는 불필요한 예의나 겁을 먹은 듯한 모습 없이 발랄하고 여유 있는 태도로 "실례하겠습니다."라고 말하고 앉았다. 그런 여자에 비해서 묘하게 긴장한 니이미가 갑자기 어린아이처럼 보여, 같은 나이라고는 하나 여자가 훨씬 더 어른스럽게 보였다. 니이미는 태도만은 예의를 지키고 있으면서도,

"—각본, 전에 말한 각본, 쓸 만한 거 있어?"
라고 평소와는 달리 반말을 썼다. 여자 앞이라고 어딘가 으스대고 있는 니이미의 마음을 엿볼 수 있었다.

"이 가운데서 할 만한 걸 네가 골라봐." 이렇게 말한 게이스케가 잡지와 단행본을 네다섯 권 내밀었다. 니이미는 그 가운데서 한 권을 집더니 접힌 페이지를 펼쳐 그렇게 집중하지 못하는 듯한 눈으로 슥슥 책장을 넘겼다. 그리고 바로 아래로 내려놓고 다른 것을 집어 대충 훑어보더니 다시 다른 책을 집었다.

여자는 방바닥에 손을 짚은 채 별 생각 없이 들여다보고 있다가 잠시 후 니이미가 내려놓은 책 한 권으로 손을 뻗어 무릎 위에 펼쳤다. 니이미가 전부를 훑어보는 데 그렇게 시간은 걸리지 않았다. 보고 나서 여자가 희곡을 보고 있는 쪽으로 시선을 돌리더니,

"너도 하지 않을래?"

라고 말했다. 여자가 뭘? 하고 묻는 듯한 얼굴로 바라보았다.

"우리랑 같이 하지 않을래? 역을 하나 맡아서."

여자는 미소 짓고 무릎 위의 잡지로 시선을 떨어뜨렸다.

"너라면 연극을 할 수 있을 거야."

"─못 해."

"괜찮아. 너라면 할 수 있을 거야."

"아니." 낮게 억누르듯 말하고 잡지를 아래로 내려놓더니 눈썹을 모아 기묘한 미소를 게이스케에게 힐끗 던진 후, 니이미를 빤히 바라보며, "할 거라면, ─만약 연극을 하게 된다면, ─제대로 하고 싶어."

"제대로?"

"─응."

니이미는 무슨 뜻인지 모르겠다는 듯 머리를 쓸어올리곤 하다가 마침내 알겠다는 듯한 얼굴로, "주역이 아니면 싫다는 거야? 그 마음은 알겠지만 처음 하는 건데, 그것도 전문가들 사이에서 갑자기 그런 말을 해서는."

"아니, 그런 뜻이 아니야." 여자가 단호하게 말을 가로막았다. "제대로 된 무대라면 나도 물론 처음이니 단역이어도 상관없어." 이렇게 말하더니 기묘한 미소를 다시, 이번에는 천천히 게이스케에게 보냈다. (하급 배우들이 모여서 하는 하찮은 연극에 꼴사나워서 나갈 수 있겠어.) 게이스케는 그런 모멸을 이번에는 명료하게 그 미소에서 짐작할 수 있었다. (─당신도 그렇게 생각하죠?) 그렇게 말하고 있는 듯했다. 게이스케는 자신과 상관없는 일이지만 써늘함이 느껴졌다.

"조만간에 제대로 된 무대에서 할 거야. 보란 듯이 진출할 생각이야. 하지만 처음에는 공부한다는 의미를 담아서 하는 것이니……."

니이미에게는 그녀의 모멸이 전해지지 않았다. 게이스케는 왠지 다행이다 싶은 생각이 들었으나,

"—니이미 씨 들 하고는 같이 하기 싫어."

라고 여자가 마침내 분명하게 말해버렸다. 그렇지만 역시 마음에 걸렸는지, "나 사실은 연극 같은 거 하고 싶지 않아. 만약 하게 된다면 하고, —지금 한 말은 가정 하에서 한 말이야." 어딘가 시건방진 듯한 말투였다. 타고난 성격일지도 몰랐으나, 니이미의 감정을 어루만지고 있는 자신에게 화를 내고 있는 것 같기도 했다. 그런 말의 이면에는 게이스케에게,

(니이미 씨가 뭐라고 했는지는 모르겠지만 전 그냥 반쯤 재미삼아서 놀고 있는 것뿐이에요. 이런 이름도 없는 활동 배우의 연인이라고 여겨진다는 건 말도 안 되는 소리예요.)

암암리에 그렇게 말하고 있다는 사실을 게이스케는 느낄 수 있었다. 게이스케는 우울한 기분이 들었다.

방 안의 분위기가 묘했다. 니이미가 가토리에 대한 이야기를 꺼냈다. 가토리가 오늘처럼 되기까지 여러 가지로 고생을 했다는, 게이스케는 예전에 이미 들은 얘기였으나, 니이미는 그 말을 통해서 지금은 보잘것없는 하급 배우지만 자신도 머지않아 유명해지겠다는 말을 여자에게 하고 있는 것이었다. 그러자 여자가 말했다.

"가토리 씨라면 눈이 매서운 사람이지? 그렇게 통통하고 피부가 거뭇하고 언제나 기름기가 흐르는 것 같은 남자는 내가 아주 싫어하는 사람이야." 정말 싫다는 듯, 그것 자체가 하나의 생물이라도 되는 양 싱그러운 입술을 힘껏 일그러뜨렸다.

―그로부터 반년쯤 지난 어느 날 저녁, 게이스케와 니이미는 조용한 주택지대를 산책하고 있었다. 촬영소에 들어간 이후 니이미는 예전에 그의 몸에 배어 있던, 가정교육을 통해 익힌 반듯한 느낌을 점점 잃어가고 있었으며, 그 무렵에는 완전히 건달 같은 하급 배우 타입이 되어 있었다. 말투도 까불거리듯 천박한 것이었고, 그런 투로 그는 다음과 같은 이야기를 했는데, 내용의 슬픔과 말투의 우스움이 한데 뒤엉켜 어딘가 쓸쓸함이 감돌고 있었다. "―조감독은 말이죠, 당장은 가엾게 보여도 몇 년쯤 참으면 감독이 될 수 있다는 희망이 있기에 지금은 얼간이 같은 얼굴을 하고 식권을 나눠주기도 하고, ―어린아이라도 할 수 있는 일이지만, ―그런가 하면 어마어마한 경대 앞에 인형처럼 떡하니 앉아 계시는 녀석에게로, 허겁지겁 달려가서, 저기 나갈 시간입니다, 잘 부탁드리겠습니다, 라며 하인처럼 굽실거리기도 하고, ―그러면 시건방진 간부 여배우에게 아직 안 돼, 라며 호통을 듣기도 하고, 그런 한심한 짓을 할 수 있는 것도 끝에 즐거움이라는 것이 있기에……, 지금은 참아야 한다고 생각하는 거죠. 하지만 우리 같은 사람은, ―이건 애초부터 아무 의미도 없습니다. 참아야 할 시기고 뭐고, 하급 배우는 썩어도 준치라고, 아참, 이건 잘 나가는 사람한테 하는 말이지, 어쨌든 하급 배우는 언제까지고 하급 배우로, 이래서는 참을수록 손해, 나는 아무 의미 없어, 하는 꼴이 됩니다. 몇 년만 참으면 스타가 되는 경우도, ―없지는 않지만, 그야말로 1만 엔쯤 든 지갑을 줍는 것과 같은 일로 보통은 그런 일 없을 거라 생각하는 게 안전할 겁니다. 스타는 처음부터 스타로 들어오니까요. 스타로 처음부터 키웁니다. 저 같은 사람은 말하자면 과자를 감싸고 있는 왕겨, ―아참, 왕겨는 사과였지. 초콜릿 같이 비싼 것에 얇게 썬 가다랑어포

같은 가느다란 종이가 들어 있죠? 저희는 그겁니다. 종이는 몇 년이 지나도 과자가 될 수는 없습니다. 대체로 아무 의미 없습니다. 그런데 말이죠, 촬영소에는 하급 배우 10년이라는 사람이 계신데, 수염을 기른 당당한, ―그건 아니지, 말라비틀어진 어물처럼 쭈글쭈글한 아저씨야. 제 명찰 위로 그런 대단한 양반들이 줄줄이 늘어서 있으니, 물론 그 양반들도 처음에는 스타를 꿈꿨을 테지만, 지금은 완전히 포기하고 하급 배우에 만족하고 있습니다. 만족하고 있는 건 아닐지 모르겠지만, 옆에서 보기에는 생글생글 웃으며 물속에 빠지기도 하고. 네? 아니요, 그게 배역입니다. ―결국에는 양로원에 들어가는 신세가 될 겁니다." 이렇게 말하고 니이미는 앗핫하 하고 웃었다. 게이스케는 웃을 수 없었다.

두 사람이 어떤 집 앞에 이르렀다. 그러자 열십자로 엮은 그물망의 세련된 담 너머에서 갑자기 개가 짖어대기 시작했다. 정원이 그대로 보이는 그물망에는 들장미가 엉켜 있었으며, 저녁의 어둠 속에 떠 있는 나무 사이로 하얀 것이 움직이고 있었다. 그게 개였다. 게이스케도 깜짝 놀랐지만 니이미는 그 자리에서 멈춰 섰다. "가자." 게이스케가 말해도 니이미는 움직이지 않았다. 그러면서도 개 쪽은 보지 않고 길 앞을 매서운 눈으로 바라보고 있다가, 격렬한 감정의 파도로 창백해진 얼굴을 흉하게 일그러뜨리기 시작했다. 그야말로 뭐라 표현할 수 없는 모욕을 당한 사람의 얼굴이었다.

개는 니이미가 멈춰 선 것을 알고 한층 더 흥분해서 오만하고 흉포하게, 참으로 밉살맞고 사납게 짖는 소리를 냈다. 니이미는 이를 앙다물고 가만히 그 소리를 듣고 있는 듯하다가 마침내 개 쪽으로 몸을 돌리더니,

"멍청이!"

폭발적인 목소리였다. "―왜 짖는 거야. 이 녀석!"

"이봐, 이봐."

라며 게이스케가 말렸다. ―그러나 길을 지나기만 했을 뿐 특별히 아무 짓도 하지 않았는데 갑자기 위협적으로 짖으며 달려든 개에게는 게이스케도 화가 나 있었다. 하지만 개를 상대로 해봐야, 라며

"이봐, 그만 둬."

라고 니이미에게 말했으나 니이미는 듣지 않았다.

"왜 나를 보고 짖는 거야? 이리 나와."

"―니이미 군."

"이 자식, 나와. ―내가 누군 줄 알아? 우습게보지 마, 개자식! 밖으로 나와서 짖어봐."

개한테 말해봐야 소용없는 일이다. 아니, 개를 그처럼 버릇없이 길들인 그 집 사람들에게 화를 내고 있는 것 같았다. 그 목소리에 개는 나무들 사이를 시위적으로 달리며 더욱 거세게 짖어댔다.

"제길! 패 죽이겠어!"

비통하고 매서운 목소리로 이렇게 외치더니 길가의 돌을 집어들었다. 게이스케가 당황하여 그의 손을 쥐었다. ―니이미를 달래어 그 자리에서 벗어나게 하는 데 게이스케는 꽤나 애를 먹었다.

큰길로 나오자 니이미는 "죄송합니다."라고 말하고 갑자기 뒤돌아서 성큼성큼 가버렸다. 게이스케는 그 모습을 멍하니 바라보았으나, 그의 가슴은 한동안 니이미가 가엾게 여겨져 견딜 수 없는 심정으로 조여오는 듯했다.

―니이미가 순수한 연정을 바치고 있던 예의 여성은, 지금은 하필이면 가토리의 아내가 되어 있었다! 아주 싫어한다고 말했던 가토리의 아내가!

"가토리 씨가 내게 프러포즈했어. 그래서 난 승낙했어."

　여자가 거리낌 없이 이렇게 말했기에 니이미는 상처를 내보이지 않으려는 장난스러운 목소리로 그런 여자의 말을 게이스케에게 전했는데, '프러포즈'네 '승낙'이네 하는 시건방진 말은 참으로 그 여자다운 것이었다. ─니이미에게서 그런 말을 들은 것은, 니이미가 데려온 여자와 게이스케가 만난 지 4개월쯤 지나서였다. (그리고 예의 공부를 위한 연극도 그대로 흐지부지되고 말았다.)

　"괘씸한!"하며 게이스케는 눈을 부릅떴다. 여자는 말할 것도 없지만, 가토리에게 화가 났다. 여자를 니이미의 연인이라고 소개받지는 않았다 할지라도 틀림없이 알고 있었을 터였다. 제자의 여자를 빼앗다니 이 무슨 말도 안 되는 일이란 말인가. 게이스케가 이렇게 씩씩거리자 니이미도 더는 장난스러운 투로 말하지 못하고,

　"제가 좋아한 것일 뿐, 제게는 결혼할 자격이 없으니 어쩔 수 없는 일입니다."

라고 시선을 돌리며 서글프다는 듯 말했다.

　"그럼 너는, ─여자가 가토리의 프러포즈에 좋다고 말했다며 뻔뻔하게 얘기했을 때, 여자에게 뭐라고 해줬지?"

　"─어쩔 수 없지 않습니까?"

　"어쩔 수 없다니, 넌 화가 나지도 않았어?"

　"물론 벌컥 화가 났습니다. 사람이 우습게 보이는구나 하며 때려줄까도 싶었습니다. 하지만 저는……."

　"때리지 않았어?"

　"울음이 먼저 터져버렸습니다. 부끄러운 얘깁니다만, 눈물이 줄줄 흘러내려서."

　듣고 있자니 게이스케도 가슴이 뜨거워졌다.

"전 울 생각은 아니었습니다. 그런데 빌어먹을 눈물이 제멋대로 흘러내려서. ―전 거기서 작별을 고했습니다. 헤어졌습니다. 닥치는 대로 달리다 자전거와 부딪쳤습니다." 니이미는 괴로운 기억을 웃음으로 넘기려는 듯, "―기세라는 건 정말 대단합니다. 저는 배를 힘껏 부딪쳐서 그 자리에 웅크려버리고 말았습니다만, 자전거는 제게서 튕겨져나가 뒤집어져 있지 않겠습니까?"

―레이코라는 마굴의 여자는 그 여자를 쏙 빼닮았다. 그랬기에 게이스케는 마음속에서 앗 하고 외친 것이었다. (이야기를 오래도록 중단했던 작가의 서툰 솜씨를, 독자여, 용서해주시길.)

나중에 다시 보니 차이점이 여러 가지로 눈에 띄기 시작했다. 얼굴의 느낌은 비슷했으나 레이코는 니이미의 말대로, 그리고 예의 여자만큼, 미인은 아니었다. 그야 어찌 됐든 처음 봤을 때는 아주 닮았었다.

게이스케는 그 사실을 니이미에게 말하는 것만은 애써 삼갔다.

―이 거리에서 처음으로 밤을 보낸 다음 날 아침, 게이스케는 "아직 주무시나요?"라는 니이미의 목소리에 얕은 잠에서 깨어났다. "아아, 니이미 군?"

"전 먼저 가보겠습니다."

니이미는 벌써 옷을 입은 뒤였다. "사실은 로케이션 때문에, ―당신은 천천히 계시다……."

옆에 레이코가 담배를 문 방종한 모습으로 서 있다가 쇄골이 드러난 빈약한 가슴께를 모으며, "―또 지나가는 사람이야?"라고 생기 없는 꺼칠한 목소리로 놀리듯 말했다. 화장을 지운 여자의 얼굴은 시든 등자나무 꽃처럼 누렇고 버석버석해서 어젯밤에

본 것과는 다른 여자처럼 느껴졌다.

"쓸데없는 소리 하지 마." 니이미가 이마를 톡 두드리며 달달한 목소리로 말했다. 레이코는 그런 니이미의 빨간 넥타이로 정맥이 불거진 마른 손을 가져가 구겨진 부분을 펴주며,

"─얼른 출세해줘."

진심이 담긴 목소리였다. 색정적인 느낌이 아니라 동생을 위해 고생하고 있는 누나 같다는 느낌이었다.

"출세라." 쯧 하고 혀를 찼다.

"듣기 싫어라. 가망이 없다는 소리 같잖아."

"레이코의 그런 말 듣기도 이젠 지긋지긋해."

"─맘대로 해."

"레이코가 그렇게 말해주면 물론 기분은 좋아. 그렇게 말해주는 건 레이코밖에 없으니."

"추켜세우는 거야?"

"그렇게 들린다면 그렇게 생각해."

이런 대화를 들으며 게이스케는 서둘러 옷을 갈아입었다. 밤의 술렁거림이 아직 생생하게 남아 있는 게이스케의 귀에는 썰렁한 거리의 고요함이 왠지 섬뜩하고 불안하게 느껴졌다.

계단을 내려가자,

"할멈, 잘 있어."

라고 니이미가 안에 대고 밀했으나 대답은 없었다.

"─이번 달에는 이제 무리해서 오지 마. 알았지?"

라는 레이코의 목소리를 등 뒤로 들으며 두 사람은 밖으로 나섰다. 불과 몇 시간 전, 득실득실 그렇게 사람들로 가득했던 좁은 골목에는 거짓말처럼 인기척이 없었으며, 이른 아침의 한기가 몸속으로

파고들었다. 게이스케는 큰길이 어디인지 도무지 감을 잡을 수 없었다. "그 집의 할멈은 저를 경계하고 있어요."

익숙한 걸음으로 서둘러 앞을 가며 니이미가 불쑥 이렇게 말했다.

"어째서?" 게이스케는 레이코 때문이라는 사실을 알고 있었으나 이렇게 물었다. 거기에는 대답하지 않고 니이미는,

"원래부터 고집스러운 할멈으로 애교라고는 찾아볼 수 없는 녀석이지만, ―요즘에는 내게 특히 아니꼬운 말만 하며 들볶는다니까요."

들볶는다는 말이 우스워 게이스케는 웃음을 터뜨리며,

"도라 군이 있으면 돈을 갚지 않고 도망가지 않을까, 걱정하는 건가? 흔히 있는 얘기잖아."

니이미는 외투의 깃을 세워 얼굴을 가린 채 아무런 말도 하지 않았다.

―이것이 버릇이 되어 게이스케는 이후 이 거리를 뻔질나게 드나들었다. 앞서 이야기한 것처럼 믿음직스럽지 못한 직장을 전전하던 게이스케였기에 애초부터 돈에 여유가 있을 리 없었다. 그것을 억지로 짜내는 것이기에 유흥의 즐거움도 한층 더 깊어졌으며, 거리의 공기에 익숙해지고 친숙해짐에 따라서 불결함과 추악함을 싫어하는 감각도 사라져버렸다. 이미 오오모리의 아파트에서 학생 시절에 살던 간다(神田)의 싸구려 하숙으로 옮긴 뒤였다. 요쓰야(四谷)의 아버지 집에 있는 니이미와는 종전처럼 교제를 계속하고 있었다. 스미다가와 건너편의 거리에는 혼자 가는 적도 있었지만, 대부분은 니이미와 (그의 말에 의하면) '둘이 얼러붙어서' 갔다. 그러니까 그 일로 인해서 두 사람의 기묘한 교유관계가 면면히 이어진

것이라고 말할 수 있었다. 그러던 어느 날, 니이미는 게이스케에게 레이코의 계약이 끝나면 자신은 그녀와 살림을 차릴 생각이라고 말했다. 처음에는 농담인 줄 알았으나 진심인 듯하다는 사실을 깨닫고는 함부로 말을 할 수가 없었다. 물론 마음속에서는 격렬하게 머리를 흔들고 있어서, 반대라고 말하기는 쉬운 일이었으나, 평소와는 달리 어딘가 침울한 니이미의 얼굴을 보자 가볍게는 말할 수가 없었다. 게이스케는 자신도 가지고 있으면서 니이미에게 성냥을 빌려 담배를 가슴 깊이 마시더니, 넌 그렇게 빠진 거야? 라고 말했다. 니이미는 미소를 지은 채 대답하지 않았다. 여자의 마음에 보답하기 위해서냐고 물어도 니이미는 여전히 미소만 지을 뿐이었다. 그의 얼굴은 예전의 모습을 찾아볼 수 없을 정도로 말라서 게이스케의 눈에 비참한 황폐함을 생생하게 이야기하고 있었다. 게이스케의 머리에 문득 니이미의 아버지가 떠올랐다. 도저히 아버지가 장남인 니이미의 그런 결혼을 허락하리라고는 여겨지지 않았다. (니이미에게는 남동생과 여동생이 한 명씩 있는데, 남동생은 사범학교에 다니고 있었다.) 게이스케가 그 아버지에 대해서 이야기하자 니이미도 비로소 입을 열었다. "―저는 아버지의 집에서 나올 생각입니다. 한시라도 빨리 나오고 싶습니다. 아버지께는 딱한 일이라고 생각합니다만, 저는 도저히 있을 수가 없습니다. 저 같은 건 그냥 포기해주면 좋을 텐데……. 저 같은 건 이미 이렇게 되어 글러먹었으니……."

　　―그로부터 얼마 지나지 않아서였다. 촬영소 문의 경비실 부근에서 건달 같은 사람 둘이 니이미에게로 후다닥 달려들더니 살기 띤 얼굴로 그의 앞을 가로막았다.

　　"네가 도라라는 놈이냐?"

니이미가 끄덕이자 양쪽 옆에서 느닷없이 팔을 쥐었다. "어린놈이 배짱 한번 좋군." 한 사람이 말하자, "어린놈이 잔대가리 좀 굴렸어."라고 다른 한 사람이 말했다. 잠깐 물어볼 것이 있다는 위협적인 말과 함께 두 사람은 니이미를 자동차에 억지로 밀어넣었다. 니이미는 특별히 저항하려 하지 않았다.

　　"당신들은 누군가요?" 차가 움직이기 시작하자 양 옆에 있는 사내에게 물었다. "말하지 않아도 알잖아." 한 사람이 자신의 가슴을 치자, 다른 한 사람이 마굴의 지명을 대고 거기까지 가는 것이라며 니이미를 노려보았다.

　　─앞서 필자는 레이코가 있는 집의 할멈이 니이미를 '들볶는' 것은 레이코를 몰래 빼돌릴까 두려워서 그러는 것이 아닐까 하는 게이스케의 말을 쓴 적이 있었다. 그것이 바로 지금 사실이 되어 나타난 것이었다.

　　그러나 니이미가 손을 쓴 것은 아니었다. 니이미는 레이코가 달아난 일에 대해서 아무것도 몰랐다. 상의조차 받은 적이 없었다. 레이코가 달아나리라고는 니이미도 생각조차 못한 일이었다.

　　그러나 상대방은 레이코가 도망간 것을 전부 니이미와 꾸며서 한 일이라고 생각했다. 가엾은 니이미는 이렇게 해서 그 지역으로 끌려가서는 섬뜩한 얼굴을 한 사내들이 늘어서 있는 좁은 한 방으로 던져졌고, 레이코를 어디에 숨겼는지 불지 않으면 용서하지 않겠다고 협박을 받았으며 폭행이 가해졌다. 아무리 다그쳐도 모르는 일은 자백할 방법이 없다. 니이미는 그때 알지도 못하는 일을 자백하라고 시달리는 고통보다, 레이코가 그에게 말도 없이 도망쳐 배신했다는 사실을 알게 된 고통이 더 강했다.

　　건달 같은 사내들은 게이스케의 집에도 모습을 드러냈다. 그렇게 해서 집요한 수색의 손길이 미쳤으나 레이코의 행방은 끝내 밝혀내지 못했다. ─니이미는 며칠 뒤에 풀려나 방에서 나왔는데, 그때 그들은 혹시 소란이 좀 잠잠해지면 레이코에게서 엽서 같은 게 올지도 모르니 그때는 바로 알려주어야 한다고 으름장을 놓았다. "숨기거나 하면 무사하지 못할 거야." 이것이 마지막 협박이었다. 니이미는 불안한 기대감으로 레이코가 다시 자신 앞에 모습을 드러낼 날이 오기를 기다렸으나 시간만 헛되이 지날 뿐이었다.

그 사건 이후 게이스케는 오래도록 니이미를 만나지 못했다. 니이미도 얼굴을 내밀지 않았으며, 게이스케도 만나고 싶지 않았다. 레이코와 살림을 차리겠다고까지 말했던 니이미와 얼굴을 마주하기가 가엾다는 기분이 들었기 때문이었다. 게이스케는, 예전에 니이미를 대하던 레이코의 태도가 거짓된 것이라고는 보이지 않았으며, 니이미를 배신한 지금도 그렇게 여겨지지는 않았다. 흑막에 가려진 다른 정부가 있어서 도망을 친 것인데, 그 사내를 포주 할멈에게 숨기기 위해서 니이미를 정부인 것처럼 대해 이용한 것이었을까? 그렇게는 여겨지지 않았다. 제2대 누구누구라는 이름에 걸맞게 그리 만만한 사람은 아니었으나 니이미에게만은 어딘가 진실함을 보이고 있는 듯했다. 그러나 그것은 애정이 아니라, 마굴의 여자답게 이름도 없는 하급 배우에게 그저 응원을 보내고 있었던 것이었을까?─레이코의 행방이 묘연하여 명확하지 않은 이상, 이와 같은 일들도 전부 분명히는 알 수 없었다.

몇 개월인가 뒤, 레이코가 있던 그 집으로 놀러 간 게이스케는 니이미가 그 혐오스러운 추억의 집에 여전히 종종 찾아온다는 말을 듣고는, 뭔가 이해할 수 없다는 느낌이 들었다.

─여기서 이야기는 처음 부분과 연결된다.

그 사이에 있었던 주요한 일들을 이야기하자면, 니이미는 2년쯤 전에 결국 촬영소를 그만두었다. 니이미 자신이 말한 것처럼 하급 배우는 언제까지고 하급 배우여서 끝끝내 뜨지는 못했다. 니이미가 그만둘 즈음해서 같은 촬영소의 주요 간부이자 동시에 무용계 일파의 당주이기도 한 유명 여배우가 영화계에서 은퇴했다. 그 여배우가 연극을 가미한 무용공연 프로그램으로 각지 순회공연에 나섰는데 그 일행에 니이미도 가담했다. 니이미가 여행에서 돌아오자 게이스케는 오랜만에 니이미를 만나 둘이서 예의 지역으로 갔다. 그때 이야기의 첫 부분에 나왔던, 뺨이 통통하고 살집이 풍성한 여자가 창에 앉아 있었다. 레이코와는 무릇 반대가 되는 유형의 여자였다.

그로부터 반년쯤 지나서 게이스케는 한 커다란 상사의 조사부에 들어갔다. 미심쩍은 곳을 여기저기 떠돌던 부평초 같은 상태에서 마침내 벗어나게 된 것이었다. 그러자 결혼 얘기가 있어서 게이스케도 가정을 꾸렸다. 그 무렵, 니이미는 아무것도 하지 않고 빈둥거리고 있었다.

니이미도 지금은 서른 살이었다. 게이스케가 니이미를 알게 된 지도 벌써 10년이 되어가려 하고 있었는데, 게이스케가 아내를 맞아들인 뒤부터는 예전과 같은 교유도 끊기고 말았다. 두 사람을 하나로 묶고 있었다고 해도 결코 과언이 아닌, 예의 지역에 '둘이 얼러붙어서' 드나드는 일이 게이스케의 결혼 이후 중단되었기 때문이기도 했는데, 게이스케는 오랜만에 '견학'에 나섰다가 뜻밖에도 니이미가 떠올랐던 것이다. 한동안 만나지 못했는데 어떻게 지내고 있는지. 게이스케는 이튿날, 당장이라도 만나고 싶다는 감정에 휩싸여 요쓰야로 연락을 해보았다. 다행히 이튿날은 일요일이었기에, 오후에 이러이러한 장소에서 만났으면 좋겠다고 적어 보냈다.

그날 밤늦게, 지금 막 편지를 보았습니다, 라는 말로 시작되는 니이미의 편지가 왔다. 그에 의하면, 자신은 지금 청사진 공장에 다니고 있는데 세 번째 일요일은 마침 쉬는 날이어서 절호의 기회였으나 편지를 보기 전에 공교롭게도 다른 사람을 대신해서 당직을 서주기로 했기에 낮 동안에는 공장에 나가야 한다, 저녁이 되면 본인과 교대하여 공장에서 나올 수 있으니 그때 만났으면 한다, 혹시 괜찮다면 공장에는 자신밖에 없으니 낮에 공장으로 와줄 수는 없겠는가, "─저도 뵙고 싶던 참이었습니다."라고 적혀 있고, 공장의 지도가 그려져 있었다. 게이스케는 저녁까지 기다리면 조바심이 날 것 같아서 공장으로 찾아가야겠다고 생각했는데, 니이미도 같은 생각인 듯하다는 사실을 자세한 지도까지 덧붙였다는 점으로 분명히 알 수 있었다. 그러자 옛 친구를 만나 적막한 마음을 달래려는 것이 아닐까 하는 니이미의 기분이 가슴으로 전해지는 듯했으며, 동시에 니이미도 직공이 된 건가 하여 감개무량했다. 생각해보면 굴욕 속에서 헛되이 지나가버린 니이미의 청춘이었다. 순진한 사랑의 싹도 무참하게 짓밟혔으며, 하급 배우 생활에서 오는 절망감에 내몰려 마굴에서 간신히 얻은 마음의 위로도 허무하게 사라져버리고 말았다. ─지난 10년을 통해서 니이미는 무엇을 얻었을까? 아버지를 등지면서까지 꺾지 않았던 첫 번째 꿈. 배우 수업 10년 동안의 고생. 그 결과는 어땠는가? 더는 돌이킬 수 없는 절망감만 얻은 것 아닐까? 생각하는 것만으로도 마음이 어두워지는 악몽과도 같은 10년. 니이미의 마음을 생각하면 게이스케는 고통으로 가슴이

미어지는 듯했다. 게이스케도, ─그는 간신히 안정을 얻기는 했으나 학교를 졸업하고 바로 입사한 동료들을 보고 있으면 10년 가까이나 허송세월했다는 회한에 종종 휩싸이곤 하지만, 니이미를 생각하면 그와 같은 회한 따위는 아무것도 아니리라.

─공장은 운하를 따라 세워진 단층 건물로 그렇게 크지 않았으며, 한 관청에 부속되어 있다는 사실이 입구의 표찰에 적혀 있었다. 정문 옆의 조그만 나무문을 밀고 게이스케가 안으로 들어서자 그 조그만 소리를 알아들은 니이미가 맞은편 창으로 기쁨에 반짝이는 얼굴을 내밀었다.

"어서 오세요. ─오랜만입니다."

이렇게 외치는 니이미에게로 게이스케는 서둘러 다가갔다. "─잘 지냈어?"

"잘 지냈습니다." 말만이 아니라 건강하게 윤기 있어 보이는 얼굴이었다. 어딘가 뜻밖이라는 느낌이었기에, "─건강한 듯하군."하고 게이스케가 말했다.

"규칙적인 생활을 하고 있으니까요."

"흠."

"들어오세요." 창밖으로 입구를 가리켰다.

입구에서 들어선 방은 허름한 책상이 몇 개 늘어서 있는 사무실이었고 공장은 같은 건물의 안쪽에 있었는데, 거기서 풍겨오는 듯한 약품 냄새가 게이스케의 코를 찔렀다. 바깥은 해가 쨍쨍 내리쬐는 한낮인데도 아주 어두운 안쪽에 뭔가 커다란 기계가 가로놓여 있는 것이 보이는 쪽으로 손을 내밀며,

"저쪽으로 가세요. 시원한 쪽으로."

라고 니이미가 말했다.

천장에 닿을 듯한 기계가 2대 늘어서 있는 사이를 빠져나가며,

"굉장히 어둡군."

이라고 게이스케가 말하자,

"청사진 공장이니까요."

그리고 니이미는 나란히 선 기계를 번갈아 가리키며, 이게 청사진의 인화기이고 이게 양화(陽畵) 기계라고 설명했다.

"암실이라는 말이군." 게이스케가 말하자,

"암실은 따로 없습니다. 청사진의 감광지는 그렇게 민감하지 않아서 암실이 아니어도 상관없기에……."

다다미2)가 깔려 있는 숙직실로 들어갔다. 창 아래는 바로 강이어서, ─강이라고 해봐야 먹물 같은 수면에 쓰레기가 실려 오고 부글부글 소용돌이가 끊이질 않는 더러운 운하로 진흙이 깊은 듯 모래를 실은 커다란 배의 사공 부부가 당장에라도 쓰러질 듯한 자세로 바닥 깊숙이 박힌 장대를 부지런히 밀고 있는 것이 바로 아래로 보였다. 좁은 선실에서는 어린 아이가 배꼽은 내놓은 채 자고 있었다. ─이 방은 틀림없이 시원하기는 했으나 불어오는 바람의 악취가 심했다.

"─공장은 어때?"

부지런히 차를 준비하고 있는 니이미에게 말했다. "그냥." 하며 니이미는 미소 지었다. 온화하게 웃음을 머금은 얼굴이었다.

"─재미있어?", "재미있다고는 할 수 없지만……." 이렇게 말하며 게이스케를 보고, "여기에는 이상하게 거드름을 피우는 스타 같은 게 없어서, 그건 마음에 듭니다. 거기다 땀을 흘려서 일한다는

---

2) 畳. 일본 전통의 실내 바닥재. 1첩은 약 0.5평.

건 기분 좋은 것입니다."

그 경쾌하고 밝고 가볍고 건강한 목소리에 게이스케는 마음이 찡했다. 게이스케는 여기에 오기까지 절망으로 일그러져 악에 받친 니이미의 얼굴과 목소리를 생각했으나, 사실은 그 반대였다.

당시 게이스케가 받은 감동을 과장해서 말하자면, 인간이라는 존재에 자신도 모르게 합장을 하고 싶어지는 느낌, ―이었다고 할 수 있을까.

밝은 잡담을 주고받았다. 게이스케는 강 건너편의 거리에 갔다가 문득 니이미를 보고 싶어진 것이라고 얘기했다. "통통한 자네의 여자가, 도라 군을 보고 싶다고 했어. 꼭 좀 데리고 와달라며."

말하며 그녀의 얼굴을 머릿속에 떠올리자, 다시 새로운 감동이 밀려왔다. ―그 여자는 몸집이 크기는 했으나 골격이 큰 것은 아니어서, 풍성한 살집 안 어딘가에 나약한 느낌이 숨어 있었다. 화류계에서 오래 버틸 수는 없을 것 같은 나약함이 어딘가에 길게 늘어져 있었다. 그런데도 처음 보았을 때와 조금도 변함이 없는 느낌으로 창에 앉아 있었다. 그런 강인함은 어디에 숨기고 있는 걸까? ―그 강인함을 생각하자 게이스케는 니이미에게서 느꼈던 것과 같은 감동을 다시 새로이 느끼지 않을 수 없었다.

"한동안 안 갔었네."

니이미는 담배에 불을 붙이고 "요즘에는 어떻게 된 일인지 거기가 싫어져서, ―왠지 내키지 않고……."

게이스케는 그런 니이미의 말을 그대로 받아들여 굳이 추궁하지 않았다. 니이미의 기분을 그대로 가만히 내버려두고 싶었다.

빨간 결정체가 물에 녹아가고 있는 것이 눈에 들어오자 게이스케는 기계 뒤편에 있는 그 양동이를 손가락으로 가리키며,

"저건 뭐지?"

"—포타시."

"포타시?"

"원래는 포타슘이라고 합니다. 중크롬산칼륨."

니이미가 기계를 바라보며, "—기계를 한번 움직여볼까요?"

이왕 보여줄 거라면 조작 방법을 보여줬으면 했다.

"도라 군이……."

라고 니이미가 자신의 이름을 말하며, "—도라 군이 일하는 모습을
한번 봐주시기 바랍니다."

니이미는 씩씩하게 손뼉을 치고 자리에서 일어났다.

다자이 오사무(1909~1948)

일본에서는 물론 우리나라에서도 두터운 독자층을 확보하고 있는 작가다. 아오모리(青森) 현 쓰가루(津軽)에서 태어났는데 그의 집안은 신흥지주였다. 도쿄 제국대학 불문과에 입학했으나 중퇴했다. 문학적으로는 아쿠타가와의 영향을 받아 출발했으며 고교 시절에는 좌익문학에도 관심을 보였다.

1933년, 동인지 『해표(海豹)』에 「어복기(魚服記)」, 「추억(思ひ出)」을 발표하여 주목받기 시작했다.

1935년에 대학 졸업에 대한 가망이 없는 상태에서 신문사 입사시험에 응시했으나 떨어져 두 번째 자살을 시도했다. 이후 복막염에 걸려 중태에 빠졌는데 그 치료과정에서 진통제인 파비날 중독에 걸린다. 그러는 동안 제1회 아쿠타가와 상 후보에 오르나 낙선하고 말았다.

첫 번째 작품집인 『만년』에 수록된 이 시기의 작품들은 여러 소설 작법을 시험한 다채로운 것들이었다. 단편집 『여생도(女生徒)』로 기타무라 도코쿠(北村透谷)상을 받았으며 전쟁 중에는 고전 및 그 외의 것에서 재료를 얻은 것이 많았고 순문학을 고독하게 지켰다.

고향에서 패전을 맞았으며 「판도라의 상자」 등의 작품에서 시국에 편승하는 자유사상에 반발, 참된 인간혁명을 기원했다. 상경 후 저널리즘의 각광을 받았으며 「비용의 아내」, 「사양」, 「인간실격」을 써서 무뢰파라 불렸다. 1948년에 애인 야마자키 도미에(山崎富栄)와 강물로 뛰어들어 세상을 떠났다.

후지 백경

富嶽百景

후지(富士)의 꼭지각, 히로시게1)의 후지는 85도, 분초2)의 후지도 84도 정도, 하지만 육군의 실측도에 의거해 동서 및 남북으로 단면도를 만들어보면 동서 종단은 꼭지각이 124도가 되며, 남북은 117도가 된다. 히로시게, 분초뿐만 아니라 대부분의 그림 속 후지는 예각이다. 정상이 가느다랗고, 높고, 늘씬하게 맵시가 있다. 호쿠사이3)에 이르러서는 그 꼭지각이 거의 30도 정도, 에펠철탑 같은 후지까지 그렸다. 하지만 실제의 후지는 둔각 중에서도 둔각, 완만하게 넓어져 동서 124도, 남북은 117도, 결코 빼어날 정도로 늘씬하게 높은 산이 아니다. 예를 들어서 내가 인도나 어디 다른 나라에서 갑자기 독수리에게 채여 일본의 누마즈4) 해안에 떨어져 문득 이 산을 바라본다 할지라도 그렇게 경탄하지는 않을 것이다. 일본의

---

1) 広重(1797~1858). 에도 시대 후기의 우키요에(浮世絵) 화가. 처음에는 미인화나 연극배우들을 그렸으나 후에 서양화의 원근투시법을 응용하여 참신한 풍경판화의 새 분야를 개척했다. 안도 히로시게(安藤広重), 우타가와 히로시게(歌川広重).

2) 文晁(1763~1840). 에도 시대 후기의 화가. 여러 파의 화풍을 배우고 남화ㆍ서양화ㆍ일본화의 화법을 받아들여 독자의 남화를 완성했다.

3) 北斎(1760~1849). 에도 시대 후기의 우키요에 화가. 여러 파의 화법과 서양화의 화법을 배워 풍경판화의 새로운 기법을 개척했다. 그의 화풍은 유럽 인상파의 발생에 커다란 영향을 주었다.

4) 沼津. 후지 산 남쪽 기슭에 위치한 시즈오카(静岡) 현 중동부의 도시. 스루가(駿河) 만의 북동쪽.

후지 산을 애초부터 동경하고 있기 때문에 원더풀한 것이지, 그렇지 않고 그처럼 속된 선전을 전혀 모르는 소박하고 순수하고 빈 마음에 과연 얼마나 감동을 줄 수 있을지, 그 점을 생각하면 약간 미덥지 못한 산이다. 낮다. 산자락이 펼쳐져 있는 것에 비해서는 낮다. 그 정도의 산자락을 가진 산이라면 적어도 1.5배는 더 높아야만 한다.

짓코쿠토우게5)에서 본 후지 산은 높았다. 그때는 좋았다. 처음에는 구름에 가려서 정상이 보이지 않았기에 나는 그 기슭의 경사로 판단해서, 아마도 저 부근이 정상일 것이라고 구름의 한 곳에 표시를 해두었는데 잠시 후 구름이 걷히고 보니, 아니었다. 내가 미리 표시를 해두었던 곳보다 몇 배는 더 높은 곳에서 파란 정상이 슥, 모습을 드러냈다. 놀랐다기보다 나는 이상하게 우스워서 껄껄 웃었다. 제법인데, 싶었다. 사람은 완벽할 정도의 듬직함을 접하면 우선 칠칠치 못하게 껄껄 웃는 법인 듯하다. 전신의 나사가 걷잡을 수 없이 풀려서, 이건 좀 우스운 표현이지만 허리끈을 풀고 웃게 되는 듯한 느낌이다. 여러분이 만일 연인과 만났는데 만난 순간 연인이 껄껄 웃는다면 경축할 일이다. 절대로 연인의 무례함을 타박해서는 안 된다. 연인은 당신을 만나서, 당신의 완벽에 가까운 듬직함을 전신으로 느끼고 있는 것이다.

도쿄에 있는 아파트의 창에서 보는 후지는, 답답하다. 겨울에는 선명하게 잘 보인다. 작고 새하얀 삼각형이 지평선 위로 오똑 솟아 있는데 그것이 후지다. 그리 대단할 것도 없다, 크리스마스용 장식 과자다. 게다가 왼쪽으로 어깨가 기운 모습이 불안해서, 선미 쪽부

---

5) 十国峠. 시즈오카 현 아타미(熱海) 시와 다가타(田方) 군 간나미초(函南町)의 경계에 있는 고개. 표고 774미터.

터 점점 침몰해가고 있는 군함과도 비슷하다. 3년 전 겨울, 어떤 사람이 뜻밖의 사실을 털어놓았기에 나는 당황했다. 아파트의 방에서 혼자 벌컥벌컥 술을 마셨다. 한잠도 자지 않고 술을 마셨다. 새벽, 소변을 보러 간 아파트 변소의 철망이 쳐진 네모난 창으로, 후지가 보였다. 작고, 새하얗고, 왼쪽으로 살짝 기울었고, 그 후지를 잊지 못한다. 창 밑의 아스팔트길을 생선장수의 자전거가 질주하며, 오오, 오늘 아침에는 후지가 아주 선명하게 보이는데, 너무 춥군, 이라는 중얼거림을 남겼고, 나는 어두운 변소 안에 선 채 창문의 철망을 쓰다듬으며 흐느껴 울었는데 그런 추억은 두 번 다시 만들고 싶지 않다.

1938년의 초여름, 마음을 다잡을 생각으로 나는 가방 하나를 들고 여행에 나섰다.

고슈[6]. 이곳 산들의 특징은 산들의 기복이 이상할 정도로 허무하고 완만한 선을 그리고 있다는 데 있다. 고지마 우스이(小島烏水)라는 사람의 일본산수론(日本山水論)에도 '산의 괴짜들이 많아, 이 땅에서 선유(仙遊)하는 듯하다.'라는 기록이 있다. 고슈의 산들은 어쩌면 산 중에서도 별스러운 산들일지 모른다. 나는 고후(甲府) 시에서 버스에 흔들리며 1시간. 미사카토우게[7]에 도착했다.

미사카토우게, 해발 1,300미터. 이 고개의 정상에 덴카 다실(天下茶屋)이라는 조그만 찻십이 있는데, 이부세 마스지[8] 씨가 초여

---

6) 甲州. 현재의 야마나시(山梨) 현에 해당하는 지방의 옛 지명.
7) 御坂峠. 야마나시 현 남동부에 있는 고개.
8) 井伏鱒二(1898~1993). 소설가. 서민적인 페이소스와 유머 속에 날카로운 풍자정신을 담은 독특한 작품을 가지고 있다. 다자이 오사무의 스승으로 알려져 있다.

름 무렵부터 이곳의 2층에 들어앉아 일을 하고 계셨다. 나는 그 사실을 알고 여기로 찾아왔다. 이부세 씨의 일에 방해만 되지 않는다면 옆방이라도 빌려 나도 한동안 거기서 선유할 생각이었다.

이부세 씨는 일을 하고 계셨다. 이부세 씨의 허락을 얻은 나는 당분간 그 찻집에 머물게 되었고, 그렇게 해서 매일 싫어도 후지와 정면으로 마주할 수밖에 없었다. 이 고개는 고후에서 도카이도9)로 나가는 가마쿠라오우칸10)의 요충지에 해당하는데, 후지의 북쪽 면을 바라볼 수 있는 대표적인 관망대라 일컬어지고 있으며 여기에서 보는 후지는 예로부터 후지 삼경 중 하나로 꼽히고 있다고 하지만, 나는 그다지 마음에 들지 않았다. 마음에 들지 않았을 뿐만 아니라 경멸하기까지 했다. 너무나도 정형적인 후지였다. 한가운데 후지가 있고 그 밑으로 가와구치(河口) 호수가 희고 써늘하게 펼쳐져 있으며, 근경의 산들이 그 양 옆으로 호수를 감싸 안듯 얌전히 웅크리고 있었다. 나는 얼핏 보고 당황하여 얼굴을 붉혔다. 그것은 마치 목욕탕의 페인트화 같았다. 연극 무대의 배경화 같았다. 너무나도 정형적인 풍경이었기에 나는 부끄러워서 견딜 수가 없었다.

내가 이 고개의 찻집에 온 지 2, 3일쯤 지나서 이부세 씨의 일도 일단락 지어졌기에 어느 맑은 날 오후, 우리는 미쓰토우게11)에 올랐다. 미쓰토우게, 해발 1,700미터. 미사카토우게보다 조금 높다. 급한 경사를 기듯 올라 1시간쯤 뒤 미쓰토우게의 정상에 도착했다. 덩굴풀을 헤치며 좁은 산길을 기듯 올라가는 내 모습은 결코 봐줄 만한 것이 아니었다. 이부세 씨는 등산복을 제대로 갖춰 입고 있어

---

9) 東海道. 도쿄에서 교토를 잇는 태평양 연안의 도로.
10) 鎌倉往還. 미사카토우게에서 후지 산의 북쪽 기슭을 넘어 도카이도의 누마즈로 통하는 길.
11) 三ッ峠. 야마나시 현 남동부에 위치한 산.

서 경쾌한 모습이었지만 나는 가지고 온 등산복이 없었기에 도테라12) 차림이었다. 찻집의 도테라가 짧아서 내 털이 덥수룩한 정강이가 1자13) 이상이나 드러났으며, 거기에 찻집의 나이 많은 할아버지에게서 바닥에 고무를 댄 노동자용 작업화를 빌려 신었기에 내가 보기에도 누추하게 느껴져, 약간 궁리를 한 끝에 가쿠오비14)를 매고 찻집의 벽에 걸려 있던 낡은 밀짚모자를 썼으나 더욱 이상해서, 이부세 씨는 사람의 외양을 결코 경멸하는 사람이 아니었으나 이때만은 아무래도 약간 가엾다는 얼굴을 하고, 역시 남자는 옷차림 따위에 신경을 쓰지 않는 편이 좋다고 조그만 목소리로 중얼거려 나를 위로해주신 것을, 나는 잊지 못한다. 어쨌든 이럭저럭해서 정상에 올랐는데 갑자기 짙은 안개가 몰려들어 정상의 파노라마대라는 절벽의 가장자리에 서도, 무엇 하나 보이지 않았다. 아무것도 보이지 않았다. 이부세 씨는 짙은 안개 속 바위에 앉아 천천히 담배를 피우시며 방귀를 뀌셨다15). 참으로 따분하다는 듯한 모습이었다. 파노라마대에는 찻집이 3채 나란히 서 있었다. 그중 한 집, 나이 많은 할아버지와 할머니 단둘이서 경영하고 있는 수수한 집 하나를 골라 거기서 뜨거운 차를 마셨다. 찻집의 노파가 가엾게 여기며, 하필이면 이럴 때 안개가 몰려와서, 조금 있으면 안개도 걷힐 거라 생각되지만, 후지는 바로 저기에, 선명하게 보여요, 라고 말하고,

---

12) ドテラ. 방한용으로 솜을 넣은 긴 옷.
13) 약 30.3cm.
14) 角帯. 폭이 좁은 남자의 허리띠.
15) 여담이지만, 이 부분에 대해서 이부세 마스지가 사실무근이라며 항의를 하자 다자이는 '아니, 틀림없이 뀌셨습니다.' 라고 말하고, 이어 '한 번이 아니라 두 번 뀌셨습니다.' 라며 항의를 받아주지 않았다. 너무 강력하게 주장했기에 이부세 자신도 뀌었을지도 모르겠다, 며 착각을 일으켰고, 결국은 실제 방귀를 뀌었다고 생각하게 되었다고 한다.

찻집 안쪽에서 후지의 커다란 사진을 들고 나와 벼랑의 끝에 서서 그 사진을 두 손으로 높이 치켜들더니, 바로 이쪽에, 보시는 것처럼, 이렇게 크게, 이렇게 선명하게, 이렇게 보여요, 라며 열심히 주석을 달아주었다. 우리는 차를 마시며 그 후지를 바라보고 웃었다. 좋은 후지를 봤다. 안개가 깊은 것을 아쉬워하지도 않았다.

그 다음다음 날이었던가, 이부세 씨가 미사카토우게에서 철수하기로 했기에 나도 고후까지 같이 따라갔다. 고후에서 나는 한 아가씨[16]와 맞선을 보기로 되어 있었다. 이부세 씨를 따라서 고후 시내의 외곽에 있는 그 아가씨의 집으로 갔다. 이부세 씨는 소탈한 등산복이었다. 나는 가쿠오비에 여름용 하오리[17]를 입고 있었다. 아가씨 집의 정원에는 장미가 많이 심겨져 있었다. 모당(母堂)께서 우리를 맞아주셔서 객실로 들어갔고, 인사를 나누고 있는데 아가씨가 들어와서, 나는 아가씨의 얼굴을 보지 못했다. 이부세 씨와 모당은, 어른들끼리 여러 가지 이야기를 나누셨는데, 문득 이부세 씨가,

"아아, 후지."라고 중얼거리며 내 뒤쪽의 중인방을 올려다보셨다. 나도 몸을 비틀어 뒤쪽의 중인방을 올려다보았다. 후지 산 정상, 대분화구의 조감 사진이 액자에 넣어져 걸려 있었다. 새하얀 수련을 닮았다. 나는 그것을 보고 다시 천천히 몸을 되돌릴 때 아가씨를 힐끗 보았다. 결정했다. 약간의 어려운 일이 있다 할지라도 이 사람과 결혼해야겠다고 생각했다. 그 후지는, 고마웠다.

이부세 씨는 그날로 귀경하셨고, 나는 다시 미사카토우게로 돌아갔다. 그리고 9월, 10월, 11월 15일까지 미사카의 찻집 2층에서

---

16) 이시하라 미치코(石原美知子, 1912~1997). 다자이 오사무와 결혼하여 쓰시마 미치코가 된다.
17) 羽織. 기모노 위에 입는 짧은 겉옷. 예복으로 갖춰 입는다.

조금씩, 조금씩 일을 해나가며, 그다지 마음에 들지 않는 '후지 3경 중 하나'와 녹초가 되어버릴 정도로 대담을 나누었다.

한 번, 크게 웃은 적이 있었다. 대학 강사인지 뭔지를 하고 있는 낭만파의 친구 하나가 하이킹 도중에 내 숙소로 찾아왔는데 그때 둘이서 2층의 마루에 나앉아 후지를 바라보고,

"너무 저속해 보여. 후지 산이라며 젠체하는 느낌이야."

"보고 있는 사람이 오히려 부끄러울 정도야."

라는 둥 시건방진 소리를 하며 담배를 피우다가 친구가 문득,

"응? 승려 차림을 한 저 사람은, 뭐지?"라며 턱으로 가리켰다.

회색의 찢어진 옷을 몸에 두른 채 기다란 지팡이를 끌고 후지를 거듭거듭 올려다보면서 고개를 넘어오는 50세 정도의 조그만 사내가 있었다.

"후지를 보기 위해 서방으로 가는 거겠지. 행색이 그럴듯하잖아." 나는 그 승려가 정겹게 느껴졌다. "어쩌면 이름 높으신 성승(聖僧)이실지도 몰라."

"한심한 소리 하지 마. 거지야." 친구는 냉담했다.

"아니, 아니야. 어딘가 속세를 초월한 듯한 느낌이 있어. 걸음걸이도 제법 그럴듯하잖아. 예전에 노인 법사[18]가 이 고개에서 후지를 찬양한 노래를 지었다고 하던데……."

내가 말을 하고 있는데 친구가 웃음을 터뜨렸다.

"이봐, 저기를 좀 보게. 그럴듯하지가 않아."

노인 법사는 찻집의 하치(ハチ)라는 개가 짖자 당황해서 정신을 차리지 못했다. 그 모습은 정나미가 떨어질 정도로 꼴사나운 것이

---

18) 能因法師(988~1050, 혹은 1058). 헤이안 시대 중기의 승려, 가인.

었다.

"틀렸군. 역시." 나는 풀이 죽었다.

거지의 당황한 모습은 오히려 끔찍하다 싶을 정도로 우왕좌왕, 마침내는 지팡이를 집어던지고 허둥지둥, 허둥지둥, 걸음아 나 살려라 달아났다. 그것은 참으로 그럴듯하지가 않았다. 후지도 저속하고 법사도 저속하다는 말을 했는데, 지금 생각해도 한심하다.

닛타[19]라는 25세의 온후한 청년이 고개를 내려간 곳에 위치한 산자락의 요시다(吉田)라는 가늘고 기다란 마을의 우체국에서 일하고 있는데, 그 사람이 우편물로 내가 여기에 와 있다는 사실을 알았다며 고개의 찻집으로 찾아왔다. 2층의 내 방에서 한동안 이야기를 나누다 마침내 서먹함이 사라졌을 무렵, 닛타가 웃으며, 사실은 제 친구가 두어 명 더 있어서 모두가 함께 찾아뵐 생각이었으나 막상 올 때가 되자 모두 꽁무니를 뺐는데, 다자이 씨는 굉장한 퇴폐주의자이고, 또 성격파산자라고 사토 하루오[20] 선생의 소설에도 있어서, 설마 이렇게 진지하고 성실한 분이실 줄은 생각지도 못했기에 저도 억지로 모두를 데려오지는 못했습니다. 다음에는 모두를 데리고 오겠습니다. 괜찮겠습니까?

"그야 상관없지만." 나는 쓴웃음을 짓고 있었다. "그렇다면 자네는 필사의 용기로 자네의 친구들을 대표해서 나를 정찰하러 온 셈이로군요."

"결사대였습니다." 닛타가 솔직하게 말했다. "어젯밤에도 사토 선생님의 그 소설을 다시 한 번 되풀이해서 읽으며 여러 가지로

---

19) 닛타 세이지(新田精治, 1912~1980)를 말함. 본명은 후지와라 히로토(藤原寛人). 후에 닛타 지로(次郎)라는 필명으로 활동했다.
20) 佐藤春夫(1892~1964). 시인, 소설가. 근대인의 권태와 우울한 자의식을 핵으로 삼은 작품을 썼다.

각오를 하고 왔습니다."

나는 방의 유리창 너머로 후지를 보고 있었다. 후지는 아무 말 없이 우두커니 서 있었다. 대단하다고 생각했다.

"좋군요. 후지는 역시 좋은 점이 있어요. 잘하고 있어요." 후지에게는 이길 수 없겠다고 생각했다. 순간순간 움직이는 내 애증이 부끄러워서 후지는 역시 대단하다고 생각했다. 잘하고 있구나, 생각했다.

"잘하고 있습니까?" 닛타는 내 말이 우스웠는지 총명하게 웃었다.

닛타는 그 이후로 여러 청년들을 데리고 왔다. 모두 얌전한 사람들이었다. 모두가 나를 선생님이라고 불렀다. 나는 그것을 진지하게 받아들였다. 내게는 자랑할 만한 것이 아무것도 없다. 학문도 없다. 재능도 없다. 육체는 더러워졌고 마음도 가난하다. 하지만 고뇌만은, 그 청년들에게 선생님이라고 불려도 말없이 그것을 받아들일 수 있을 정도의 고뇌는, 경험해왔다. 단지 그것뿐. 한 줄기 지푸라기 같은 자부심이다. 하지만 그 자부심만은 분명히 가지고 있었다고 나는 생각한다. 제멋대로 떼를 쓰는 아이 같다는 말을 들어온 내 속의 고뇌를 대체 몇 사람이나 알고 있단 말인가. 닛타와, 그리고 다나베(田辺)라는 단가에 능한 청년, 두 사람은 이부세 씨의 독자이기도 하고, 거기서 오는 안도감도 있었기에 나는 이 두 사람과 가장 친하게 지냈다. 그들의 안내로 요시다에 한 번 가본 적이 있었다. 놀라울 정도로 가늘고 긴 마을이었다. 산비탈이라는 느낌이 있었다. 후지에 햇빛과 바람 모두 막혀서 가늘고 약하게 자란 식물의 줄기처럼 어둡고 약간 싸늘한 느낌이 드는 마을이었다. 도로를 따라서 냇물이 흐르고 있었다. 이것은 산비탈 마을의 특징인 듯, 미시마(三島)에도 이런 식으로 마을 가운데를 시냇물이 쉴 새 없이 흐르고 있었다. 후지의 눈이 녹아 흘러내리는 것이라고 그 지방 사람들은 진심으로 믿고 있었다. 요시다의 물은 미시마의 물에 비하면, 수량도 적고 더러웠다. 물을 바라보며 내가 말했다.

"모파상의 소설21)에, 어떤 아가씨가 매일 밤 강을 헤엄쳐서 귀공자를 만나러 가는 장면이 있는데 옷은 어떻게 했을까? 설마 알몸은 아니었겠지?"

"글쎄요." 청년들도 생각했다. "수영복을 입지 않았을까요?"

"머리 위에 옷을 얹어 묶고 헤엄을 쳐서 간 것일까?"

청년들은 웃었다.

"아니면 옷을 입은 채 물에 들어가 흠뻑 젖은 모습으로 귀공자를 만나 둘이서 난로로 말린 걸까? 그렇다면 돌아갈 때는 어떻게 했을까? 기껏 말린 옷을 다시 흠뻑 적시며 수영을 해야만 하는데. 걱정이로군. 귀공자가 헤엄쳐서 왔으면 좋았을 텐데. 남자라면 잠방이 하나만 입고 헤엄을 쳐도 그렇게 보기 싫지는 않으니까. 그 귀공자, 맥주병이었던 걸까?"

"아니, 아가씨 쪽이 더 많이 반했기 때문이라고 생각합니다." 닛타는 진지했다.

"그럴지도 모르겠군. 외국 이야기 속의 아가씨들은 용감하고 사랑스러워. 좋아하는 사람이 생기면 강을 헤엄쳐서라도 만나러 가니. 일본에서는 그러지를 못해. 이런 연극도 있잖아. 한가운데 강이 흐르고 있고 양쪽 강변에서 남자와 여자가 근심하고 탄식한다는 연극이. 그럴 때 아가씨는 조금도 근심하고 탄식할 필요가 없어.

---

21) 「전령(L'ordonnance)」을 말하는 듯.

헤엄을 쳐서 가면 되잖아. 연극에서 보면 아주 좁은 강이야. 절벽절벽 건너가면 되잖아. 그런 근심과 탄식은 의미가 없어. 동정이 가지 않아. 아사가오[22]의 오오이가와(大井川)는 큰 강이지, 거기다 아사가오는 장님이기도 하고, 거기에는 얼마간 동정이 가지만, 아무리 그렇다 해도 헤엄을 치려면 못 칠 것도 없지 않겠나? 오오이가와의 말뚝에 매달려서 하늘을 원망해봐야 의미 없어. 아, 한 명 있었군. 일본에도 용감한 여자가, 한 명 있어. 그 여자는 정말 굉장해. 알고 있나?"

"모릅니다." 청년들도 눈을 반짝였다.

"기요히메[23]. 안친의 뒤를 따라서 히다카가와(日高川)를 헤엄쳤어. 그 여자는 굉장해. 이야기책에 의하면 기요히메는 그때 열네 살이었다고 해."

한심한 이야기를 하며 길을 걸어 시내 외곽에 있는, 다나베의 지인인 듯한, 조용하고 낡은 여관에 도착했다.

거기서 술을 마셨는데 그날 밤의 후지가 좋았다. 밤 10시 무렵, 청년들은 나 혼자만을 여관에 남겨두고 각자 집으로 돌아갔다. 나는 잠이 오지 않아 도테라 차림으로 밖에 나가 보았다. 무시무시하게 밝은 달밤이었다. 후지가 좋았다. 달빛을 받아 파랗게 투명한 듯해서, 나는 여우에게 홀린 것 같았다. 후지가 방울져 떨어지듯 파랬다. 인이 타고 있는 듯한 느낌이었다. 귀화(鬼火). 도깨비불. 반딧불이. 억새. 칡의 잎. 나는 발이 없는 것 같은 기분으로 밤길을 똑바로 걸었다. 나막신 소리만이 내 것이 아닌 것처럼, 다른 생물처

---

22) 朝顔. 「아사가오 이야기」라는 일본 고유의 가극을 말함.
23) 안친·기요히메(安珍·清姫伝説) 전설. 마음에 품고 있던 승려인 안친에게 배신을 당한 소녀 기요히메가 격노한 나머지 뱀으로 변하여 절의 종과 함께 안친을 불태워 죽인다는 내용.

럼, 딸그락딸그락 아주 맑게 울렸다. 가만히 돌아보니 후지가 있었다. 파랗게 불타오르며 하늘에 떠 있었다. 나는 한숨을 쉬었다. 유신의 지사(志士). 구라마텐구[24]. 나는 자신을 그것이라고 생각했다. 약간 거드름을 피우며 옷을 어깨에 걸친 채 걸었다. 내가 꽤나 괜찮은 남자인 것처럼 느껴졌다. 꽤 많이 걸었다. 지갑을 떨어뜨렸다. 50센짜리 은화가 20개 정도 들어 있어서 너무 무거웠기에 그것이 품속에서 쑥 미끄러져 떨어진 것이리라. 신기하게 나는 아무렇지도 않았다. 돈이 없으면, 미사카까지 걸어가면 된다. 그대로 걸었다. 문득 지금 온 길을 그대로 돌아가면 지갑이 있을 것이라는 사실을 깨달았다. 옷을 어깨에 걸친 채로 어슬렁어슬렁 돌아갔다. 후지. 달밤. 유신의 지사. 지갑을 떨어뜨렸다. 흥겨운 로맨스라고 생각했다. 지갑은 길 한가운데서 빛나고 있었다. 분명히 있을 줄 알았다. 나는 그것을 주워가지고 여관으로 가서 잤다.

후지에 홀린 것이다. 나는 그날 밤, 바보였다. 아무런 의지도 없었다. 그날 밤의 일을 떠올리면 지금도 이상하게 나른하다.

요시다에서 하룻밤을 묵고 이튿날, 미사카로 돌아갔더니 찻집의 안주인은 히죽히죽 웃었으며, 열다섯 살 난 아가씨는 뾰로통해져 있었다. 나는 불결한 짓을 하고 온 것이 아니라는 사실을 은근히 알리고 싶었기에 묻지도 않은 어제 하루 동안의 행적을, 내가 먼저 자세히 들려주었다. 묵었던 여관의 이름, 요시다의 술맛, 달밤의 후지, 지갑을 잃어버린 일, 전부 말했다. 아가씨도 마음이 풀어졌다.

"손님! 일어나보세요!" 찢어지는 목소리로 어느 날 아침, 찻집 밖에서 아가씨가 절규했기에 나는 미적미적 일어나 복도로 나가보

---

24) 鞍馬天狗. 오사라기 지로(大仏次郎)의 소설 속 주인공. 근왕의 지사로 신센구미(新選組)에 맞서 활약했다.

았다.

아가씨는 흥분해서 뺨이 새빨갛게 물들어 있었다. 말없이 하늘을 가리켰다. 올려다보니 눈. 퍼뜩 놀랐다. 후지에 눈이 온 것이다. 산 정상이 새하얗게 빛나고 있었다. 미사카의 후지도 무시할 수 없겠구나 싶었다.

"좋구나."

라고 칭찬을 했더니 아가씨는 자랑스럽다는 듯,

"멋지죠?"라고 좋은 말을 쓰더니, "미사카의 후지는 이래도 틀렸나요?"라며 웅크리듯 말했다. 내가 전부터 이런 후지는 저속해서 틀려먹었다고 가르쳤기에 아가씨는 내심 풀이 죽어 있었던 걸지도 모르겠다.

"역시 후지는 눈이 내리지 않으면 안 돼." 그럴 듯한 얼굴로 나는 이렇게 다시 가르쳐주었다.

나는 도테라 차림으로 산을 돌아다니며 달맞이꽃 씨를 양 손바닥 가득 따가지고 와서 그것을 찻집의 뒷문에 뿌리고,

"잘 들어, 이건 내 달맞이꽃이야. 내년에 와서 볼 거야. 여기에 빨래하고 난 물 같은 걸 버리면 안 돼." 아가씨는 고개를 끄덕였다.

특별히 달맞이꽃을 고른 것은 후지에는 달맞이꽃이 잘 어울릴 것이라고 생각할 만한 사정이 있었기 때문이었다. 미사카토우게의 그 찻집은 이른바 산 속의 외딴 집이기 때문에 우편물이 배달되지 않는다. 고개 정상에서 버스로 30분 정도 흔들리며 가다보면 고개의 기슭, 가와구치 호반의 가와구치무라(河口村)라는 글자 그대로 한촌(寒村)에 도착하게 되는데 그 가와구치무라의 우체국에 내 앞으로 온 우편물이 보관되어 있기에 나는 3일에 한 번쯤 그 우편물을 가지러 나가지 않을 수 없었다. 날씨가 좋은 날을 골라서 갔다.

이곳 버스의 여자 차장은 유람객을 위해서 특별히 풍경을 설명해주지는 않는다. 그래도 가끔 생각났다는 듯, 아주 산문적인 말투로, 저것이 미쓰토우게, 맞은편이 가와구치 호수, 빙어가 있습니다, 라고 귀찮다는 듯 중얼거림 비슷하게 설명해주는 적도 있었다.

가와구치 우체국에서 우편물을 받아가지고 다시 버스에 흔들리며 고개의 찻집으로 돌아가던 도중, 내 바로 옆자리에 짙은 갈색 여성용 두루마기를 두른 창백하고 단정한 얼굴의 60세 정도, 우리 어머니와 아주 닮은 노파가 반듯하게 앉아 있었는데, 여자 차장이 생각났다는 듯 여러분, 오늘은 후지가 아주 잘 보이네요, 라며 설명인지 혹은 자기 혼자만의 영탄인지 모를 말을 갑자기 하자 배낭을 멘 젊은 샐러리맨과, 커다란 일본식 머리에 소중하다는 듯 입가를 손수건으로 가린 비단 옷 차림의 게이샤(芸者)풍 여성 등, 몸을 비틀어 일제히 차창으로 얼굴을 내밀고 새삼스럽게 그 유별날 것도 없는 삼각형의 산을 바라보며, 야아, 라거나, 어머, 라거나 얼빠진 듯한 탄성을 올려 차 안이 한바탕 술렁거렸다. 하지만 내 옆자리의 노파는 가슴 속에 깊은 근심과 번민이라도 있는 것인지 다른 유람객과는 달리 후지에는 눈길 한번 주지 않고, 오히려 후지와는 반대편의 산길을 따라 이어진 절벽을 가만히 바라보고 있었는데 내게는 그 모습이 짜릿할 만큼 기분 좋게 느껴져 나도 역시, 후지 같이 속된 산, 보고 싶지도 않다는 고상한 허무의 마음을 그 노파에게 보여주고 싶었고, 당신의 괴로움, 쓸쓸함, 전부 잘 알고 있다며 누가 청한 것도 아닌데 공명하는 모습을 보이고 싶어 노파에게 어리광을 부리듯 가만히 바싹 다가가서 노파와 같은 자세로 멍하니 절벽 쪽을 바라보았다.

노파도 내게서 일종의 안도감을 느낀 것이리라, 무심결에 한마

디,

"어머, 달맞이꽃."

이라고 말하며 가느다란 손가락을 들어 길가의 한곳을 가리켰다. 버스는 휙 지나갔으나 내 눈에는 지금 얼핏 본 황금색 달맞이꽃 하나, 꽃잎까지도 선명하게 사라지지 않고 남아 있었다.

3,778미터의 후지 산과 멋지게 서로 대치하여 조금도 흔들림 없이, 금강력초(金剛力草)라고 해야 할지 늠름하고 꼿꼿하게 서 있는 그 달맞이꽃은, 좋았다. 후지에는 달맞이꽃이 잘 어울린다.

10월 중순이 지났는데도 내 일은 더디기만 하고 진전이 없었다. 사람이 그리웠다. 저녁노을 붉은 기러기 떼의 배가 이루는 구름, 2층의 복도에서 혼자 담배를 피우며 일부러 후지 쪽으로는 눈길도 주지 않고 그야말로 핏방울이 듣는 듯한 새빨간 산의 단풍을 응시하고 있었다. 찻집 앞의 낙엽을 쓸어 모으고 있는 찻집의 안주인에게 말을 걸었다.

"할머니! 내일은 날씨가 좋겠죠?"

나 스스로도 놀랄 정도로 들떠서, 환성과도 같은 목소리였다. 할머니는 비질하던 손을 멈추고 얼굴을 들어 이상하다는 듯 눈썹을 찌푸리며,

"내일, 무슨 일이라도 있나요?"

이 질문에는 나도 대답이 궁했다.

"아무것도 없어요."

안주인이 웃기 시작했다.

"외로우신가보죠? 산에라도 올라가보세요."

"산은 올라가도 금방 다시 내려와야 돼서 재미없어요. 어느 산에 올라도 똑같은 후지만 보이니, 그 생각을 하면 마음이 무거워져요."

내 대답이 이상하게 느껴졌던 것이리라. 할머니는 그저 애매하게 고개를 끄덕였을 뿐, 다시 낙엽을 쓸었다.

잠들기 전에 방의 커튼을 살짝 열어 유리 창문 너머로 후지를 본다. 달이 있는 밤이면 후지가 창백하게, 물의 정령 같은 모습으로 서 있다. 나는 한숨을 쉰다. 아아, 후지가 보인다. 별이 크다. 내일은 맑겠군. 그것만이 희미하게 살아 있는 기쁨으로, 그런 다음 다시 가만히 커튼을 닫고 그대로 자리에 눕지만 내일 날씨가 좋아도 이 몸에게는 특별히 아무런 일도 없는데, 하는 생각이 들면 우스워서 혼자 이불 속에서 쓴웃음을 짓는다. 괴로운 것이다. 일이……, 순수하게 붓을 움직이는 것의 그 괴로움보다, 아니, 붓을 움직이는 것은 오히려 내 즐거움이기까지 하지만, 그것이 아니라 나의 세계관, 예술이라는 것, 내일의 문학이라는 것, 이른바 새로움이라는 것, 나는 그것들에 대해서 여전히 꾸물꾸물 고뇌하고, 과장이 아니라 몸부림을 치고 있는 것이었다.

소박하고 자연스러운 것, 따라서 간결하고 선명한 것, 그것을 한눈에 슥 포착해서 그대로 종이에 옮겨 적는 것, 그것밖에는 없다고 생각했으며, 그런 생각이 들 때면 눈앞에 있는 후지의 모습도 특별한 의미를 가진 것처럼 보였다. 이 모습은, 이 표현은 결국, 내가 생각하고 있는 '단일표현'의 아름다움일지도 모르겠다며 조금은 후지와 타협을 하려다, 그래도 역시 이 후지의 어딘가 너무나도 막대기 같은 소박함에는 달리 할 말이 없는 부분도 있었기에, 이런 후지가 좋은 거라면 포대화상25)의 모습을 본뜬 장식용 인형

---

25) 布袋和尚(?~916). 당말, 후양의 선승. 뚱뚱한 배를 드러낸 채 일상생활용품을 넣은 자루를 짊어지고 지팡이를 들고 다니면서 사람의 운명과 날씨를 예언했다고 한다. 일본에서는 7복신 중 하나로 섬기고 있다.

도 좋은 것이다, 포대화상을 본뜬 인형은 도저히 봐줄 수가 없다, 그런 것, 도저히 좋은 표현이라고는 여겨지지 않는다, 이 후지의 모습도 역시 어딘가 틀려먹었다, 이건 아니다 싶어 다시 갈피를 잡을 수가 없었다.

아침저녁으로 후지를 보며, 음울한 날들을 보내고 있었다. 10월 말에, 기슭에 위치한 요시다 시내의 유녀 단체 중 하나가 미사카토 우게로, 아마도 1년에 한 번 정도 있는 개방일(開放日)이리라, 자동차 5대에 나누어 타고 찾아왔다. 나는 2층에서 그 모습을 보았다. 자동차에서 내린 색색의 유녀들은 마치 바구니에서 한꺼번에 풀려 나온 한 무리의 통신용 비둘기처럼 처음에는 어디로 가야 할지 모르겠다는 듯 그저 무리지어 우왕좌왕할 뿐, 입을 다문 채 서로를 밀고 당겼으나 잠시 후 그 이상한 긴장이 조금씩 풀리는지 각자 하릴없이 걷기 시작했다. 찻집 앞에 늘어놓은 그림엽서를 조용히 고르는 사람, 오도카니 서서 후지를 바라보는 사람, 어둡고 쓸쓸해서 보기 안쓰러운 풍경이었다. 2층에 홀로 있는 사내의, 목숨조차 아까워하지 않는 공감도 이들 유녀의 행복에는 무엇 하나 보탬이 되지 않는다. 나는 그저 지켜볼 수밖에 없는 것이다. 괴로운 사람은 괴로워하라. 타락할 사람은 타락하라. 나와는 상관없는 일이다. 그것이 세상이다. 그렇게 억지로 냉정함을 가장하며 그녀들을 내려다보고 있었으나 나는 상당히 괴로웠다.

후지에게 부탁하자. 갑자기 그런 생각이 들었다. 이보게, 이 아이들을 잘 부탁하겠네, 그런 기분으로 고개를 돌려 올려다보니 차가운 하늘 속에 우뚝 솟아 있는 후지 산, 그때의 후지는 마치 도테라 차림으로 앞섶에 손을 찔러 넣은 채 거만한 자세를 취하고 있는 두목님처럼 보였는데 나는 후지에게 그렇게 부탁하고 나자 마음이 푹 놓여, 가벼운 마음으로 찻집의 여섯 살 난 사내아이와 하치라는 삽살개를 데리고 그 유녀 무리를 버려둔 채 고개 근처에 있는 터널로 놀러 갔다. 터널의 입구 근처에서 서른 살 정도의 마른 유녀가 혼자 말없이 뭔지 모를 하찮은 화초를 따 모으고 있었다. 옆으로 지나가는 우리를 돌아볼 생각도 하지 않고 열심히 화초를 꺾고 있었다. 더불어 이 여자도 부탁드립니다, 하고 다시 얼굴을 돌려 후지를 올려다보며 부탁해둔 뒤, 나는 아이의 손을 끌고 얼른 터널 속으로 들어갔다. 터널의 차가운 지하수를 뺨에, 뒷목에 방울방울 맞으며 내 알 바 아니라는 듯 일부러 성큼성큼 걸어보았다.

그 무렵, 나의 혼담도 잠시 좌절 상태에 있었다. 우리 고향에서는 아무런 도움도 주지 않을 것이라는 사실을 분명히 알게 되었기에 나는 당황하지 않을 수 없었다. 하다못해 100엔 정도는 도와줄 것이라고 나 좋을 대로만 혼자 생각하여, 그것으로 조촐하지만 엄숙한 결혼식을 올리고 나머지 살림을 꾸리는 데 드는 비용은 내가 일을 해서 벌어들이자고 생각했던 것이다. 하지만 두어 번의 편지 왕래로 우리 집에서는 아무런 도움도 주지 않을 것이라는 사실을 분명히 알게 되었기에 나는 어찌해야 좋을지 모르고 있었다. 이렇게 된 이상 혼담이 깨진다 해도 어쩔 수 없는 일이다, 각오를 하고 어쨌든 상대방에게 사정을 있는 그대로 말해보자, 며 나는 홀로 고개를 내려가 고후의 그 아가씨 집으로 찾아갔다. 다행히 아가씨도 집에 있었다. 객실로 안내되어 들어간 나는 아가씨와 모당, 두 사람 앞에서 모든 사정을 고백했다. 때때로 연설하는 듯한 말투가 되어, 입을 다물었다. 그래도 비교적 원만하게 이야기를 마친 듯 여겨졌다. 아가씨는 차분하게,

"그렇다면 댁에서는 반대를 하시는 건가요?"라고 고개를 갸웃거

리며 내게 물었다.

"아니요, 반대를 하는 건 아니지만," 나는 오른 손바닥을 가만히 탁자 위에 밀어 놓으며, "혼자 알아서 하라는 뜻인 듯합니다."

"괜찮습니다." 모당은 품위 있게 웃으시며, "보시다시피 저희도 부자는 아니라 요란스러운 결혼은 오히려 당혹스러우니, 오로지 당신 한 사람, 애정과 직업에 대한 열의만 가지고 계시다면 저희는 그것만으로도 충분합니다."

나는 감사의 인사조차 잊은 채 한동안 멍하니 정원을 바라보았다. 눈이 뜨거워진 것을 의식했다. 이 어머니에게 효도를 해야겠다고 생각했다.

돌아오는 길에 아가씨가 버스 발착소까지 배웅을 나와주었다. 걸으면서,

"어떻습니까? 조금 더 교제를 해보시겠습니까?"

참 같잖은 소리를 했다.

"아니요. 이젠 됐어요." 아가씨는 웃고 있었다.

"뭐, 질문은 없습니까?" 더욱 한심하다.

"있어요."

나는 무엇을 물어도 있는 그대로 대답할 생각이었다.

"후지 산에는 벌써 눈이 내렸나요?"

나는 그 질문에 김이 빠졌다.

"내렸습니다. 정상 부근에……"라고 말하면서 문득 앞쪽을 보니 후지가 보였다. 묘한 기분이 들었다.

"당신. 고후에서도 후지가 보이지 않습니까? 누굴 바보로 아나요?" 거친 말투가 되어 버려, "지금 건 우문입니다. 누굴 바보로 아나요?"

아가씨는 고개를 숙이고 큭큭 웃으며,

"하지만 미사카토우게에 계시니 후지에 대해서라도 묻지 않으면 죄송하다는 생각이 들어서."

이상한 아가씨라고 생각했다.

고후에서 돌아온 뒤, 역시 숨이 쉬어지지 않을 정도로 어깨가 굳어 있다는 사실을 깨달았다.

"좋아요, 할머니. 역시 미사카는 좋아요. 우리 집에 돌아온 듯한 기분이에요."

저녁식사 후, 할머니와 딸이 번갈아가며 내 어깨를 주물러주었다. 할머니의 주먹은 딱딱하고 날카로웠다. 딸의 주먹은 부드러워서 별로 시원하지 않았다. 더 세게, 더 세게, 하고 내가 말하자 아가씨는 장작을 꺼내 그것으로 내 어깨를 툭툭 두드렸다. 그렇게까지 하지 않으면 어깨의 뭉침이 풀어지지 않을 정도로 나는 고후에서 잔뜩 긴장한 채 한마음으로 노력한 것이다.

고후에 다녀온 이후 이삼일, 나는 과연 머릿속이 멍해서 일을 할 마음도 생기지 않았기에, 책상 앞에 앉아 의미도 없는 낙서를 하며 배트[26]를 일곱 상자고 여덟 상자고 피웠고, 또 벌렁 누워 금강석도 갈지 않으면, 이라는 창가를 되풀이, 되풀이 불러보기도 했을 뿐, 소설은 한 장도 쓸 수가 없었다.

"손님, 고후에 다녀오시더니 안 좋아지셨네요."

아침, 내가 책상에 턱을 괴고 앉아 눈을 감고 여러 가지 생각을 하고 있자니 내 등 뒤에서 장식공간을 걸레질하며 15세 아가씨가, 정말 분하다는 듯, 약간은 가시 돋친 투로 이렇게 말했다. 나는

---

26) 골든 배트(Golden Bat). 1906년부터 발매를 시작한 일본의 담배.

뒤도 돌아보지 않고,

"그래? 안 좋아졌나?"

아가씨는 걸레질하던 손을 멈추고,

"네, 안 좋아졌어요. 지난 이삼일 동안 공부에 진척이 조금도 없었잖아요. 저는 매일 아침 손님이 써서 흩뜨려놓은 원고지를 번호 순서대로 정리하는 것이 아주 즐거웠어요. 아주 많이 써놓으시면, 기뻐요. 어젯밤에도 저, 2층에 모습을 살펴보려고 몰래 왔었어요, 알고 계세요? 손님, 손님은 이불을 머리까지 뒤집어쓰고 주무셨잖아요."

나는 고마운 일이라고 생각했다. 조금 과장스럽게 말하자면 이건 인간의 살아남기 위한 노력에 대한 순수한 성원이다. 아무런 보수도 생각지 않는다. 나는 아가씨를 아름답다고 생각했다.

10월 말이 되자 산의 단풍도 거뭇하게 지저분해졌으며, 순간 하룻밤 폭풍이 불더니 산은 순식간에 시커먼 겨울 숲으로 변해버리고 말았다. 유람객도 이제는 거의 손에 꼽을 수 있을 정도밖에 되지 않았다. 찻집도 한적해져서 안주인은 때때로 여섯 살 난 사내아이를 데리고 고개 밑의 후나쓰(船津), 요시다로 장을 보러 가고 아가씨 혼자만 남아, 유람객도 없이 하루 종일 나와 아가씨 둘이서만 고개 위에서 조용히 생활하는 날이 있었다. 2층에 있던 내가 무료함에 밖을 건들건들 걷다가 찻집의 뒷문에서 빨래를 하고 있던 아가씨에게 다가가,

"심심하지?"

라고 커다란 소리로 말하고 문득 웃음을 던졌더니 아가씨가 고개를 숙였는데, 나는 그 얼굴을 들여다보고 깜짝 놀랐다. 울상을 짓고 있었던 것이다. 누가 봐도 공포의 표정이었다. 그랬구나, 라고 나는

쓸쓸하게 휙 우향우를 해서 낙엽 가득한 오솔길을 아주 좋지 않은 기분으로 휘적휘적 거칠게 돌아다녔다.

　이후부터는 조심을 했다. 아가씨 혼자 있을 때는 가능한 한 2층의 방에서 나가지 않으려 노력했다. 찻집에 손님이라도 오면, 내가 그 아가씨를 지킨다는 의미에서도 성큼성큼 2층에서 내려가 찻집의 구석에 앉아 천천히 차를 마셨다. 언젠가 신부 차림의 손님이 몬쓰키[27]를 입은 두 할아버지를 따라 자동차를 타고 와서는 이 언덕의 찻집에서 잠시 쉬어간 적이 있었다. 그때도 찻집에는 아가씨 한 사람밖에 없었다. 나는 역시 2층에서 내려가 구석의 의자에 앉아 담배를 피웠다. 신부는 옷단에 무늬가 있는 기다란 옷[28]을 입고, 화려한 비단으로 만든 허리띠를 두르고, 쓰노카쿠시[29]를 쓴 당당한 정식 예장을 하고 있었다. 전혀 뜻밖의 손님이었기에 아가씨도 어떻게 대응해야 좋을지 몰라 신부와 두 노인에게 차를 따라 주었을 뿐, 내 등 뒤에 숨듯 가만히 선 채 말없이 신부의 모습을 지켜보았다. 평생 한 번 있는 기쁜 날에, 고개 너머에서 반대편의 후나쓰나 요시다 시내로 시집을 가는 것이겠지만, 그 도중에 이 고개의 정상에서 잠시 쉬며 후지를 바라본다는 것은 옆에서 보기에도 낯간지러울 정도로 로맨틱한 일인데, 잠시 후 신부는 가만히 찻집에서 나가 찻집 앞의 절벽 끝에 서서 천천히 후지를 바라보았다. 다리를 ×자로 꼬고 서서, 대담한 포즈였다. 여유 있는 사람이라며 계속해서 신부를, 후지와 신부를 관상하고 있었는데 잠시 후, 신부가 후지를 향해서 커다란 하품을 했다.

---

27) 紋付. 가문(家紋)이 새겨진 예복.
28) 여자의 예복.
29) 角隠し. 결혼식 때 신부가 머리에 쓰는 흰 비단 천.

"어머!"

하고 등 뒤에서 조그맣게 외쳤다. 아가씨도 얼른 그 하품을 본 모양이었다. 마침내 신부 일행은 대기시켜놓았던 자동차를 타고 고개를 내려갔는데 그 후, 신부는 꽤나 욕을 먹었다.

　"너무 익숙한데. 저 사람은 틀림없이 두 번째, 아니 세 번째쯤 될 거야. 신랑이 고개 밑에서 기다리고 있을 텐데 자동차에서 내려 후지를 바라보다니, 처음 시집을 가는 거라면 그렇게 뻔뻔스러운 짓 할 수 없을 거야."

　"하품도 했어요." 딸도 힘주어 동의를 표했다. "그렇게 크게 입을 벌려 하품을 하다니, 뻔뻔스러워요. 손님, 손님은 저런 신부를 얻어서는 안 돼요."

　나이 값도 못하고 얼굴이 붉어졌다. 나의 혼담도 점점 좋은 쪽으로 흘러갔고, 한 선배[30]에게 전부 신세를 지게 되었다. 결혼식도 일가 사람 중 겨우 두어 명에게만 입회를 부탁해서, 조촐하지만 엄숙하게 그 선배의 집에서 치르게 되었기에 나는 자연스러운 인간의 감정에 따라 소년처럼 감격했다.

　11월로 접어들자 미사카의 한기를 더는 견딜 수 없게 되었다. 찻집에는 스토브를 설치했다.

　"손님, 2층은 춥죠? 일을 하실 때는 스토브 옆에서 하세요."라고 안주인이 말했으나 나는 남들이 보는 곳에서는 일을 하지 못하는 성격이었기에, 그것은 거절했다. 안주인은 걱정이 된 듯, 고개 밑의 요시다로 가서 고타쓰[31] 하나를 사가지고 왔다. 나는 2층의 방에서 거기에 들어가 이 찻집 사람들의 친절에는 진심으로 감사의 말을

---

30) 이부세 마스지.
31) 炬燵. 숯이나 전열기 위에 틀을 놓고 이불로 덮게 된 난방기구.

전하고 싶었지만, 이미 전체의 3분의 2가량 눈을 뒤집어쓰고 있는 후지의 모습을 바라보며, 또 근처 산들의 고요하고 쓸쓸한 겨울나무들을 접하며, 이 이상 고개에서 살갗을 찌르는 한기를 참는 것도 무의미하게 여겨졌기에 산을 내려가기로 결심했다. 산을 내려가기 하루 전날, 나는 도테라 2벌을 겹쳐 입고 찻집의 의자에 앉아서 뜨거운 차를 마시고 있었는데 겨울 외투를 입은, 타이피스트라도 되는 양 젊고 지적인 아가씨 둘이 터널 쪽에서 까르르까르르 웃으며 걸어와서는 눈앞의 새하얀 후지를 문득 바라보더니 그 자리에 박힌 것처럼 멈춰 서서 소곤소곤 이야기를 나누다 그중 한 명, 안경을 끼고 얼굴이 하얀 아가씨가 생글생글 웃으며 내 쪽으로 다가왔다.

"실례합니다. 셔터 좀 눌러주세요."

나는 당황했다. 나는 기계를 그다지 잘 다루지 못할 뿐만 아니라 사진을 찍는 취미도 전혀 없었고, 거기에 도테라를 2벌 겹쳐 입어서 찻집 사람들조차 산적 같다며 웃는, 그런 누추한 차림을 하고 있었는데, 아마도 도쿄에서 온 듯한 그처럼 화사한 아가씨로부터 하이칼라한 일을 부탁받았기에 내심 크게 당황한 것이었다. 하지만 곧 생각을 고쳐서, 이런 차림을 하고 있어도 역시 볼 줄 아는 사람이 보면 어딘가 화사함의 흔적도 있어서 사진기의 셔터 정도는 솜씨 좋게 누를 수 있을 만큼의 남자로 보이는 걸지도 모르겠다는 등 약간은 설레는 마음도 한몫 거들었기에 나는 평정심을 가장한 채 아가씨가 내민 카메라를 받아들고, 아무렇지도 않다는 듯한 말투로 셔터 누르는 법을 잠깐 물은 뒤, 부들부들 떨며 렌즈를 들여다보았다. 한가운데 커다란 후지, 그 밑으로 조그만 양귀비꽃 두 송이. 두 사람 모두 빨간 외투를 입고 있었던 것이다. 두 사람은 꼭 끌어안듯 붙어 서서 딱딱하고 심각한 얼굴이 되었다. 나는 우스워서 견딜 수가 없었다. 카메라를 든 손이 떨려서 찍을 수가 없었다. 웃음을 참고 렌즈를 들여다보니 양귀비꽃, 더욱 새침하게 굳어 있었다. 도저히 겨냥을 할 수가 없었기에 나는 두 사람의 모습을 렌즈에서 추방하고 오로지 후지 산만을 렌즈 가득 캐치하여, 후지 산, 안녕히 계세요. 신세 많이 졌습니다. 찰칵.

"네, 찍었습니다."

"감사합니다."

둘이서 한 목소리로 감사의 인사를 했다. 집으로 돌아가서 현상을 해보고 깜짝 놀라리라. 후지 산만 커다랗게 찍혀 있고 두 사람의 모습은 어디에도 보이지 않을 테니.

그 이튿날 산에서 내려왔다. 우선 고후의 싸구려 여인숙에서 1박을 하고, 그 이튿날 아침, 싸구려 여인숙의 더러운 난간에 기대어 후지를 바라보니 고후의 후지는 산들 뒤로 3분의 1 정도 얼굴을 내밀고 있었다. 꽈리 같았다.

비용의 아내
ヴィヨンの妻

1

요란스럽게, 현관을 여는 소리가 들려, 저는 그 소리에, 눈을 떴습니다만, 그건 만취한 남편의, 밤늦은 귀가가 틀림없기에, 그대로 말없이 누워 있었습니다.

남편은, 옆방에 전기를 켜고, 학학, 하는 굉장히 거친 숨을 쉬며, 책상의 서랍과 책장의 서랍을 열어 뒤적여, 무엇인가를 찾는 듯했습니다만, 마침내, 털썩 다다미에 엉덩이를 대고 앉는 듯한 소리가 들려왔고, 이후는 그저, 학학 하는 거친 호흡뿐, 무엇을 하고 있는지, 제가 누운 채,

"어서 오세요. 식사는, 하셨나요? 선반에, 주먹밥이 있는데." 라고 말했더니,

"그래, 고마워요." 라고 평소와는 달리 다정하게 대답하시고, "애는 어때요? 열은, 아직 있나요?"라고 물었습니다.

이것도 흔치 않은 일이었습니다. 아이는, 내년이면 4살이 됩니다만, 영양부족 탓인지, 혹은 남편의 술독 탓인지, 병독(病毒) 탓인지, 다른 집의 2살짜리 아이보다 작을 정도로, 걷는 발걸음조차 불안하고, 말도 맘마맘마라거나, 싫어싫어를 하는 것이 고작이어서, 머리가 나쁜 것 아닐까도 여겨지며, 저는 이 아이를 목욕탕에 데려가

옷을 벗기고 안아 올렸는데, 너무 작고 흉하게 말랐기에, 쓸쓸해져서, 여러 사람 앞에서 울어버린 일조차 있었습니다. 그리고 이 아이는, 늘, 배앓이를 하기도 하고, 열이 나기도 하는데, 남편은 거의 집에 차분히 있는 적이 없고, 아이의 일은 어떻게 생각하는 건지, 아이가 열이 나서, 라고 제가 말해도, 아, 그래, 병원에 데리고 가면 되겠지, 라고 말하고, 서둘러 망토를 걸치고 어딘가로 나가버립니다. 병원에 데려가고 싶어도, 돈이고 뭐고 없기 때문에, 저는 아이 옆에 누워, 아이의 머리를 말없이 쓰다듬어주는 것 외에는 달리 어쩔 수가 없습니다.

그런데 그날 밤에는 어찌 된 일인지, 이상하리만큼 다정하고, 아이의 열은 어때, 라고 전에 없이 물으셔서, 저는 기쁘다기보다, 뭔가 섬뜩한 예감으로, 등골이 오싹해졌습니다. 뭐라 대답해야 좋을지 몰라 입을 다물고 있었더니, 그로부터, 한동안은, 그저, 남편의 격렬한 숨소리만 들려오다가,

"실례합니다."

라는, 여자의 가는 목소리가 현관에서 났습니다. 저는, 온몸에 찬물이 끼얹어진 것처럼, 오싹했습니다.

"실례합니다. 오오타니(大谷) 씨."

이번에는, 조금 날카로운 어조였습니다. 동시에, 현관 열리는 소리가 들리고,

"오오타니 씨! 계시죠?"

라고, 분명히 화난 목소리로 말하는 것이 들려왔습니다.

남편은, 그제야 간신히 현관에 나간 모양으로,

"뭐야."

라고, 굉장히 떨고 있는 듯한, 얼빠진 대답을 했습니다.

"뭐야가 아니잖아요."라고 여자는, 목소리를 죽여 말하고, "이런, 멀쩡한 집도 있으면서, 도둑질을 하다니, 어쩌자는 거예요. 짓궂은 장난은 그만두고, 그걸 돌려주세요. 돌려주지 않으면, 전 이대로 당장 경찰서에 신고할 거예요."

"무슨 소리야. 함부로 말하지 마. 여기는, 너희들이 올 데가 아니야. 돌아가! 돌아가지 않으면, 내가 너희들을 신고하겠어."

그때, 또 다른 남자의 목소리가 들려왔습니다.

"선생, 배짱 한번 좋으시네. 너희들이 올 데가 아니야, 라니 대단하시네. 기가 막혀서 말도 안 나오는군. 이게 보통 일이야? 남의 집 돈을, 당신, 장난에도 정도가 있는 법이야. 지금까지도, 우리 부부는, 당신 때문에, 얼마나 고생을 해왔는지, 몰라. 그런데, 이런, 오늘밤 같은 한심한 짓을 저지르다니, 선생, 내 사람을 잘못 본 것 같군."

"협박이야."라고 남편은, 위압적으로 말했으나, 그 목소리는 떨고 있었습니다. "공갈이야. 돌아가! 할 말이 있으면, 내일 듣겠어."

"큰일 날 소리를 하시네, 선생, 이젠 완전히 어엿한 악당이 됐어. 그럼 이제는 경찰에 부탁하는 수밖에 방법이 없겠군."

그 말의 울림에는, 제 온몸에 소름이 돋을 정도로 굉장한 증오가 담겨 있었습니다.

"맘대로 해!"라고 외친 남편의 목소리는 이미 흥분해서, 공허한 느낌을 주는 것이었습니다.

저는 일어나 잠옷 위에 겉옷을 걸치고, 현관으로 나가서, 두 손님에게,

"어서 오세요."

라고 인사했습니다.

"아, 당신이 부인인가요?"

무릎이 드러나는 짧은 외투를 입은 쉰 남짓의 얼굴이 둥근 사내 하나가, 조금도 웃지 않고 저를 향해 살짝 까닥이듯 인사를 했습니다.

여자는 마흔 전후의 마르고 작은, 차림새가 단정한 사람이었습니다.

"이런 오밤중에 찾아와서."

라고 그 여자가, 역시 조금도 웃지 않고 숄을 벗어 제게 인사를 했습니다.

그때, 갑자기 남편이, 나막신을 걸쳐 신고 밖으로 뛰쳐나가려 했습니다.

"앗, 그건 곤란하지."

남자가, 그런 남편의 한쪽 팔을 쥐어, 둘은 순간 몸싸움을 했습니다.

"놔! 찌를 거야."

남편의 오른손에서 잭나이프가 반짝이고 있었습니다. 그 나이프는, 남편의 애장품으로, 틀림없이 남편 책상의 서랍 속에 있었으니, 그렇다면 조금 전 남편은 집에 들어오자마자 아마도 서랍을 뒤진 듯한데, 미리 이런 일이 있을 줄 예기하고, 나이프를 찾아, 품속에 넣었던 것임에, 틀림없습니다.

남자는 몸을 물렸습니다. 그 틈에 남편은 커다란 까마귀처럼 망토 자락을 펄럭이며, 밖으로 뛰쳐나갔습니다.

"도둑이야!"

라고 남자가 커다란 소리를 지르며, 뒤따라 밖으로 뛰쳐나가려 했습니다만, 제가, 맨발로 토방에 내려가 남자를 끌어안아 말리고,

“그만두세요. 누구도 다쳐서는, 안 돼요. 뒤처리는, 제가 하겠습니다.”

라고 말했더니, 곁에서 마흔의 여자도,

　“맞아요, 아버지. 미치광이에 칼이에요. 무슨 짓을 할지 몰라요.”

라고 말했습니다.

　“제길! 경찰이야. 더는 안 봐줘.”

　멍하니 밖의 어둠을 바라보며, 혼잣말처럼 중얼거리고, 그러나, 그 남자는 온몸의 힘이 이미 빠져버렸습니다.

　“죄송합니다. 자, 들어오셔서, 이야기를 들려주세요.”

라고 말하고 저는 현관마루로 올라가 웅크려 앉아,

　“저라도, 뒤처리를 할 수 있을지 모르니, 자, 올라오세요, 자. 누추한 곳이지만.”

　두 손님은 얼굴을 마주보고, 살짝 고개를 끄덕인 뒤, 그런 다음 남자가 태도를 바로하고,

　“뭐라고 말씀하셔도, 저희의 마음은, 이미 확고합니다. 그래도, 지금까지의 경위는 일단, 사모님께 말씀드리겠습니다.”

　“네, 그럼. 들어오세요. 그리고, 천천히.”

　“아니, 그렇게, 천천히 있을 수도 없습니다.”

라고 말하며, 남자는 외투를 벗으려 했습니다.

　“입으신 채로, 들어오세요. 추우실 테니, 정말, 그대로, 부탁입니다. 집 안에 불기라고는 하나도 없으니까요.”

　“그럼, 이대로 실례하겠습니다.”

　“올라오세요. 그쪽 분도, 자, 그대로.”

　남자가 먼저, 그리고 여자가, 남편의 방인 6첩[1] 방으로 들어가, 썩기 시작한 듯한 다다미, 곳곳이 찢어진 장지, 벗겨지기 시작한

벽, 종이가 벗겨져 안의 뼈대가 드러난 장지문, 한쪽의 책상과 책장, 그것도 텅 비어버린 책장, 그처럼 황량한 방의 풍경을 보고, 두 사람 모두 놀란 듯한 모습이었습니다.

터져서 솜이 삐져나온 방석을 저는 두 사람에게 권하며,

"다다미가 지저분하니, 모쪼록, 이것이라도, 깔고."

라고 말하고, 그런 다음 다시 두 사람에게 인사를 했습니다.

"처음 뵙겠습니다. 남편이 지금까지, 커다란 폐만 끼친 듯하고, 또, 오늘 밤에는 어떻게 된 일인지 모르겠으나, 그처럼 끔찍한 짓을 해서, 뭐라 사과의 말씀을 올려야 할지. 워낙, 저렇게, 유별난 성격이기에."

라고 말하다, 말이 막히고, 눈물이 났습니다.

"사모님. 정말 실례입니다만, 나이가 어떻게 되시는지?"

라고 남자가, 터진 방석에 개의치 않고 양반다리로 앉아, 팔꿈치를 그 무릎 위에 세우고, 주먹으로 턱을 괴고, 상반신을 내밀듯 하여 제게 물었습니다.

"아, 저 말씀이신가요?"

"네. 남편은 틀림없이 서른, 이었지요?"

"네에, 저는, 그러니까, ……네 살 아랩니다."

"그럼, 스물, 여섯, 이건 정말 너무했군. 아직, 그거밖에? 아니, 그렇지. 남편이 서른이니, 그야 그렇겠지만, 놀랐는걸."

"저도, 아까부터,"라고 여자가, 남자의 등 뒤에서 얼굴을 내밀듯하며, "놀랐어요. 이렇게 훌륭한 아내가 있는데, 어째서 오오타니 씨는, 그런, 안 그래요?"

---

1) 畳. 일본 전통의 바닥재인 다다미를 세는 단위. 1첩의 넓이는 약 0.5평.

"병이야. 그건 병이야. 예전에는 그렇게 심하지 않았는데, 점점 안 좋아지기 시작했어."

라고 말하고 커다란 한숨을 쉰 뒤,

"사실은, 부인."하고 정중한 어조가 되어, "저희 부부는, 나카노(中野) 역 부근에서 조그만 요리점을 경영하고 있는데, 저도 이 사람도 조슈[2] 출신으로, 저는 이래뵈도 견실한 상인이었습니다만, 유별난 성격, 이라고 해야 할지, 시골 농부를 상대로 하는 치사한 장사에 싫증이 나서, 그럭저럭 20년 전, 이 아내를 데리고 도쿄로 나와, 아사쿠사의, 한 요리점에 부부가 함께 들어가 살며 일을 시작해서, 남들만큼 부침을 겪는 고생을 했고, 조금은 돈을 모았기에, 지금의 그 나카노 역 근처에, 1936년이었나, 6첩짜리 방 한 칸에 좁다란 토방이 딸린 참으로 누추하고 작은 집을 빌려서, 한 번의 유흥비가, 기껏해야 1엔이나 2엔인 손님을 상대로, 어딘가 허수한 음식점을 개업해서, 그래도 부부가 사치도 하지 않고, 착실하게 일해왔다고 생각하는데, 그 덕분인지 소주며 진을, 나름대로 잔뜩 들여놓을 수 있었고, 그 후의 술 부족 시대를 맞아서도, 다른 음식점처럼 전업도 하지 않고, 그럭저럭 열심히 장사를 계속해올 수 있었으며, 또, 그러다보니, 저희를 아껴주시던 손님도 발 벗고 응원을 해주셨고, 이른바 그 군관(軍官)의 술안주가, 저희에게도 조금씩 흘러들 수 있도록 길을, 터주신 분도 계셔서, 영미와의 전쟁이 시작되어, 공습이 점점 심해진 뒤에도, 저희는 걸리적거리는 아이도 없고, 고향으로 피난 갈 마음도 들지 않아, 그냥 이 집이 불에 탈 때까지는, 이라고 생각하고, 이 장사 하나에만 매달려, 그럭저럭

---

2) 上州. 지금의 군마(群馬) 현.

재난도 당하지 않고 종전을 맞았기에 안심하고, 이번에는 공공연하게 밀주를 들여와서 팔고 있는, 간단히 말씀드리자면, 그런 사연을 가진 사람들입니다. 그런데 이렇게 간단히 말씀드리면, 그렇게 커다란 어려움도 없이, 비교적 운 좋게 살아온 사람처럼 여겨질지도 모르겠습니다만, 인간의 일생은 지옥이어서, 촌선척마(寸善尺魔), 라는 건, 참으로 옳은 말입니다. 1치의 행복에는 1자의 요사스러운 일이 따라옵니다. 인간 365일, 아무런 걱정도 없는 날이, 하루, 아니, 한나절 있다면, 그건 행복한 사람입니다. 당신의 남편인 오오타니 씨가, 처음 저희 가게에 온 것은, 1944년의, 봄이었나, 어쨌든 그 무렵은 아직 영미를 상대로 한 전쟁도 그렇게 지기만 하는 전쟁은 아니었고, 아니, 이제는 슬슬 패색이 짙어지기 시작했을 테지만, 저희는 그런, 실체, 입니까, 진상, 입니까, 그런 것은 모른 채, 앞으로 2, 3년 분발하면, 그럭저럭 대등한 자격으로, 화목을 할 수 있을 것이라는 정도로만 생각하고 있었기에, 오오타니 씨가 처음 저희 가게에 모습을 드러냈을 때도, 틀림없이 감색 바탕에 흰 점박이 무늬가 있는 무명의 평상복에 망토를 두르고 있었던 듯한데, 그렇지만 그건 오오타니 씨뿐만 아니라, 아직 그 무렵에는 도쿄에서도 방공복장으로 몸을 감싸고 돌아다니는 사람은 적고, 대부분은 평범한 복장으로 한가로이 외출할 수 있던 무렵이었기에, 저희도, 당시 오오타니 씨의 차림을, 특별히 조심스럽지 못하다고도 어떻다고도 느끼지 못했습니다. 오오타니 씨는, 그때, 혼자가 아니었습니다. 사모님 앞이기는 합니다만, 아니, 이제는 아무것도 숨기지 않고 속속들이 말씀드리겠습니다, 남편은, 어떤 나이 든 여자를 따라서 가게의 뒷문으로 살금살금 들어오셨습니다. 물론, 그 무렵에는 이미, 저희들의 가게도, 매일 앞쪽의 문은 닫아놓은 상태로, 그 무렵

유행하던 말로 하자면 폐점개업이라는 것인데, 극히 소수의 친한 손님들만, 뒷문으로 몰래 들어와, 그래서 가게 토방의 의자가 있는 자리에서 술을 마시는 일은 없고, 안쪽의 6첩 방에서 전기를 어둡게 하고 커다란 목소리를 내지 않고, 가만히 취하는 형태가 되어 있었는데, 또 그 나이 많은 여자란 것은, 그 조금 전까지, 신주쿠(新宿)의 바에서 여급을 하고 있던 사람으로, 그 여급 시대에, 괜찮은 손님을 저희 가게에 데리고 와서 마시게 해, 저희 집의 단골로 만들어준, 초록은 동색, 이라 할 수 있는 관계를 맺고 있었고, 그 사람의 아파트가 바로 근처에 있어서, 신주쿠의 바가 폐쇄되어 여급을 그만둔 뒤에도, 가끔 아는 남자를 데리고 왔는데, 저희 가게에도 점점 술이 줄어들어, 제아무리 좋은 손님이라도, 마시는 입이 늘어나는 건, 예전만큼 고맙지 않을 뿐만 아니라, 곤란한 일이라고까지 생각했지만, 그러나 그 전의 4, 5년 동안, 돈을 꽤나 잘 쓰시는 손님들만, 여럿 데리고와주었기에, 그때의 정도 있으니, 그 나이 많은 여자에게서 소개받은 손님은, 저희도, 싫은 얼굴을 하지 않고 술을 내주고 있었습니다. 그랬기에 남편이 그때, 그 나이 많은 사람과, 아키 짱, 이라고 하는데, 그 사람을 따라서 뒷문을 통해 몰래 들어와도, 특별히 저희도 이상히 여기지 않고, 언제나처럼, 안쪽의 6첩 방으로 들여, 소주를 내주었습니다. 오오타니 씨는, 그날 밤에는 조용히 마시고, 계산은 아키 짱에게 시킨 뒤, 다시 뒷문을 통해 둘이서 함께 돌아갔는데, 저는 기묘하게도 그날 밤, 오오타니 씨의 이상하게 조용하고 품위 있는 태도를 잊을 수가 없습니다. 요물이 남의 집에 처음 모습을 드러낼 때는, 그처럼 조용한, 순진한 듯한 모습을 하고 있는 법일까요? 그날 밤부터, 저희 가게는 오오타니 씨의 표적이 되었습니다. 그로부터 열흘쯤 지나서, 이번에는 오오타니 씨가 혼자 뒷문으로 들어와, 갑자기 100엔 지폐를 한 장 내밀며, 네 그 무렵에는 아직 100엔이라고 하면 큰돈이었습니다, 지금의 2, 3천 엔에, 그 이상에 해당하는 큰돈이었습니다, 그것을 억지로, 제 손에 쥐어주고, 부탁합니다, 라고 말하며, 심약한 사람처럼 웃었습니다. 벌써, 꽤 드신 듯했습니다만, 어쨌든, 부인도 알고 계실 테죠, 그렇게 술에 강한 사람도 없습니다. 취했나 싶다가도, 갑자기 진지한, 제대로 앞뒤가 들어맞는 이야기를 하고, 아무리 마셔도, 발걸음이 흐트러지는 모습은, 지금껏 한 번도 저희에게 보인 적이 없었으니. 인간 서른 전후는 이른바 가장 혈기왕성한 시기로, 술에도 강한 나이지만, 그래도 그런 사람은 드뭅니다. 그날 밤도, 어딘가 다른 곳에서, 상당히 마시고 온 듯했으나, 그로부터 저희 집에서, 소주를 연달아 10잔이나 마시고, 거의 아무런 말도 없이, 저희 부부가 무슨 말을 걸어도, 그저 수줍은 듯 웃으며, 응, 응, 하고 애매하게 끄덕이다, 갑자기, 몇 시입니까, 라고 시간을 묻더니 자리에서 일어나, 거스름돈을, 하고 제가 말하자, 아니, 됐어요, 라고 말해서, 그건 안 됩니다, 라고 제가 강하게 말했더니, 생긋 웃으며, 그럼 다음까지 맡아두세요, 또 오겠습니다, 라고 말하고 돌아갔는데, 부인, 저희가 그 사람에게서 돈을 받은 것은, 그 전에도 후에도, 그때 딱 한 번뿐, 그로부터는 정말, 이런저런 핑계를 대며, 3년 동안, 한 푼도 돈을 내지 않고, 저희 집 술을 거의 혼자서, 마셔버렸으니, 기가 막히지 않겠습니까?"

　뜻밖에도, 저는, 웃음이 터지고 말았습니다. 이유를 알 수 없는 우스움이, 불쑥 치밀어올랐던 것입니다. 당황해서 입을 가리고, 안주인을 보았더니, 안주인도 묘하게 웃으며 고개를 숙였습니다. 그리고 주인아저씨도, 어쩔 수 없다는 듯 쓴웃음을 지으며,

"이거, 참, 웃을 일이 아닙니다만, 너무 어처구니가 없어서, 웃고 싶어지기도 합니다. 정말, 그 정도의 솜씨를, 다른 제대로 된 방면에 쓴다면, 장관이고, 박사고, 무엇이든 될 수 있을 겁니다. 저희 부부 뿐만 아니라, 그 사람이 노리고 덤벼들어, 빈털터리가 되어 이 차가운 하늘 아래서 울고 있는 사람이 다른 곳에도 더 있는 듯합니다. 실제로 그 아키 짱도, 오오타니 씨를 알게 된 탓에, 든든한 후원자는 달아나버리고, 돈도 옷도 사라져버리고, 지금은 공동주택의 지저분한 방 하나에서 그야말로 거지같은 생활을 하고 있다고 하는데, 실제로, 그 아키 짱은, 오오타니 씨를 알게 되었을 무렵에는, 딱할 정도로 몸이 달아서, 저희에게도 걸핏하면 자랑을 했습니다. 무엇보다, 굉장한 신분이다. 시코쿠(四国) 어떤 나라의 별가인, 오오타니 남작의 차남으로, 지금은 행실이 좋지 않아 집안에서 연을 끊은 상태이지만, 곧 아버님인 남작이 세상을 떠나면, 장남과 둘이서, 재산을 나누게 되어 있다. 머리가 좋아서, 천재, 라고 할 수 있다. 스물한 살에 책을 썼는데, 그것이 이시카와 다쿠보쿠[3]라는 대천재가 쓴 책보다, 훨씬 더 뛰어나고, 이후부터 또 10권인가의 책을 써서, 나이는 젊지만, 일본 최고의 시인, 이라는 말을 듣는다. 게다가 대학자여서, 가쿠슈인(学習院)에서 제일고, 제국 대학으로 진학하여, 독일어 프랑스어, 이건 뭐, 굉장해서, 뭐가 뭔지 아키 짱 말만 들으면 마치 신과 같은 사람으로, 하지만 그게 또, 완전히 거짓말만은 아닌 듯, 다른 사람의 말을 들어도, 오오타니 남작의 차남으로, 유명한 시인이라는 사실에는 변함이 없기에, 이런, 우리 여편네까지, 나이도 먹을 만큼 먹었으면서, 아키 짱과 경쟁하듯 몸이 달아,

---

3) 石川啄木(1886~1912). 시인. 구어체 3행시 형식으로 생활을 읊었다.

과연 집안이 좋은 분은 뭐가 달라도 달라, 라며 오오타니 씨가 오기를 기다리는 꼴이라니, 참을 수가 없었습니다. 이제 요즘은, 화족4)이네 뭐네 없어져버린 듯하지만, 전쟁이 끝나기 전까지는, 여자를 혹하게 하는 데, 어쨌든 이 화족의 쫓겨난 아들이라는 방법이 가장 좋았던 듯합니다. 여자가 묘하게, 후끈 달아오르는 듯합니다. 역시 이건, 그러니까, 지금 유행하는 말로 하자면 노예근성이라는 것이겠지요. 저 같은 건, 남자에, 그것도, 여기저기서 굴러먹었으니, 겨우 화족의, 아니, 사모님 앞이기는 합니다만, 시코쿠 나리의 다시 분가의, 게다가 차남은, 그런 사람은 저희와 신분의 차이가 조금도 있을 리 없다고 생각하고 있기에, 설마 그렇게, 한심스럽게, 몸이 확 달아오르거나 하지는 않습니다. 하지만, 역시, 그 선생은 왠지, 제게도 대하기 어려운 사람이어서, 다음에야말로, 아무리 애원해도 술은 주지 않겠다고 굳게 결심해봐도, 무엇인가에 쫓겨서 온 사람처럼, 뜻밖의 시간에 훌쩍 나타나, 저희 집에 들어와서야 비로소 안심하는 듯한 모습을 보면, 저도 모르게 결심이 무뎌져 술을 내줘버리고 맙니다. 취해도, 특별히 소란을 피우는 것도 아니고, 그렇게 계산만 제대로 해준다면, 좋은 손님입니다만. 자기 스스로 신분에 대해서 떠들어대는 것도 아니고, 천재네 뭐네 그런 한심한 자랑을 한 적도 없고, 아키 짱이, 그 선생 옆에서, 저희에게, 그 사람의 훌륭함에 대해 광고하기라도 하면, 나는 돈이 필요해, 이 집의 외상을 갚고 싶어, 리고 전혀 다른 소리를 해서 분위기를 가라앉힙니다. 그 사람이 저희에게 지금까지 술값을 치른 적은 없었지만, 그 사람 대신에, 아키 짱이 가끔 내주고 갔고, 또, 아키 짱 외에도, 아키

---

4) 華族. 작위를 가진 사람과 그 가족. 제2차 세계대전 이후 폐지되었다.

짱에게 알려져서는 곤란한 듯한 내연의 여자도 있어서, 그 사람은 어딘가의 사모님인 듯한데, 그 사람도 가끔 오오타니 씨와 함께 찾아와, 그 사람도 역시 오오타니 씨 대신, 많은 돈을 놓고 가는 적도 있는데, 저희도 역시, 장사치이니, 그런 일이라도 없다면, 제아무리 오오타니 선생이라 할지라도 귀족이라 할지라도, 그렇게 언제까지고, 공짜로 술을 마시게 할 수는 없습니다. 하지만 그렇게 가끔 내는 돈만으로는, 도저히 충당할 수 없고, 이건 저희들의 커다란 손해로, 틀림없이 고가네이(小金井)에 선생의 집이 있어서, 거기에는 어엿한 부인도 계시다는 말을 들은 적이 있기에, 그곳으로 한번 외상에 대한 이야기를 하러 가보자 생각해서, 은근슬쩍 오오타니 씨에게 댁은 어디쯤이냐고, 물은 적도 있었습니다만, 바로 눈치를 채서, 없는 건 없는 거야, 왜 그렇게 조바심을 치는 거야, 싸움 끝에 헤어지는 건 손해야, 라는 등, 듣기 싫은 소리를 합니다. 그래도 저희는 어떻게 해서든, 선생의 집만이라도 알아두고 싶어서, 두어 번 뒤를 밟은 적도 있었습니다만, 그때마다, 교묘하게 따돌리는 것이었습니다. 그러는 사이에 도쿄는 대공습을 연달아 받게 되었고, 뭐가 어떻게 된 건지, 오오타니 씨가 전투모를 쓰고 느닷없이 나타나서, 멋대로 벽장 속에서 브랜디 병을 끄집어내, 벌컥벌컥 선 채로 마시고 바람처럼 사라지곤 해서, 계산이고 뭐고 따질 겨를도 없었으며, 마침내 전쟁이 끝났기에, 이번에는 저희도 서슴지 않고, 암시장의 술안주를 들여와, 가게 앞문에는 새로운 포렴을 걸고, 참으로 초라한 가게지만 의욕에 넘쳐서, 손님에 대한 애교로 여자아이를 한 명 고용하기도 했었습니다만, 또다시, 그 애물단지 선생이 나타났는데, 이번에는 여자를 데리고 오는 것이 아니라, 언제나 두어 명의 신문기자나 잡지기자와 함께 와서, 그러니까 지금부터는, 군인이 몰락하고 지금까지 가난했던 시인이 세상으로부터 대접받게 되었다고 그 기자들은 말했으며, 오오타니 선생은, 그 기자들을 상대로, 외국인의 이름인지, 영어인지, 철학인지, 뭐가 뭔지 알 수 없는, 이상한 것을 말하고, 그런 다음 훌쩍 일어나 밖으로 나가서, 그대로 돌아오지 않습니다. 기자들은, 흥이 깨진 얼굴로, 녀석은 어디로 간 거야, 우리도 슬슬 가자, 라며 돌아갈 준비를 시작, 저는, 잠깐 기다리십시오, 선생은 언제나 저런 식으로 도망칩니다, 계산은 당신들께 받겠습니다, 라고 말합니다. 얌전히 모두가 돈을 내서 계산을 하고 돌아가는 무리도 있지만, 오오타니보고 내라고 해, 우리는 5백 엔으로 살아가고 있어, 라며 화를 내는 사람도 있습니다. 화를 내도 제가, 아니요, 오오타니 씨의 외상이, 지금까지 얼마인지 아십니까? 만약 당신들이, 그 외상을 얼마간이라도 오오타니 씨에게서 받아주신다면, 저는 당신들에게, 그 절반을 드리겠습니다, 라고 말하면, 기자들도 어이가 없다는 듯한 얼굴을 하고, 뭐야, 오오타니가 그렇게 형편없는 놈일 줄은 생각도 못했어, 앞으로 그 녀석하고 마시는 건 사양하겠어, 오늘 밤 우리에게는 돈이 100엔도 없어, 내일 가져올 테니, 그때까지 이걸 맡아둬, 라며 기세 좋게 외투를 벗곤 합니다. 기자란 질이 좋지 않다, 고 세상 사람들은 말하고 있는 듯하지만, 오오타니 씨에 비하자면, 오히려 오히려, 정직하고 담백해서, 오오타니 씨가 남작의 차남이라면, 기자들은, 공작의 맏이만큼의 가치가 있습니다. 오오타니 씨는, 전쟁이 끝난 이후에는 주량이 한층 더 늘고, 인상이 험악해지고, 이전까지 입에 담지 않았던 아주 천박한 농담을 하고, 또, 데려온 기자를 느닷없이 때리고, 서로 엉겨 붙어 싸움을 시작하기도 하고, 또, 저희 가게에서 부리고 있는 아직 스무 살도 되지 않은 여자아이를, 어느 틈엔가 속여서 손에 넣어버린 듯, 저희들도 참으로 깜짝 놀라, 참으로 곤혹스러웠습니다만, 이미 엎질러진 물이니 울며 겨자 먹기로 달리 방법이 없었기에, 여자아이에게도 그냥 체념하라고 잘 타일러서, 조용히 부모에게로 돌려보냈습니다. 오오타니 씨, 더는 아무 말도 않겠습니다, 부탁이니, 앞으로는 오지 말아주세요, 라고 제가 말해도, 오오타니 씨는, 뒷구멍으로 벌고 있으면서 남들 같은 소리 하지 마, 나는 전부 알고 있어, 라고 비열한 협박 같은 말을 하고, 그 이튿날 밤 바로 천연덕스러운 얼굴로 찾아옵니다. 저희도, 전쟁 때부터 몰래 장사를 해서, 그 벌로, 이런 괴물 같은 사람을 끌어안게 된 것일지는 모르겠으나, 그러나 오늘 밤 같은, 황당한 일을 당해서는, 이제 시인도 선생도 뭐도 아닙니다, 도둑입니다, 저희들의 돈을 5천 엔 훔쳐 달아났으니. 지금에 와서는 저희도, 물건을 들이는 데 돈이 들어서, 집 안에 현금이라고 해봐야 겨우 5백 엔이나 1천 엔쯤 있을 정도인데, 아니 솔직히 말해서, 그날의 매출은 바로 여기서 받아서 저기로 재료를 사들이는 데 쏟아 붓지 않으면 안 됩니다. 오늘 밤, 저희 집에 5천 엔이라는 큰돈이 있었던 것은, 올해도 벌써 섣달그믐이 닥쳐서, 제가 단골들의 집을 돌아다니며 외상값을 받아, 간신히 그만큼의 돈을 모아온 것인데, 그건 바로 오늘밤에라도 물건을 떼어오는 집에 건네주지 않으면, 내년 정월부터는 더 이상 저희도 장사를 계속할 수 없게 되는, 그런 소중한 돈으로, 집사람이 안쪽의 6첩 방에서 헤아려 찬장의 서랍에 넣어둔 것을, 그 사람이 토방의 의자에서 혼자 술을 마시며 그것을 보고 있었던 듯, 갑자기 일어나 성큼성큼 6첩 방으로 들어가더니, 말없이 집사람을 밀치고 서랍을 열어, 그 5천 엔 지폐다발을 덥석 쥐어서는 망토 주머니에 쑤셔 넣고, 저희가 넋을 놓고 있는 동안, 잽싸게 토방으로 내려가

가게에서 나가기에, 저는 커다란 소리로 부르고, 집사람도 함께 뒤를 쫓아, 저는 이렇게 된 이상, 도둑이야! 라고 외쳐, 거리 사람들을 불러모아 잡아달라고 할까도 싶었으나, 어쨌든 오오타니 씨와 저희는 아는 사이이니, 그것도 너무 매정한 일일까 싶어, 오늘 밤에는 무슨 일이 있어도 오오타니 씨를 놓치지 않고 끝까지 뒤를 쫓아, 그가 들어간 곳을 찾아내어, 조용히 얘기해서 그 돈을 돌려받자, 고 어쨌든 저희도 약점이 있는 장사치이기에, 저희 부부는 힘을 합쳐, 드디어 오늘 밤에는 이 집을 찾아내, 참을 수 없는 기분을 억누르고, 돈을 돌려달라고, 둥글둥글 말한 건데, 세상에, 어떻게 그럴 수가, 나이프를 꺼내, 찌르겠다니, 세상에, 그 무슨."

　이번에도, 이유를 알 수 없는 우스움이 솟아올라, 저는 소리 내어 웃어버리고 말았습니다. 안주인도, 얼굴을 붉히며 살짝 웃었습니다. 저는 웃음이 좀처럼 그치지 않아, 주인아저씨에게 미안하다는 생각이 들었으나, 왠지 기묘하게 우스워서, 언제까지고 계속 웃음이 나와 눈물이 나고, 남편의 시 속에 있는 '문명의 끝인 폭소'라는 것은, 이런 기분을 말하는 것일까, 문득 생각했습니다.

2

　어쨌든, 그러나 그런 커다란 웃음으로, 끝날 사건이 아니었기에, 저도 생각해서, 그날 밤 두 사람에게, 그럼 제가 어떻게든 해서 이 뒤처리를 할 테니, 경찰에 알리는 건, 하루만 기다려주세요, 내일 가게로, 제가 찾아가겠습니다, 라고 말하고, 그 나카노의 가게가 있는 장소를 자세히 들은 다음, 억지로 두 사람에게 승낙케 해서, 그날 밤은 우선 그대로 돌려보내고, 그런 다음, 차가운 6첩 방 한가운데, 혼자 앉아서 생각해보았습니다만, 특별히 어떤 좋은 생각도 떠오르지 않았기에, 일어나 겉옷을 벗고, 아들이 자고 있는 이불 속으로 들어가, 아들의 머리를 쓰다듬으며, 언제까지고, 언제까지 지나도, 밤이 밝지 않았으면 좋겠다, 고 생각했습니다.

저희 아버지는 예전에, 아사쿠사 공원의 표주박연못 부근에서, 어묵 포장마차를 했습니다. 어머니는 일찍 돌아가셔서, 아버지와 저 둘이서 공동주택에서 살았고, 포장마차도 아버지와 둘이서 꾸려 나갔는데, 지금의 그 사람이 가끔 포장마차에 들렀고, 그러다 저는 아버지의 눈을 속여, 그 사람과, 다른 곳에서 만나게 되었는데, 아이가 뱃속에 생겼기에, 여러 가지 시끄러운 일 끝에, 간신히 그 사람의 아내처럼 되었지만, 물론 호적도 무엇도 올리지 않아, 아이는, 아버지 없는 아이가 되었고, 그 사람은 집을 나가면 사흘 밤이고 나흘 밤이고, 아니, 한 달이고 돌아오지 않는 적이 있어서, 어디서 무엇을 하고 있는 건지, 돌아올 때는, 언제나 만취해서, 새파란 얼굴로, 학학 하고, 괴롭다는 듯한 호흡으로, 제 얼굴을 말없이 보며, 줄줄 눈물을 흘리는 경우도 있고, 또 갑자기 제가 자고 있는 이불 속으로 들어와, 제 몸을 힘껏 끌어안고,

"아아, 안 돼. 무서워. 무서워, 나는. 무서워! 살려줘!"
라고 말하며, 부들부들 떠는 경우도 있고, 잠든 뒤에도, 잠꼬대를 하기도 하고, 신음을 하기도 하고, 그리고 이튿날 아침에는, 넋이 나간 사람처럼 멍하니 있다가, 얼마 지나지 않아서 갑자기 사라져, 그 뒤로 다시 사흘 밤이고 나흘 밤이고 돌아오지 않지만, 옛날부터 남편과 알고 지내던 출판 쪽의 두어 분, 그 사람들이 저와 아이를 걱정해주셔서, 가끔 돈을 가져다주셨기에, 저희도 간신히 굶어죽지 않고 오늘까지 살아오고 있었습니다.

깜빡, 잠이 들었다가, 문득 눈을 떠, 덧문 틈으로, 아침 햇살이 새어든다는 사실을 알았기에, 일어나 채비를 하고 아이를 업고, 밖으로 나갔습니다. 도저히 더는 말없이 집 안에 있을 수 없는 기분이었습니다.

어디로 가야겠다는 정처도 없이, 역 쪽으로 걸어가, 역 앞의 노점에서 사탕을 사, 아이에게 물려주고, 그런 다음, 문득 생각이 나서 기치조지(吉祥寺)까지 가는 표를 사 전차에 올라, 손잡이를 잡고 별 생각 없이 전차 천장에 매달려 있는 포스터를 보니, 남편의 이름이 적혀 있었습니다. 그건 잡지의 광고로, 남편은 그 잡지에 「프랑수아 비용」이라는 제목의 긴 논문을 발표한 모양이었습니다. 저는 그 프랑수아 비용이라는 제목과 남편의 이름을 바라보고 있었는데, 어떻게 된 일인지 모르겠으나, 아주 괴로운 눈물이 솟아올라, 포스터가 흐릿해져 보이지 않게 되었습니다.

기치조지에서 내려, 정말 몇 년인가 만에 이노가시라(井の頭) 공원으로 걸어가보았습니다. 연못 끝에 있던 삼나무가, 썩둑 잘려, 왠지 지금부터 공사라도 시작하려는 토지처럼, 묘하게 헐벗어 싸늘한 느낌으로, 옛날과는 완전히 바뀌어 있었습니다.

아이를 등에서 내려, 연못 끝의 부서져가는 벤치에 둘이 나란히 앉아, 집에서 가져온 감자를 아이에게 먹였습니다.

"아가야. 아름다운 연못이지? 옛날에는 말이지, 이 연못에 잉어랑 금붕어기, 아주 아주 많이 있었는데, 지금은 아무것도, 없네. 시시하게."

아이는, 무슨 생각을 한 건지, 감자를 입 안에 가득 문 채, 케케, 하고 묘하게 웃었습니다. 저희 아이지만, 거의 바보 같다는 느낌이었습니다.

그 연못 끝의 벤치에 언제까지고 있어봐야, 어떻게 결말이 날 일도 아니고, 저는 다시 아이를 업고, 천천히 기치조지 역 쪽으로 돌아가, 떠들썩한 노점가를 둘러보고, 그런 다음, 역에서 나카노로 가는 표를 사서, 아무런 생각도 계획도 없이, 말하자면 무시무시한 마의 늪으로 슬금슬금 빨려들어가듯, 전차를 타고 나카노에서 내려, 어제 가르쳐준 대로 길을 걸어가, 그 사람들의 작은 요리점 앞에 이르렀습니다.

앞의 문은, 열리지 않았기에, 뒤로 돌아가 뒷문으로 들어갔습니다. 주인아저씨는 없고, 안주인 혼자, 가게의 청소를 하고 있었습니다. 안주인과 얼굴을 마주한 순간 저는, 스스로도 생각지 못했던 거짓말을 술술 했습니다.

"저기, 아주머니, 돈은 제가 깨끗이 갚을 수 있을 것 같아요. 오늘 밤이나, 아니면, 내일, 어쨌든, 틀림없이 마련할 수 있을 테니, 이제는 걱정 마세요."

"어머, 세상에, 그거 고마워요."

라고 말하고, 안주인은, 살짝 기쁜 듯한 얼굴을 했으나, 그래도 뭔가 납득할 수 없다는 듯 불안한 그림자가 그 얼굴 어딘가에 남아 있었습니다.

"아주머니, 정말이에요. 틀림없이, 여기로 가져다줄 사람이 있어요. 그때까지 저는, 인질이 되어, 여기에 계속 머물러 있기로 되어 있어요. 그러니 안심하실 수 있으시겠죠? 돈이 올 때까지 저는 가게 일이라도 도울게요."

저는 아이를 등에서 내려, 안쪽의 6첩 방에다 혼자 놀게 내버려두고, 척척 일을 해보이기 시작했습니다. 아이는, 원래부터 혼자 노는 데 익숙해져 있기에, 조금도 방해가 되지 않았습니다. 또 머리가 좋지 않은 탓인지, 낯을 가리지 않는 성격이기에, 안주인에게 웃어 보이기도 하고, 제가 안주인 대신에, 안주인 가게의 배급을 받으러 가기 위해 자리를 비운 사이에도, 안주인에게서 미제 통조림 깡통을, 장난감 대신 받아, 그것을 두드리기도 하고 굴리기도 하며 얌전히 6첩 방구석에서 놀고 있었던 듯합니다.

정오 무렵, 주인아저씨가 안주와 채소 등을 사가지고 돌아왔습니다. 저는, 주인아저씨의 얼굴을 보자마자, 다시 빠른 어조로, 안주인에게 한 것과 같은 거짓말을 했습니다.

주인아저씨가, 의아하다는 듯한 얼굴을 하며,

"네? 하지만 부인, 돈이란 건, 자신의 손에, 쥐어지기 전까지는, 의지할 것이 되지 못하는 법입니다."

라고 의외로, 조용한, 타이르는 듯한 목소리로 말했습니다.

"아니요, 이번에는, 정말 틀림없어요. 그러니 저를 믿고, 경찰에 신고하는 건, 오늘 하루만 기다려주세요. 그때까지 저는, 이 가게에서 일을 도울 테니."

"돈을, 갚기만 한다면, 그야 더는."이라고 주인은, 혼잣말을 하듯 말하고, "올해도 이제는, 오륙일밖에 남지 않았으니까요."

"네, 그러니, 그러니까, 그 저는, 어머? 손님이에요. 어서 오세요."라고 저는, 가게로 들어온 직공인 듯한 세 손님에게 웃어 보이고, 그런 다음 작은 목소리로, "아주머니, 죄송해요. 에이프런을 빌려주세요."

"오, 미인을 고용했는데. 이건, 굉장하군."

하고 손님 가운데 한 사람이 말했습니다.

"유혹해서는 안 됩니다."라고 주인이, 완전히 농담만도 아닌 듯한 투로 말하고, "돈이 걸려 있는 몸이니."

"백만 달러짜리 명마인가?"

라고 다른 손님 하나가, 천박한 농담을 했습니다.

　"명마도, 암컷은 반값이라고 합니다."

라고 제가, 술을 데우며, 지지 않고, 천박한 말로 대답하니,

　"겸손 떨지 마. 지금부터 일본은, 말이든 개든, 남녀동권이라던데."라고 가장 어린 손님이, 호통 치듯 말하고, "누님, 내 반했소. 첫눈에 반해버렸어. 그런데 하지만, 누님은 애가 있지?"

　"아니요."라고 안에서, 안주인이, 아이를 안고 나와서, "이 아인, 이번에 저희가 친척 집에서 데려온 아이에요. 이걸로 이젠, 저희에게도 드디어, 뒤를 이을 아이가 생긴 셈이에요."

　"돈도 생겼고."

라고 손님 하나가, 놀리자, 주인아저씨가 진지하게,

　"색도 생기고, 빚도 생기고."라고 중얼거리고, 그런 다음, 갑자기 말투를 바꿔서, "뭐로 하시겠습니까? 모둠전골이라도 만들어드릴까요?"

라고 손님에게 물었습니다. 저는, 그때, 어떤 한 가지 사실을, 깨달았습니다. 역시 그런 건가, 하고 스스로 혼자 수긍하며, 겉으로는 아무렇지도 않은 척, 손님들에게 술잔을 가져갔습니다.

　그날은, 크리스마스의, 전야제인가 하는 날이었던 듯, 그 때문인지, 손님이 쉴 새 없이, 차례차례로 들어와서, 저는 아침부터 거의 아무것도 먹지 않았지만, 가슴에 생각이 가득 담겨 있는 탓인지, 안주인이 뭘 좀 먹으라고 권해도, 아니 됐어요 하고, 그리고 그저 그냥, 날개옷 하나 입고 빙글빙글 춤을 추듯 가뿐하게 부지런히 일했는데, 자랑일지 모르겠으나, 그날의 가게는 이상할 정도로 활기가 넘치는 듯했고, 제 이름을 묻거나, 또 악수 등을 청하거나

하는 손님도 한둘이 아니었습니다.

하지만 이 다음은 어떻게 되는 걸까요. 제게는 무엇 하나 짐작되는 것이 없었습니다. 그저 웃으며, 손님의 음탕한 농담에 저도 장단을 맞추어, 그리고 더 천박한 농담을 되돌려주고, 손님에게서 손님에게로 건너다니며 술을 따르고, 그리고 그러는 사이에, 저의 이 몸이 아이스크림처럼 녹아서 흘러내렸으면 좋겠다, 고 생각할 뿐이었습니다.

기적이란 역시, 이 세상에도, 때로는, 나타나는 법인 듯합니다.

9시가 조금 넘었을 정도의 시간이었을까요. 크리스마스 축제의, 삼각형 종이모자를 쓰고, 뤼팽처럼 얼굴의 위쪽 절반을 가리는 검은 가면을 쓴 사내와, 그리고 서른네다섯쯤의 마르고 아름다운 부인이 둘이서 손님으로 들어와, 남자는, 저희에게 등을 보인 채, 토방 구석의 의자에 앉았는데, 저는 그 사람이 가게에 들어오자마자, 누구인지 눈치를 챘습니다. 도둑질을 한 남편이었습니다.

그 사람들은, 저에 대해서 아무것도 알지 못하는 듯한 눈치였기에, 저도 모르는 척하고 다른 손님들과 장난을 치며, 그리고 그 부인이 남편과 마주 앉아서,

"저기요, 잠깐."

하고 부르기에,

"네."

라고 대답하고, 두 사람이 앉은 테이블 쪽으로 가서,

"어서 오세요. 술 드릴까요?"

라고 말할 때, 남편이 가면 속에서 저를 힐끗 보고, 과연 놀란 듯했으나, 저는 그 어깨를 가볍게 쓰다듬으며,

"크리스마스 축하해요, 라고 말하는 건가요? 뭐라고 하죠? 아직

한 되 정도는 더 마실 수 있을 것 같은데요."
라고 말했습니다.

　부인은 그 말에는 대꾸하지 않고, 격식을 갖춘 얼굴로,

　"저기, 언니, 미안하지만, 이 집의 주인에게 조용히 하고 싶은 말이 있으니, 여기로 주인을 잠깐만."
하고 말했습니다.

　저는 안에서 튀김을 만들고 있는 주인에게로 가서,

　"오오타니가 돌아왔어요. 한번 만나보세요. 하지만 같이 온 여자에게, 제 얘기는 하지 말아주세요. 오오타니가 민망해져서는 안 되니."

　"드디어, 왔군요."

　주인은, 저의, 그 거짓말을 절반은 의심스러워하면서도, 그래도 상당히 믿어주고 있었던 듯, 남편이 돌아왔다는 사실도, 그것도 저의 계획에 의한 일이라고 단순하게 짐작하고 있는 모양이었습니다.

　"저에 대해서는, 말하지 마세요."
라고 거듭 말하자,

　"그러는 편이 좋다면, 그렇게 하겠습니다."
라고 상냥하게 허락하고, 토방으로 나갔습니다.

　주인은 토방의 손님들을 한 바퀴 죽 둘러보고, 그런 다음 남편이 있는 테이블로 똑바로 걸어가, 그 아름다운 부인과 뭔가 두 마디, 세 마디 이야기를 주고받더니, 그런 다음 셋이서 함께 가게에서 나갔습니다.

　이젠 됐다. 전부 해결됐다고, 어떤 이유에서인지 믿게 되어, 역시 기뻐서, 자잘한 무늬의 감색 옷을 입은 아직 스무 살 전 정도의

어린 손님의 손목을, 덥석 강하게 쥐고,

"마셔요, 자, 마셔요. 크리스마스잖아요."

3

겨우 30분, 아니, 훨씬 더 빠를 정도, 어머, 싶을 정도로 빨리, 주인이 혼자서 돌아와, 제 옆으로 다가오더니,

"사모님, 감사합니다. 돈은 돌려받았습니다."

"그래요? 잘됐네요. 전부?"

주인은, 이상한 웃음을 웃으며,

"네, 어제의, 그 돈만은."

"지금까지 전부해서, 얼마예요? 대충, 그냥, 시원하게 깎아주시면."

"2만 엔."

"그거면 되나요?"

"시원하게 깎았습니다."

"갚을게요. 아저씨, 내일부터 저를, 여기서 일하게 해주시지 않으실래요? 네, 그렇게 해주세요! 일을 해서 갚을게요."

"네? 사모님, 터무니없는, 왈짜시네요."

우리는, 소리를 맞춰 웃었습니다.

그날 밤, 10시 넘어, 저는 나키노의 가게에 인사를 하고, 아이를 업고, 고가네이의 저희 집으로 돌아왔습니다. 남편은 역시 돌아오지 않았지만, 그러나 저는, 아무렇지도 않았습니다. 내일 또, 그 가게로 가면 남편을 만날 수 있을지 몰라. 어째서 나는 지금까지, 이렇게 좋은 방법을 생각해내지 못했던 걸까. 어제까지의 나의 괴

로움도, 결국은 내가 멍청해서, 이런 명안을 생각해내지 못했기 때문이야. 나 역시 옛날에는 아사쿠사에 있던 아버지의 포장마차에서, 손님 접대는 결코 서툴지 않았었으니, 앞으로 그 나카노의 가게에서도 틀림없이 일을 잘할 수 있을 거야. 실제로 오늘 밤에도 나는, 팁을 500엔 가까이 받았잖아.

주인아저씨의 말에 의하면, 남편은 어젯밤 그 일 이후 어딘가의 친구 집으로 가서 묵은 듯하며, 그런 다음, 오늘 아침 일찍, 그 아름다운 부인이 운영하고 있는 교바시(京橋)의 바를 습격해서, 아침부터 위스키를 마시고, 그리고 그 가게에서 일하는 여자 다섯에게, 크리스마스 선물이라며 돈을 마구 주고, 그런 다음 낮 무렵에 택시를 부르게 해서 어딘가로 갔다가, 한동안 지나서, 크리스마스의 삼각모네 가면이네, 데코레이션 케이크네 칠면조까지 들고 왔고, 사방에 전화를 걸게 해서, 지인들을 불러모아, 대연회를 열기에, 언제나 돈을 조금도 가지고 있지 않은 사람인데 하고, 바의 마담이 이상히 여겨, 가만히 물어보니, 남편이 천연덕스럽게, 어젯밤의 일을 있는 그대로 전부 말하기에, 그 마담도 전부터 오오타니와는 남이 아니었던 듯, 어쨌든 그 일은 경찰에 알려져 소란이 커져도, 곤란하고, 돌려주지 않으면 안 된다고 남편의 편에 서서 말하고, 돈은 그 마담이 마련해서, 그리고 남편에게 안내케 해서, 나카노의 가게로 와준 것이라고 하는데, 나카노 가게의 주인이 제게,

"대충, 그럴 것이라 짐작은 하고 있었습니다만, 그래도 부인, 당신은 그쪽을 잘도 생각해내셨네요. 오오타니 씨의 친구에게라도 부탁하신 겁니까?"

라고 역시 제가, 처음부터 이런 식으로 돌아올 것을 내다보고, 이 가게에 먼저 와서 기다린 것이라고 생각하는 듯한 투로 말하기에,

저는 웃으며,

"네, 그야 뭐."

라고만 대답해두었습니다.

그 이튿날부터 저의 생활은, 지금까지와는 완전히 달라서, 신나고 즐거운 것이 되었습니다. 당장 전발소[5]로 가서, 머리를 만지고, 화장품도 골고루 갖추고, 옷을 새로 고치고, 또, 안주인에게 흰 버선 새것을 2켤레나 받아, 지금까지의 가슴속 묵직한 괴로움이, 깨끗이 씻겨나간 느낌이었습니다.

아침에 일어나 아이와 둘이서 밥을 먹고, 그런 다음, 도시락을 만들어 아이를 등에 업고 나카노로 출근하게 되었는데, 연말, 신년, 가게의 대목이었기에, 쓰바키야(椿屋)의 삿짱(さっちゃん), 이라는 것이 가게에서의 제 이름으로, 그 삿짱은 매일, 눈코 뜰 새 없이 바빴고, 이틀에 한 번 정도쯤은 남편도 마시러 와서, 돈은 제게 내게 하고, 다시 훌쩍 모습을 감췄다가, 밤늦게 저희 가게를 들여다 보며,

"안 가세요?"

라고 가만히 물어, 저도 고개를 끄덕이고 돌아갈 준비를 시작, 함께 즐겁게 집으로 돌아가는 일도, 종종 있었습니다.

"왜, 처음부터 이렇게 하지 않았던 걸까요. 저는 아주 행복해요."

"여자에게는, 행복도 불행도 없는 법이에요."

"그런가요? 그렇게 말씀하시니, 그런 것 같기도 하지만, 그럼, 남자는 어떤가요?"

"남자에게는, 불행만이 있어요. 언제나 공포와, 싸우고만 있어

---

5) 電髮所. 전기로 머리를 지져주는 곳.

요."

"모르겠어요, 저는. 하지만 언제까지고 저, 이런 생활을 계속하고 싶어요. 쓰바키야의 주인아저씨도, 안주인도, 아주 좋은 분들인걸요."

"바보들이에요, 그 사람들은. 촌뜨기들이에요. 그 주제에 아주 욕심이 많아요. 제게 술을 마시게 하고, 심지어는, 돈을 벌려 하고 있어요."

"그야 장사인 걸요, 당연한 일이에요. 하지만 그게 전부는 아니지 않나요? 당신은, 그 안주인을, 훔쳤잖아요."

"옛날에. 주인아저씨는, 어때요? 눈치 챘나요?"

"다 알고 있는 것 같아요. 색도 생기고, 빚도 생기고, 라고 언젠가 한숨과 함께 말했어요."

"나는, 거들먹거리고 있는 것 같지만, 죽고 싶어서, 견딜 수가 없어요. 태어났을 때부터, 죽음만 생각했어요. 모두를 위해서도, 죽는 편이 나아요. 그건 정말, 분명한 일이에요. 그런데도 죽을 수가 없어요. 이상한, 무서운 신 같은 것이, 내가 죽는 것을 말리고 있어요."

"해야 할 일이, 있으시니."

"일 같은 건, 아무것도 아니에요. 걸작도 없고 졸작도 없어요. 사람들이 좋다고 하면, 좋아지고, 나쁘다고 말하면, 나빠지는 거예요. 마치 날숨과, 들숨 같은 거예요. 두려운 건 말이죠, 이 세상의, 어딘가에 신이 있다, 는 사실이에요. 있는 거겠죠?"

"네?"

"있는 거겠죠?"

"전, 모르겠어요."

"그렇군요."

열흘, 스무날 가게에 다니는 동안, 저는, 쓰바키야에 술을 마시러 오는 손님들이 한 사람도 남김없이 범죄자뿐이라는 사실을, 점점 알게 되었습니다. 남편 정도는 그나마 아직, 다정한 편이라고 생각하게 되었습니다. 또, 가게의 손님뿐만이 아니라, 길을 걷고 있는 사람 모두가, 뭔가 반드시 어두운 죄를 숨기고 있는 것 같다는 생각이 들기 시작했습니다. 훌륭한 차림의, 쉰 살쯤 된 부인이, 쓰바키야의 뒷문으로 술을 팔러 와서, 1되에 300엔, 이라고 분명히 말했는데, 그건 지금의 시세로 치면 싼 편이었기에, 안주인이 바로 사주었더니, 물을 탄 술이었습니다. 그처럼 품위 있어 보이는 부인조차, 이런 일을 꾀하지 않으면 안 되는 세상 속에서, 스스로 돌아보아 떳떳하지 못한 일이 하나도 없이 살아간다는 것은, 불가능하다고 생각했습니다. 트럼프 놀이처럼, 마이너스를 전부 모으면 플러스로 바뀌는 건, 이 세상의 도덕에서는 일어날 수 없는 일인 걸까요?

신이 있다면, 나와 보세요! 저는 1월 말에, 가게의 손님에게 더럽혀졌습니다.

그날 밤은, 비가 내렸습니다. 남편은, 나타나지 않았지만, 남편이 예전부터 알고 지내던 출판 쪽의 사람으로, 가끔 제게 생활비를 전달해주셨던 야지마(八島) 씨가, 그 동업자인 듯한 분, 역시 야지마 씨 정도로 마흔 살 남짓한 분과 둘이 오셔서, 술을 마시며, 둘이서 소리 높여, 오오타니의 아내가 이런 데서 일하는 것은, 좋지 않다는 둥, 좋다는 둥, 절반은 농담처럼 얘기하기에, 제가 웃으며,

"그 부인은, 어디 계시죠?"

라고 묻자, 야지마 씨가,

"어디 있는지는 모르겠지만, 적어도, 쓰바키야의 삿짱보다는, 품

위 있고 아름다워요."

라고 말하기에,

"질투가 나네요. 오오타니 씨 같은 사람이라면, 저는 하룻밤이라도 좋으니, 함께 해보고 싶어요. 저는 그런, 뻔뻔한 사람이 좋아요."

"이렇다니까."

라며 야지마 씨는, 같이 온 분 쪽으로 얼굴을 돌려, 입을 일그러뜨려 보였습니다.

그 무렵이 되자, 제가 오오타니라는 시인의 아내라는 사실이, 남편과 함께 찾아오는 기자 분들에게도 알려졌고, 또 그분들에게서 듣고 일부러 저를 놀리러 오시는 호사가들도 계셔서, 가게는 더욱 활기에 넘쳐날 뿐, 주인아저씨의 기분도 그리, 나쁜 것만은 아니었습니다.

그날 밤, 그 이후 야지마 씨 들이 종이의 암거래에 대한 상의 등을 하다, 돌아가신 것은 10시가 지난 시각으로, 저도 오늘 밤은 비도 내리고, 남편도 나타날 것 같지 않았기에, 손님이 아직 한 사람 남아 있었지만, 슬슬 돌아갈 준비를 시작, 안의 6첩 방구석에서 자고 있던 아이를 안아 등에 업고,

"또, 우산 좀 빌릴게요."

라고 작은 목소리로 안주인에게 부탁했습니다.

"우산이라면, 제게도 있어요. 바래다드릴게요."

라며 가게에 혼자 남아 있던 스물대여섯의, 마르고 작은 공원인 듯한 손님이, 진지한 얼굴로 자리에서 일어났습니다. 그 사람은, 제게는 그날 밤 처음 보는 손님이었습니다.

"유감이네요. 혼자 걷는 데는 익숙해져 있으니."

"아니, 댁은 멉니다. 알고 있어요. 저도, 고가네이의, 그 부근에

사는 사람이에요. 바래다드릴게요. 아줌마, 계산해주세요."

　가게에서는 3병을 마셨을 뿐, 그렇게 취한 것 같지도 않았습니다.

　함께 전차에 올라, 고가네이에서 내려, 그런 다음 똑바로 뻗은 길의 빗속을 함께 우산을 쓰고, 나란히 걸었습니다. 그 젊은 사람은, 그때까지 거의 말이 없었습니다만, 띄엄띄엄 말을 시작해,

　"알고 있습니다. 저는 말입니다, 그 오오타니 선생의 시의 팬입니다. 저도 말이죠, 시를 쓰고 있습니다만. 조만간, 오오타니 선생에게 보여드려야겠다고 생각하고 있기는 한데, 아무래도, 그 오오타니 선생이, 무서워서 말이죠."

　집에 도착했습니다.

　"감사합니다. 또, 가게에서."

　"네, 안녕히 계세요."

　젊은이는, 빗속을 돌아갔습니다.

　깊은 밤, 드르륵 현관문 여는 소리에, 눈을 떴습니다만, 역시 남편이 만취해서 돌아온 것일까 싶어, 그대로 말없이 누워 있었더니,

　"실례합니다. 오오타니 씨, 실례합니다."
라는 남자의 목소리가 들렸습니다.

　일어나 전등을 켜고 현관으로 나가보니, 조금 전의 젊은이가, 거의 똑바로 서 있지도 못할 만큼 비틀비틀하며,

　"사모님, 죄송합니다. 돌아가는 길에 포장마차에서 한잔해서 말이죠, 사실은 말입니다, 저희 집은 다치카와(立川)인데, 역에 가봤더니 벌써, 전차가 끊겼어요. 사모님, 부탁입니다. 재워주세요. 이불도 아무것도 필요 없습니다. 이 현관마루여도 상관없습니다. 내일 아침 첫차가 다닐 때까지, 등걸잠이라도 자게 해주세요. 비만 내리

지 않는다면, 부근의 처마 밑에서라도 잘 텐데, 이렇게 비가 내려서는, 그럴 수도 없어요. 부탁입니다."

"남편도 없고, 이런 현관마루라도 상관없다면, 그러세요."
라고 저는 말하고, 터진 방석을 2개, 현관마루로 가져다주었습니다.

"죄송합니다. 아아 취했다."
라고 괴롭다는 듯 작은 목소리로 말하고, 그대로 그냥 현관마루에 벌렁 누워, 제가 이부자리로 돌아갔을 때에는, 벌써 코고는 소리가 높다랗게 들려왔습니다.

그리고 그 이튿날 새벽에, 저는, 아주 싱겁게 그 사람의 손에 떨어져버렸습니다.

그날도 저는, 겉으로는, 역시 같은 모습으로, 아이를 업고, 가게로 일을 하러 갔습니다.

나카노 가게의 토방에서, 남편이, 술이 든 컵을 테이블 위에 놓고, 혼자서 신문을 읽고 있었습니다. 컵에 오전의 햇살이 닿아, 예쁘다고 생각했습니다.

"아무도 없나요?"

남편이, 제 쪽을 돌아보고,

"응. 아저씨는 재료를 사러 가서 아직 안 왔고, 아줌마는, 조금 전까지 주방에 있었던 거 같은데, 없나요?"

"어제 밤에는, 안 오셨나요?"

"왔어요. 쓰바키야의 삿짱의 얼굴을 보지 못하면 요즘에는 잠이 안 와서요. 10시 넘어서 이곳을 들여다보았는데, 지금 막 나갔다고 해서요."

"그래서요?"

"잤어요, 여기서. 비도 주룩주룩 내리고."

"저도, 지금부터, 이 가게에서 죽 재워달라고 할까요?"

"좋겠네요, 그것도."

"그렇게 할게요. 그 집을 언제까지고 빌리는 건, 의미가 없잖아요."

남편은, 말없이 다시 신문으로 시선을 돌려,

"이야, 또 내 험담이 적혀 있네. 에피큐리언6)인 가짜 귀족이라고. 이건, 맞지 않아. 신을 두려워하는 에피큐리언, 이라고 하면 좋을 텐데. 삿짱, 봐요, 여기에 나를, 짐승만도 못한 사람이라고 적어놓았어요. 틀렸어요. 내 이제 와서야 하는 말인데, 작년 연말에, 여기서 5천 엔을 집어간 건, 삿짱하고 아기에게, 그 돈으로 오랜만에 즐거운 설을 보내게 해주고 싶었기 때문이에요. 짐승만도 못한 사람이 아니기에, 그런 일도 저지르는 거예요."

저는 각별히 기쁘다는 마음도 없이,

"짐승보다 못해도 상관없잖아요. 저희는, 살아 있기만 하면 돼요."

라고 말했습니다.

---

6) 쾌락주의자.

다나카 히데미쓰(1913~1949)

도쿄에서 출생하여 어머니의 집안인 다나카 가에 호적을 올렸다. 가마쿠라에서 성장했으며 와세다(早稲田) 대학 정치경제학부 졸업. 대학 재학 중 로스앤젤레스 올림픽 조정선수로 출장했다. 당시의 체험을 바탕으로 「올림포스의 과실」을 썼다.

주재원으로 있던 당시 경성(현, 서울)에서의 체험, 형님의 영향으로 입당한 공산당에서의 체험, 애인과의 신주쿠에서의 생활이 문학의 배경에 있다.

다자이 오사무의 자살에 커다란 충격을 받아 수면제 중독에 걸렸으며 1949년 11월 3일에 다자이의 무덤 앞에서 자살했다.

사요나라
さようなら

　'굿바이', '오르부아르', '아듀', '아우프피다지엔', '차이치엔', '알로하' 등등……

　위는 전부 외국어의 '안녕'인데, 그 어느 것이나 '또 만날 날까지'라거나 '신께서 너를 위해 계시기를'이라는 기원이나 소망을 동시에 의미하고 있어서, 일본의 '사요나라'가 가진 체관적인 어감과는 비교가 되지 않을 정도로 인간미 넘치고, 또 밝기도 하다. '사요나라'란, 그렇게 되지 않으면 안 되니 헤어지겠습니다, 라는 뜻이 전부로, 패배적인 무상관이 관철된, 참으로 간단하게 죽음의 세계를 선택한, 지금까지의 일본인다운 결별의 말이다.

　'인생족별리(人生足別離)'는 당시선(唐詩選)의 한 구절. 이를 이부세 씨가 '사요나라 만이 인생이다.'라고 번역했고, 다자이 씨는 미완인 「굿바이」의 해제에 이 원문과 번역을 인용하여 '참으로 인간, 서로 만나는 한순간의 기쁨은 짧고, 옅고, 별리의 상심만이 길고 깊다. 인간은 언제나 석별의 정에만 살아가고 있다고 해도 과언이 아닐 것이다.'라고 그 의미를 말한 것이라 생각하지만, '사요나라'의 허무하고 감흥이 없는 어감에서는 석별의 두 글자가 의미하는 것만큼의 휴머니티도 느껴지지 않는다.

　'무사도란 죽음을 각오하는 것이다.' 생사, 둘 중 하나를 선택해야 하는 입장에 놓이게 되었을 때는 죽는 것이 옳다고 가르쳐온 일본인. 도쿄의 위생과 완장을 찬 사람의 손으로부터는, 독약이라도 안심하고 마셔 10여 명이 일순간에 살해당하고 마는 일본인. '존귀한 뒤를 따라 나는 간다.' 남방의 야만인조차 지금은 경멸하는 순사(殉死)의 악습을 극히 최근인 메이지(明治) 말기까지, 아니 태평양 전쟁 중에도 미덕이라 믿었던 일본인. 아코로시1). 노기2) 대장. 군국의 처녀, 아내. 와쇄(瓦碎)를 옥쇄(玉碎)라 착각한 이번 전쟁에서의 무수한 희생자. 혹은 사쿠라다 열사3), 나카오카 곤이치4), 아마카스5) 대위, 5·15와 2·26사건6)의 이른바 지사들. 그들에 굳이 아리시마 다케오7), 아쿠타가와8), 다자이 씨 등을 더해도 좋다. 즉, 자살자와 암살자를 신처럼 경애하는 어리석은 일본민족

---

1) 赤穂浪士. 주군의 치욕을 씻기 위해 원수를 죽인 아코 번의 47인. 후에 '충신장'의 소재가 되었다.

2) 노기 마레스케(乃木稀典, 1849~1912). 러일전쟁에서 제3군 사령관으로 여순을 공격했다.

3) 桜田烈士. 1860년에 현재의 도쿄에서 이이 나오스케(井伊直弼)를 암살한 18명.

4) 中岡艮一(1903~1980). 철도노동자. 수상이었던 하라 다카시(原敬)를 암살한 인물.

5) 아마카스 마사히코(甘粕正彦, 1891~1945). 간토 대진재의 혼란을 틈타 무정부주의자인 오오스기 사카에(大杉栄), 이토 노에(伊藤野枝) 등을 살해했다. 징역 10년형을 받았으며 이후 만주로 건너가 만주국 건국에 관여했다. 일본의 패전과 동시에 중국 장춘에서 권총으로 자살.

6) 1932년 5월 15일에 무장한 해군 청년장교들이 총리를 암살한 사건(5·15사건)과 1936년 2월 26일부터 29일에 걸쳐서 육군 청년장교들이 일으킨 쿠데타 미수사건(2·26사건)을 말한다.

7) 有島武郎(1878~1923). 일본의 소설가. 삿포로(札幌) 농학교에서 배웠으며 기독교에 입신했다. 미국에 유학하여 휘트먼 등의 영향을 받았다. 사회운동에 관심이 있었으며 홋카이도(北海道)의 농장을 해방했다. 가루이자와(軽井沢)에서 애인과 자살했다.

8) 아쿠타가와 류노스케(芥川竜之介, 1892~1927). 일본의 소설가. 어머니의 본가인 아쿠타가 가의 양자가 되었다. 「코」가 나쓰메 소세키의 극찬을 받아 문단에 등장했다. 신기교파의 대표적인 작가. 신경쇠약에 걸려 36세에 자살했다.

이 가진 유일한 별리의 말로 '사요나라'의 천박한 니힐리즘은 참으로 어울린다.

'죽음을 귀의하는 것처럼 본다.' 그만둬. 암살은 물론, 자살조차도 인간에 대한 죄악이야. 인간은 자신이 사랑하는 주위 사람들이나 미래의 인류에게 신뢰와 책임감을 가지고 생명을 소중히 여기지 않으면 안 돼. 현재 제3차 대전의 환영에 위협을 받으며, 패전국이라는 열등감 때문에 악에 받쳐 있다 할지라도, 여전히 자신들을 신뢰하고 있는 동포 여자들의 무구한 웃음을 보기 바란다. 인간은 어디에서 와서 어디로 가버리는 것인지 현재의 지식으로는 전혀 알 길이 없지만, 그러나 아이들이 다시 새로운 생명을 낳는 인간의 씩씩한 생활력의 흐름만은 손으로 만지고 육안으로 볼 수 있는 확실함으로 믿을 수 있을 터다. 그 아직은 알 수 없는 인류의 미래를 믿고 그들이 쌓아가는 황금경(黃金境)의 초석을 만들 수 있도록 아무리 힘들고 부끄럽고 싫어도 살아서 노력하는 것이 우리들의 의무와 책임이다. 혹은 보상을 바라지 않는 행위를 닮은 미덕이기도 하다. 결코 간단히 이 세상에 '사요나라'를 고해서는 안 된다.

얼마 남지 않은 나의 이성은 엉망진창이 되어버린 나의 생활감정에 이와 같은 충고를 해주고 있지만, 지금의 나는 나 자신과 주위를 둘러보고 넌덜머리가 나서 솔직히 말하자면, '여러분, 그럼 사요나라.'라고 예의 춘부(春婦)와 룸펜을 사랑했으며, 게다가 혁명에 협력했다고 일컬어지는 소련 초기의 시인 마야코프스키[9]처럼 유서를 남긴 채 차가운 총구를 나의 관자놀이에 대고 싶은 욕망에 사로

---

9) 블라디미르 마야코프스키(1893~1930). 러시아의 미래주의 시인, 극작가. 작품을 통해 스탈린 체제의 권위주의와 새로운 경제정책으로 등장한 기회주의를 풍자했다. 정부 당국과의 적대적 관계, 문학적 고립, 잇따른 실연으로 자살했다.

잡히기도 한다.

지금의 일본에서는 아직도 군국시대의 무의미한 죽음을 동경하고 있다. 3천 명의 장병들이 파리끈끈이 위의 파리처럼 전함 야마토(大和)에 들러붙은 채 물속으로 가라앉아 죽은 어리석은 비극[10]을 위대한 서사시처럼 감동적으로, 무비판적으로 쓴 글이 수십만의 사람들에게 애독되고 있다. 문명과 인도에 대한 악랄한 범죄자로 처형당한 도조 이하 전범들의 애독 작가이자 이른바 그들의 기초철학의 대변자인 작가 요시카와 에이지[11]가 여전히 백만의 애독자들을 가지고 있다. 한 자루 검으로 수십 명의 라이벌을 쓰러뜨리기 위해 평생 참담한 수행을 한 미야모토 무사시(宮本武藏)라는 전근대인이 원자력 시대라 불리는 오늘에도 여전히 우리 동포들의 영웅으로 읽히며 흠모받고 있다는 사실은, 일본인의 근대문명에 대한 열등감, 질투, 경멸, 적개심 등등에서 태어난 슬픈 기적일까? 그런 동포의 무지몽매에 편승하여 그것을 더욱 부추기고, 그렇게 하여 동포를 한 나라의 노예로 팔아넘기려 하고 있는 매판 정치가들과 저널리스트.

'일본 패전'이 뉴스 영화에서의 특공기 출현에 여전히 박수를 보낼 정도로 자신들이 전쟁에서 받은 상처에 대한 의식이 없는 일본인은 바로 그렇기에 제3차 대전에서 한몫 잡겠다는 악역(惡逆)한 망상을 품기도 하고, 정부에 속한 한 장관의 신경쇠약에 의한 자살에서부터 국철의 선로 위에 악동이 돌을 올려놓는 장난에 이르

---

10) 야마토는 일본에서 건조한 사상 최대의 전함. 1945년에 오키나와(沖繩) 해상 특공작전에 참가, 미국의 함재기 약 300기의 공격을 받아 침몰했다.

11) 吉川英治(1892~1962). 일본의 소설가. 역사소설로 인기작가가 되었으며, 「미야모토 무사시」로 역사소설의 신경지를 열었다. 전후 국민문학의 가능성을 추구했으며 1960년에 문화훈장을 받았다.

기까지를 전부 공산당의 폭력이라고 선전하면 그것을 그대로 믿어버릴 만큼 이성이 없기도 하고, 난무하는 종교, 필로폰, 아도름, 육체문학, 거리의 매춘부, 남자 기생 등에, 눈가리개를 한 파리가 본능적인 감각으로 똥을 향해 일직선으로 날아드는 것 같은 필연으로 열중하기도 한다. 그러나 그렇게 슬플 정도로 무지하고 불결하고 뻔뻔한 우리들 사이에서도 미래가 있는 아이들과 진지한 근로자, 성실한 민주정치가가 동시에 여럿, 살고 있다는 사실도 무시할 수는 없다.

하지만 나는 자신이 시대에 상처받고, 슬플 정도로 무지하고 불결하고 뻔뻔한 일본인 가운데 한 사람이 되어버렸다고 느끼고 있기 때문에 생리적 혐오감에서 그러한 사실에는 눈을 감고, 생명의 존엄함과 사랑스러운 사람들에 대한 책임감을 자꾸만 충고하는 자신의 이성도 무시하고, 한시라도 빨리 이 인생에 '사요나라'를 고하고 싶은 것이다.

'사요나라' 헤어지는 너의 곁에 언제나 신이 함께하기를, 도 아니고, 다시 만날 날까지 등과 같은 감미로운 소망도 함축되어 있지 않은 허무적인 별리를 의미하는 일본어. 나는 그런 허무하고 감흥이 없는 작별의 말만이 태어나 살아남았다는 점에서, 일본 역사와 사회의 더없이 빈약한 슬픔을 생각하는 것이다.

나는 내 스스로가 '사요나라'를 고하기 전에, 지난 37세까지 상대편에서 먼저 '사요나라'를 고한 수많은 친척과 친구들을 떠올려보기로 하겠다. 나는 1913년에 도쿄 아카사카에서 태어났는데, 이후 이미 가슴이 좋지 않았던 망부가 시부야(渋谷), 미우라 미사키(三浦三崎), 가마쿠라 자이모쿠자(鎌倉材木座), 우바가야(姥ヶ谷)로 전전하며 거처를 옮긴 것을 따라다녔기에 10세 무렵까지

한 곳에 안주한 기억이 없다. 그리고 지금은 6척[12] 20관의 거한, 아도름 중독과 각종 망상증 외에 특별히 병은 없지만, 유년 시절에는 백일해, 디프테리아, 티푸스, 적리, 거기에 광견에게까지 물린 경험조차 있을 정도로 다재다병했으며, 때때로 현기증이 나서 졸도하기도 하는 등, 늘 생명의 위험에 직면해 있었다.

그랬기에 죽음에 대해서 아이들은 일반적으로 그저 무관심한 듯 느껴지지만, 나의 경우는 한낮에도 죽음을 생각하면 헛소리를 할 정도의 흥미와 증오심을 가지고 있었다. 그런 내게 처음으로 '사요나라'를 고한 육친은 함께 살고 있던 어머니 쪽의 할머니로, 예순 남짓에 병으로 돌아가신 듯한데, 무섭고 싫은 기억은 자연스럽게 망각할 수 있는 인간 심리의 본능에 따라서 나는 외할머니의 사인도 돌아가신 얼굴도 무엇 하나 기억하고 있지 못하다. 외할머니는 향락을 좋아하는 도사(土佐)의 여자로, 50살이 넘어서도 옅은 화장을 하기도 하고, 샤미센[13]을 뜯기도 하고, 친구들을 모아 노래를 부르기도 하고, 화투를 치기도 하는 것을 좋아했으며, 손자인 우리들을 귀찮아한 여자였기에 그녀의 죽음은 나를 조금도 외롭게 하지 않았다. 나는 마침 10살이었다. 엄숙한 얼굴의 어른들과 함께 돌아가신 외할머니 침상의 머리맡에 앉아 몰라볼 정도로 조그맣게 오그라든 그녀 얼굴 위의 하얀 천을 걷어내고 아버지를 시작으로 그녀의 움직이지 않는 자줏빛 입술에 한 사람 한 사람씩 물에 적신 새 붓의 끝을 대는 것을 보고 있자니 구역질이 날 정도로 속이 매스꺼워져서 서둘러 그곳에서 달아나 안쪽에 있는 아이들의 방에서 애독하던 이야기책에 들러붙었던 일을 기억하고 있다.

---

12) 尺. 길이의 단위 1척은 약 30.3㎝.
13) 三味線. 사각형 몸통에 고양이나 개의 가죽을 바른 3줄 현악기.

뒤이어 이듬해, 나는 1923년의 그 진재를 만났다. 우리 집은 반파로 끝났지만 동네에는 전파, 아기를 안은 채 우리 친구의 어머니가 압사당하는 등 수많은 사망자가 나왔고, 커다란 흔들림이 끝난 뒤 큰형님은 동네 사내들과 함께 그 시체 발굴작업에 나섰으며, 나보다 건강하고 영리한 3살 위의 누나는 그 모습을 구경하러 나가곤 했으나, 나는 뒤편의 광장에 깔아놓은 판자에 배를 깔고 엎드려 아직 현실 세계가 울리며 흔들리는 것을 느끼면서도 혼자서 다시 하쿠분칸(博文館)의 장편 이야기책을 탐독했다. 겁쟁이인 나는 추하고 무서운 사망자를 마주할 용기가 없었기에 이야기책 속 영웅호걸의 세계로 달아남으로 해서 진재라는 현실의 공포를 잊으려 한 것이었다. 그것은 어쩌면「미야모토 무사시」를 애독함으로 해서 패전의 고통과 인플레이션에 대한 공포 등을 잊으려 하고 있는 오늘날 어떤 부류의 일본민중의 심리와 공통되는 점이 있는 것일지도 모르겠다.

　　그러나 여전히 땅이 흔들리고 있는 가운데 '이와미 시게타로[14]'의 무사수업 등을 읽던 소년 시절의 나는, 당시 현실과 로맨스 사이의 너무나도 커다란 차이에, 아니 그보다는 생리적으로 커다란 타격을 입은 직후였기 때문이었을까, 현기증이 나고 뒤이어 시큼한 위액을 입과 코로 가득 토해냈다. 이삼일 지나서 아버지가 고향인 도사에서 효도를 할 생각으로 막 모셔온, 중풍에 걸린 나이 든 할아버지가 진재의 충격 때문인지 자연사하셨으며, 그의 간호인으로 고향 마을에서 데려온 소녀인 15살짜리 오에이(お栄)까지 진재 후 유행했던 티푸스에 감염되어 괴로운 몸부림 속에서 세상을 떠나

---

14) 岩見重太郎. 전설상의 호걸. 소설이나 희곡 등에 등장하는 인물로 히히야(ひひや) 산적 퇴치와 원수를 갚은 일 등이 유명하다.

고 말았다. 나는 진재 전에 한번, 이 빈사의 나이 든 할아버지를 웃게 할 생각으로 손으로 잡은 왕잠자리를 그의 꺼칠한 흙빛 콧등에 올려놓은 적이 있었는데, 전신불수의 나이 든 농부는 싸늘한 눈동자에 분노만을 내보이며 잘 움직이지 않는 혀로 "장난치지 마."라고 나를 야단쳤고, 잠자리는 그의 코끝을 살짝 물고 달아났는데 소년이었던 나는 두려움과 광적으로 웃고 싶다는 욕망에 찢어질 듯한 고통을 느낀 기억이 있었기에 그 나이 든 할아버지가 '사요나라'를 고했다는 사실에 오히려 마음이 놓였다. 물론 그의 죽은 얼굴도 잊어버렸다. 오에이는 큰형님이 돌봐주었지만 격리병원의 한 방에서 세상을 떠났는데, 그의 장례식은 할아버지와 함께 성대하게 치러졌으나 나는 나와 같은 또래인 그 소녀의 죽음을 보고 싶지도 않다는 공포심이 있었기에 그녀에 대한 기억도 깨끗하게 말살되었다.

　2년이 지나 중학 1학년 때의 봄, 53세였던 아버지가 결핵성 복막염으로 순식간에 세상을 떠나고 말았다. 화를 잘 내고 술을 마시면 거칠어지는 아버지에 대해서 형님과 누님은 야단맞은 무서운 기억밖에 가지고 있지 않은 듯했으나, 막내인 나는 아버지께 애지중지 사랑받은 기억이 강했다. 내가 아직 소학교에 막 들어갔을 무렵, 어머니가 같은 고향의 작가 출신 청년에게 협박당해 일주일 정도 집을 나간 불미스러운 사건이 있었다. 그 동안 아버지께서 내게 보여준 애정은 지금 생각해봐도 광적, 폭발적이었다. 관공서에서 퇴근하실 때면 매일 실물 크기의 망아지 장난감이네 전기기관차네 고가의 선물을 내가 원하는 대로 사다주셨다. 한번은, 평생에 딱 한 번이었지만, 아버지는 나를 데리고 니혼바시(日本橋)에 있는 미쓰코시(三越) 백화점에 간 적이 있었다. 평소에도 장이 약하고 그런 만큼 식탐이 많은 내가 조르는 대로 마실 것과 먹을 것을 사주어 폭식을 했기에 당해낼 수가 없었다. 나는 소세키[15]처럼 수염을 길러 무서운 얼굴을 한 아버지의 어깨에 목말을 타고 있었는데 아버지에게 황금빛의 냄새 나는 비를 적잖이 뿌렸다. 아버지는 화내지 않고 그런 나를 변소로 데려가 엉덩이를 깨끗하게 닦아주었는데, 나는 그때 아버지의 눈동자가 젖어 있던 것을 놓치지 않았기에 뭐라 말로 표현할 수 없이 서글픈 기분이 들었다.

그 외에도 생생한 동물적 애정을 쏟아부은 기억이 있는 아버지였으나, 그런 아버지였던 만큼 그의 죽음, 아버지의 나에 대한 '사요나라'에 나는 등을 돌리고 애써 대답하지 않으려 했다. 아버지가 병원에서 돌아가신 이튿날 영구차에 실려 유해가 돌아왔을 때, 나는 아버지의 죽은 얼굴을 보는 것이 무서워서 형님과 누님이 말리는 것도 듣지 않고 혼자서 아버지가 세운 다실과 정자가 곳곳에 있는 뒷산으로 도망쳤다. 산의 정상에 석청묘동녀라 불리는, 1884년에 7세로 세상을 떠난 여자아이의 무덤에 있던 지장보살 석상을 아버지가 에코인(回向院)에서 받아오신 것이 놓여 있었는데, 매일밤 소리 죽여 우는 소리가 들린다는 전설이 우리 십에 전해지고 있었으며 비바람에 시달린 것에 비해서는 얼굴의 윤곽이 뚜렷한 그 지장보살의 얼굴을 쓰다듬으며 나는 울려고 노력했으나 조금도 울지 못했다. 비애보다는 공포가 더 강했던 것이다.

중학을 졸업하기 직전, 이노우에(井上)라는 친구가 내게 갑자기 '사요나라'를 고했다. 이노우에는 과부가 된 어머니가 후지사와

---

15) 나쓰메 소세키(夏目漱石, 1867~1916). 소설가, 영문학자. 영국 유학 후 교직에서 물러나 아사히 신문(朝日新聞)의 전속작가가 되었다. 자연주의에 대립하여 심리적 수법으로 근대인의 고독과 자기애를 추구했다. 일본 근대문학을 대표하는 작가.

(藤沢) 거리에서 조그만 잡화점을 운영하던 집의 외아들이었는데 내성적이고 평범한 성격. 5학년이 될 때까지는 학업에서도 스포츠에서도 이렇다 할 만큼 두각을 드러내지 못했으며 모든 것이 중등 정도의 성적이었으나, 5학년에 진급하고 얼마 지나지 않아 수학에서 발군의 성적을 거두었기에 선생님과 우리들을 경탄케 했다. 우리 중학교는 스파르타 교육으로 천하에 이름이 높았으며 매주 토요일 오후가 되면 전교생에게 수 마일 거리의 마라톤 경주를 시키는 행사가 있었는데, 그런 여러 사람들과의 경주와 숨 막히는 수 마일의 마라톤은 우선 생각만 해도 아찔해지는 나는 대부분 낙오자나 견학자의 단골 가운데 한 사람이었고, 그때도 교내에 서서 멍하니 모두가 달려 돌아오기를 기다리고 있었는데 늘 우승을 하던 사람으로 검도 2단에 육상경기부의 주장을 맡고 있던 이자와(伊沢) 대신 작은 몸에 마른 이노우에가 예상을 뒤집고 학교의 기록을 깰 만큼 스피디하고 여유 만만한 속도로 맨 앞에 서서 돌아왔다. 하얀 러닝 셔츠를 입은 가슴을 펴고 경쾌하게 하얀 신을 움직이며 뜨거운 것이라도 마시는 듯 계획된 규칙적 숨결.

나는 기적이라도 바라보고 있는 양 괴로울 정도로 놀랐는데 그로부터 1개월밖에 되지 않는 사이에 이틀, 사흘을 쉰 이노우에가 죽었다고 선생님으로부터 들어 한층 더 괴로운 경악을 느꼈다. 이노우에가 죽기 직전에 그처럼 학업과 스포츠에서 두각을 드러낸 일이, 그가 갑자기 '사요나라'를 고하고 나자 참으로 덧없고 하찮은 일처럼 여겨졌던 것이다.

뒤이어 대학 시절. 가와이(川合)라고 같이 문학을 하던 친구가 폐병으로 '사요나라'를 고했으며, 이케다(池田)라고 함께 비합법 운동을 하던 친구는 우리들이 부끄러운 전향을 했을 때 면도칼로

스스로 오른 손목의 동맥을 끊고 온탕에 담그는 폭력적인 방법으로 '사요나라'를 고했다. 순서대로 말하자면 이케다가 먼저로, 학부 1학년 때의 일이었다. 이케다는 양심적인 코뮤니스트였는데 나와 같은 거한이었고, 역시 마찬가지로 겁쟁이라는 결점이 있었다. 거한이기에 남들보다 한층 더 타인의 시선을 느꼈고 겁에 질려 주위를 둘러보았으며 우리들의 비합법운동─그래봐야 일주일에 한 번, 독서회를 열고 그 자리에서 신문 『아카하타(赤旗)』를 돌려 돈을 모아, 출석한 당의 사람에게 그 돈을 건네주는 정도─을 과장되게 자각하고 있었기에 더욱 좋지 않았다. 그는 신주쿠로 영화를 보러 갔다가 단지 눈매가 미심쩍다는 이유로 역에서 감시를 하고 있던 특별고등경찰에게 붙들렸다. 주머니에 쓰키지의 표를 잘라낸 조각이 남아 있었기에 형무소에 수감되었고, 와세다에 있는 하숙집을 수색하자 치워두지 않았던 『아카하타』가 1부 나왔다.

그 내문에 그는 요도바시(淀橋), 도즈카(戸塚) 경찰서 2군데에 29일씩 붙들려 있었으며 매일 같이 고문을 당했으나 자신의 느슨함 때문에 친구들에게 피해를 주어서는 안 된다며 이를 악물고 모른다, 기억이 없다며 버텼고, 변호사인 매형이 분주히 뛰어다녔기에 약 2개월째 되던 날 석방되었는데, 그날 바로 학교에 나와 우리 동료들과 미소와 눈물의 악수, 담소를 나누었으나, 그날 밤 하숙의 한 방에서 앞서 이야기한 것과 같은 방법으로 자살을 했다. 나는 변함없이 시체를 보기가 싫고 괴로웠으나 이때는 다른 친구들도 있었기에 애써 끔찍한 뱀을 잡아보이는 것과 같은 기분으로 그의 시체가 놓여 있던 방으로 달려갔다. 이케다는 가장 고통이 없는 자살법을 선택해 대량의 수면제를 먹은 뒤 대야에 더운 물을 받고, 거기에 동맥을 끊은 손목을 넣은 것인 듯했다. 전신의 피를 짜낸 것처럼 피는 대야를 넘어 방바닥 가득 스며들어 있었다. 그 대신 백랍처럼 핏기가 가신 그의 죽은 얼굴은 안심한 것처럼 평온하게 보였다. 그러나 나는 그의 죽은 물고기 같은 눈동자 안쪽에서 죽음에 대한 초조함과 공포를 보았기에 역시 시체에 대한 말로 표현할 수 없는 혐오감을 느꼈다. 그 유서는 수면제가 듣기 시작한 뒤 쓴 것인 듯 다음과 같은 내용이 횡설수설 적혀 있었다.

〈과학을 믿으면, 세계가 평화로운 공산주의연방이 될 필연성이 있는 것과 같은 확실함으로, 언젠가는 태양도 냉각되고 지구도 멸망하고, 인류도 끊길 것이라 여겨진다. 결국 멸망할 운명에 있는 인류를 위해서 유토피아를 만들겠다고 희생하는 것은 무의미한 일이다. 즉, 살아 있는 것 자체가 무의미한 일이라 여겨지기에 나는 죽는다.〉

나는 여자와의 애정의 즐거움도 괴로움도 모른 채 22살이라는 젊은 나이로 세상을 떠난 이케다를 멍청이라고도 가엾다고도 생각했으나, 그의 한없이 성실한 모습에 나의 방자한 생활이 방해를 받을까 두려워 그의 자살도 가능한 한 잊으려 노력했다. 나는 이케다와 나의 정치적 이상에 깨끗하게 '사요나라'를 고하고, 나의 삶의 목적을 문학세계에서 찾으려 한 것이다. 예를 들자면 저녁에 아이들이 서로에게 '사요나라.' 라고 외친 뒤, 뒤도 돌아보지 않고 자신들의 가정으로 돌아가 거기서 지금까지 함께 놀던 친구들의 일 따위는 꿈에도 생각지 않고 저녁밥과 형제들과의 싸움과 만화책에 열중하는 단순함으로, 나는 그때 정치와 예전의 동지들에게 간단히 자아적인 '사요나라'를 고한 것이었다.

그런데 가슴을 앓고 있던 새로운 문학 친구인 가와이는 처음부터 자신이 곧 죽을 것이라는 사실을 예감하고 있었다. 그는 루바이야트의 시인이 '우리는 인형이고, 그 인형을 부리는 것은 자연. 그건 비유가 아니라 현실이야. 이 자리에서 한바탕 연기가 끝나고 나면 한 명씩 무(無)라는 상자에 넣어지게 될 뿐이야.'라고 노래한 것과 같은 무상관에 안주한 채 자연을, 소녀를, 문학을 건너편 기슭의 것들인 양 아름답게 바라보았다. 가와이는 자신을 이미 망령처럼 취급하고 있었기에 우리도 그를 다른 세계의 사람처럼 멀리서 위로 하며 사귈 수밖에 없었다. 가와이는 몇 번이고 피를 토했다는 사실 을 우리에게 숨겼으며, 죽음이 다가오자 조용히 시골로 돌아가 숨 을 거두었다. 우리는 그런 그에게 끝까지 '사요나라'를 말하지 못 했으며, 그도 우리에게 '사요나라'를 고하지 않은 채 영원히 헤어 지게 되었다. 그랬기에 나는 15년이나 지난 지금도 문득, 가와이가 살아 있어서 그 늘씬한 장신의 창백한 동안에 미소를 지으며 내 앞에 나타나, '죽어버린 주제에 살아 있는 세계를 산책해보는 것도 즐거운 일이야. 하늘의 파랑. 나뭇잎의 초록. 꽃의 붉음. 싱그러운 소녀. 그저 분주하기만 한 중년 월급쟁이. 모두 살아 있는 데는 의미가 있어. 살아 있다는 것만으로도 죽은 자의 눈에는 한없이 아름답게 보여.'라고 솔직한 감상을 들려줄 것만 같다는 착각이 든다.

대학을 나와 간신히 취직했는데 1937년, 일본 군벌의 중국을 향한 침략전쟁은 그칠 줄 몰랐으며 나도 보충병으로 소집되었고 반년도 지나지 않아 원대(原隊)에서 사람 죽이는 교육을 받은 뒤, 북중국의 전선으로 끌려갔다. 그 무렵부터 일본인은 육친, 친구, 애인과 닥치는 대로 '사요나라'를 고하게 되었다. 일본인의 전쟁에 관한 도덕은 '살아 돌아오겠다고 생각해서는 안 된다.'였다. 출정 에 앞서 '다시 만날 날까지.'를 기원하는 별리의 말 따위는 있을 수 없는 것이었다. 아무래도 '그런 운명이니 헤어지겠습니다.'라는 뜻의 '사요나라'가 가장 어울렸다. 거기다 여자인 경우에는 '사요나라.'에 '죄송합니다.'를 덧붙인다. '그런 운명이 된 것을 용서해 주세요.'라고 강권에 대해서 다시 비굴하게 용서를 비는 것이다. 마치 노예의 말 같아서 그저 기가 막힐 뿐이다.

우리는 그와 같은 노예의 말로 보내진 노예의 군대로서의 잔학성을 중국에서 유감없이 발휘했다. '굿바이'가 의미하는 것처럼 신을 곁에 두지도 않고, 중국어의 안녕인 '차이치엔'이 의미하는 것처럼 사랑하는 사람들과의 재회에 대한 희망도 없는 군대는, 상대방 인간을 헛되이 상처주어 죽이고, 경멸하고, 증오함으로 해서 자신들의 고귀한 인간성도 부지불식간에 잃어가고 있었다. 우리는 포로가 된 중국병사에게 자신들의 무덤을 파게 한 뒤, 반은 장난삼아 떨고 있는 초년병에게 그 중국병사를 찌르기의 목표물로 삼게 했다. 혹은 잡부로 마구 부리고 있던 중국의 양민까지, 무료함에 견딜 수 없어지면 이유도 없이 총검으로 머리를 썩둑 베기도 하고, 그 뼈만 앙상한 엉덩이를 배설물이 나올 때까지 가죽 허리띠로 자줏빛이 되도록 때리기도 했다.

나는 산서성 영하현의 눈에 파묻힌 성벽 아래서 알몸이 되어 소름이 돋은 중년 중국인 한 사람이, 자신이 판 지름 2자, 깊이 3자 정도의 무덤 앞에 웅크리고 앉아 두 손을 모아 "아이야. 아이야."하며 우리들에게 번갈아 절을 하던 광경이 떠올랐다. 돌파라는 별명을 가진 오오사카(大阪) 택시 조수 출신의 만년 일등병이, 양가의 자제로 대학을 나온 초년병인 오카다(岡田)에게 억지로 착검한 총을 쥐게 하여 "자 찔러. 단숨에 푹 찌르는 거야."라고 외쳐대자 거구의 오카다가 살해당할 상대방 앞에서 마찬가지로 흙빛이 되어 눈을 감은 채 부들부들 떠는 것을 보더니, "에잇, 이리줘봐. 사람을 죽일 때는 이렇게 하는 거야."라며 착검한 총을 빼앗아 충혈된 가는 눈으로 "제길. 제길." 튀어나온 이 사이로 침을 튀어가며 외쳐 억지로 일으켜세운 중국인의 배에서 둔탁한 소리가 나도록 그 총검 끝으로 5치 정도, 달려들듯 하여 두어 번 찔러댔다. 중국인은 소리도 없이 자신의 배를 움켜쥐었으며 앞의 구멍으로 굴러 떨어졌다. 나는 소름이 돋고, 눈시울이 뜨거워지고, 구토가 났다. '사요나라. 이름도 모르는 중국인이여. 영원히 사요나라.'

나는 공산 팔로군과 교전을 펼쳤을 때, 열네다섯 살쯤의 용감한 중국인 소년병을 사로잡은 적이 있었다. 매서운 풍모를 가진 홍안의 미소년. 교전 중에 사로잡은 포로는 귀찮은 짐이라며 전부 죽여버리던 우리도 그의 아름다운 젊음을 아깝게 여겨, 짐을 지는 잡부로 쓰기로 했다. 그러나 그는 일본군에 대한 적의를 끝까지 버리지 않고 우리가 황하 강변의 절벽 위를 헐떡이며 행군할 때 갑자기 짐을 버리고 그 절벽에서 투신자살했다. 수천 년의 풍우에 깎인 높이 3천 길이나 되는 대지의 벽. 얼굴을 내밀기만 해도 밑에서부터 불어오는 차가운 열풍, 바닥에 무표정하게 누워 있는 물이 없는 늪지까지의 거리에 몸이 움츠러드는 절벽 위에서 중국의 열네다섯 살 소년병이 새와 같은 비명을 지르며 새처럼 뛰어내린 것이었다. 폭 겨우 2간[16]여에 지나지 않지만 현기증이 날 정도로 깊은 골짜기에는 쉴 새 없이 바닥에서부터 열풍이 솟아오르는 강한 공기의 저항이 있었기에 소년의 육체는 바람에 나부끼는 낙엽처럼 흔들리며 떨어져 검은 점이 되었고 눈 아래의 갈색 늪지로 빨려 들어갔다.

---

16) 間. 길이의 단위. 1간은 약 1.8m.

나는 그의 그와 같은 죽음에서, 인간에게 길들여지기를 거부하고 자살하는 어린 독수리와 같은 장렬함을 느꼈기에 그 검은 한 점이 되어버린 소년의 뒷모습에 진심으로 그저 '사요나라'를 외쳤다. '그럴 수밖에 없는 운명인 거야. 소년이여, 어쩔 수 없네. 그럼 사요나라, 미안하네.'

그 전후, 나는 이처럼 사과를 함축한 '사요나라'라는 별리의 말을 수많은 중국인과 나의 전우들에게까지 고했다. 나는 몇 번인가 일선에서 대치한 중국 병사에게, 상관의 마음을 상하지 않게 하기 위해서 정확한 사격을 가해 4사람까지 죽이고 10명 정도에게 부상을 입힌 적이 있었는데, 그 전투 이후 내가 죽인 뜨뜻미지근한 중국 청년 시체의 얼굴을 나의 군화로 신기하다는 듯 차서 일으키며 언제나 '사요나라'라는 말만은 마음속에서 중얼거릴 수 있게 되었다. '나의 손이 그 청년을 살해한 것이 아니라, 전쟁이라는 운명이 그 청년을 쓰러뜨린 것이다.'라는 체념에서 온 것이었다. 예를 들어 석별의 인사로 '오르부아르'라거나 '본 보야지'라고 말할 수 있는 프랑스인들은 전쟁을 천재처럼 피할 수 없는 운명이라 믿지 않고 나치 점령 하에서도 불복의 저항운동을 계속할 수 있었으나, 사랑하는 사람들과의 이별에서도 '사요나라'라고밖에 말하지 못하는 슬픈 일본민족은 군벌의 독재혁명에 대해 아무런 저항도 하지 못했다.

원래대로 하자면 항전운동의 지도자가 되어야 할 지식인들이, 일본의 경우에는 은둔적 포즈를 취하거나, 오히려 군벌의 사냥개가 되어버린 예가 압도적으로 많다. 그랬기에 우리들 일본의 미성년 지식계급은 온통 어둠으로 둘러싸인 허무와 절망과 체념에 빠져 있었다. 그들 중에도 광신적인 애국주의자가 된 사람들이 있었는데, 그런 청년들조차 전장에서 목숨에 지장이 없을 정도의 상처를 입었을 때는 용감하게 "천황폐하 만세."를 외치지만, 빈사의 중상을 입은 경우에는 힘없이 "어머니, 사요나라."라고만 중얼거리는 것을 보고, 내게는 기묘한 웃음과 분노가 동시에 느껴지는 괴로움이 있었다.

앞서 이야기한 오카다라는 초년병. 그의 아버지는 교토(京都)의 미술상으로 뉴욕에도 지점이 있으며, 그는 사랑받는 외아들로 아버지를 따라 미국에 놀러 간 적도 있고, 교토 대학의 럭비선수로 발군의 체력과 명석한 두뇌도 가지고 있었으나, 전선의 잔인하고 험악한 분위기에 익숙해지지 못했기에 하루가 다르게 야위어갔으며 정신까지 이상하게 쇠약해져 갔다. 나는 언제나 나의 후배와도 같은 친애감에서 행군할 때도 오카다와 나란히 걸으며 학생 시절의 즐거운 추억담을, 수염 기른 얼굴의 질투심 강한 분대장으로부터 "시끄럿."이라고 호통을 들을 만큼 커다란 목소리로 멈추지 않았는데 점점 사람을 죽이기도 하고 죽기도 하는 피비린내 나는 금욕, 인내의 나날이 계속되는 가운데 오카다가 내게 대답조차 꺼려할 정도로 말이 없어져간다는 사실을 깨닫게 되었다.

그런 오카다가 어느 날 아침, 전날의 야영지에 자신의 반합을 두고 와서 분대장으로부터 양쪽 뺨을 맞고, 그날 점심은 모두의 식사를 멍하니 바라보게 하는 형벌을 받았다. 이튿날 아침, 오카다는 다시 방독면과 잡낭을 잃어버렸고 그것을 분대장에게 들켜 총대로 엉덩이를 있는 힘껏 찔려 6척이 넘는 거구의 사내가 쥐처럼 끽끽 울었다. 20관 가까이 되던 몸이 한순간에 뼈와 가죽만 남게 되어 빵빵하던 특호(特號) 군복도 펄럭펄럭 너덜너덜, 붉은 얼굴에 통통하던 뺨과 생기 가득하던 가늘고 긴 눈의 눈동자도 털을 뽑힌

닭 같은 피부가 되어 광대뼈가 튀어나왔으며, 마른 눈동자에서는 언제나 겁먹은 표정을 읽을 수 있게 되었다. 밤낮을 가리지 않는 전투와 행군에 나 자신조차 식욕과 수면의 쾌락에만 의지하여 간신히 살아 있을 때였기에 그처럼 급격하게 쇠약해져가는 오카다의 모습에 동정하기보다 동물적인 우월감과 경멸, 증오 같은 본능적 감정을 더 강하게 느꼈다. 이튿날 아침, 오카다는 마치 고의로 그러기라도 하는 것처럼 다시 철모와 각반을 어딘가에 떨어뜨리고 왔다.

수염 기른 얼굴의 분대장은 "기합을 넣겠다."며 그런 눈동자가 치켜올려진 오카다를 알몸으로 만들어 고참 상등병과 둘이서 손바닥과 발바닥, 양 어깨, 아랫배를 자줏빛으로 부어오를 만큼 가죽 허리띠로 두들겨팬 뒤, 근처에 있던 차가운 수렁으로 내몰았다. 이제는 이만이 말처럼 크고 하얀 오카다가 자줏빛 잇몸을 드러낸 채 전신을 떨며, 그래도 불알만은 소중하다는 듯 움켜쥐고, "죄송합니다. 용서해주십시오."라고 외치며 머뭇머뭇 물에 양 어깨를 담그는 모습을, 우리 병사들은 약자에 대한 증오에서 오히려 재미있어하며 구경했다. 오카다는 그날의 행군 도중, 어느 틈엔가 허리띠째 검과 탄창도 잃어버렸고, 병사의 혼, 폐하의 총이라고 귀에 못이 박히도록 강조하던 소총까지 잃어버렸다. 그런 오카다가 분대의 최후미를 비틀거리며 간신히 걷고 있는 모습은 병사라기보다 완전히 거지처럼 보였으며, 거기에 여우에 홀린 것 같은 그 얼굴의 표정은 누가 봐도 광인, 피해망상적 억울증환자로밖에 여겨지지 않았다. 오카다는 병기를 전부 버림으로 해서 온몸으로 전쟁을 거부하고 있었던 것이리라. 이유도 없이 방화, 살인, 상해, 강도, 강간을 행하는 전쟁이야말로 일반 사람의 신경으로는 견딜 수 없는 광적인 행동으로, 그것을 거부하여 정신이 이상해져버린 오카다와, 그것을 견디며 혹은 그것을 즐거워하며, 그것을 거부한 오카다에게 잔인한 린치를 가한 분대장 들, 그리고 그것을 재미있다는 듯 바라본 우리들 중 누가 진짜 광기에 사로잡혀 있었던 것일까? 나는 전쟁이라는 광기를 견디지 못한 오카다의 신경에서, 지금에 와서는 오히려 건강함을 느낀다.

그러나 자신의 공적만을 마음에 두고 있던 분대장은 오카다가 검도 총도 버리고 거지같은 꼴로 비틀비틀 걷고 있는 모습을 보자, 그런 병사를 상관이 보면 야단을 맞을 뿐만 아니라 점수도 깎일 것이라고 생각하여 벌컥 화가 난 모양인지, 당장 달려가서 총을 거꾸로 쥐더니 "이 병신이. 뒈져라."하며 오카다의 왼쪽 귀에서부터 뺨에 걸친 부분을 있는 힘껏 후려쳤다. 오카다는 입과 코가 피투성이가 되어 빙글빙글 맴을 돌더니 도로 한가운데의 웅덩이에 큰대자로 쓰러졌다. "어머니, 사요나라." 오카다는 벌레가 우는 것 같은 소리로 이렇게 중얼거린 뒤, 그대로 꿈쩍도 하지 않게 되었다. 검붉게 부어오른 왼쪽 귀로 독살스러운 금파리들이 몰려들기 시작했다. 우리는 오카다의 시체를 그대로 내버려둔 채 행군을 계속했다. 그때 우리는 후위 중대의 최후미에 배치된 분대였으니 오카다의 시체는 중국인들이 묻어주지 않은 한 길바닥에서 썩어가며 들개나 까마귀, 구더기 등에게 뜯겼으리라. 나는 한동안 가다가 뒤를 돌아 오카다의 시체가 쓰러져 있는 것을 확인하고 오카다의 영에게 마음속으로 체념한 듯 담백하게 '사요나라'를 고했다.

약 2개월 동안의 야전생활을 겪으며 나는 이처럼 비정한 '사요나라'를 수많은 전우들에게 고했고, 귀환하여 군수공장에서 일하게 되었는데 태평양전쟁이 벌어져 일본의 패색이 짙어지고 도쿄

공습이 빈번하게 행해지자 나는 후방에 있으면서도 수많은 주위의 동포들에게 이처럼 비정한 '사요나라'를 고할 기회가 많아졌다. 그 사람들 가운데는 예를 들어 우리 공장의 여자 기숙사가 포탄을 직격으로 맞아 미우라 미사키에서 근로동원으로 온 지 얼마 되지 않은 30명의 순진한 아가씨들이, 동기로 입사한 나의 친구인 숫총각 사감과 함께 즉사한 것과 같은 참혹한 추억도 있다. 그러나 이러할 때에도, 어쩔 수 없는 일이라는 운명주의자가 되어 있던 나는, '그것을 그들의 숙명이라고만 느껴' 매우 담백하게 '사요나라'라고만 말해왔다. 당시 우리는 매일 같이 죽은 자를 보았으며, 또 전선에 있는 친구들의 옥쇄를 우리에게 들려주고 있었기에 우리들에게도 내일을 알 수 없는 목숨이라는 실감이 있었는데, 그럴 때면 나는 소유한 순간부터 이미 그 존재를 무거운 짐이라 여겨 오로지 고생만 시켜온 나의 처자가 나를 잃은 뒤에 처할 운명을 생각하는 것이 가장 고통스러웠다. 그러나 '처자에게는 나와는 다른 그들 각자의 운명이 있다. 그 운명에게 맡기자.'라고 단순하게 믿고, 나는 공장의 한 사원기숙사의 사감이 되었으며 처자를 시골인 이즈로 피난시켰을 때 역시 그들에게도 마음속으로 담백하게 '사요나라'를 고해두었다.

그 당시 내가 품었던 운명주의, 일단 처자에게 고했던 '사요나라'가 주는 별리의 느낌이 패전 후 이미 4년이 지난 시점까지도 내 마음속에 여전히 꼬리를 드리우고 있었기에, 얼마 전 우리 가정을 해체시킬 정도의 어리석은 행동을 내가 범했을 때도, 그것이 어느 정도 나의 심리를 좌우하고 있었던 것이다. 과장해서 말하자면 그 전쟁에서 나는 너무나도 자주 새로운 사람들에게 차가운 '사요나라'를 고해버렸기에 별리의 비애에 무감각해졌을 뿐만 아니라, 긴장병에 걸린 광인이 자신의 분뇨에 애착심을 갖는 것과 같은 도착심리와 비슷해서, 자신에게 가장 커다란 고통을 주는 별리의 슬픔을 괴롭기에 오히려 사랑하게 된 것이라고도 말할 수 있을 것이다.

지금까지 나는 육친이나 남자 친구들과의 '사요나라'만을 이야기해왔는데 지금부터는 가장 견디기 어려운, 이성들에게 '사요나라'를 고한 괴로운 추억을 이야기하기로 하겠다. 소설의 본질은 연애의 서사시에 있다는 정설을 나는 의심하지 않는다. 어렸을 때부터 여러 가지 병에 걸려 현실 세계에 두려움을 품고 있던 나는 삶의 즐거움을 독서와 그 공상을 통해서만 알고 있었으며, 영웅호걸과 닌자(忍者)의 이야기책에 싫증이 났을 무렵, 이른바 1엔 균일의 싸구려 책이 유행하는 시기가 시작되었기에 메이지 시대 이후의 일본 근대소설과 세계의 고전명작이라 일컬어지는 작품에도 친숙해져 언제부턴가 산다는 것은 곧 연애를 하는 것, 남자는 영원한 운명의 여성에 의해서만 구원받는 법, 평생에 한 번 지독하게 사랑하고 사랑받을 수 있는 연인을 얻고 싶다고 은밀하게 뜨거운 소망을 품기 시작했다.

그러나 패전 전까지, 처음에는 정치의식이 너무 강했고 정치에서 탈락한 후에는 자의식이 너무 격렬했기에 마음과 몸이 일치하는 참된 사랑의 경험은 갖지 못했다. 나는 1936년에 24살의 나이로 섣부른 결혼을 하기 전후에, 연인이라 할 수 있는 세 여성을 친구로 가지고 있었다. 한 사람은 회사의 타이피스트였는데 그녀는 자부심 강한 유한계급의 아가씨로 전문학교를 나온 자신의 학식을 과시했고, 키가 큰 문학청년인 내가 견딜 수 없이 좋았으면서도 어떻게 해서든 내가 먼저 구애하게 만들려고 코를 따끔거리게 했으며 여러 가지로 그런 기회를 만들려고 하는 것이 내게는 아니꼬와서 견딜수가 없었기에 그녀의 자존심에 상처를 주는 쾌감을 얻기 위해서라도 그녀를 버리고 소학교만 나온 무지한 하숙집 딸이었던 평범한 여자를 아내로 선택해버렸다. 내가 결혼한 이후, 그 조그만 체격의 타이피스트는 허탈함에 빠진 듯 대학생 두어 명에게 몸을 허락한 뒤, 만주국의 기병대위인가에게 시집가기 위해 회사를 그만두고 훌쩍 대륙으로 건너가 버렸는데 나는 그녀가 에고이즘에 가득한 콧대를 세우며 눈을 반짝이던 표정에서 남성의 본능으로서의 혐오까지 느끼고 있었기에 (남자 친구인 경우에는 서로의 자아를 의식하여 서로 맞부딪치지 않도록 하기에 그런 혐오는 없지만) 그러한 그녀와의 '사요나라'에는 오히려 해방감이 수반되어 있었다.

다른 한 명의 여자 친구는 술집의 여급으로, 지금도 고명한 화가인 남편이 역시 고명한 여류화가와 사랑에 빠졌기에 버림받은 아내인데, 척추 카리에스에 걸린 7살짜리 병약한 아들을 데리고 그 술집의 2층에서 숙식하는 비참한 생활을 하고 있었다. 나는 그 사람을 아내로 맞아들인 아가씨보다 훨씬 더 좋아했다. 새끼 고양이처럼 장난꾸러기 같고 정력적인 그 얼굴은 전체에 주근깨가 있고, 화장도 립스틱이 입술 밖으로 삐져나올 만큼 쭉 거칠게 그렸지만, 겉으로 보기에는 나약해 보이는 육체가 알몸이 되고 나면 탄력 있고 다부진 것도 좋았으며, 눈썹이 길고 늘 젖어 있는 것 같은 눈동자에 정열이 넘쳐나고 있는 데에도 마음을 빼앗겼다. 그리고 공산주의를 한번 버렸던 자신을 죄인처럼 부끄러워하고 있던 나는, 그 사람이 버림받은 아내라는 상처를 가지고 있고 그 상처를 솔직하게 아프다는 듯 내보이며 내가 쓰다듬어주기를 바라고 있는 듯한 모습에도 슬프고 아련한 공감을 느낄 수 있었다. 그 사람은 창부와 모성의 본능을 동시에 가지고 있다는 점에서 내게는 동경해오던 여성이라 여겨졌던 것이다. 그 사람과 소풍을 가기 위해 오른 전차의 자리에서 별 생각 없이 다리를 꼬았다가 양말을 신지 않은 것을 들켰는데, 예전의 타이피스트라면 그 모습에 얼굴을 찌푸렸을 것이며 아내로 삼은 아가씨라면 보고도 못 본 척했을 것이 틀림없었지만, 그 사람은 바로 악의 없이 커다란 소리로 웃고 다음 정차장에서 나의 손을 잡아끌듯 내려 근처 양품점의 감색 양말을 사다 마치 어린아이에게 하듯 그 자리에서 신겨주었던 일도 사무치도록 그립다.

나는 그 사람이 창부처럼 꼴사나운 짙은 화장을 하고 커다란 꽃다발을 사서 버스 안의 여러 사람들이 보는 속에서 그 꽃다발에 얼굴을 파묻고 "아아, 좋은 냄새."라며 숫처녀처럼 울먹이는 소리를 올린 일도 잊을 수가 없다. 나는 당시 여성 생리의 어떻게 해볼 수도 없는 불결함을 조금씩 알아가고 있었기에 그 사람이 맹목적으로 꽃을 사랑하는 심리 상태도 직감적으로 알 수 있을 것 같은 기분이 들어, 아름답다고 생각할 만큼 슬펐다. 그리고 그 사람과 함께 어느 맑게 갠 날, 하얀 아카시아 꽃들이 강가에 향기를 풍기는 파란 강물 위에 하얀 보트를 띄워놓고 내가 힘껏 노를 젓다가 땀에 젖었기에 별 생각 없이 상반신 알몸이 되었더니, 맞은편에 있던 그 사람이 순간 얼굴을 붉게 물들이고 몸을 꼬며, "왜 그래요, 부끄러워요. 얼른 셔츠를 입으세요."라고 말한 뒤 난폭하게 알몸이 된 나의 가슴을 마구 찔러대던 일도 잊을 수가 없다.

그런데 당시의, 아니 지금도 나는 어린아이를 대할 때면 될수록 그에게 상처를 주어서는 안 된다고 생각하여, 위선적으로 변하기까지 한다. 요컨대 나는 인류의 미래에 막연한 믿음을 가지고 있기에 나의 더러워진 손으로 어린아이에게 상처를 주지나 않을까 두려운 것이다. 내게 있어서 어린아이는 금기와 같은 존재라 여겨지는 것이다. 그때도 나는 그 사람을 아내로 삼고 싶을 만큼 좋아했지만, 그 사람에게 척추 카리에스를 앓는 7살짜리 아들이 있다는 사실이 그런 나의 애정을 망설이게 했다. 그러는 사이에 전남편이 그 사람이 일하는 곳을 찾아내 모자가 함께 돌아와 주었으면 좋겠다고 손을 내밀었다며 그 사람이 내게 상의를 해왔는데, 나는 아이를 위해서는 아무래도 진짜 아버지가 필요하다고 생각했기에, 애정의 최고 표현은 짝사랑, 자기희생이 될 것이라 반사적으로 생각하여 별로 내키지 않는 듯한 그 사람에게 입에 침이 마르도록, '아이를 위해서 참아. 정숙한 여자는 두 남편을 섬기지 않아.'라는 등의 낡은 봉건적 도덕까지 끌어들여 억지로 그 사람과 아이를 전남편에게로 돌려보내고 말았다.

찻집의 한 구석에서 그 사람에게 '사요나라'를 말하기에는 내게 아주 커다란 용기가 필요했다. 나는 끝까지 말하지 않겠다고 생각했다. "사실은 당신만 좋다면 아이가 있어도 결혼하고 싶었어."라는 마음속 비밀을 머뭇머뭇 고백하자 그 사람이 목을 놓아 울며, "어째서 그 말을 조금 더 빨리 해주지 않은 거야."라고 몸부림쳤기에 나는 더욱 '사요나라'를 말하기가 어려워졌다. 하지만 결국은 나를 희생하면 그 사람들의 가족이 행복해질 것이라 확신했다. 24세인 나의 단순한 허영, 혹은 위선적인 인간신뢰에서 나는 근처 역 앞에서 그 사람에게 '사요나라'를 고했다. 그 사람은 별리의 슬픔에 흥분해서 기차표를 엉뚱한 곳에 넣어두었다가 잊기도 하고, 트렁크 뚜껑을 몇 번이고 여닫아 안의 물건을 쏟기도 한 끝에 기차가 도착하자 우는 얼굴로 거듭 내 쪽을 돌아보다 아이의 손을 잡고 플랫폼을 달려갔다. 그 사람이 새끼 고양이처럼 슬픈 얼굴을 하며 내게 마지막으로 한 말은 역시, "그럼 미안해요. 사요나라."였다.

그로부터 3개월도 지나지 않아서 나는 그 사람이 있던 곳으로 술을 마시러 갔다가 그 사람의 옛 동료였던 여급으로부터, '그 사람이 아이와 함께 돌아갔지만 남편인 화가는 여전히 예전의 여류화가와 친밀한 관계를 맺고 있어서 가정은 지옥처럼 되어버렸대. 그 때문에 척추 카리에스를 앓고 있던 아들은 집으로 들어간 지 1개월쯤 지난 어느 날 아침, 툇마루에서 정원석 위로 떨어져 세상을 떠나고 말았어. 그런 충격으로 그 사람도 분마성 폐결핵인가에 걸려서 입원한 지 열흘도 되지 않아 세상을 떠났대.' 라는 말을 듣고 아연실색하여 그 사람에게 마음속으로 다시 한 번, '사요나라'를 고했다. 그 사람은 마지막에 '미안해요.'라고 내게 사과하는 말을 습관적으로 무의식중에 남겼으나 정말로 사과할 필요가 있었던 것은 남성으로서의 에고티즘, 단순한 허영 등에서 그 사람을 좋아했으면서 자신의 품안에 두려 하지 않았던 나였다고 실감했던 것이다.

당시의 나는 여전히 코뮤니즘의 이상을 믿었지만 문학적으로는 도스토옙스키 · 셰스토프가 유행했고, 사회적으로는 군부독재 · 전쟁격화의 시대상이었기에, 내 생의 행동철학으로는 휴머니즘과 일본의 봉건윤리와 천박한 니힐리즘이 한데 뒤섞여 몸에 들러붙어 있는 기괴함을 보이고 있었다. 나는 전사하기 전에 여성의 애정을 알고 싶어서 연애 · 결혼에 조급함을 느끼면서도, 한편으로는 아무렇지도 않게 전쟁미망인을 남기려하는 자신의 이기직인 마음을 경멸하기도 했다. 나는 유한계급 아가씨인 타이피스트의 여성적 자아가 강함을 싫어했으면서, 자신이 좋아하는 사람을 그냥 불행하게 죽게 한 나의 남성으로서의 자아가 강한 것은 아무렇지도 않게 참았던 것이다. 가슴 속에는 운명적 여성을 동경하는 간절한 기도

까지 있었지만 마음의 표면에서는, 뭐 어느 여자든 거기서 거기여서 결혼은 제비뽑기와 같은 거야, 어차피 덧없이 사라질 나의 청춘이라면 가장 가난한 아가씨에게 주자고 성급하게 생각하여 당시 하숙하고 있던 집의 평범한 딸과 야합하듯 하나가 되어버렸다.

그 아가씨는 어렸을 때 아버지를 잃어 친척집을 전전하며 자랐고, 간신히 소학교를 나온 뒤에는 살림에 보태기 위해서 하숙을 치는 어머니 곁으로 돌아와 집안일을 도우며 한 은행의 여급이 되는데, 그때까지 근속 약 10년, 사무원으로 승격하여 주산의 명수로 은행 안에서 이름이 높았으며, 이와 같은 전반생이었기에 나는 그녀가 온갖 고생을 맛본 아가씨로서 나를 헌신적으로 다정하게, 나의 지식 재능도 맹목적으로 경애해주리라는 등, 내게 유리한 일들만 몽상하여 양가 육친들의 반대도 뿌리치고 형식만은 제대로 갖추어 신 앞에서 결혼을 했으나, 함께 되고 나서 1개월도 지나지 않아 나의 행복한 공상이 전부 배신당했다는 사실을 알게 되었다.

가난과 시달림 속에서 자란 아가씨가 고등교육을 받아 장래가 촉망되는 청년에게 사랑받아 정식으로 결혼했다는 사실에 구원을 얻은 것처럼 감사하여 헌신적이고 맹목적으로 그 청년을 사랑한다는 것은 역시 통속소설의 거짓이며, 현실에서의 가난하고 무지한 여자는 그만큼 세상에 상처를 받아 일그러지고 의심이 많은 들고양이 같은 성격이 되어 있기에, 나는 그런 아내의 복수심에 대해 나의 재능을 무심코 자랑했다가는 혼쭐이 났고, 그녀를 구했다는 생각을 어설프게 언뜻 내비친 것만으로도 손톱을 세웠기에 단 하루도 그녀를 아내로 삼은 것을 후회하지 않은 날이 없었다. 그러한 때에 전쟁, 출정이 이어졌고 살벌한 군대의 분위기 때문에 그런 아내라도 가끔 만나거나 위문품을 보내주면 천사처럼 다정하다는 착각이 내게 있었으며, 아내에게도 출정 군인의 아내라는 무지한 슬픔과 자부심이 있었기에 두 사람이 꾸린 가정의 파탄을 일시적으로 막았을 뿐만 아니라, 출정과 피난 전후로 아이가 넷이나 태어난 결과가 되었는데, 마침내 패전하여 평화로운 날을 맞이하게 되자 10년 전이라면 아마도 둘만의 별리로 끝났을 가정의 비극이 전쟁의 폭풍에 시야가 가려져 10년을 살아온 덕에 네 아이라는 견딜 수 없는 희생자를 동반한 대파국으로 발전해버렸다.

패전과 동시에 회사에서 잘렸기에 오랜 소망이던 문학에만 몰두하는 생활을 할 수 있겠다 싶어 분발하겠다는 마음이었으나, 온갖 고생을 겪어온 여자로서 아내는 가난과 모험을 증오했고 나의 펜한 자루만의 생활력을 위태롭게 여겨 자꾸만 다시 취직하라고 권해서 나의 마음에 찬물을 끼얹었다. 그럴 때 나는, 전쟁 시절에 구원의 길이라 믿고 있던 '나와 아내의 숙명은 별개'라는 운명감이 되살아났고, 친하게 지내던 사람들 여럿이 무감각해질 정도로 수없이 '사요나라'를 고한 추억이 있었기 때문에 우습게도 사이교(西行) 스님처럼 전란의 세상에 대한 커다란 무상관에 의지해서, 아이를 툇마루에서 걷어차고 출가하여 세상을 등진 채 떠돌아다니고 싶다는 소망에 사로잡혔는데, 그러한 소망은 반년쯤 지나 내가 공산당에 들어가 N시의 지구위원회 사무소의 상임을 맡아 처자와 따로 독신 생활을 하게 됨으로 해서 일부가 이루어지게 되었다.

그리고 약 1년. 나는 처자와 동포, 인간에 내한 애정이 전쟁의 피로 더러워졌기 때문인지 걸핏하면 불신에서 증오로 변하는 것을 도무지 막을 수 없었고, 다시 배신자 · 죄인 의식을 더 좋아하는 도착심리에서 탈당하여 마침내 마음 둘 곳이 없는 채 처자에게로 돌아갔다. 하지만 나는 전쟁 중에 처자들에게 '사요나라'를 고한

기억이 생생했고, 아내에게서 운명의 여성을 느끼는 것에 절망했기에 기회만 있으면 처자와 따로 나의 운명을 개척하여 고독한 행복을 잡고 싶다는 생각에 사로잡혀 있었다. 바로 그 무렵, 나는 상경하여 어느 날 밤 리에(リエ)라는 불행한 여자와 친밀해졌다.

리에는 전쟁미망인 가운데 한 명이었으나 심술궂게 시집살이를 시키는 시어머니와 시누이 때문에 남편이 전사했다는 공보를 받기 전에 집에서 뛰쳐나왔기에 본가와도 연이 끊긴 상태가 되어 불타고 남은 방공호에서 여자 혼자 살던 길거리여자였는데, 예전에는 적이었던 나라의 한 순정적인 청년이 그녀의 한결같은 애정을 사랑하여 4첩 반에 6첩, 부엌에 욕조까지 딸린 가건물을 지어주었고 거기서 약 1년, 행복한 사랑의 둥지를 꾸려가고 있었으나 동네 일본인들이 질투심에서 그들을 당국에 밀고하여 리에와 서로 사랑하던 청년은 강제로 본국에 돌아가게 되었고, 리에는 댄서나 여급생활을 하며 점차 다시 그 마음과 몸을 더럽히고 있던 때였다.

나는 그런 리에에게서 첫사랑이라고도 할 수 있는, 예의 고명한 화가 남편에게 버림받은 여자의 그림자를 느꼈다. 리에도 모성애와 창부의 애정을 함께 가지고 있어서 내가 좋아하는 타입의 여자였다. 리에도 자신이 남자와 시대에 의해 받은 상처를 숨기지 않고 보였으며 내가 그것을 애무해주기를 바랐다. 그것은 나의 남자로서의 자존심을 채워줌과 동시에 나의 죄인 의식을 달래주는 것이기도 했다. 리에는 그 사람과는 달리 화장이나 애정표현의 급소를 알고 있는 세련된 여자였으나, 조그만 몸에 정력적인 육체와 성숙한 여자의 생리에 숫처녀 같은 신뢰를 함께 가지고 있다는 점이 그 사람과 비슷했다. 게다가 그 사람에 대해서는 남편과 자식이 있다는 사실과 나의 꼴사나운 결벽 때문에 육체적 쾌락을 삼가고 있었으나, 리에의 경우에는 중년 남성으로서 육욕에 대한 강한 숭배가 있었는데 거기에서부터 연결되어 서로가 자신들 육체의 적응성에 만족한 상태에서 마음도 연결되어 갔기에 나는 그 더럽혀진 여자 리에와 태어나서 처음으로 마음과 육체가 일치된 사랑을 한 것이라 생각했다.

처자와는 달리 언제 '사요나라'를 고할지 모를 여자라는 생각이 들자 나는 리에에게 더욱 빠져들어, 네 아이들의 미래가 걱정되어 늘 어지러울 정도의 불안을 느끼면서도, 그 불안함의 강도에 비례해서 리에를 포옹하는 쾌감이 강해져 나는 질질 끌려가듯 그럭저럭 3년 동안 처자에게는 생활비만 보냈을 뿐, 리에와 동거를 해버렸다. 리에의 나에 대한 폭발적이고 헌신적인 애정 뒤편에는 더럽혀진 여자로서의 병적으로 강한 자기애가 숨겨져 있다는 사실도 보게 되어 서글픈 마음이 들기도 했다. 사회적 비판, 아이들의 미래, 리에와 아내의 행복을 생각하면 가능한 한 빨리 리에에게 '사요나라'를 고해야 한다고 생각하면 생각할수록 나는 리에의 육체가 가여워서 그녀에게 속박되었다. 잠들지 못하는 밤의 고통이 계속되어 나는 결국 아도름이라는 강력한 수면제의 중독환자가 되어버렸다.

마침내 나보다 연장자인 육친들이 모여 아내와 리에까지 참석시킨 친족회. 리에와의 이별을 강요했으며 처자도 도쿄에 돌아오기로 했다. 나는 이성적으로는 그것을 승낙했으나 감정적으로는 더러워진 여자로 우리 육친들에게까지 경멸당해 나와 헤어지면 세상에 홀로 남겨지게 될 리에의 불행한 고독에 담백하게 '사요나라'를 고할 마음이 들지 않았다. '다시 만날 날까지.'라는 석별의 말이 이 동란의 일본에서 허용된다면……. 그러나 나와 헤어져 여자 혼자가 된 리에가 이 세상의 아비규환에 휩쓸려 곧 형태도 그림자도 없이 사라져버릴 것이라는 두려움을 나는 견딜 수가 없었다. 별리와 망각은 우리들 인간에게 공통된 숙명이지만, 그런 만큼 나는 전쟁 중의 너무 쉬웠던 여러 가지 '사요나라'가 싫어서, 언제까지나 '사요나라'를 말하지 않고 리에와 헤어지지 않았다. 다른 사람들 눈에는 퇴폐적이고 불결하게 보인다 할지라도, 내게는 그런 리에와의 별리에 대한 예감에 생명을 연소시킬 정도의 애욕생활이, 그리스 목동의 연애담을 떠오르게 할 만큼 아름답고 열렬한 것처럼 여겨졌다. 나는 리에와 죽을 때까지 함께이고 싶었다. 그러나 그러면서도 나는 불행한 우리 아이들 넷에게 '사요나라'를 고할 용기도 전혀 가지고 있지 않았다.

  2개의 사랑하는 것 사이에서 찢어질 것 같은 고뇌. 아도름 중독. 리에와 아이들 모두를 떨쳐버리기 위한 방랑. 이 때문에 나는 정신병원에까지 들어갔다. 리에의 생명을 내 것으로 만들고 싶다는 불령하고 얼토당토않은 소망 때문에 아도름과 술에 취해 하루는 흉기를 집어 리에의 하복부까지 찔렀다. 리에의 눈에 보이지 않는 마음의 상처와 몸의 더러움까지 가능하다면 씻어주고 싶다며 위로하고 소중하게 여겨오던 내가 어째서 현실에서는 리에의 구슬 같은 피부에 상처를 내는 어리석은 행동을 연출한 것인지. 신성모독의 근대인이 가진 병적인 도착심리일지도 모르겠다. 춘부의 육체를 신성이라고 믿어버린 것부터가 이미 도착심리라고 한다면 나의 편집과 도착은 이중, 삼중.

  이 때문에 나도 경찰에 약 2주, 정신병원에 약 2개월 정도 들어갔었다. 그 동안 리에는 외과병원에 입원하여 간신히 목숨을 건졌다. 나는 흉행을 저질렀을 때의 의식상태에 형법의 책임을 물을 수 없다고 인정받아 불기소처분이 내려졌기에, 리에보다 약 1개월 먼저 정신병원에서 나올 수 있었다. 그 사이에 나의 가정은 완전히 해체. 아내는 파출부. 장남은 우리 누님에게로, 차남과 장녀는 우리 큰형님 댁에, 셋째 아들은 처형 부부에게 맡겨진 참담함.

　그런데 나는 그런 처자에게 여전히 '사요나라'를 고할 수 없었으며, 내 스스로 상처를 주어 생활능력을 빼앗아버린 리에에게는 더더욱 '사요나라'를 고할 수 없었다. 오히려 그렇게도 사랑하고 미워했던 리에와 평생을 함께 해야 한다는 의무감을 느꼈다. 그랬기에 아내와 헤어지고 리에와 결혼하여 차남과 장녀를 키우겠다는 구체적인 계획까지 세웠고, 이미 나의 이동증명을 리에의 집으로 옮겼으며 우선 7살이 된 장녀를 리에와의 동거생활에 데리고 왔다. 나는 그렇게 해서 아내와 다른 두 아이에게 냉정하고 차갑게 '사요나라'를 고할 생각이었다. 그리고 의무감에서 리에와는 죽을 때까지 살 생각, '사요나라'는 끝까지 말하지 않겠다고 다짐했다.

　그러자 기괴하게도 나는 처음으로 아내가 나 때문에 그 여자의 일생을 망쳐버린 것이라고 안타까이 여기게 되었으며 나의 품에서 떠나보낼 두 아이들이 가엾어졌고, 자만심에 빠진 리에가 7살짜리 장녀에게 아무렇지도 않게 '어머니'라고 부르게 한 무신경함, 내게 받은 그 하복부의 상처 때문에 자신의 몸이 아직 회복되지 않았다는 점을 내보이려는 듯 어기적어기적 움직이며 그 가느다란 목을 내밀어 천천히 편평한 얼굴을 돌려 보이는 동작, 평생 자신을 돌봐주어야 할 도덕적 의무가 있다며 그때마다 내게 들이미는 그녀의 자기애, 그러한 모든 것에 견딜 수 없게 되어버렸다. 다시 말해서 리에에게 언젠가 '사요나라'를 고하지 않으면 안 된다는 실감이 있었을 무렵에는 아무래도 리에에게 '사요나라'를 고할 수 없었는데, 반대로 그녀에게 '사요나라'를 고할 수 없다는 도덕적 의무감

같은 것을 자각하게 되자 갑자기 그녀에게 '사요나라'를 고하고 싶어진 것이었다.

그렇게 해서 나는 지금 7살이 된 장녀와 함께 리에 곁에서 '사요나라'를 고한 지 벌써 반년쯤 되었다. 예전에 리에와 헤어져야 한다는 도덕적 의무감에 쫓겨 방랑하던 때에는 하다못해 한 번만이라도 리에를 보고 싶다는 생각에 몸이 달아오르는 듯한 느낌이었으나, 리에를 버려서는 안 된다는 의무감에 쫓겨 7살짜리 장녀와 이리저리 방랑하고 있는 지금은 한없이 냉정하고 차갑게 리에에게 '사요나라'를 고하고 싶었다. 예전에 육친, 친구, 전우, 중국인들의 처참한 시체에서 서둘러 눈을 돌려 결코 신의 구원이나 재회의 소망 따위 바라지 않는 냉담한 '사요나라'를 말해왔던 것처럼, 지금의 나는 리에에게도 '사요나라'라고만 말한 채 두 번 다시 만나고 싶지 않았다. 예전에 친근했던 사람들의 시체를 가능한 한 빨리 잊으려 노력했으며 거기에 성공한 것처럼, 지금의 나는 리에에 대한 추억도 잊고 싶었다. 그러나 그녀에게 '사요나라'를 고하는 것은 육친이나 친구들의 경우보다 어처구니가 없을 정도로 괴롭고 긴 노력을 필요로 하는 것이었다.

'사요나라'(그렇게 되지 않으면 안 될 운명이기에 헤어지겠습니다.)라는 슬픈 일본어. 이렇게 해서 나는 37살이 된 오늘까지 몇 번인가, 몇 명인가의 친한 사람들에게 '사요나라'를 고해왔는데, 이제는 슬슬 내 자신에게, 이 세상에 '사요나라'를 고할 차례가 된 듯하다. 그 방법은 반드시 자살이나, 세상을 등지고 출가하는 형식을 취하지 않아도 좋을 듯하다. 아니, 의식적으로 '사요나라'를 고하지 않아도 지금의 내게는 예전의 가와이가 그랬던 것처럼 살아 있지만 죽은 것이라는 실제적 느낌이 있다. 사이교, 소기(宗

祇), 바쇼(芭蕉)보다는 오히려 그들의 아류들이 무상의 강렬함, 슬픔, 고독에 이끌려 산송장으로 평생을 떠돌았다. 그것이 전부 전국 행각이나 초암에서의 생활로만 나타나는 것이 아니라, 겉으로 보기에는 영주의 저택에서 근무하는 성실한 사무라이나, 반대로 신분 높은 무사의 둘째 아들의 무뢰한 생활 속에서도 찾아볼 수 있는 것이라 여겨진다. 예를 들어 가쓰 가이슈(勝海舟)의 아버지인 무스이켄 가쓰 다로자에몬 쇼키치(夢醉軒勝太郎左衛門小吉)의 회상록이 아름다운 것도 죽은 자의 눈으로 살아 있는 세계를 바라본 슬픔이 있기 때문이다.

생각해보면 나는 어느 틈엔가 죽어 있었다. 잦은 병치레로 현실 세계의 공포를 피해 로망의 세계로 달아났던 어린 시절부터였을까? 아니면 과학, 인류의 미래, 최대다수의 행복을 믿었던 공산주의 운동에서 거듭거듭 탈락했다는 부끄러움 때문일까? 전쟁을 멈추기 위한 노력은 무엇 하나 하지 않았을 뿐만 아니라 억지로 끌려나간 중국 침략전에서 쾌감에 휩싸여 앞장서서 중국병사를 죽이고 양민을 괴롭히고 전우들의 죽음을 지켜보기만 하다 돌아온 당시였을까? 육친들과의 별리조차 싫어하여 인정하려 들지 않고, 돌아가신 아버지에게조차 아직 '사요나라'를 고하지 않았을 만큼, 엄숙한 죽음의 세계를 무시해왔기에 나는 반대로 살아 있는 자의 권리도 모르는 것일까? 혹은 자기애가 너무나도 강한 나머지 처자도, 애인도 석별의 예감이 없으면 계속 사랑하지 못하는 나의 에고티즘 때문일까?

어쨌든 나의 정신 속에서 언제부턴가 무엇인가가 무너져 훼손되었다. 살아 있는 자에게 반드시 필요한 평형이나 통일의 관념을 잃었다. 나는 새삼스레 이 세상에 '사요나라'를 말할 생각이었으나 말하려 한 순간 이미 나도 모르는 사이에 벌써 '사요나라'를 고했다는 사실을 깨달았다. 이 무슨 괴로움, 혹은 한심함이란 말인가. '사요나라' (그렇게 될 운명이었습니다.)

싫어. 하다못해 '다시 만날 날까지.'라는 기원을 함축한 일본어가 별리의 말로 쓰였으면 한다. 일본에서도 사투리 중에는 '또 봅시다.'라거나 건강하라는 의미를 가진 이별의 말이 많은 듯하다. 그러나 일본어에서 대표적인 별리의 말이 '사요나라'에만 한정되어 있다는 데에는, 일본의 죽은 자 가운데 한 사람으로서 서글픈 마음으로 항의하고 싶다. '사요나라'라고 감흥도 없이 끝나버린다면 죽어서도 눈을 감지 못할 것이다.

그 어떤 사자(死者)라도 자신이 사랑하는 사람들을 언젠가는 다시 만날 수 있지 않을까 하는 소망을 가만히 품은 채 무덤 한구석에 잠들어 있을 것이다. 말레이어에서는 별리의 인사로 떠나는 사람은 '슬라맛 팅갈' (이 땅에 머물며 행복하길)이라고 말하며, 보내는 사람은 '슬라맛 잘란' (떠나는 사람에게 행복이 있길)이라는 말로 보낸다고 들었다. 일본에도 먼 옛날에는 이처럼 소박한 별리의 말이 있었으리라. '행복하시길'이라는 말을 옛 노래에서 들은 적이 있으며, 나그네의 노래 곳곳에서 본 적이 있는 듯하고, '나는 아내를 생각하네, 헤어져서 왔기에'라는 감정에서 나는 단순하고 솔직한 석별의 애수를 느끼기 때문이다.

그에 비해서 '사요나라'는 너무 차갑다. 별리의 일본어로 이것을 폐지하고 새로운 말을 발명하자, 나는 그런 목적으로 이 소설을 쓰기 시작한 것이 아니다. '사요나라'라는 일본어가 발생해서 성장하고 살아남은 과정에 일본 민중의 어두운 역사와 사회가 있다. 당분간 '사요나라'라는 말은 일본인 사이에서 여전히 계속 사용되리라. 그럴 만한 내적 필연성이 있다. 그 주체할 수 없는 슬픔에, 내가 친하게 지내던 사람들에게 '사요나라'를 고한 추억을 얽어 넣어보고 싶었던 것이다. 나 자신이 모순, 전후당착, 상반된 감정을 조각조각 품고 있는, 예의 살아 있는 사람에게는 이해하기 어려운 분열증 환자와 비슷한 자 가운데 한 사람이라는 실감은 자명하기에, 새삼스럽게 대서특필할 필요성조차 없다.

　다른 정신병은 전부 일반인의 이상함을 양적으로 많이 가지고 있는 것일 뿐이지만, 분열증은 질적으로 달라서 보통사람은 이해도 할 수 없기에 한 병리학자는 이러한 환자를 '이미 산송장'이라고 비평했다. 분열증은, 처음에는 세상과 타인에 무관심해지고 자신만을 사랑한다. 그것도 자신의 성기를 사랑하고, 다음으로 자신의 불결한 배설물을 열애한다. 분뇨조차도 밖에 버리지 못하게 하며 일단 배설한 것은 보물처럼 소중하게 싸서 보존한다. 침까지 입 안에서 썩어 악취가 나도 뱉어내려 하지 않는다. 프로이드가 말한 이와 같은 황금숭배를 동반한 소아, 동물적 생존상태에 이어서 식물적 생활이 찾아온다. 나무의 가지를 사람이 구부려놓으면 그렇게 구부러진 채로 자라는 것처럼, 이 환자도 다른 사람이 팔을 구부려놓으면 스스로는 결코 펴려하지 않는다. 이 병은 지금도 병의 원인이 밝혀지지 않아서 불치로 여겨지고 있다. 환자는 일진일퇴를 거듭하며 이렇게 식물처럼 살다가 점차 머리끝부터 말라가는 것이다.

　나는 자신이 죽은 지라는 실감을 가지고 있기에, 이 병자에게 마음이 끌리는 애정과 반발하는 증오를 동시에 느낀다. 그들이야말로 그 병으로 자연스럽게 이행해가면서 어느 틈엔가 인생에 '사요나라'를 고했기에 환자가 된 뒤부터는 언제 죽어도 마찬가지인 것이다. 그들은 정신병원의 한 방에서 누구의 방해도 받지 않고, 방해도 되지 않으며 호흡하고 식사하고 잠들고 일어나고, 그러다 사람들에게 알려지지 않은 채 홀연히 죽는다. 나는 그런 그들을 견딜수 없이 싫어하면서도 이미 죽었다는 점에 공감하여 동경하기도하는 것이다. 그들조차 현실에 대해서 분명하게 '사요나라'를 고하기를 거부하고 있다는 사실이 약간 고소하기도 한 것이다. 스스로도 불합리, 비논리라고 생각하고 있기는 하나, 나는 자신을 죽은자라고 믿고 있으면서도 사실은 아직 생의 세계에 '사요나라'를고하고 싶지 않다. 나는 지금도 문득 귓가에 볼레로처럼 밝고 야만스러운 생명의 리듬이 울리고, 맑게 갠 초가을의 오후에 아카시아꽃이 하얗게 피어 향기가 감도는 강가, 파란 강물 위에 하얀 보트를띄워놓고 나의 마음과 육체를 빨아들여 가득한 만족감에 흔들리며무아의 도취로 이끌어줄 그 사람 앞에서 가볍게 노를 움직이고있는 환상이 되살아날 때가 있다. 신을 모독했기에 앞으로 영원히유령선의 선장으로 쉬는 것이 허락되지 않은 '방황하는 네덜란드인' 조차 대가를 바라지 않는 여성의 사랑을 얻으면 용서를 받을수 있다는 중세기의 전설이 있다. 그러니 중세기 패전 일본의 천박한, 제멋대로 죽은 자인 양하는 내가 여전히 이러한 전설에 마음을빼앗겨, 언젠가는 다시 한 번 그런 날이 올 것이라고 남몰래 믿으며그때에는 내가 부활하리라 기대하는 것도 우스운 일은 아니리라.

　'그럼, 그날까지 사요나라. 저는 어딘가에 반드시 살아 있겠습니다. 살아 있다는 것이 제아무리 괴롭고 서글프고 어려운 일이라할지라도……'

여 우
野 狐

사람들이 말하는, '큰일 날 여자'와 동거한 지도 일 년여, 그 동안 도망쳐야겠다고 몇 번을 생각했는지 모른다. 또 실제로, 전쟁을 피해 이즈(伊豆)의 M해안으로 들어갔다가 거기에 그대로 머물고 있는 처자가 사는 곳으로 몇 번 돌아가기도 했었다.

하지만 거기서는 언제나 완전히 도망치지 못했다. '큰일 날 여자'가 그리웠으며, 아내의 둔감함을 견딜 수가 없었던 것이다. 큰일날 여자, 게이코(桂子)의 과거를 나는 잘 모른다. 나는 게이코를 거리에서 만났다. 하지만 다른 밤의 천사와는 달리 순정과 고집이 있는 것처럼 보였다.

나와의 흥정이 끝난 뒤, 나는 너덧 명의 건장한 이국인들에게 둘러싸여 싸움을 하게 되었는데, 그때 그녀는 끝까지 내 편을 들어주었다. 그리고 함께 호텔에 들어간 뒤, 그녀는 숨기지 않고 자신의 부끄러운 과거를 이야기했으며 몹시 울었고, 게다가 환희하며 내 몸을 품었다. 나는 태어나서 처음으로 육욕의 기쁨을 알게 되었다고 생각했다. 그녀가 모든 것을 감추지 않고, 자신의 과거를 이야기했다고 생각한 것은 나의 착각이었다. 하지만 자신의 추악한 과거를 조금이나마 내게 보였다는 것이 내게는 위안이 되었다.

흔히들 말하는 연민의 정에 끌려서 결혼을 해버린 나의 아내는 처녀가 아니었다. 게다가 그것은 자전거를 탄 때문이라고 거짓말을 했고 자신의 과거를 신성하기 짝이 없는 것으로 보이기 위해서, 내게는 언제까지고 냉정했다. 나도 동정인 상태에서 아내와 결혼한 것은 아니었다. 그래도 나는 내 과거를 숨기지 않고 그녀에게 이야기했다. 그리고 그녀도 그렇게 해주기를 바랐다. 하지만 아내는 '더러워진 처녀에 대한 복수'를 내게 행한 것이었다. 그에 대해서 나는 방탕으로 대항하고 있었다.

그 무렵부터 제2차 세계대전이 격렬해져서 나는 종종 출정을 했다. 살인과 방화가 난무하는 무자비한 전장에 있다 보면 그처럼 껍데기를 뒤집어쓰고 있는 아내라도 천사처럼 그리워지는 법이기에 나는 귀환할 때마다 아내에게 아이를 낳게 했다.

전쟁이 끝난 뒤 나는 회사에서 쫓겨났고 아이는 넷이나 됐다. 순식간에 인플레이션이 극심해져서 6천 엔 정도 되던 퇴직금은 채 3일도 가지 못했다. 나는 옛날부터 문학에 뜻을 두고 있었지만, 그때에는 자본주의사회의 사악함을 몸으로 직접 느끼고 있었기 때문에 새롭고 올바른 세상을 만들고 싶다는 희망을 갖고 공산당에 들어갔었다.

하지만 1년쯤 뒤에 나는 지금의 공산당에 환멸감을 느꼈다. 그것은 보스를 중심으로 사리사욕을 추구하는 무리들에게 이용만 당하고 있다는 느낌이 들었기 때문이었다. 그래도 나는 내부에 버티고 서서 싸우는 것이 옳았던 것이리라. 하지만 나는 일시적인 감정에 휩싸여서 당에 탈당서를 내버렸다. 그리고 당을 미워하기보다는 나 자신을 미워했다. 내가 배신자, 불의의 장본인이라 여겨지고, 추악하게 보여서 견딜 수가 없었다.

그리고 집으로 돌아와서 문학 삼매경에 빠져도 보았지만 종전후의 작가 기근현상, 그를 메우듯 이미 수많은 인기 작가들이 세상에 나온 뒤였기에, 다시 말하자면 나는 기차를 놓쳐버린 형국이었기에 출판사로 보낸 원고도 좀처럼 팔리지가 않았다. 그런 나의 악전고투에 대해서도 아내는 조금도 동정하지 않았다. 자포자기하는 심정을 갖게 된 내가, 앞으로 내게 여유가 생긴다면 따로 애인을 만들어도 상관없겠느냐고 아내에게 물었더니 아내는 냉정하게 '네, 돈만 주신다면 아버지는 집에 계시지 않아도 상관없어요.'라고 말했다.

그런데 그 얼마간의 여유가 생기게 되었을 무렵, 나는 앞서 말한 바와 같은 사정으로 게이코를 알게 되었다. 게이코는 전에 동거하고 있던 이국인 덕분에 누추하기는 하지만 집을 한 채 갖고 있었다. 나는 그곳으로 굴러 들어가버리는 꼴이 되어버리고 말았다.

게이코도 내게 몇 가지 거짓말을 했다. 나이도 다섯 살 정도 젊다고 말했으며, 학교도 여학교를 나왔다고 했지만, 예를 들자면 12 곱하기 8이 몇인지도 암산으로 하지 못했다. 그녀는 빈농의 딸, 그것도 불의의 자식으로 태어났다. 어렸을 때 담배 밭의 풀 뽑기가 얼마나 힘들었는지, 밤새도록 봉당에 서서 모기에게 뜯기는 벌을 받아야 했던 기억 등을 내게 들려준 적도 있었다. 남자나 돈 문제에 대해서도 종종 거짓말을 했다. 하지만 그녀의 거짓말은 말하자면 어린 소녀의 거짓말처럼 금방 들통이 날 것들이었으며, 그랬기에 내게는 아내의 완고한 거짓말보디는 훨씬 너 가련하게 느껴졌다. 아내는 걸핏하면 육체의 기쁨까지도 숨겼지만, 게이코는 모든 것이 개방되어 있는 듯했기에, 내게는 사랑스러운 여자였다.

이에 나는 게이코와 밤낮으로 애욕의 생활을 보내면서 대중을 위한 오락잡지 등에 종종 글을 쓰기 시작했다. 그러한 잡지의 편집자들과 술로 지새우는 밤도 적지 않았다. 어지러운 생활 때문에 붓끝도 거칠어졌다는 느낌이 들게 되었다. 또 돈만 보내주고 있을 뿐 전쟁을 피해 들어간 곳에 그대로 내버려두고 있는 처자, 특히 아이들에 대해 양심의 가책도 느끼게 되었다. 그리고 공산당, 인민의 당이라고 생각하고 있던 것을 배신했다는 고통도 있었다.

나는 잠을 자지 못하고 자꾸만 최면제를 복용하기에 이르렀다. 처음에는 칼모틴 10알, 아도름은 2알이면 잠을 잘 수 있었는데 결국에는 칼모틴 50알에서 100알 사이, 아도름 10알 정도를 한꺼번에 먹지 않으면 잠을 잘 수 없게 되어버렸다. 그것도 먹으면 졸음이 오는 대신 기분 좋은 흥분상태가 찾아왔다. 그리고 게이코와의 성교. 그 피로를 잊기 위해 낮에도 아도름을 먹고 원고를 썼다.

나는 원래부터 술을 좋아했고 술에도 강한 편이었지만 최면제를 계속 복용하면서부터 술만으로는 조금도 취하지 않게 되었다. 나는 예전에 보트 선수였는데 6척, 20관. 그래도 한 되를 마시면 기분이 좋아졌었는데 결국에는 소주 한 되를 마셔도 말짱했기에 술과 함께 최면제를 먹게 되었다. 또 그러는 편이 돈이 덜 든다는 초라한 생각도 갖고 있었다. 그 덕분에 나는 게이코의 육체와 최면제의 중독 환자가 되었다. 둘 중 하나가 하루만 없어도 금단 증상이 일어나, 나는 입을 열 기운조차 없는 반생반사(半生半死) 상태의 환자처럼 되어버렸다.

그대로 있다가는 내 건강과 재능과, 그리고 전쟁을 피해 간 곳에 그대로 남아 있는 처자까지 망쳐버리고 말겠다는 생각이 들어 나는 견딜 수가 없었다. 그래서 나는 취하면 난폭해지는 게이코와 싸움을 할 때마다 그것을 좋은 기회라 여기고 처자가 있는 시골로 도망쳤지만, 거기서 아내의 표정에 나타난, 딱딱한 껍데기를 뒤집어쓴

무언의 경멸과 만나게 되면 죽을 만큼 게이코가 그리워져서 다시 그녀에게로 달아나버리곤 했다.

또 게이코가 취해서 제정신을 잃고 놀러 와 있던 다른 사내들과 밤의 거리로 뛰쳐나가면 나도 질투심이 일어서 다른 사내들과 뛰쳐나가 좋지 않은 곳에 묵으며 창부들과 함께 잠을 자곤 했는데, 그럴 때마다 나는 게이코의 몸이 생각나 아무래도 그 다른 여자에게는 손을 댈 마음이 생기지 않았다. 우스운 얘기지만 나는, 적어도 결혼 후에는 나를 위해서 정조를 지켜온 아내를 위해서는 조금도 정조를 지키고 싶지 않았지만 나와 함께 살기 전, 밤의 천사와도 같았던 게이코를 위해서는 뜻밖에도 정조를 지키게 되어버리고 만 것이었다.

게이코는 전에 동거하던 이국인으로부터 얼룩말이라고 불렸다고 한다. 까무잡잡하고 손발이 조그맣고 아담한 여자로 얼굴은 편평했으며 낮은 코의 구멍이 커다랗게 천장을 향해 있었다. 화장을 하면 그렇게 보기 싫은 여자도 아니었지만, 민얼굴일 때는 말문이 막혀버릴 정도로 평범하고 흙냄새 나는 농민의 딸이었다. 하지만 그 지칠 줄 모르는 허벅지에 옅은 줄무늬가 있는 몸이, 나를 압도했다. 나는 그녀를 통해서 처음으로 육체의 사랑을 알게 되었다고 해도 좋을 것이다.

그런데 나는 속물들이 첩을 두고서도 태연하게 살아가고 있는 것처럼, 일부다처주의에 안주해 있을 수가 없었다. 도덕적으로 보자면 처자가 있는 곳으로 돌아가는 것이 옳다고 생각하고 있었지만, 새로운 나의 도덕이라는 입장에서 보자면 설령 전에는 어떤 사람이었다 할지라도 지금의 아내와 헤어져 더욱 사랑하는 여자, 게이코와 함께 사는 것이 옳은 것 같다는 느낌이 들었다. 하지만 거기에는 네 아이들의 문제가 있었다. 18 곱하기 6을 쉽게 하지 못하는 게이코가 아이들을 기르지 못할 것이라는 사실은 나도 잘 알고 있었다.

그래서 마지막으로 작년 말, 게이코가 이국의 과자와 담배를 몰래 숨기고 있기도 하고, 게다가 당시 매독 때문에 페니실린을 주사토록 하고 있었을 무렵, 그녀의 바람기라기보다는 그 음분(淫奔)함을 멍청한 나도 대충이나마 짐작하고 있었기에 다시 최면제를 먹고 그녀와 싸움을 한 끝에 이즈에 있는 처자에게로 돌아갔다. 하지만 최면제는 물론, 누마즈에서부터 술을 마시기 시작해서 밤 12시가 됐는데도 집으로 돌아갈 마음은 생기지 않았다. 아내의 뾰로통하게 부풀어오른 차가운 얼굴을 보기가 괴로웠기 때문이었다. 12시쯤 되어 1,200엔을 주고 승용차를 전세 내서 M해안까지 갔는데, 거기서 집까지 지척이었음에도 불구하고 돌아갈 마음이 생기지 않았다. 집 밑에 매음굴을 겸한 술집이 있기에 옳다구나 싶어 그곳의 마룻귀틀에 앉은 채 술을 마시기 시작, 밤 3시쯤이 되어서야 간신히 집으로 돌아갔다.

돌아가는 도중에 밭으로 굴러떨어져서 손가락을 삐기도 하고 온갖 애를 먹은 끝에 간신히 처자가 있는 곳으로 돌아갔더니 아내는 평소와 다를 바 없는 남편의 방탕이라 대수롭지 않게 생각한 듯, 따끔따끔하게 비아냥거렸을 뿐만 아니라 아이들에게도 나를 나쁜 사람이라고 가르치고 있었다. 그랬기에 나는 기분이 급격히 바뀌어 하강, 처자를 버리고 게이코와 함께 살아야겠다고 생각하고 그 사실을 처자에게 선언한 뒤 다시 도쿄에 있는 게이코에게로 돌아갔다.

그러자 아내는 아이들을 데리고 바로 도쿄의 시댁으로 울며 하소

연하러 찾아갔다. 그래서 친족회의 같은 것이 시작되었다. 게이코는 그 자리에 최면제를 먹고 갔다. 그녀는 나보다 적은 양으로도 훨씬 더 해롱거린다. 그랬기 때문에 우리 누님들이 아이들의 장래를 생각해서, 내 바로 위 누님 집의 10첩짜리 별채에서 내 처자를 살게 하겠다고 해도 승낙하지 않고, 50만 엔의 위자료를 주어 아내를 당장 이적(離籍)시키라고 강경하게 고집을 피웠다. 거기서 나는 우리 아이들이 진심으로 떨고 있는 모습을 보았다. 그래서 나의 결심이 다시 바뀌었다. 나는 아이들을 위해서 희생하자고 생각하고 다시 게이코와 헤어졌다.

그리고 처자를 바로 내 위 누님 집의 별채에서 살게 했으며, 나를 위해서도 가까이에 작업실을 빌렸다. 하지만 그렇게 해도 아내의 골난 얼굴이 언제나 내 가까이에 있었다. 또 나와 헤어진 뒤, 자포자기하는 심정이 되어버린 게이코가 사교 찻집에서 일하기 시작했다는 사실도 마음에 걸렸다. 하지만 다시 한 번 게이코와 얼굴을 마주한다는 것도 괴로운 일이었다. 나는 돈을 받아낼 수 있는 출판사를 믿고, 말없이 작업실에서 뛰쳐나왔다.

최면제와 술의 나날이 며칠간 계속되었다. 잠을 잔 곳은 아사쿠사의, 지금은 문을 닫은 오코노미야키[1] 집이나 친하게 지내는 편집자나 작가들의 집. 실로 많은 사람들에게 말로 표현할 수 없을 정도의 폐를 끼쳤다. 외설 때문에 돈이 많이 들었으며, 백치 같은 암거래상들이나 기는 곳이라 여기고 있던 사교 찻집에도, 게이코가 일하고 있다는 소문을 듣고 두어 군데에 얼굴을 내밀어봤다.

아사쿠사의 한 사교 찻집에 게이코를 닮은 여급이 있었기에 그녀

---

1) お好み焼き. 일본식 부침개 중 하나.

를 데리고 딱 한 번 호텔에 갔었다. 하지만 나는 게이코의 육체가 아닌 다른 여자와는 성교를 할 욕망이 생기지 않았다. 마치, 게이코와 동거를 할 때 곧잘 그랬던 것처럼 그녀의 매끈매끈한 두 다리를 내 두 다리 위에 올려놓게 했을 뿐, 최면제를 다량으로 먹고 죽은 듯이 잠을 잤다. 우습게도 나는 게이코에 대해서 여전히 정조를 지키고 있었던 것이다.

그리고 게이코도 나에 대해서 같은 마음을 갖고 있을 것이라고 믿고 있었다. 20관이나 되던 내 육체는 수척해졌고, 2관이나 빠져서 갈비뼈까지 보일 정도. 그처럼 밤낮없이 방랑을 하는 동안에도, 나는 아사쿠사에서나 신바시(新橋)에서나 요코스카(横須賀)에서나 가마쿠라(鎌倉)에서나 장소를 가리지 않고 술과 최면제를 먹고 돌아다녔는데, 비몽사몽간에도 끊임없이 게이코의 환영이 떠올랐다. 틀림없이 게이코도 나처럼 불행할 것이다.

그래서 어느 날, 나는 과감하게 신주쿠에 있는 이른바 옛 사랑의 보금자리로 돌아갔다. 오후 3시 무렵, 부엌에서 슬그머니 들어가도 되는지, 게이코는 아직도 불행한 기분으로 있는지를 물었다. 키득키득하며 입 안에서 웃는 소리와 함께 "저, 기뻐요."라는 애교 섞인 게이코의 요염한 목소리. "저는 물론 불행해요. 돌아와줘서 기뻐요."

이 말에 나는 하늘에라도 오를 듯 기분이 좋아져 부엌에서 그리웠던 6첩짜리 방으로 들어갔다. 그녀는 늘 사용하던 침구 위에 아름다운 잠옷 바람으로 누워 있었고, 그 머리맡에서는 우리가 함께 살던 때부터 부리고 있던, 사람 좋은 동네 할머니가 다정하게 웃고 있었다. 나는 다름 아닌 바로 게이코의 집에서, 가정적인 따뜻함으로 맞아들여진 것이었다. 순간 나는 정욕보다도 훨씬 더 높은 애정에 점령당한 기분이었다. 내가 돌아와야 할 곳은 결국 여기밖에 없다고 다시 한 번 믿게 되었다.

나는 할머니를 돌려보낸 뒤 무릎 위에서 게이코를 안은 채, 숨 쉴 틈도 주지 않고 여러 가지 것들에 대해서 물었다.

"내가 없어서 정말로 외로웠어?"

"좋아하는 사람이 아무도 생기지 않았어?"

"한번쯤은 바람도 피워봤어?"

나는 게이코가 헤어졌을 때보다 훨씬 더 통통하게 살이 쪘다는 사실이 약간 마음에 걸렸다. 나는 이렇게 수척해질 정도로 게이코를 생각했었는데 게이코는 그 절반도 나를 생각하지 않았던 게 아니었을까? 하지만 게이코의 다음과 같은 달콤한 말들이 나의 그러한 의문을 깨끗하게 지워버리고 말았다.

게이코는 빵빵한 몸으로 몸부림을 치며 이렇게 말했다.

"외로웠어요. 때때로 밤에 구둣발 소리가 들려오면 혹시 당신이 돌아오신 게 아닐까 해서 눈이 떠졌어요."

"물론, 좋아하는 사람이 생겼을 리 없잖아요."

"바람?" 그녀는 가느다란 눈썹을 곤추세우고 말했다. "모르는 소리 마세요. 그런 곳에서 일하기는 했지만 저만은 늘 착실하게 일했어요. 그래서 일당이 400엔 정도밖에, 평균 수입이 그거밖에 되지 않았어요."

예전에 그녀가 나를 보고 싶다며 누님 집에 찾아왔을 때는 하루에 200엔의 수입밖에 없다고 불평했었다는 얘기를 나는 들었다. 하지만 그것도 그녀의 과시욕에서 나온 탓할 수 없는 거짓말일 것이라고 생각하고 나는 아무런 말도 하지 않았다. 돈이 떨어졌기에 전에 관계를 맺고 있던 이국인에게서 받은 엘진 시계를 1,500엔에 팔았다고도 했으며, 지금은 7, 800엔 정도밖에 돈이 없다고도 했다. 나는 그녀와 헤어질 때 놓고 간 돈을 생각해보면, 아직 1개월 정도밖에 지나지 않았으니 그것도 틀림없이 거짓말일 것이라고 생각했다.

하지만 나는 아무런 말도 하지 않았고 그날 밤에는 내 책을 팔아다 돈을 마련해 둘이서 술을 마시고 고기로 찌개를 해 먹으며 즐겁게 놀았다. 1개월 동안이나 헛되이 스러졌던 나의 욕정도 그날 밤부터는 집요한 것이 되었다. 천하의 게이코도 아파하며 그것을 싫어할 정도였다. 평소와 달리 국부를 아파하는 게이코의 태도에, 사람이 좋은 나는 아무런 의문도 품지 않았다. 단지 그녀는 여전히 무지하고, 순정적이고, 가련함 그 자체인 것처럼 내게는 여겨졌다.

처음 약속으로는, 나는 한 달에 몇 번씩 이런 식으로 게이코를 만날 생각이었다. 그때마다 돈을 가져오자고 생각했다. 그러자 게이코는 "그렇게 올 때마다 돈을 가져오지는 않아도 돼요."라고 말했다. 그녀도 일을 계속하면서 가끔 나를 만날 생각이었던 것이다.

이튿날, 나는 돈을 받을 예정으로 있던 출판사를 찾아갔다. 거기서 재수 없게도 아직 지불일까지 기한이 남은 어음을 받았는데 나는 그것을 가까이에 있는, 늘 폐만 끼치고 있는, 한 출판사의 사장에게로 들고 가 현금으로 바꿨다. 그리고 술을 얻어먹고 났더니 게이코와 약속한 시간에 돌아갈 수 없게 되어버리고 말았다. 그날 밤 그녀는 일을 쉬겠다고 말했었지만, 내 귀가가 늦어지자 화가 나서 틀림없이 일을 하러 나갔을 것이라는 생각이 들었다.

그래서 나는 사장에게서 받았을 것임에 틀림없을 1되짜리 술병을 안은 채 혼고에서 자동차를 달려 긴자로 갔다. 그녀가 일하는 곳은 니시긴자(西銀座)에 있는 '우라라(うらら)'라는 가게였다.

운전기사에게 찾아 달라고 했더니 금방 알아냈다. 그곳도 역시 제3국인[2])이 경영하는 곳이라고 했는데, 빌딩 2층에 있는 커다란 술집이었다. 밑에서는 보이가 두엇, 하얀 제복을 입고 열심히 일하고 있었는데 이상한 손님은 들어가지 못하도록 하고 있었다. 나는 본명을 쓰고 있다는 게이코의 이름을 댔는데, '게이코'라고 부르는 요란한 소리와 함께 2층으로 안내되었다. 이게 게이코가 말하는 품위 있는 술집이란 말인가?

파란 조명 아래로 울려 퍼지는 밴드. 춤을 추고 있는 손님과 여급들. 일단 여기에 올라오면 최소 3,000엔 정도는 뜯길 각오를 하지 않으면 안 됐다. 하지만 게이코의 말에 의하면 손님들은 모두 가방 안에 5만 엔에서 10만 엔 정도 되는 돈을 가지고 있으며 적어도 1만 엔 정도는 쓰고 간다는 것이었다. 손님의 종류는 토건이나 무역 관계자들의 접대가 많다는 것이었다. 술에 취해서 여급의 허리를 끌어안은 채 엉덩이를 흔드는 춤을 추고 있는 나이 든 손님, 가만히 끌어안은 채 움직이지 않는 미심쩍은 얼음 댄스. 그것을 보고 나는 '품위 있는 술집'의 정체를 알 수 있을 것 같은 기분이 들었다.

내가 게이코의 이른바 서방이라는 사실이 알려지자 나는 가게 깊숙한 곳의, 외국인이 드나드는 곳이라는 특별한 장소로 안내되었으며, 네다섯 명의 여급들이 나를 둘러쌌다. 게이코에게서는, 무엇보다도 성실해야 한다는 마음을 품고 있다는 사실을 느낄 수 있었지만, 거기에 있는 네다섯 명의 여자들은 참으로 전형적인 창부인 것처럼, 내게는 느껴졌다. 필요한 것은 오로지 돈과 남자와 맛있는 것과 술이라는 듯한 표정이었으며, 말이었다. 나는 게이코가 이런

---

2) 제2차 세계대전 직후 대만 출신 중국인, 한국인을 일컫는 말로 쓰였다.

여자들 중 한 명과 손님을 다투다 울었다는 얘기를 떠올리고, 이런 일을 하는 그녀를 당장 그만두게 해야겠다고 생각했다.

전부 아니면 무(無), 나의 이런 극단적인 성격이 일단 공산당과의 싸움을 마치고 나자 이번에는 나를 매춘부의 품으로 뛰어들게 만들었다. 나는 다시 그런 극단적인 마음을 품게 된 것이었다. 나는 다시 한 번 처자를 버리고 게이코를 내 아내로 삼아야겠다고 생각했다. 그것은 물론 그녀의 일을 그만두게 하고 난 뒤에.

게이코와 동거를 하던 중 나는 그녀에게서 도망쳐야겠다고 생각하고 그녀를 위해서 이케부쿠로(池袋)에다 마켓을 사준 적이 있었다. 게이코는 그 마켓을 월 3,000엔에 친구인 리리에게 세를 주었다. 리리는 게이샤 출신으로 미모라는 면에서는 게이코보다 뛰어났지만 그녀와 다를 바 없이 신경질적인 여자인 듯했다. 요즘 세상에는 이상한 남녀들이 시시각각으로 늘어나고 있다. 게이코가 없었기 때문에 그 리리가 마지막까지 내 옆에 있어주었다.

나는 가지고 간 1되짜리 술을 마셨으며 여급들은 가게의 맥주를 마셨다. 그리고 결국 나는 가게 문을 닫을 때까지 남아 있게 되었다. 취하기도 했고 늦기도 했기에 귀찮아서 나는 리리와 함께 승용차를 전세 내서 신주쿠까지 나가기로 했다.

가게를 나오자 그 모퉁이에 중화요리점이 있었다. 리리가 뭔가 좀 먹고 싶다고 하기에 들어가 나를 위해서는 치킨카레, 리리를 위해서는 야키소바[3]와 계란수프를 시켰다. 나는 충분히 취했기 때문에 더 이상 먹고 싶은 마음이 없었다. 멍하니 리리가 먹고 마시는 모습을 바라보고 있자니 그녀는 마파람에 게 눈 감추듯 자기

---

[3] 삶은 국수에 야채 · 고기 등을 더해 볶은 음식.

몫을 먹어 치우고는 '나는 귀찮은 걸 싫어해요.'라고 절규하며 내 카레까지 들이붓듯 먹어치워 버렸다. 아귀가 따로 없었다. 지옥의 여자들 중 하나다. 나는 우리가 처음 만나기 시작했을 무렵 게이코도 역시 이처럼 무시무시한 식욕을 발휘했었다는 사실을 떠올렸다. 그녀들은 애정에도, 금전에도, 식욕에도, 모든 면에서 굶주려 있는 것이다.

긴자에서 신주쿠까지 차를 빌린 대금이 1,000엔. 차는 외국단체 소유의 것인 듯, 고급 차였는데 운전기사가 부업으로 이 일을 하고 있는 모양이었다.

"빨리 타세요."라며 재촉을 했다. 리리도 취했는지 차 안에서 눈을 부릅뜨고 내가 팁을 너무 적게 줬다는 둥 불평을 해대기 시작했다. 그리고 신주쿠의 집에 와서도 게이코에게 "네 서방을 데리고 왔어."라며 선심을 쓰듯 말하더니, 또 팁에 대해서 이래저래 말을 꺼냈고 심지어는 이케부쿠로 마켓의 세가 너무 비싸다는 말까지 하기 시작했다. 취했을 때의 게이코는 결코 리리 따위에게 질 정도로 나약하지 않았지만, 맨정신이었기 때문에 아무 말 없이 그녀가 원하는 대로 리리에게 팁을 내준 모양이었다.

나는 신경을 써준답시고 여자 둘을 고타쓰에 있는 커다란 이불 속에 눕힌 다음, 혼자 구석에 있는 작고 낡은 이불에 누웠는데 쓸쓸하고 추워서 견딜 수가 없었다. 커다란 목소리로 게이코를 불러들여 그녀의 생기 넘치는 몸을 꼭 끌어안은 채 잠을 잤다. 게이코의 말에 의하면 세상에는 이렇게 다른 사람이 옆에서 자고 있다는 사실에 자극을 받아 성교를 즐기는 남녀도 있는 듯했으나, 나는 둘만 있을 때는 과감하고 개방적으로 아무런 수치심도 없이 성교를 즐기지만, 누가 보고 있다는 생각이 들면 그것만으로도 용기를 완전히 잃어버리고 마는 사람이었다.

나는 돌아온 탕자로서, 전보다 더 게이코를 좋아하게 되었다. 그녀를 위해서라면 내 문학과 내 일생과 가엾은 아이들을 전부 잃어도 상관없다고까지 생각하게 되었다. 하지만 전과는 달리 게이코의 물욕이 강해졌다는 사실에는, 굉장히 시달리게 되었다. 그녀는 이번에도 나와의 결혼을 기꺼이 승낙해주었지만 그 대신,

"저 가게에 다니면서 여러 가지를 배웠어요, 애정은 물질과 평행한 거예요, 저 옷도 갖고 싶고 마음껏 사치도 부릴 수 있게 해주지 않으면, 싫어요, 네, 여자의 허영이라는 걸 이해해주세요."

아아, 이게 나랑 처음 만났을 무렵 내가 너덜너덜한 잠바에 군화를 신고 "저는 옷차림에 그다지 신경을 쓰지 않는 사람입니다. 게다가 가난한 작가이기 때문에 당신에게 잘해주지 못할지도 몰라요."라고 말하자 상냥하게 "네, 당신의 애정만 있으면 저는 아무것도 필요 없어요."라고 대답했던 그 여자란 말인가?

사교 찻집에서의 근무라는 1개월 동안의 악습이 게이코를 급속히 타락하게 만든 것일까? 아니, 그녀는 원래부터 그런 허영심의 싹을 품고 있던 여자이기는 했다. 그렇지만 나에 대해서는 자중을 했으며 '무얼 사달라.'는 말도 하지 않았던 것인데 내게는 그것이 더 안쓰럽게 여겨졌었다.

하지만 지금은, 가게의 동료들은 전부 몇 십만 엔 하는 옷을 걸치고 있다며 부러워하고, 내게도 그런 장신구를 사달라고 조르게 되었다. 나는 죽고 싶을 만큼 슬픈 심정으로 그녀를 품은 채 잠을 잔 것이었음에도 불구하고.

그 이튿날, 나는 그녀와 함께 가까이에서 살고 있는 선배 작가의 집을 찾아갔다. 선배라고는 했지만, 이미 50을 넘겼으며 평화롭고

안정된 가정을 갖고 있는 사람이었다. 그 사람을 그냥 Y씨라고 부르기로 하자. Y씨는 오랜만에 찾아온 나를 환영해주었으며, 술을 대접해주었다.

Y씨의 어린아이들이 천진난만하게 놀고 있는 모습을 지켜보고 있자니, 우리 아이들이 떠올라서 가슴이 미어질 것만 같이 괴로웠다. 그랬기에 일부러 기운을 내서 그 아이들에게 교가를 가르쳐주기도 하고 상냥한 부인에게 잘 알지도 못하는 선(禪)에 대해서 강의를 하기도 했다. 나는 그녀와 헤어진 뒤 방랑을 하던 중에 고서점에서 우연히 사게 된 '무문관(無門關)'을 즐겨 읊조리고 있었다. 그중에서도 「백장야호(百丈野狐)」라는 공안(公案)이 마음에 들었다. 거기에는 보들레르의 '그만두어라, 내 마음, 짐승, 잠을 자라.'는 탄성과 공통되는 것이 있는 것처럼 여겨졌다. 지금 여기에 그 공안의 전문을 옮겨보기로 하겠다.

한 노인이 있어 백장(百丈) 선사가 설법할 때마다 언제나 무리들과 함께 설법을 들었다. 무리가 물러나면 노인도 역시 물러났다. 그런데 하루는 물러나지 않기에 스승이 물었다. 눈앞에 서 있는 자는 또 누구인고? 노인이 말했다. 저는 사람이 아닙니다. 옛날 가섭불(迦葉佛) 때에 이 산에서 살았습니다. 그런데 한 학인(學人)이 물었습니다. 대수행을 한 사람은 인과에 떨어집니까? 떨어지지 않습니까? 그에 대해 답했습니다. 인과에 떨어지지 않는다고. 오백 생(生) 동안 여우의 몸으로 떨어졌습니다. 이제 바랍니다. 선사께서 한마디 말씀으로, 바라건대 여우에서 벗어나게 해주십시오, 라고. 그리고 물었다. 대수행을 한 사람은 인과에 떨어집니까? 혹은 떨어지지 않습니까?

스승이 말했다. 인과에 얽매이지 않는다. 이 말에 노인은 크게 깨닫고 예를 갖춘 뒤 말하기를, 저는 여우의 몸을 벗었습니다. 산 뒤에 사는 곳이 있습니다. 감히 선사께 청합니다, 다른 죽은 스님들에게 하듯 해주십시오.

스승은, 유나(維那)로 하여금 백추(白槌)하여 무리에게 알리도록 했다. 식후에 죽은 스님을 보내겠다고. 무리가 말하기를 모두가 평안하다. 열반당에도 역시 병든 사람이 없는데 어찌 저리 하시는가, 했다. 식후에 스승이 무리를 이끌고 산 뒤의 바위 밑에 이르러 지팡이로 죽은 여우 하나를 꺼내 화장했다.

저녁이 되자 스승은 당으로 나와 앞의 인연을 말했다.

황벽(黃蘗)이 묻기를, 고인이 한마디 말을 잘못하여 오백 생 동안 여우의 몸에 떨어졌습니다. 만약 잘못 말하지 않았다면 무엇이 되었겠습니까? 스승이 말하기를, 앞으로 가까이 다가오라. 너를 위해 말하겠다. 황벽이 앞으로 가까이 다가가 스승의 뺨을 때렸다. 스승이 박수를 치고 웃으며 말했다. 참으로 그렇구나, 수염이 붉은 자가 있다더니, 참으로 수염이 붉은 자가 있구나.

무문이 말하기를, 인과에 떨어지지 않는다 했는데 어찌 여우로 떨어졌는고. 인과에 얽매이지 않는다고 했는데 어찌 여우에서 벗어났는고. 만약 안을 들여다보아 눈을 얻을 수 있다면, 곧 백장 앞(여우를 말함)이 풍류였음을 알게 될 것이다.

송(頌)에 일컫기를, 불락불매(不落不昧), 양채일새(兩彩一賽), 불매불락(不昧不落), 천차만차(千錯萬錯).

나는 이 공안에 내 나름대로의 해석을 더하고 싶지는 않다. 단지 열심히 인생을 살아가고 수행하기만 하면 좋은 작가가 될 수 있을 것이라고 단순하게 믿고 있는 내게 이 공안이 '그만두어라, 내 마음, 짐승, 잠을 자라.'고 말하고 있는 것이다.

내가 이 선의 이야기에 푹 빠져 있을 때 게이코는 혼자서 술을 벌컥벌컥 마시기 시작한 모양이었다. 내가 문득 정신이 들었을 때 게이코는 해롱해롱 취해서 눈을 부릅뜨고 있었다. 그리고 선배인 Y씨와 말다툼을 시작했다. Y씨도 상당히 취한 듯했다. 게이코가 "이런 술, 어떻게 마시라는 거야. 맥주하고 치즈를 가져와."라고 술집에서 거드름을 피우듯 위세를 부리자 Y씨가 떨리는 목소리로 더듬더듬,

"자네, 무슨 예의 없는 말을 하는 겐가? 이젠 됐으니 돌아가게."

"돌아가고말고, 변변한 음식도 내오지 않고 큰소리치기는."

게이코가 비틀비틀 일어나자 Y씨가 "이 여자, 건방지네."라며 덤벼들려 했고, 부인이 말려서 잠을 재우러 데리고 가버렸다. 나도 몽롱하게 취한 눈으로 그 광경을 지켜봤는데 게이코를 빨리 데리고 나가야겠다는 생각이 들어 그녀를 재촉해서 현관까지 나갔지만, 게이코는 이미 혼자서는 신도 신을 수 없을 정도로 취해 있었다.

나 역시도 약과 함께 병용했기 때문에 몸이 말을 듣지 않았다. 둘이서 비틀거리며 벼랑 위에 있는 Y씨의 집에서 나왔는데 그녀가 미끄러져서 앞에 있는 도랑에 거꾸로 처박혔다. 지독한 냄새를 풍기는 도랑 속으로 화려한 허리띠가 보이더니, 어둠 속에서는 희뿌옇게 보이는 게이코의 두 허벅지가 그대로 드러났다. 테크닉과 몸을 다해서 재산을 모아, 연을 끊은 부모와 가족에게 앙갚음하려고 하는 그녀도 역시 한 마리 여우. 여우, 도랑에 떨어지다, 풍류 오백생, 등과 같은 감정이 걷잡을 수 없이 가슴에서 솟아올랐지만, 얼른 그녀를 구해야만 했다.

나 자신도 엉덩방아를 찧어 가며 간신히 그녀의 몸을 도랑에서 끌어올렸는데 진흙투성이 빈두로[4]처럼 되어버리고 말았다. 그 주

위로 어느 틈엔가 수많은 구경꾼.

"야아, 여자 주정뱅이다. 꼴사나워."

"물을 뿌려서 거기에 눕혀두면 괜찮아질 거야."

나는 게이코가 그처럼 추악해져서, 모두에게 모욕을 당하면 당할수록 더욱 사랑스러워서 견딜 수가 없었다. 달리 방도가 없었기에 Y씨의 현관에라도 눕혀야겠다고 생각하여 부탁하러 갔더니 부인이 수건과 쇠로 된 대야를 가져와서는 게이코의 얼굴과 몸을 한차례, 깨끗하게 닦아주었다.

게이코는 얼마간 정신이 들었는지 혼자서 비틀비틀 일어났다. 옷의 앞섶은 벌어졌고, 아랫자락 밑으로는 신발도 없이 시커먼 버선. 지나가던 소년이 "이야, 여자 괴물."이라고 말한 데 화를 내며 "이 녀석."이라고 외치더니 그를 쫓아갔다. 나는 그 뒷모습을 바라보며 그녀는 어렸을 때 농촌에서도 저렇게 왈패였겠지, 라고 생각하고 미소를 지었다.

나도 소년 시절에는 가마쿠라의 시골에서 자랐는데 게이코와 같은 소녀들에게 끝없는 호기심과 희미한 연정을 느낀 적이 있었다. 도회로 나갔다가 나쁜 병이 옮아 젊은 나이에 죽어간 그런 수많은 아가씨들. 그 아가씨들에게서 느꼈던 애정이 게이코 위에서 폭발한 것이었다.

열예닐곱 살 무렵에 동네 노농(老農)에게 겁탈당할 뻔하고, 의사의 아들이 따라다니며 괴롭혔다고 하는 그녀. 열아홉 살 되던 해에 시골 바둑기사의 꼬드김에 넘어가 처녀를 잃고, 스물한 살 때 친족의 권유로 마음에 들지도 않는 결혼을 하고, 시어머니·시누이와

---

4) 賓頭盧, 18나한 중 하나.

사이가 좋지 않아 카페로 일하러 나가기도 하고, 남편이 전쟁에 나간 후에는 인쇄공장에 들어가서 자립하고, 패전 후에는 귀환한 남편이 싫어서 이혼하고 한 이국인과 동거하다 그 이국인이 암거래 때문에 본국으로 송환된 후에는 여급으로 일하며 밤의 천사 같은 일을 하고 있던 그녀. 그런 게이코에게서 나는 패전 일본 여성들의 슬픈 운명의 상징과도 같은 것을 느꼈다. 어떻게 해서든 그녀와 함께 구제를 받고 싶다, 떠오르고 싶다고 생각하고 있었는데.

나는 그녀의 핸드백과 신을 들고 취해서 소년을 쫓아간 게이코의 뒤를 따라갔다. 소년은 근처에 있는 S역의 사무원인 듯 사무실 안으로 도망쳤는데 게이코도 그 뒤를 따라갔다. 그리고 사무실에서 혀 꼬부라진 소리를 하고 있을 때 내가 들어가서 모두에게 사과를 하고 신주쿠까지 전차로 돌아왔다.

어젯밤에 그 도랑의 덮개 위에서 단도를 한 방 맞았다고 하는 청년의 시체가 나뒹굴고 있던 마켓. 그 도랑의 덮개 위를 그녀는 버선 바람으로, 머리를 산산이 풀어헤친 채 넙치를 닮은 눈을 치켜 뜨고 아무렇지도 않다는 듯 걸어갔다. 그 추한 해골을 나는 얼마나 뜨겁게 사랑했는지. 도중에 경관의 불심검문에 걸렸지만 내가 있었기에 별 탈 없이 넘어갔다.

그녀의 집으로 돌아오는 길 중간에 중화 메밀국수 집이 있었다. 게이코는 일을 나가던 무렵, 배가 고프면 가끔 여기에 들렀다고 했다. 어떤 날은 자신을 데려다주러 온 술집의 보이와 함께. 그건 어쩌면 손님이었을지도 모르겠다는 생각이 일순 들었지만 그때만 해도 나는 아직, 자신의 부끄러운 과거까지 숨김없이 털어놓은 것이라 생각하고 있던 게이코를 믿고 있었다. 그리고 게이코는 계란이 들어간 라면을 두 그릇이나 먹었다. 어젯밤 리리에게서 본 것과 같은 무시무시한 식욕.

집에 돌아와서 우리는 서로를 꼭 끌어안고 죽은 것처럼 잤다. 아침, 눈을 뜨자마자 내가 먼저 시작한 포옹. 술집에 나가면서 바람을 조금도 피우지 않았는지 어땠는지를 나는 알고 싶었다. 그래서 여러 가지로 자백을 받아내려 했지만, 그녀는 그 일에 관한 얘기만 나오면 고슴도치가 온몸의 털을 곤두세운 것 같은 표정을 지었기에 나는 그녀를 믿을 수밖에 달리 방법이 없었다. 그렇게 해서 내가 점점 싫어하게 됐었던 것이라는 사실을 게이코는 잊은 것이다.

그렇다고 해서 남자에게만 바람을 피울 권리가 있고 여자에게는 없다고 말하는 게 아니다. 일단 내가 게이코를 버린 이상 그 사이에 그녀가 매춘을 했다 할지라도 그건 어쩔 수 없는 일이다. 단, 그처럼 서로의 부끄러운 부분을 전부 내보이는 데서 서로의 애정과 신뢰가 태어나는 것이라고 생각했다. 그것이 없었기 때문에 나는 아내가 싫었던 것이었다. 하지만 게이코는 그것을, 속을 떠보려고 하는 나의 속셈이나 덫이라고 생각하고 있는 듯했다.

이튿날은 그녀에게 일을 그만두게 하는 날. 마지막 밤, 기분 좋게 일하고 모두에게도 인사를 하고 싶다고 하기에 나는 긴자 근처, 알고 지내던 편집자에게 뻔뻔스럽게 떼를 써서 10시 반 무렵에 '우라라'로 갔다.

파란 조명 밑, 짙은 화장을 한 다른 여자들과 취한 남자들이 있는 가게에서 보는 게이코는 전혀 다른 사람 같았다. 다른 여자들에 비해서 일부러 더 어깨를 펴고 있는 모습도, 촌스러운 것도, 체격이 작은 것도 전부 내게는 가련하게 보였다. 그녀는 내가 4, 500엔밖에 현금을 가지고 가지 않은 것이 불쾌했던 듯, 단 일 분도 차분하게 내 자리에 앉아 있지 않았다. 나를 굉장히 질투심이 강한 사람이라고 떠들고 다닌 게이코의 선전이 먹혔기에 다른 여급들이 걱정이 돼서 몇 번이고 '게이코 씨' 하고 불러주었지만 게이코는 조그만 몸을 일부러 촐랑촐랑 움직여 손님들 사이를 비집고 가서는 댄스를 추었다.

내게는 먹히지 않는 그녀의 마음을 바라보며 나는 미소를 짓고, 다른 여급과 댄스를 추기 시작했다.

곡이 탱고든 블루스든 상관없이 빠른 발놀림으로 사각형 모양을 그리기만 하면 되는 이상한 댄스. 전쟁 전에 복잡한 댄스를 배웠던 나는 그것 때문에 완전히 김이 빠져버린 모양이었다. 하지만 결국, 음치에 댄스를 싫어하는 내게는 그것이 더 편안하고 좋았다.

한 곡, 춤을 추고 자리로 돌아오자 게이코의 조장이라고 하는, 야무진 미모의 여급이 내 앞에 앉았다. 한눈에도 도쿄 사람이라는 사실을 알아볼 수 있을 정도로 세련된 화장과 시원시원한 말투. 한동안 얘기를 나누다 나는 그녀가, 내가 학생 시절에 합숙을 하던 보트 창고 근처에 있던 요리점의 딸이라는 사실을 알게 되었다. 그녀는, 옛날에는 카페에 일종의 의리와 인정, 에티켓이 존재하고 있었다는 사실을 알고 있는 여급이었다.

그녀에 비해서 나의 게이코는, 굉장히 촌스럽고 욕심이 많은 여자로 비쳐졌다. 나는 며칠 전까지 방랑을 하던 때에, 아사쿠사에서 레뷰의 여배우들과 먹고 마신 적이 있었는데, 그녀들도 패전 전의 여자들에 비해서 꿈이나 자존심도 없이, 단지 물욕적이기만 했다는 점에 실망을 했었다. 그리고 그보다 더 실망한 것은, 이 신흥 찻집이라는 곳의 여급들. 그런데 한마디로 말하자면, 그런 식으로 걸근대지 않는 타입의 조장을 만났기에, 나는 기뻤다.

그날 밤에도 취기가 돌자 전차를 타고 돌아오기가 귀찮아졌기에,

승용차를 전세 내서 돌아왔다. 이번에는 일본의 목탄 자동차로 800엔. 돌아와 둘이서 눕자 습관이 되어버린 마찰행위가 반복됐다. 나는 내 몸의 쇠약함과 그녀 몸의 탄력을 몸으로 직접 느꼈다.

이튿날부터 나는 일을 시작할 생각이었지만, 아침에 문득 그녀의 몸에 손을 대버리고 나자 어젯밤의 취기도 남아 있었기에 일을 할 수가 없었다. 할머니에게 부탁해 동네 약국에서 아도름을 사다 달라고 해서 아침부터 2알, 4알 먹기 시작, 하루 종일 이불 속에서 꾸벅꾸벅 거렸다. 그러자 돈을 벌지 않는 내게 그녀의 가차 없는 분노. 나는 아도름을 먹으면 양이 늑대로 변해서, 절대군주인 그녀를 때리기도 하고 발로 차기도 했는데 게이코는 그것을 극단적으로 무서워했다.

그랬기 때문에 그녀는 아도름을 제한했으며, 그날 밤에는 5알밖에 주지 않았다. 높다랗게 코를 골며 바로 잠들어버린 그녀 옆에서, 나는 괴로워 견딜 수가 없었다. 이래서는 내일도, 모레도 영원히 일을 할 수 없을 것이다. 게다가 돈을 한 푼도 건네주지 않고 온 처자들에게 생각이 미치자 나는 더욱 잠을 잘 수가 없었다. 그녀가 간신히 일에 익숙해졌을 무렵에 뛰어든 나는 참으로 미안했지만, 이렇게 일을 하지 못해서는 안 되었기에 그 처자의 문제와 약 중독이 해결될 때까지 다시 게이코와 헤어져 누님 댁에 가 있어야겠다고 생각했다.

그녀가 쌀을 살 돈도 없다고 하기에 나는 소중하게 갖고 있던 크로포트킨의 『러시아 문학의 이상과 현실』, 조이스의 『더블린의 사람들』 외에도 두어 권의 외서를, 나를 찾아온 편집자에게 부탁해서 뻔뻔스럽게도 일면식이 있을 뿐인 책방의 사장에게 팔아달라고 했다. 그런데 그 뒤에 나는 그녀에게 만 단위의 예금이 있다는 사실을 알게 되었다.

옛날, 그녀와 동거를 하던 때에 귀가 따가울 정도로 그녀가 술값을 제한했기에 나는 어려움을 겪었고, 또 처자에게 보내는 돈을 가지고도 시끄럽게 참견하는 데 질려버려서 돈을 여기저기에 숨겨둔 적이 있었다. 지금 그에 대한 복수를 당하고 있는 것이라 생각하니, 멍청한 나는 적어도 그 일로는 게이코를 책망할 생각이 들지 않았다.

하지만 지난 1개월 동안 그녀가 사흘 밤 정도 외박을 했으며 그때마다 두툼한 돈다발을 가지고 와서 저금했다는 소리를 듣고 나는 깜짝 놀라지 않을 수 없었다. 그녀는 나쁜 병을 가지고 있는데 내가 뛰쳐나간 뒤부터는 거의 치료를 받지 않았다고 했다. 그렇다면 게이코는 그렇게 해서 자기 자신을 망쳐가고 있는 게 아닌가? 나는 이런 생각, 저런 생각, 거의 참을 수 없는 기분으로 다시 한 번 게이코의 집에서 나와 누님 집으로 갔다.

거기에는 아내의 승리감에 젖은 듯한 얼굴이 있었다. 아내는 내가 게이코의 집에 가 있을 때, 네 아이들을 데리고, 우리가 없는 틈을 이용해서 게이코의 집을 습격했다. 그리고 집을 보고 있던 할머니에게서, 그녀가 세 번 외박을 한 이야기와 두툼한 돈다발을 가지고 돌아왔다는 이야기를 듣고 가슴이 시원하게 뚫리는 것 같은 느낌을 받았다는 것이었다. 아내는 내가 없는 동안에 한 벌밖에 없는 기모노를 진당포에 잡혔다고 했다. 세상의 상식이라는 입장에서 봐도, 누구에게 물어봐도 여론은 아내의 편일 것이다.

하지만 아내의 그 승리감에 젖은 듯한 얼굴이 내 가슴의 상처를 더욱 깊숙하게 후벼팠다. 누님이 울며 말렸지만 나는 아내와 헤어지겠다고 고집을 피웠고, 결국 아내와 어린아이들을 누님 집 가까이에 있는 큰형님 댁으로 쫓아보냈다. 그리고 아이들 양육비는 보내겠지만, 아내에게는 가정부 일을 시키라고 했다.

나는 아내의 우는 얼굴을 본 듯했다. 하지만 그것은 나의 나쁜 마농, 게이코의 우는 얼굴만큼도 내 가슴에 남아 있지 않았다.

그리고 나는 누님 집의 10첩짜리 별채를 빌려서 가장 위인 열두 살짜리 아이와 밍밍한 생활을 시작하게 되었다. 아침 10시 무렵에 일어나서 오후 4시 무렵까지는 그럭저럭 책상에 앉아 일을 계속할 수 있었지만, 대여섯 시 무렵이 되면 죽고 싶을 정도의 고독감이 갑자기 엄습했기에, 부엌에서 식사 준비를 하고 있는 누님에게로 아도름을 받으러 갔다.

두어 시간쯤 금단증상이 일어나는 것을 참은 뒤였기에 4알 정도 먹어도 평소에 10알 정도를 먹은 것과 같은 효과가 있었다. 천국으로 올라갈 것 같은 상쾌함. 하루 종일 혼자 책상을 마주하고 난 뒤의, 누군가에게 이야기를 하고 싶다는 간절한 마음. 나는 바빠 보이는 누님에게 어렸을 때의 추억에 대해서 여러 가지로 말을 했다. 나는 애정에 굉장히 굶주려 있었던 것이다. 그랬기 때문에 유일하게 내게 애정을 갖고 있는 것이라 여겨지는 누님에게 어리광을 부리듯 이야기를 했다. 37세인 내가, 어렸을 때 "그러니까, 그러니까."하며 세 살 위 누님을 놀리던 것과 같은 말투.

그래도 누님에게서는, 많은 아이들과 남편이 있기 때문에 나에게만 애정을 쏟아 부어주지 않는다는, 쓸쓸함을 느꼈다. 그런 생각은, 20년 동안 사이좋게 지내온 누님의 남편, 매형이 돌아오는 순간부터 더욱 깊어졌다. 매형은 재계를 움직이는 '뉴페이스'라 일컬어지는 어떤 경제 단체의 소장 대리, 벌써 50세. 그에게서 임페리얼리티 콤플렉스를 느꼈다. 그 쓸쓸함을 잊기 위해 나는 누님의 아이들과 장기 등을 두며 마음을 달랬다.

그러는 사이에도 나는 게이코에게 지독하게 속았다는 생각이 떠오르곤 했다. 그녀의 바람을 피울 때의 모습이 나를 괴롭혔으며 눈앞에 어른거렸기에 나는 대부분 장기에서 졌다. 안 그래도 나는 장기를 별로 좋아하지 않았다.

그러던 어느 날 아침, 9시쯤이나 됐을까, 아도름을 먹고 깊이 잠들어 있던 나를, 누님이 요란스럽게 흔들어 깨웠다. 머리맡에는 어디선가 본 듯한 노인이 앉아 있었다. 늘 게이코의 집에 일을 돌봐주러 오는 할머니의 나이 든 남편. 나는 게이코에게 무슨 일이 일어난 걸까 싶어서 깜짝 놀라 단번에 눈이 떠졌다. 다행히 게이코의 몸에는 이상이 없다, 단지 도둑이 들었을 뿐이라는 얘기를 듣고 나는 마음을 놓았다. 나는 옛날부터 특히 재산에 대해서는 원래부터 무일푼, 어딘가에 먼지가 쌓여도 털 필요가 어디 있는가, 라는 식의 태평한 생각을 갖고 있었다.

그랬기에 차분하게, 어젯밤에 두 번이나 근처의 큰형님 댁을 찾아다니다가 되돌아갔고, 세 번째에는 새벽 2시쯤에 경찰의 도움을 받아 큰형님 댁에 도착, 그날 밤은 큰형님 댁에서 묵고 여기로 온 것이라는 할아버지의 이야기를 들었다.

할아버지의 말에 의하면, 내가 두 번째로 집을 나온 날 게이코는 아도름을 사다가 깊이 잠들었으며, 이튿날 정오 무렵까지 죽은 듯이 잠을 잔 후, 비틀비틀 밖으로 나갔다가 낯선 젊은 남자와 함께 돌아왔다는 것이었다. 그리고 둘이서 저녁을 먹은 뒤, 게이코는 일을 하러 간다며 그 남자와 둘이서 밖으로 나갔다고 했다. 잠시 후 젊은 남자가 혼자 돌아와서 친구와의 약속 시간까지 집에서 쉬게 해달라고 했다는 것이었다.

사람 좋은 할머니는 그 남자를 믿고, 남자가 권하는 대로 가까이에 있는 집으로 밥을 먹으러 갔다고 했다. 그리고 약 1시간 뒤에 돌아와 보고는 깜짝 놀랐다. 장롱 속에 있던 게이코와 나와 그리고 친구가 맡아 달라고 부탁했던 의류 수십 벌, 그리고 현금 5천 엔 정도를 도둑맞았다. 시간은 막 땅거미가 내리기 시작할 무렵, 보자기에 싸서 등에 지고, 내 올림픽 기념 트렁크를 오른손에 들고, 감쪽같이 가져간 모양이었다. 나는 옷가지에 그다지 집착하지 않았으며 변변한 것도 없었으니, 최대의 피해자는 아스트라한 오버코트까지 도둑맞은 게이코였으며, 다음으로 가엾은 것은 사정이 있어서 집에서 쫓겨나 짐을 맡기고 간 나의 불행한 친구였다. 그런데 그 후 게이코는 집에 돌아오지 않았고 이튿날 오후가 되어서야 돌아와서는 난리를 피우며 나를 데려오라고 할아버지를 교외에 있는 큰형님 댁으로 달려가게 했다는 것이었다.

　　게이코의 외박이라는 사건이 예전의 세 번의 외박과 하나가 되어 질투심 많은 내 가슴을 가장 아프게 했다. 나는 두 번이나 게이코의 집을 나온 가장 큰 이유를 바로 그것이라 생각하고 있었기에, 만약 게이코가 정말로 내게 애정을 가지고 있다면, 그 사건을 계기로 내게 와주었으면 좋겠다고 생각했다. 물론 그녀의 몸에 피해라도 있었다면 나는 미친 사람처럼 달려갔을 것이다. 하지만 옷가지를 도둑맞았을 뿐이라는 사실, 나도 마감이 임박한 일에 쫓기고 있었다는 사실이, 천천히 이야기를 하고 싶으니 이리로 와달라는 편지를 쓰게 했으며 나는 그것을 할아버지에게 건네주었다.

　　슬슬 가정부 일을 나가기 시작한 아내가, 한 벌밖에 없는 외출복을 전당포에서 아직 찾지 못했다는 사실을 나는 알고 있었다. 그럼에도 불구하고 나는 게이코의 도난이 더 마음에 걸렸기에 천천히 이야기를 나누고 싶은 기분이었다. 참으로 부도덕하기 짝이 없는 사람이라는 비난을 듣는다 해도 어쩔 수 없었다. 그날, 누님 집으로 옮긴 뒤 처음으로 두 군데 잡지사에서 소설을 주문하기 위해 편집자가 찾아왔었다. 나는 작년 12월부터 여러 가지로 문제가 있어서 만족할 만한 일도 하지 못했던 터라 세상으로부터 잊혀져가고 있는 것이라고 비관하고 있었기 때문에 그 손님들이 반가워서, 두 시간이 지났는데도 게이코가 아직 오지 않았다는 초조함도 잊을 수 있었다.

저물녘, 평소와 다름없이 아도름과 사람이 그리워질 무렵, 나는 부엌에 있는 누님에게로 약을 받으러 가서는 신주쿠에 있는 게이코를 위로해주러 가고 싶다고 말했다. 누님은 그것을 말리지는 않았다. 하지만 내가 그런 편지를 보냈는데도 게이코가 오지 않은 데에는 다른 이유가 있을 것이다, 그리고 내일 우리 노모가 위로를 하러 갈 예정이니, 너는 그 뒤에 가도 될 것이라고 말했다. 생각해보니 게이코가 벌써 일을 하러 나가고 난 뒤의 시간이었다. 그래서 내일, 노모가 다녀온 뒤에 가기로 하고 언제나처럼 아도름 5알을 받아 아이들과 함께 10첩짜리 별채로 가서 장기를 두고 있었다.

밤 9시 무렵이 되었는데 현관을 세게 노크하는 소리. '누구.' 하고 물었더니 '저에요.' 하는 특유의 갈라지는 목소리가, 게이코였다. 나는, 한편으로는 기쁘기도 하고 한편으로는 당황스럽기도 했기에 급히 서둘러 아이들을 불러나게 하고 게이코를 상냥하게 방으로 맞아들였다. 이전까지만 해도 통통하게 살이 쪄서 아주 건강해 보였던 게이코가, 지금은 아도름에 취한 탓도 있는지 아주 야위어 보였다. 여성에게 있어서 의류란 그렇게 얼굴을 야위게 할 정도로 귀중한 것인 듯했다. 알딸딸하게 취한 게이코는 자꾸만, (여자에게 있어서 가장 중요한 것은 의상, 두 번째가 생명, 세 번째가 애인이에요.)라는 말을 되풀이했다.

나는 그녀가 그렇게 모든 것을 분명하게 말할 때의, 말괄량이 소녀 같은 얼굴이 좋았다. 언제부턴가 문밖으로는 지금 시대를 떠오르게 할 정도로 강한 바람이 횡, 횡 불어대고 있었다. 나는 약간이나마 취해 있는 그녀를, 그런 밤에 혼자 신주쿠까지 돌려보내기가 불안하다는 생각이 들었다.

어느 정도였는가 하면, 처자가 있는 나와 관계를 맺었다는 사실만으로도 게이코에게 호의를 품고 있지 않던 누님까지 그날 밤만은 그녀를 동정하고 그녀의 재난을 함께 걱정해주었으며, 바람이 세니 자고 가는 게 어떻겠느냐, 앞으로는 낮에 가끔 놀러 오라고 말했을 정도였다. 그렇게 말하자 떼쓰기를 좋아하는 게이코는 무슨 일이 있어도 돌아가겠다고 고집을 피웠다. 나는 그처럼 취한 게이코가 밤늦게 신주쿠의 마켓 가(街)를 방랑하는 광경을 상상하자 몸에 소름이 돋았다. 취하면 한없이 기가 세져서 경관이든 불량배든 가리지 않고 덤벼드는 그녀. 그러다 경찰서에 유치된다면 몰라도, 불량배들에게 두들겨 맞은 다음 욕이라도 보게 된다면 큰일이다.

또 그녀의 과거에 그런 사건이 일어난 것을 나는 종종 목격하기도 했으며 소문으로 들은 적도 있었다. 그랬기에 나는 누님보다도 더 강하게 그녀를 말렸으며, 그날 밤 함께 갔다. 하지만 나는 누님의 권유로 의사에게 진료를 받고 그날까지 페니실린 주사를 계속해서 맞고 있었기 때문에 그녀의 몸에 손을 댈 기운은 없었다. 이튿날, 왠지 초라하고 쓸쓸해 보이는 그녀를 가까운 역까지 배웅하러 갔다.

도중에 초콜릿을 마시기 위해 찻집에 들어갔는데 거기서 그녀를 졸라 아도름을 3알, 10알 먹기 시작하자 나는 마치 마약중독환자가 간신히 약을 손에 넣었을 때처럼 오로지 본능의 노예가 되어버리고 말았다. 나는 다시, 더 이상 그녀와 헤어지고 싶지 않은 기분. 그녀가 전에 세 번 외박한 것은 한때의 과오, 그것도 리리와 함께 긴자에서 돌아오는 도중에 린타쿠[5] 운전사와 싸움이 나서 K라는 동네의 파출소에 보호 검속(檢束)되었던 것일 뿐, 두툼한 돈다발은 열흘 정도마다 주는 가게에서의 수입을 모아본 것일 뿐이라는 그녀의 말을 전부 믿고 싶은 기분이 들었다.

또 도둑이 들기 전날 밤, 외박을 한 것은 사실이지만, 그것은 국제문화사라는 어엿한 잡지사의 편집자로 남자가 둘, 여자는 게이코 혼자. 신바시 근처에서 만나 밤새도록 술을 마셨지만 손가락 하나 대지 못하게 했다는 게이코의 말까지도 전부 믿어버렸다. 그 도둑도 게이코가 비틀비틀 나갔다가 데리고 돌아온 것이 아니라 마켓에서 한 번 만난 적이 있는 남자였는데 그녀의 집을 찾아내서는, 밤새도록 마작을 해서 피곤하니 잠깐 쉬게 해달라며 성큼성큼 집으로 들어온 것이라는 게이코의 말도 믿었다. 그리고 게이코에게 사정해서 아도름을 또 10알. 그 때문에 기분이 더욱 몽롱해져서 게이코가, 술 마실래요, 라고 말한 데 대해서 마감이 임박한 일도 잊은 채 둘이서 근처 중화요리점으로 들어갔다.

그리고 뜨거운 술을 마시자 나는 사리분별을 할 수 없게 되어 모든 수치심도 제면도 잊은 채 자제심을 완전히 잃고 말았다. 실컷 먹고 마시고 난 뒤에 그 가게에서 계산할 돈이 없었기에 가게 아이를 집으로 보내 누님을 불러오게 했다. 누님은 가장 어린 다섯 살짜

---

5) 輪タク, 자전거 후미, 혹은 측면에 객석을 붙인 탈것. 제2차 세계대전 후 한때 유행했다.

리 여자아이를 데리고 왔는데, 내 추태를 보고 울어버린 모양이었다. 그리고 참견하는 듯한 말을 했는데 호랑이 같은 마음이 되어버린 나는 장식공간에 있던 장식물을 집어 누님에게 던지려 했다.

어떻게 해서 누님 집의 10첩짜리 별채로 간 건지 잘 모르겠다. 던지 담배를 사러 가겠다며 나간 게이코가 좀처럼 돌아오지 않는 것이 마음에 걸렸다. 대학 입시를 하루 앞둔 누님의 장남을 몇 번이고 밖으로 내보내 게이코를 찾아보게 했지만 어디에도 없다는 것이었다. 그래서 나는 난동을 부리며 아내의 유일한 재산인 장롱을 뒤집어엎은 뒤, 양복을 입고 오버코트를 걸치고 외출할 준비를 했지만 게이코가 아직 돌아오지 않았기에 그 자리에 큰대자로 누워 잠들어버리고 말았다. 그리고 자다가 오줌까지 싸버리고.

문득 정신을 차리고 보니 나는 10첩짜리 별채에 누워 있었으며 누님이 가이마키[6]를 입혀주고 있었다. 게이코의 하이힐과 핸드백은 그대로 남아 있었지만 그녀가 나간 지도 이미 3시간이 지났다. 나는 포기하고 잠을 잘 생각. 누님의 손에서 아도름 10알, 빼앗듯 달래서 그것을 먹고 깜빡깜빡 졸음이 올 무렵.

취한 게이코가 느닷없이 야차(夜叉) 같은 얼굴로 돌아왔다. 내게 꼴도 보기 싫다고 말하며 머리카락을 쥐어뜯고 얼굴을 때렸다. 그리고 신주쿠로 돌아가겠다고 했지만, 벌써 막차도 끊겼고 그런 게이코를 밖으로 내보내고 싶은 마음도 들지 않았다. 그래서 난처하기 짝이 없다는 표정을 짓고 있는 누님의 얼굴을 보면서도 게이코를 하룻밤 더, 그 별채에서 묵게 하려 했다. 하지만 취하면 무자비하고 잔혹해지는 게이코는, 그런 나의 배려에 코웃음을 쳤다. 그리고

---

6) かいまき, 잠옷처럼 생긴 솜이불.

근처에 옛날에 알고 지내던 사람의 번듯한 집이 있으니 거기로 가겠다며 고집을 피웠다.

나는, 그렇다면 거기로 보내는 것도 괜찮을 것이라 생각했다. 하지만 혼자 보내기는 불안했기에 이번에도 역시 누님의 장남에게 경관을 불러오게 해서, 경관에게 게이코를 데려다달라고 부탁할 생각이었다. 하지만 경관이 얼굴을 내밀 무렵부터 게이코는 얌전해 졌다. 경관에게 나에 대한 욕을 한바탕 해대더니 그 방에서 자겠다고 했다.

아침, 취해서 난동을 부린 다음 날이면 언제나 그렇듯 게이코는 내 가슴에 안겨 울었다. 육체를 가느다랗게 흔드는 그녀의 테크닉. 나는 밉지만 가엾다는 마음을 억누를 수가 없어서 그녀에게 육체적 욕망이 있는지를 물었다. "참을 수가 없어요."라고 그녀는 몸을 더욱 비틀더니 그 허벅지를 내 위에 올려놓았다. 또 병에 걸릴 거다. 페니실린 값 1병에 2,300엔이라는 생각이 머리를 스치고 지나갔다. 그 친절한 의사의 진찰실에서 본, 지독한 성병에 걸린 사람들의 사진. 코가 떨어져나간 자리에 동백꽃잎 같은 흔적이 남아 있었다. 양 입술에 무수한 종기, 특히 여자의 국부 전면이 썩어 문드러진 참상. 하지만 나는 그 사진들을 눈꺼풀에 그려가며 여자에게 몸을 맡겼다. 끝난 뒤, 또 저질렀구나 하는 후회.

그때 73세가 된 노모가 울며, 반미치광이가 되어 소리를 지르며 뛰어들었다. 어처구니없는 짓 잘도 했다. 사위 볼 낯도 없으니 여기서 당장 나가달라고 말했다. 아도름의 취기가 다해버린 나는 아무런 의지도 없는 인형 같은 존재. 노모가 꾸짖는 대로 게이코와 함께 나갈 채비를 해서 일어섰다. 그때 누님의 울음 섞인 다정한 목소리, "얘야, 언제든지 돌아오너라. 마음 단단히 먹고."

누님은 게이코에 대한 나의 진짜 마음을 어렴풋이나마 알고 있었던 것이다. 사랑과 미움의 중간. 밉기도 하고 가엾기도 한 것에 대한 참을 수 없는 연민. 나는 게이코와 함께 스멀스멀 진창 속으로 떨어져가는 광경을 알고 있으면서도 그녀와 함께 신주쿠의 집으로 돌아왔다.

게이코는 도둑맞은 물건을 내게 설명하다 갑자기 튀어나온 저금 통장을 가만히 오른손에 숨겼다. 나는 그것을 말없이 빼앗아 살펴보고는 깜짝 놀랐다. 내가 뛰쳐나간 날, 그녀는 2만 5천 엔을 저금했다. 그리고 세 번에 걸쳐서 5천 엔씩 저금. 그 저금의 전날 밤이 틀림없이 그녀가 돌아오지 않은 날이었을 것이다. 나는 아무런 말도 하지 않았다. 서둘러 통장을 되찾으려 하는 게이코에게 그것을 돌려주자, 문득 쓴웃음과도 같은 것이 떠올랐다. 하나밖에 없는 옷을 전당포에 잡힌 아내. 게이코와 헤어진 뒤의 괴로운 방랑의 나날, 취해서 단화를 도랑에 빠뜨려버리고 남에게서 얻은 너덜너덜한 군화와 찢어진 와이셔츠밖에 남지 않은 나. 게다가 작년의 세금도 아직 내지 않았고, 누님에게 2, 3천 엔 정도의 빚까지 졌다.

그에 비해서 3만 엔의 저금과 가건물이기는 하지만 집을 두 채가지고 있는 게이코, 나는 어렸을 때, 사람들이 '거시기 창고'라는 별명으로 불렀던 미모의 미망인의, 하얀 칠을 한 창고가 딸린 집이 동네에 있었다는 사실을 떠올렸다. 그래도 나는 아무런 말도 하지 않고 그 이튿날 아침, 「금병매」를 쓴 대가로 고료를 가져다준 잡지사의 돈을 게이코에게 전부 건네주었다. 나도 게이코의 수많은 허튼짓을 분명히 알고 있었다. 하지만 어처구니없게도 알면 알수록 더 불쌍하게 여겨졌다. 나는 게이코와 함께 정사(情死)한다 해도 이상할 것이 없다고 생각했다.

불락불매, 양채일새, 불매불락, 천차만차.

여우 풍류 오백 생, 나는 돌고 돌아, 괴로워하고 괴로워하며, 영원히 여우로 살아야 하는 모양이었다.

오다 사쿠노스케(1913~1947)

　오오사카 출생. 제3고등학교에 5년 재학하다 중퇴했다. 「비」로 다케다 린타로(武田麟太郎)에게 인정을 받았으며, 결혼 후 「부부 단팥죽」을 발표하여 작가로서의 지위를 확립했다. 「권선징악」 등 역작을 차례로 발표했으나 장편 「청춘의 역설」이 반군국주의 작품으로 발금처분을 받았다. 1946년에 패전 직후의 혼란스러운 세상을 묘사한 단편을 발표했으며, 사소설의 전통에 결별을 선언한 평론 「가능성의 문학」을 집필, 그 실험적 작품이라 여겨지는 장편 「토요부인」을 『요미우리신문』에 8월부터 연재했으나 연말에 객혈, 이듬해에 세상을 떠났다. 모든 사상이나 체계에 대한 불신, 옛 전통에 대한 반역을 목표로 삼았으며 고유의 감각과 직관에 바탕을 둔 스탕달풍의 템포가 빠른 작풍을 보여줬다.

비

雨

세월이 흘러 오키미(お君)는 식물처럼 성장했다. 하루의 시간을 짧다고 생각한 적도, 또 길다고 생각한 적도 없었다. 종일 소처럼 일했으며 울고 싶을 때는 울었다. 사람들 몰래 조용히 우는 것이 아니라 눈물이 나는 것이 그저 이유도 없이 슬프다는 듯한 울음이었다. 자신의 마음을 들여다본 적도 타인의 마음을 헤아려본 적도 없이, 말하자면 그녀에게는 단지 사계가 변화해가는 외계만이 존재하고 있는 듯했다. 애초부터 관철시켜야 할 자아가 있다고는 꿈에도 생각지 않고 있는 그대로의 인생에 있는 그대로의 몸을 눕힌 채, 불안도 불평도 없었다. 자신의 처지에도 저항하지 않았으며, 그리고 남자들에게 몸을 맡겼다. 나비에게 몸을 맡기는 풀꽃처럼 몸을 맡겼다.

서른여섯 살이 되어 비로소 자신도 역시 자신의 행복을 주장할 권리를 가지고 있다는 사실을 깨달았으나, 그때부터 불행이 시작됐다. 그때끼지는 "저요? 저는 아무래도 상관없어요."라고 입버릇처럼 말했다. 오키미는 부지런한 사람이었다.

아가씨였을 때 따뜻하게 부풀어오른 가슴의 봉긋한 곳을 손바닥으로 누르고, 그것을 몇 번이고 몇 번이고 되풀이해서 문지르는 것을 좋아했다. 또 목욕탕에서 욕조에 한참 잠겨 있다가 김이 피어오르는 몸에 찬물을 끼얹는 것을 좋아했다. 좍아 물이 쏟아져내려 주위의 김을 걷어내면, 오키미의 탱탱하고 탄력 넘치는 몸이 요염하게 부르르 떨며 우뚝 서 있었다. 관능이 꿈틀거리는 것이었다. 몇 번이고 뿌렸다. "다섯 번이고 여섯 번이고 물을 뿌려요. 선 채로. 기분이 좋아요."라고 그녀가 남편인 가루베 다케히코(軽部武彦)에게 말했을 때 젊은 가루베는 얼굴을 찌푸렸다. 그는 오오사카 덴노지(天王寺) 제3소학교의 교원이었다. 오키미가 그와 결혼한 것은 18세 때였다.

가루베의 윤리(모럴)는 '출세'였다. 젊은 몸으로 시타데라마치(下寺町)의 도요사와 고쇼(豊沢広昇)라는 자의 말단 샤미센 연주가로 들어가 조루리[1]를 배우고 있었다. 조루리를 좋아하는 교장의 동문이라는 영예를 얻은 것이었다. 그리고 교장과 함께 니혼바시 5번가의 조루리 서적 사본가인 모리 긴스케(毛利金助)에게 연습본을 주문하곤 했다. 오키미는 긴스케의 외동딸이었다. 오키미의 어머니는 오키미가 기억하는 한, 마치 바느질을 하기 위해서 태어난 것 같은 여자로 언제 봐도 어두컴컴한 안쪽의 방에 털썩 앉은 채 바느질을 하고 있었는데 오키미가 열다섯 살 때 당뇨병에 걸려 세상을 떠나고 말았다. 긴스케는 견습을 하는 젊은 제자와 함께 등을 구부정하게 만 채 아침에 눈을 뜬 순간부터 밤이 되어 잠자리에 들 때까지 끈질기게 조루리의 문구를 옮겨적는 것만이 유일한 재주인, 낡은 장지문처럼 무기력하고 조용한 사내였다. 중풍기가 있었으나 그가 만드는 사본은 비교적 평판이 좋았다. 직업이라고 할 수 없을 정도로 가격이 싼 이유도 있었다. 견습 제자는 흐리멍덩

---

1) 浄瑠璃. 음곡에 맞추어 낭창하는 옛이야기.

해서 별로 도움이 되지 않았다. 어머니가 죽자 달리 여자의 손이 없었기에 오키미는 일찍부터 제 역할을 다하는 여자만큼이나 집안일을 했을 뿐만 아니라 사본을 주문한 곳에 가져다주는 일도 종종 했다. 아직 어깨를 징근, 옷단 아래로 1치 반이나 하얀 다리가 들여다보이는 짧은 옷으로 18살이 된 성숙한 몸을 감싼 채, 오키미가 우에혼마치(上本町) 9번가에 있는 가루베의 하숙으로 처음 사본을 가지고 왔을 때 28살이었던 가루베는 그 난폭한 색태에 압도되어 자신도 모르게 시선을 돌리고 자신의 고정관념에 힘껏 매달렸다. 여자는 출세의 방해물. 그러나 세 번째 오키미가 연습본을 가지고 왔을 때 가루베는 잘못된 곳이 없는지 지금 잠깐 살펴볼게, 라며 방석을 권해 오키미를 앉힌 뒤, 조그만 목소리로 연습본을 읽기 시작, ……뒷모습을 보기만 하다 마사오카가……, 힐끗힐끗 오키미를 훔쳐보다가 마침내 목소리가 묘하게 떨리기 시작하더니 군침을 꿀꺽 삼키고, ……흘리는 눈물 넘쳐……, 갑자기 오키미의 하얀 팔을 잡았다.

　오키미는 그때의 일을 "그러니까 눈앞이 갑자기 환해지기도 하고 새까맣게 어두워지기도 하고, 당신의 얼굴이 황소의 얼굴처럼 크게 보였어요."라고 결혼 후에 가루베에게 말해서 그에게 불쾌한 기분을 느끼게 한 적이 있었다. 가루베는 몸집이 작은 데 비해서 얼굴의 이목구비 하나하나가 크고, 눈썹이 굵고, 눈은 근시안경 너머로 희번뜩 튀어나왔고, 코의 살이 두툼한 매부리코였다. 그 커다란 콧구멍으로 훅훅 분주하게 담배 연기를 뿜어내며 가루베는 그때, 이 일은 누구에게도 말해서는 안 돼, 라고 머리를 매만지고 있는 오키미에게 거듭거듭 말했다. 그날 이후 오키미는 그의 집에 오지 않았다. 가루베는 오뇌했다. 이 일은 반드시 출세에 방해가 되리라 그는 생각했다. 거기에 양심의 가책이라는 말도 머리에 떠올랐다. 그 아가씨는 임신을 할까, 하지 않을까 하고 하루 종일 고민했으며, 긴스케가 찾아오지나 않을까 두려웠다. 교육계의 커다란 문제, 그런 제목의 신문기사에 생각이 미치자 가슴의 오뇌는 극에 달했다. 그랬기에 여러 가지로 생각하고 또 생각한 끝에 지금 당장 오키미와 결혼하면 된다는 결론을 간신히 찾아냈을 때는 마침내 목숨을 건진 듯한 기분이 들었다. 어째서 좀 더 빨리 이 생각을 하지 못한 걸까, 바보 같은 놈, 하고 자신을 비난했는데, 그러나 결혼은 적어도 교장쯤 되는 사람의 딸과 하기로 마음먹고 있었다. 사본가 따위의 딸과 결혼한다는 것은 몽상할 가치조차 없는 일이었다. 그나마 오키미의 미모가 그를 위로했다.

어느 날, 가루베의 동료인 가마치(蒲地) 아무개라는 사내가 갑자기 니혼바시 5번가에 있는 긴스케의 집으로 찾아와 과묵한 긴스케를 붙들고 여러 가지 잡담을 늘어놓은 뒤 돌아갔다. 무슨 일인지 긴스케는 도무지 영문을 알 수 없었으나, 단지 가루베라는 사내가 덴노지 제3소학교에서 평판이 매우 좋은 교사로 품행이 방정하다는 사실만은 어렴풋이 알게 되었다. 그 가루베가 그로부터 사흘 뒤에 소우에몬초(宗右衛門町)에 있는 도모에도(友恵堂)의 모나카 50개를 선물로 들고 찾아와서 사실은 댁의 따님을 저의 배우자로 삼고 싶습니다만, 하고 포마드로 단정하게 매만진 머리카락을 대여섯 가닥 손가락 끝으로 문지르며 긴스케에게 말했다. 긴스케가 오키미에게 너는 어떠냐고 묻자, 오키미는 눈썹이 긴 눈을 깜빡이며, "저요? 저는 아무래도 상관없어요." 외동딸이니 데릴사위로 들어왔으면 좋겠다고 긴스케가 이튿날 대답하자, 가루베는 그건 안 됩니다, 라고 대답했고, 긴스케는 마치 야단을 맞은 듯한 모습이었다.

이렇게 해서 가루베는 고미야초(小宮町)에 작은 집을 빌려 오키미를 맞아들였는데, 그는 '대체로' 그녀에게 만족한다고 동료들에게 말하고 다녔다. 오키미는 부지런한 사람이었다. 날이 밝으면 벌써 분주하게 일을 하고 있었다. 그녀가 아침이면 가장 먼저 부르는, 여기는 지옥의 3번가, 가기는 좋아도 오기는 무서워, 라는 그녀의 애창곡은 가루베에 의해서 그 비속성 때문에 금지되었다. 조루리에서 볼 수 있는 것 같은 문학성이 없어, 라고 진지하게 말했다. 그는 국한문 중등교원의 검정시험을 볼 준비를 하고 있던 중이었다. 오키미는, 돈보다 소중한 주베에(忠兵衛) 씨, 그런 주베에 씨를 죄인으로 만든 것은 전부 소첩이니, 라고 하루에 스무 번이나 낭창하게 되었다. 가루베는 다소 변태적인 기호를 가지고 있었으나 오키미는 거기에 흔쾌히 응했다.

　　어느 날, 가루베가 학교에 가 있는 동안 니혼바시의 집에서 듣고 왔습니다만 하며 젊은 남자가 찾아왔다. 어머, 다나카 신(田中新) 군, 어떻게 된 일이야? 헌 옷 장수의 아들로 조선의 연대에 입대했었는데 어제 제대해서 집으로 돌아온 참이라고 했다. 활발한 말투와는 달리 완전히 풀이 죽은 얼굴로, 어째서 자신에게 아무런 말도 하지 않고 시집을 간 것이냐고 오키미를 나무랐다. 예전에 오키미는 그에게 입술을 3번 빼앗겼었다. 몸을 섞지 못했던 것은 단순히 기회의 문제였다며 마음속으로 안타까워하고 있는 그런 다나카의 문책을 오키미는 이해할 수 없다는 듯한 표정이었으나, 그래도 햇볕에 탄 얼굴에 생생하게 떠오른 그의 슬픈 표정을 보자 가엾다는 생각이 들어 그를 위해서 튀김덮밥을 주문했다. 이런 걸 먹을 수 있을 것 같아, 라며 한 술도 뜨지 않고 돌아간 그의 얘기를, 오키미는 저녁을 먹을 때 아름다운 눈알을 이리저리 움직여가며 이야기했다. 가루베는 무릎 위에 얹은 신문을 보며 응, 응 하고 경멸하는 듯한 태도였으나, 이야기가 입맞춤에 다다른 순간 갑자기 신문이 오키미의 얼굴로 날아들었다. 뒤이어 밥그릇과 젓가락, 그리고 뺨이 찰싹 높은 소리를 냈다. 우는 소리를 들으며 가루베는 식후의 산책에 나섰다. 돌아와보니 오키미는 없었다. 화로 옆에 반시간쯤 엉거주춤 웅크리고 앉아 있자니, 돈보다 소중한 주베에 씨, 라는 목소리가 들리고 목욕탕에서 갓 나온 냄새를 풀풀 풍기며 돌아왔다. 그 얼굴을 한 대 때린 뒤 가루베는, 여자란 결혼 전에는 몸을 신성한 채로 지켜야 하는 법이야, 설령 그것이 키스라 할지라도 말이지. 여기까지 말하고 가루베는 문득 자신이 오키미를 범했을 때의 일이 떠올라 어딘가 모순된 말을 하고 있는 듯 여겨졌기에 간단히 훈계만 해두기로 했다. 그는 오키미와 결혼한 일을 후회했다. 그러나 오키미가 이듬해 3월에 사내아이를 낳았을 때는, 날짜를 헤아려보고 간담이 서늘해져서 결혼하기를 잘했다고 생각했다. 태어난 아이의 이름은 효이치(豹一)라고 지었다. 일본이 이기고 러시아가 졌다는 의미의 노래가 아직도 오오사카를 풍미하던 무렵이었다. 그해에 가루베는 5엔만큼 승급했다.

그해 가을, 후타쓰이도(二つ井戸)에 있는 덴규(天牛) 서점 2층 홀에서 교장의 주선으로 도요사와 고쇼 문하생들의 아마추어 조루리 대회가 열려, 청중 180명이라는 성대한 모임이 되었는데, 가루베 다케히사(軽部武寿)라는 예명의 가루베 다케히코는 그때 처음으로 무대에 올랐다. 처음이었기에 물론 초장에 출연을 했고 드문드문 모여들기 시작한 청중 앞에서 발을 늘어뜨린 채 낭창했는데 사와쇼[2] 같다는 관객의 외침이 있었을 정도로 열연했기에 열연상으로 물 잔 하나를 받았다. 그로부터 사흘 뒤, 급성폐렴에 걸려 상당히 좋은 의사에게 치료를 받았으나 가루베는 덧없이 목숨을 잃고 말았다. 눈물이라는 건 언제가 되어야 마르는 걸까 이상히 여겨질 정도로 오키미는 훌쩍훌쩍 울었고, 부부란 바로 이래야만 값어치가 있는 것이라며 사람들은 그 우는 모습에 마음을 빼앗겼다. 하지만 이칠일(二七日)의 밤, 가루베를 애도하기 위한 조루리 모임이 역시 덴규 서점 2층에서 열렸을 때, 효이치를 데리고 회장에 모습을 드러낸 오키미는 교장이 낭창한 '니노구치무라(新口村)'의 우메가와(梅川) 구절, 돈보다 소중한 주베에 씨, 에서 짝짝 커다란 소리로 박수를 쳤다. 손을 얼굴 위로 들어올린, 사람들의 눈에 띄는 박수였기에 사람들은 눈썹을 찌푸렸다. 가루베의 동료인 젊은 교사들은 가루베의 죽음 정도로는 고갈되지 않은 오키미의 생명감에 생각이 미치자, 가슴속에서 각자 자신들 아내의 얼굴을 떠올려 보고는 뭔가 미덥지 않다는 마음이 들었다. 교장은 오키미의 박수에 커다란 희열을 느꼈다.

삼칠일의 밤, 친족회의가 열린 자리, 시코쿠의 다카마쓰(高松)에서 온 가루베의 아버지가 오키미에 대해서, 오키미의 호적을 본가로 되돌리고 효이치도 긴스케의 양자로 올리는 것이 어떻겠느냐고 떨떠름한 얼굴로 의견을 밝히고 오키미에게 의향을 물었더니, "저요? 저는 아무래도 상관없습니다." 긴스케는 한마디도 의견다운 말을 하지 않았다. 오키미가 효이치를 데리고 니혼바시 5번가의 본가로 돌아가보니, 집 안은 말문이 막힐 정도로 지저분했다. 장지문의 살에 먼지가 찐득하게 눌어붙었으며 변소에는 거미줄이 몇 개나 걸려 있었고 벽장에는 더러워진 물건들이 가득 들어차 있었

---

2) 사와다 쇼지로(沢田正二郎, 1892~1929). 검극 등으로 대중적 인기를 얻었던 배우. 사와쇼(沢正)는 그의 애칭.

다. 오키미가 시집간 이후 긴스케는 집안일을 해줄 노파를 고용해서 집을 맡겼으나, 하필이면 노파는 벌써 허리가 굽고 귀가 멀었다. 이번 일은 참으로 커다란 불행이라고 인사를 한 노파에게 안고 있던 효이치를 맡기고 오키미는 한 벌뿐인 비단 하오리도 벗지 않은 채 척척 일을 하기 시작했다. 사흘이 지나자 집은 몰라볼 정도로 깨끗해졌다. 일을 해주던 노파는, 사실은 고향의 아들이 하며 구실을 만들어 스스로 일을 그만두었다. 오키미는 효이치를 업은 채 여기는 지옥의 3번가, 라고 콧노래를 부르며 하루 종일 일했다. 그런 오키미가 돌아온 것을 긴스케는 기뻐했으나, 이 아버지는 거북이처럼 거의 말이 없었다. 그는 가루베의 죽음에 대해서 끝내 한마디도 제대로 된 위로의 말을 하지 않았다.

헌 옷 가게의 다나카 신 군은 이미 젊은 아내를 맞아들인 뒤였는데, 긴스케가 데리고 온 효이치를 데리러 오키미가 목욕탕의 탈의실에 모습을 드러냈을 때 그의 아내도 최근에 낳은 아기를 데리러 와 있었기에 친한 사이가 되었다. 주근깨투성이에 코가 낮은 그 아내와 나란히 놓고 보자 오키미의 아름다움이 남탕에서 새삼스레 문제가 되었고, 당연한 결과로 오키미의 재혼에 관한 이야기를 부근 사람들이 종종 긴스케에게 꺼냈으나 그럴 때마다 긴스케가 오키미의 의견을 물으면 언제나처럼 "저는 아무래도 상관없습니다."라는 태도였기에, 긴스케는 가루베 때와는 달리 이번에는 그 이야기를 어영부영 묻어버리고 말았다. 오키미는 때로 가루베의 애무를 통해서 받았던 관능의 자극이 떠올라 그 기억의 그림을 눈가에 그려 머리를 흐릿하게 했으나, 그럴 때마다 은밀한 행위로 스스로를 즐기는 듯한 면이 있었다. 견습 제자도 벌써 20살이 되어 여름밤 같은 때 하얀 젖을 효이치에게 물린 채 흐트러진 모습으로 누워 있는 오키미의 자태에 미칠 정도로 허무하게 가슴을 불태웠으나 원래부터 그는 마음이 약했으며 오키미도 물론 그의 시선 속에서 남자를 느끼지는 못했다.

　5년이 지나 오키미가 24살, 효이치가 6살이 되던 해의 연말, 불의의 재난으로 긴스케가 허무하게 세상을 떠나버리고 말았다. 그날 오오사카는 12월 말임에도 드물게 첫눈이 희끗희끗 날리고 있었다. 효이치의 성장과 함께 완전히 늙어 망령이 든 긴스케가 오키미에게 50센을 받아 손자의 손을 잡고 센니치마에(千日前)에 있는 라쿠텐치(楽天地)로 쓰즈키 후미오3) 일파의 신파 연속극을 보러 갔다가 돌아오는 길에, 니혼바시 1번가의 교차로에서 에비스초(恵美須町)행 전차에 치인 것이었다. 철조망으로 튕겨져나가 간신히 목숨을 건진 효이치가 누구에게서 받은 것인지 캐러멜을 들고 사람들에게 둘러싸인 채 엉엉 울고 있는 모습을 본 동네의 젊은이가, 앗 저건 모리네 집의 꼬맹이잖아, 하며 자전거를 달려 사고를 전해주었기에 오키미가 달려가보니, 눈 내리는 황혼의 어둠에 벌써 불을 켠 전차가 20대나 꼼짝없이 발이 묶여 있었으며 차체 아래에 긴스케의 몸이 둥그렇게 나뒹굴고 있었다. 꺄악, 소리는 질렀으나 신기하게도 눈물은 나오지 않았으며, 어머니의 모습을 본 효이치가 손에 매달렸을 때 비로소 목구멍이 뜨거워지기 시작했다. 그리고는 아무것도 보이지 않았다. 마침내 활기를 띤 전차의 소리가 들려왔다.
　그날 밤, 동네에 있는 전당포인 오오니시(大西)의 주인이 갈색

---

3) 都築文男(1889~1946). 일본의 배우. 간사이 신파극을 결성했다.

보따리를 들고 찾아와, "사실은 몇 년 전, 당신이 시집을 갈 때 혼수 비용으로 돈을 긴스케 씨에게 융통했습니다. 그때 맡은 물건이 이자도 들어오지 않기에 장물로 잡혀 있었습니다만, 아무래도 당신 집에는 소중한 물건인 듯하니 얘기에 따라서는 어떻게든 해볼 수 있을 것 같기도 한데. 누가 뭐래도 전차회사의" 사죄금을 적어도 1천 엔쯤이라 짐작하여, 이겁니다 하며 내민 물건을 보니 족보 1권과 대검 1자루였다. 전국시대의 한 성주의 혈통을 물려받은 긴스케의 훌륭한 집안이 그것으로 분명해졌으나, 오키미는 처음 보는 물건이었고 또 긴스케로부터 그와 같은 집안의 내력에 대해서는 끝내 한 마디도 들은 적이 없었다. 가루베가 그 사실을 모른 채로 죽은 것은 그의 불행 가운데 하나였다. 오키미에게 그런 얘기를 하지 않은 긴스케도 긴스케지만, 오키미도 역시 오키미였다. 그런 물건 제게는 필요 없습니다, 라며 전당포 주인의 제의를 거절했고, 그 이후 가문에 관한 일 따위는 잊어버렸다. 이자의 기간을 운운하며, 물론 욕심이 났기에 집요하게 권했으나 오키미는 그저 딱하게 됐다는 듯, "제게는 아무래도 상관없는 일이니. 게다가" 전차회사의 사죄금은 어떤 이유에서인지 겨우 100엔도 되지 않는 금일봉으로, 그 절반은 일을 그만두기로 한 견습 제자에게 주기로 마음먹고 있었다.

　주고쿠(中國)의 고향에서 온 친척들도 그런 오키미에게 질려서 장례식이 끝나자마자 서둘러 돌아갔고, 집 안이 텅 비어버린 밤, 몸을 짓누르는 이상한 무게에 문득 눈이 떠져, 누구, 라고 어둠 속에서 말을 걸었더니, 뜻밖에도 커다란 돈을 받아 마음이 강해진 것인지, 혹은 정신이 이상해진 것인지 하필이면 그는 견습 제자였다. 무게에 저항했으나, 어떤 이유에서인지 저항하는 동작이 몸을 짜릿하게 했다.

이튿날, 견습 제자는 가엾을 정도로 한없이 기가 죽어서 오키미의 시선을 피했기에 이상할 정도였으나, 저녁에 고향에서 형이라는 사내가 그를 데리러 오자 안심한 듯한 얼굴이 되었다. 오랜 세월 애물단지 같은 아이를 돌봐주셔서 감사합니다, 라고 형이 인사를 하고 나자, 굽신 머리를 숙이고 이건 그저 성의에 지나지 않습니다 하며 하얀 종이봉투를 내밀고 집을 떠났다. 종이봉투에는 사본의 글씨체로 부의라고 적혀 있고, 열어보니 오키미가 줬던 돈이 그대로 들어 있었다. 고향으로 돌아가면 농사를 지을 것이라고 말했던 그의 빈약한 몸과 겁먹은 듯한 태도가 가엾이 여겨져 오키미는 인기척이 없어진 집 안의 공허함에 한동안 멍하니 앉아 있다가, 잠시 후, 배에 오르면 어디까지 가시나, 기즈(木津)와 난바(難波)의 다리 아래, 라고 애조를 띤 자장가를 커다란 목소리로 효이치에게 들려주었다.

가미시오마치(上塩町) 지장골목의 나가야4)에서 세 5엔짜리 집을 찾아내 그곳으로 옮기자마자 재봉 가르쳐드립니다, 라는 작은 팻말을 처마 끝에 매달았다. 연립주택 사람들에게는 판독하기 어려운 이상한 글씨체로 그것은 아버지에게서 배운 것, 비단옷은 잘 다루지 못했지만 재봉은 어머니에게서 배운 것, 월사금 1엔을 받고 동네 여자아이들을 상대하기에는 별 문제 없었으며, 물론 동네의 삯바느질 일도 받았다. 분주한 연말, 부탁받은 설빔을 짓는 일에 쫓겨 오키미가 밤을 새는 날들이 계속되었는데, 어느 날 밤 효이치가 문득 눈을 떠보니 훌쩍훌쩍 콧물을 들이마시는 소리가 들리고

---

4) 長屋. 단층, 혹은 2층의 일본식 연립주택. 이하 연립주택.

오키미가 빨간 손으로 화로의 숯을 뒤집어 불을 살리려 하고 있었다. 문 밖에서는 밤이 서리 빛으로 옅어져가고 있었는데, 그런 어머니의 모습에 효이치는 어린 마음에도 왠지 가련함 같은 것이 느껴졌으나, 오키미는 어린 나이에 어울리지 않는 동정이나 감상 따위 그다지 잘 알지 못하는 어머니였다. 오키미 씨는 운명이 좋지 않네요, 라고 위로하는 듯한 얼굴로 말하는 연립주택의 여자들에게도, 어쩔 수 없죠, 하며 그런 불행도 내 알 바 아니라는 듯 웃어 보여, 죽은 사람들에 대한 추억담, 그리고 치밀어오르는 흐느낌을 기대하며 함께 한바탕 속 시원히 울어야겠다고 생각한 연립주택의 여자들에게는 오히려 어딘가 허전한 듯 여겨지는 오키미였다.

오오사카 거리거리의 골목에는 어디에서 가져온 것인지, 지장보살 석상이 흔히 안치되어 있어서 매해 8월 하순이면 지조본(地蔵盆)이라는 연중행사가 벌어지는데, 오키미가 살고 있는 지장골목은 이름 때문에라도 성대한 행사가 벌어지고 있었다. 그렇다고는 해도 역시 연립주택의 행사이기에 각 세대의 문마다에 그림이 들어간 등롱을 달고 좁아터진 골목 가운데서 동네 남녀들이 토테테라친친, 토테테라친, 친텐호이토코, 이토하코토, 요요이토삿사라는 무슨 말인지도 모를 노래에 맞춰 춤을 추는 것이 전부인 행사였으나, 오키미는 무리를 해서 수박 20개를 기부하고, 춤추는 사람들과 어울렸다. 그녀가 춤에 가담했기에 밤 2시까지라는 경찰의 통지가 날이 밝을 때까지 잊혀져 있었다. 부자연스럽게 관능을 자극받아도 오키미의 피부는 여전히 윤기를 잃지 않았으며, 목욕탕에서 찬물을 끼얹을 때의 눈이 번쩍 뜨일 것처럼 산뜻한 그녀의 자태에 숨이 막힐 것 같은 질투를 느끼던 연립주택의 여자가, 한번은 오키미의 목덜미를 보고 과장스럽게 "어머, 오키미 씨도 참, 목덜미에 잔털이 가득" 자란 것을 발견하고는 다행스러운 일이라는 듯 몇 번이고 말했기에, 목욕탕에서 돌아오는 길에 동네의 마쓰이(松井) 이발점에 들러 얼굴과 목덜미를 다듬어달라고 했다.

　면도칼이 써늘하게 얼굴에 닿은 순간 덜컥 전율을 느꼈으나, 곧 사각사각 피부 위를 달려가는 기분 좋은 감촉에 자신도 모르게 몸이 긴장되어 입술 부근을 몇 번고 훔쳤으며, 비누와 화장품 냄새가 배어 있는 도제(徒弟)의 손이 얼굴 근육을 집어올릴 때마다 정신이 아득해지는 것 같은 느낌이 들었다. 그런 오키미 때문에 도제인 도쿠다(德田)는 직업이니 어쩔 수 없다는 얼굴을 수시로 거울을 통해서 확인하지 않을 수 없었다. 그러나 그날 이후 1달에 2번은 반드시 찾아오는 오키미 때문에 도쿠다는 마음이 평온하지 않았으며, 어느 날 밤, 신문지에 싼 서지 천을 가지고 오키미의 집으로 찾아와, "큰맘 먹고 옷 한 벌을 만들려고 하는데, 미안하지만 이걸" 바느질을 해달라고 부탁하더니 그대로 어색하게 잡담을 하며 언제까지고 앉아서 오키미를 후릴 기회는 지금이야, 지금이야, 마음속으로 외치고 있었으나, 그런 그의 속셈을 아는지 모르는지 오키미는 조간지(長願寺)의 스님도 벌써 61살이라는 그의 별것 아닌 이야기에도 빙글빙글 커다란 눈을 움직여가며 깔깔 웃었다. 효이치는 옆에서 잠을 자고 있었는데 갑자기 몸을 벌떡 일으키더니 무릎을 나란히 하고 똑바로 앉아 그 위에 두 손을 올려놓고 도쿠다의 얼굴을 눈도 깜빡이지 않고 빤히 바라보기 시작했다. 도쿠다는 그 시선에서 나이를 초월하여 덤벼들려는 듯한 적의를 보았기에 왠지 압도당한 기분이 들었다. 마침내 그는 자신의 숫기 없음을 비웃으며 집으로 돌아갔다. 골목 입구에서 도쿠다가 방뇨하는 소리를 들으며 효이치는 휙 드러누웠다.

그때 효이치는 7살, 생일이 빨랐기에 심상 1학년생이었다. 학교에서의 쉬는 시간에도 여자아이들과 즐겨 놀았으며, 소녀처럼 화사한 몸과 희고 오밀조밀하게 정돈된 얼굴은 여교사들에게도 사랑을 받았지만, 초라한 자신의 차림새를 부끄러워하고 있는 듯했다. 수줍음이 많았지만 같은 반 남자아이 5명이 그에게 맞아 울음을 터뜨렸다. 어린아이치고는 그다지 웃지 않았으며 자신의 울음소리에 도취된 듯한 울음을 울었고, 커다란 울음소리가 부근의 화젯거리가 된 장난꾸러기였다. 무엇 때문에 골이 난 것인지 한번은 골목의 우물가에 모셔놓은 지장보살 석상에 대고 오줌을 쌌다. 오키미는 생각이 났을 때 야단을 쳤다.

　　동네에 있는 조간지의 주지스님은 사람 좋은 노인이기는 했으나 장기를 누구보다 좋아했고 장기에 관한 일이라면 사람이 딴판이 되어 훈수를 두었다며 그 사내와 일주일이나 말을 하지 않고, 기상천외한 수라며 첫 번째 수로 기습작전을 감행하는 꼴사나운 방법을 쓰기도 하고, 내기를 하지 않으면 둘 마음이 들지 않는다며 담배라도 걸면 겨우 싸구려 담배 1갑에도 목숨을 건 사람처럼 지저분한 장기를 두었으며 지기라도 하면 파산한 사람 같은 얼굴로 상대방을 원망하는 식이어서, 원래부터 서툰 장기이기도 했기에 모두가 멀리하여 장기를 둘 사람이 없자 경내의 연못 옆으로 곧잘 놀러 오는 효이치에게 장기를 가르쳤다. 소질이 있는 것인지 처음에는 스님이 차와 포를 떼고 두었는데 1개월 지나자 차만 떼고 두었으며, 2개월째에는 대등하게 둘 수 있게 되었다. 어느 날 스님이 "효이치야, 뭔가 걸지 않으면 재미없지 않느냐? 나는 흰 떡소가 든 만주를 6개 걸겠다. 효이치는" 아무것도 걸 것이 없었기에 연못에서 새끼거북이 1마리를 잡아, 장기에서 지면 스님에게 주기로 했다. 실력

이상으로 긴 승부였으나 결국은 효이치가 져서 눈물을 흘렸다.

　황혼의 빛깔을 빨아들여 고요해진 연못의 수면을 바라보며 효이치는 새끼 거북이를 노렸다. 자신이 어째서 진 것인지 이유를 알 수 없었다. 그런 약한 상대에게 진다는 것은 이상한 일이었다. 어린아이에게서는 흔히 볼 수 있는 일이지만 자신에게는 하늘을 나는 능력이 있을지도 모른다는 공상도 효이치에게는 말하자면 그의 허영 가운데 하나여서, 악당에게 쫓겨 하늘을 날아 달아나는 꿈을 꿨을 때에는 사람들에게 자랑스레 이야기를 했고, 그 때문에 조소 당하자 두고 봐, 날아보일 테니, 라고 생각, 허영에 시달려 남몰래 기적을 믿고 기적을 기다리는 경우가 흔히 있었다. 기적은 나타나지 않았으며, 이기려고 마음만 먹었다면 이길 수 있었다는 그의 변명도 스님의 철딱서니 없는 독설과 함께 일소에 부쳐지자 한없이 분해했다. 그는 다른 하나의 기적을 기다리며 거기에 의지했다. 새끼 거북이를 반시간도 지나지 않아 잡아들이는 귀신같은 솜씨를 발휘해야 했다. 그렇게 하면 스님을 볼 체면도 서고, 비참한 기분도 얼마간 풀어지리라 생각하여 그는 연못의 수면을 뚫어져라 바라보았다. 안타깝게도 새끼 거북이를 잡기 전에 스님은 단가(檀家)로 가버렸다. 지금은 얼굴을 보기에도 민망한 스님이지만, 조금만 더 기다려줬으면 좋았을 텐데, 라고 생각했으나, 자리를 비운 것은 오히려 다행이었다. 여보세요, 거북이님, 거북이님, 얼굴을 내밀어 보세요, 라고 처음에는 노래하듯 말했으나 시간이 지남에 따라서 점점 울먹이는 소리가 되었고 결국에는 한마디도 말이 나오지 않았으며, 이제는 얼굴을 내밀기만 하면 연못 속으로 텀벙 들어가서라도 잡고 싶은 정도가 되었다. 주위는 완전히 어두워졌으며, 목어의 소리가 슬플 정도로 단조롭게 반복되었다. 문득 자신을 부르는 목소리에 얼굴을 들어보니, 저녁도 안 먹고 뭐하는 거야. 문 옆에서 오키미가 무서운 얼굴로 노려보고 있었다. 거북이를 잡을 생각이라고 말하자, 바보 같은! 이라며 야단을 맞았고, 안 그래도 울고 싶었던 효이치는 기다렸다는 듯 울음을 터뜨렸다. 울음을 터뜨리더니 좀처럼 그치지 않고 가속도가 붙은 듯 울음소리가 점점 커졌기에 효이치를 안아올린 오키미는 마치 그 소리에 얼굴을 얻어맞은 듯한 기분이 들어, 그치지 않으면 연못 속으로 던져버릴 거야, 그래도 괜찮아? 괜찮아, 던져버리면 옷이 더러워져서 빨래를 하느라 엄마만 힘들 테니. 힘들지 않아, 하며 효이치의 겨드랑이 아래를 끌어안아 연못 물속에 텀벙 담갔다. 효이치는 새끼 거북이라도 찾을 생각인지 손을 파닥거렸다. 효이치를 건져올려 집으로 데리고 와서 오키미는 대야를 꺼냈다.

지장골목으로 이사 온 지 그럭저럭 4년, 가을이 왔다. 오키미에게는 물 흐르듯 무사평온한 나날이었으나, 효이치에게 그 날들은 하루하루가 작은 풍파를 일으켰다. 스스로는 그 사실을 깨닫지 못했을 테지만 그는 자존심의 작용으로 생겨난, 무엇인가에 대한 적대의식에 끊임없이 탄력을 붙여가고 있는 소년이었다. 상처받기 쉬운 자존심을 가지고 있었기에 자신을 지탱하기 위해 끊임없이 승리감에 굶주려 있었다. 연립주택에서의 가난한 생활을 부끄러워할 나이는 아니었으나 어딘가 자신을 비하하는 마음을 남몰래 품고 있었다. 그리고 그것은 그의 자존심과 찰싹 붙어 있었는데, 물론 겸손 때문은 아니었다. 자존심의 균형에 의해서만 비로소 자기 자신을 느낄 수 있는 그는, 어머니를 닮지 않은 아이였다. 어머니 한 사람만을 자기편으로 생각하여 어머니와 둘이 있을 때에만 비로소 마음이 가라앉는 식이었기에 어머니를 지키겠다는 시건방짐을 본능적으로 가지고 있었다. 그리고 그의 어린 날들은 그의 이에 의해서 잘근잘근 씹혀 있었는데, 어느 날 마침내 그는 자신의 입술을 깨물어 터뜨리기에 이르렀다. 그해 가을, 오키미에게 재혼 이야기가 있었고 언제나처럼 저는 아무래도 상관없습니다, 라고 하여 모든 일이 상대방의 말대로 됐다. 상대방은 이쿠타마마에마치(生玉前町)의 전구 꼭지쇠상인 노세 야스지로(野瀨安二郞)였다.

전구 꼭지쇠상은 어떤 장사인가요? 라고 오키미가 묻자 중매인은 끊어진 전구 있잖아요, 그걸 1개에 1린5)에 사다가 분해해서 꼭지쇠의 놋쇠와 유리를 모아 파는 장사입니다, 거저먹기가 따로 없습니다. 그러나 거저먹기와 다를 바 없었던 것은, 당시 텅스텐 전구 가운데는 소량의 백금이 사용되는 것이 있었는데 전구 1만 개에서 1돈 5푼 정도의 백금을 얻을 수 있었기 때문이었다. 백금은 당시 1돈에 29엔이나 하는 고가의 물건이었다. 원래 폐전구는 전등회사에서도 처분에 골머리를 썩이고 있어서 심한 곳에서는 땅을 파 묻어버리곤 했었는데, 고물상을 하던 야스지로의 형 모리조(守藏)가 거기에 착안했다. 처음에는 분해해서 꼭지쇠와 유리만을 취했기에 그렇게 쉽게 돈을 벌지는 못했으나, 문득 백금이 사용되고 있다는 사실을 알고 고심 끝에 그것을 분리하는 방법을 발견했다. 고물상이었던 모리조는 단번에 10,000단위로 헤아려야 하는 커다란 돈을 손에 쥐었다. 야스지로는 우동가게의 배달부였는데 형의 장사 비법을 배워, 이쿠타마마치에 집 하나를 마련해서 꼭지쇠상을 시작했다. 아내를 맞아들이기는 했으나 야스지로는 부고환염에 걸

---

5) 厘. 화폐의 단위로 1엔의 1,000분의 1, 1센의 10분의 1.

린 적이 있었기에 아이는 생기지 않았으며 재작년에 아내가 콜레라에 걸려 죽자, 사나움이 느껴지는 좋지 않은 인상이었으나 어딘가 야무진 구석이 있어서 여자들에게 인기가 있고 돈을 쉽게 벌었기에 마쓰시마(松島)나 극장 뒤편의 유곽을 돌아다니며 놀았고, 아주 친하게 지내는 기생도 생겼기에 죽은 아내의 후처로 돈을 주고 기적에서 빼낸 유녀를 맞아들일 것이라는 소문이 돌았다. 그런 짓을 해서는 우리 딸들의 혼담에 방해가 되잖아, 하며 원래는 식당에서 일하는 여자였던 모리조의 아내 오카네(お兼)가 야스지로를 강하게 타일렀다. 장녀가 아직 8살밖에 되지 않았는데, 오카네는 벌써부터 세 딸의 훌륭한 혼처를 꿈꾸고 있었던 것이다. 형수도 참, 내게 훈수를 두다니, 하고 식당 종업원이었던 오카네를 경멸하던 야스지로는 씁쓸한 표정을 지었으나, 아무래도 모리조의 체면을 생각하지 않을 수 없었는지 그 무렵 잠깐 얘기가 나왔던 오키미를 들이기로 한 것이었다. 그러나 오키미의 미모에는 그도 첫눈에 수긍하는 부분이 있었기에 그렇게 나쁘지만도 않았다. 원래는 소학교 교원의 아내였다는 점이 오카네의 눈에도 충분히 만족스러웠다. 아들이 있다는 점은, 야스지로가 아이를 낳지 못한다는 사실을 고려하여 미리부터 계산에 넣은 일이었다. 오카네는 방탕한 야스지로에게 자신의 아이를 양자로 줄 마음이 없었던 것이다. 그러나 오키미가 데려올 효이치가 야무진 아이이기만 하다면 딸 가운데 가장 인물이 떨어지는 아이를 아내로 주어도 상관없다고 생각하고 있었다. 모리조는 이미 10만 엔을 정기저축으로 맡겨두고 있었다. 얘기가 정리되자 바로 혼례가 치러졌다. 훗날 성장한 효이치가 매해 목서 꽃 냄새가 날 무렵이면 피가 확 불타오를 것 같은 추억으로 머리에 떠올리는, 겨울을 생각하게 할 만큼 추운 가을의 일이었다.

그때 효이치는 8살, 학교에서 돌아오자 솜을 넣어 무명으로 새로 지은 겹옷을 갑자기 입혔다. 통소매로 코를 가져가니 새 염료 냄새가 차가운 공기와 함께 콧구멍 속으로 슥 들어와 자랑하기 좋아하는 그에게는 마음에 드는 새 옷이었으나, 아무래도 우쭐한 마음은 들지 않았다. 시침질용 실을 뜯어주며 그 집에 가면 얌전하게 있어야 한다고 어머니는 평소와 다름없는 투로 말했으나 왠지 야단을 맞고 있는 것 같다는 생각이 들었다. 전에 없이 짙은 화장을 한 어머니의 얼굴은 어린 마음에도 아름답게 보였으나 왠지 받아들이고 싶지 않은 기분이었다. 골목 입구에 인력거 3대가 와서 나란히 서자 그 얼굴이 순간 가면처럼 변해, 효이치는 어린 머리로도 그것이 26세 신부의 얼굴이라 헤아릴 수 있었기에 왠지 혼자된 것 같다는 기분이 들었다. 불을 꺼버린 화로 위로 손을 뻗어 종이호랑이처럼 목깃을 뒤로 젖혀 드러난 하얀 목을 불쑥 내민 채 노인네 같은 모습으로 앉아 있던 것을 일으켜 인력거에 태웠다. 낯선 사람이 앞의 인력거에, 오키미가 그 다음에, 효이치는 가장 뒤에 있는 인력거, 어른처럼 혼자 인력거 위에 오도카니 앉아 있는 모습이 인력거꾼에게는 자깝스럽게 보였는지, 꼬마야 떨어지지 않게 꼭 잡아야 한다. 그 목소리에 오키미가 힐끗 돌아보았다. 벌써 날이 저물어가고 있었다. 안 떨어져요, 라고 효이치는 일부러 장난스럽게 말했는데, 그 목소리가 황혼 속으로 사라져가는 것을 소년의 감상으로 들었다. 둥실 몸이 떠오르더니 인력거가 달리기 시작했다. 매순간 어둠이 깊어가는 것을 느낄 수 있는 저물녘이었다.

고요함에 잠긴 절이 몇 개나 늘어서 있는 절마을을 지날 때, 어둠 속으로 강렬한 나무의 냄새가 번뜩였다. 목서였다. 효이치는 현기증이 났다. 이미 처음 탄 인력거 때문에 멀미를 하고 있었던 것이다.

인력거의 채 끝에 달린 등롱의 불빛이 인력거꾼 손의 정맥을 도드라지게 하여 두툼하게 보였다. 심상 2학년의 눈이 등롱에 적힌 '노세'라는 두 글자를 판독하려 했으나 핏기가 머릿속에서 슥 물러나 버린 듯한 답답함 때문에 읽어낼 수가 없었다. 노세의 집 앞에 내리자 땅이 흔들리는 건지 몸이 흔들리는 건지 알 수 없는 느낌으로 비틀거렸으며, 집 안에 들어가서는 웩하고 씁쓸한 물 같은 것을 토해냈다. 주위의 웅성거림이 마치 멀리 하늘에서 들려오는 듯했으며, 눈앞이 뿌옇게 흐리고 하얀 시야 속으로 어머니의 빨간 입술이 떠 있었다. 누구의 손에 이끌린 것인지, 어디를 어떻게 지난 것인지, 시간이 얼마나 흐른 것인지, 이윽고 짧은 속요처럼 힘찬 곡조로 다카사고[6]를 부르는 목소리에 비로소 번뜩 눈이 뜨인 것 같은 느낌이 들어 목소리의 주인공을 보았다. 아침 댓바람부터 계속해서 술을 마신 듯 빨간 얼굴에 뚱뚱하게 살이 쪘으며, 방석을 접어 엉덩이 밑에 깔고 책상다리를 하고 있었다. 그게 야스지로였다. 형식적인 절차는 필요 없다고 말하기는 했으나 다카사고 하나쯤은 있어야 하지 않겠냐며, 달리 그것을 부를 만큼 풍류를 아는 사람도 없다는 사실을 구실로 노래가 자랑거리인 신랑이 직접 담당한 다카사고였다. 그날 밤, 효이치는 누구의 눈에도 이상하게 보였다. 그의 새파란 얼굴이나 눈 한 번 깜빡이지 않는 날카로운 눈빛은 놓쳤다 할지라도, 재삼 권해도 잔칫상에 젓가락 한 번 대지 않는 그의 고집스러움은 틀림없이 사람들의 눈길을 끌었다. 속이 좋지 않아서 먹을 수 없다고 변명했으며 스스로도 그런 것이라고 다짐했으나, 사람들은 이 아이는 사람들에게 그다지 귀여움을 받지 못할 것이라고 생각했

---

6) 高砂. 늙은 부부의 다정한 모습을 담은 노래. 결혼식 축하연에서 많이 불렸다.

다. 새아버지에 대한 반발심 때문인지, 혹은 야스지로의 노래 솜씨가 좋다고 칭찬했을 때의 어머니에게서 자신과 거리가 생겨버린 모습을 느낀 데서 온 불만 때문인지, 이유도 알 수 없는 적개심에 사로잡혀 남몰래 긴 가을밤을 원망했다.

그리고 그날 밤 효이치는 2층에 있는 하인들의 6첩 방에서 잠을 잤다. 녹초가 된 것처럼 피곤했으나 잠이 오지 않았으며, 어머니의 체온이 그리웠다. 술에 취한 두 젊은 하인은 소리 죽여 음란한 이야기를 했는데 종종 커다란 소리로 웃었다. 이불에 밴 나프탈렌 냄새가 왠지 낯설어 어머니가 곁에 없다는 공허함을 한층 더 새록새록 느끼게 했으며, 그런 웃음소리에 쓸쓸하게 귀를 기울이고 있었다. 꼬마야 아직 안 자냐, 좋은 걸 보여줄게, 라며 하인은 하필이면 효이치에게 야한 색으로 칠한 조그만 그림을 보여주었다. 그려진 사람들의 자세를 이해할 수 없었기에 호기심에서 가만히 바라보고 있었는데, 그들이 그 그림과 오키미를 연관 지어 혐오스러운 설명을 들려준 순간, 효이치의 창백한 눈이 거센 적의에 맡겨져 핏발이 섰으며 마침내 찍찍 그림이 찢겼다. 하인 하나가 앗, 하고 소리를 질렀으며 다른 하나가 효이치의 얼굴을 보았더니 입술이 빨갛게 부어 있고 피가 배어 있었다. 이튿날 아침에 하인들이 펑펑 전구 깨지는 소리에 놀라 눈을 떠 정원으로 나가보니 마침 20개째 전구를 던지려 하고 있는 효이치의 모습이 눈에 들어왔다. 하인들은 효이치가 왜 그런 짓을 하는 건지는 알 수 없었으나, 단지 어딘가 밉살맞은 아이라고 생각했다.

그리고 그 후 성장한 효이치를 보고 사람들은 종종 그때의 하인들과 같은 마음을 품게 되었는데, 그러나 효이치는 비교적 단순한 사내였기에 우리는 그 후의 그의 여러 가지 행동에 명확한 설명을 붙이는 데 그리 커다란 어려움은 겪지 않을 것이다. 가령 사람을 기억과 허영에 의지해서 살아가는 존재라고 가정한다면, 그는 그런 가정에 완벽히 부합하는 사내였기 때문이다. 판단의 편의상 그날 밤의 경험이 그에게 얼마나 결정적인 것이었는지를 상기해보면 될 것이다.

그날 밤 효이치가 어머니를 모독당한 일은 지금까지 자기 혼자만의 것이라고 생각했던 어머니가 더는 그런 존재가 아니게 되었다는 감상에 그를 빠뜨렸고, 그와 동시에 그것은 성적인 것에 대한 뿌리 깊은 혐오감을 그의 마음에 은밀하게 심어주었다. 그러나 그에게 있어서 가장 뼈아픈 것은, 어머니를 모독당함으로 해서 곧 자기 자신도 치욕을 입었다는 사실이었다. 지금까지 어머니의 존재와 자존심에 의해서만 살아왔기에, 그때 어머니를 모독당함으로 해서 동시에 자존심에 상처를 입었다는 사실은, 조금 과장해서 말하자면 그에게는 안주할 수 있는 세계를 이제는 잃었다는 사실을 의미하는 것이었다. 그랬기에 그는 그 세계를 빼앗아간 것들에 대한 혐오에 기대는 것 외에 자신을 지탱할 길은 없어진 것이라고 느꼈다. 그리고 지금까지는 막연하게만 느끼고 있던 무엇인가에 대한 적개심이 비로소 명료한 모습으로 그에게 나타나기 시작했다. 그는 자신의 주변, 그 가운데서도 특히 하인, 그리고 그 이상으로 양아버지인 야스지로에게서 적의를 느꼈다. 자신을 한없이 비참하다고 과장하여 자신을 비하하는 마음이 생겼다. 그리고 그 사실이 그의 적개심을 한층 더 강하게 했다.

적개심이 강해져도, 그러나 그 분출구가 없었다. 1개에 1린 하는 폐전구를 깨보기도 하고 동급생의 머리를 때려보아도 참으로 좀스럽게 여겨져, 그보다는 10리 이상이나 되는 길을 항구까지 걸어가 황혼에 잠긴 오오사카 만을 바라보며, 효이치 너는 불쌍한 놈이야, 라고 스스로를 어르는 편이 더 마음 편했다. 석양을 받으며 항구를 떠나는 기선에서 문득 향수를 느끼기도 하고, 이유도 없이 바다를 향해 욕설을 퍼붓는 편이 더 어울린다고 생각했다. 소년은 언제부턴가 자신은 고독하다고 결론 내림으로 해서 눈물을 흘렸으며, 또 그 눈물을 은밀하게 즐기고 있었다. 어느 날, 항구의 잔교에서 꺽꺽 울음소리는 내는 대신 멍청한 놈, 하고 외치며 아무도 없는 줄 알았는데 낚시를 하던 사람이 갑자기 돌아보더니 이놈, 뭐라는 거야, 그리고 눈을 까뒤집고 있는 표정이 시건방지다며 때렸다. 울면서 10리 길을 터벅터벅 집으로 향했고, 돌아와서는 전구를 10개 깼다. 9개째에서 적당히 좀 해, 라고 야스지로가 호통을 쳤으나, 야스지로는 어린 효이치 따위 명백하게 무시하고 있었다. 그는 오키미가 온 뒤부터도 마치 여공이나 하녀를 겸하기라도 한 듯 흠잡을 데 없이 일하는 오키미에게 집안일을 맡긴 채 변함없이 이곳저곳 유곽을 돌아다니며 놀았고, 어디서 하는 것인지 도박에 져서 돌아오면 이유도 없이 오키미의 뺨을 때리기 일쑤였으며 그럴 때면 반드시 사용하는 호박 같은 것! 이라고 소리 지르는 말과, 조선! 이라고 비웃는 말은 당사자인 오키미보다 옆에서 듣는 효이치의 가슴에 더 묵직하게 울려 효이치의 눈이 야스지로에게 대들 듯 번쩍번쩍 빛났으나 야스지로는 그런 그에게는 눈길도 주지 않고 단지 오키미가 데리고 온 혹 정도로만 생각하여 문제 삼지 않았다. 그러나 형수인 오카네는 학교 성적이 현저하게 우수한 효이치에게 은밀히 기대하는 부분이 있었기에 그가 심상 6년을 졸업하자 부립 중학교에 보내라고 야스지로를 억지로 설득했다. 식당의 종업원 출신인 그녀는 이제 자신 정도의 부자가 되면 딸의 남편으로 대학을 나온 사람 1명 정도는 맞아들여도 된다고 생각하고 있었다. 야스지로는 방탕한 사람이라 어차피 돈도 남기지 않을 테니 지금 효이치에게 돈을 쓰게 하는 편이 좋으리라, 어쨌든 그녀의 돈이 드는 일은 아니었다. 그러니 야스지로도 역시 돈을 들이지는 않았다. 살림살이를 위해 매달 오키미에게 건네주는 정해진 금액 안에서 효이치의 학비를 충당하게 했다. 그랬기에 오키미는 살림이 궁해져서 자신의 머리장신구와 옷을 전당포에 넣기도 하고 동네 사람들에게 3엔, 5엔 돈을 빌리기도 하지 않을 수 없었다.

중학생이 된 효이치는 자신에게는 허혼한 사람이 있다고 말하고 다녔다. 그런 말로 동급생들의 부러움을 사서 자신을 부각시키려 했던 것이다. 물론 그는 오카네가 거뭇한 피부의 둘째 딸을 그에게 시집보내겠다고 남몰래 생각하고 있다는 사실 따위는 알지도 못했다. 만약 알고 있었다면 입이 찢어져도 말하지 않았으리라. 자신이 남들로부터 언제나 모욕당하고 경멸받아야 할 인간이라고 과장되게 생각하는 버릇이 있던 그는 무엇보다 먼저 자신을 돋보이게 하지 않으면 안심할 수 없었던 것이다. 그는 주위를 둘러보고 하나같이 머리가 나쁜 소년들뿐이라는 사실을 알자 마음이 놓였던 것이다. 그러나 자신의 머리가 좋음에는 매우 자신이 없었다. 그랬기에 커다란 노력도 없이 수석을 차지했을 때는, 이건 뭔가 잘못된 것이라고 생각했다. 반 아이들은 그의 머리에 감탄하여 외경심도 품고 있었으나 남들이 감탄하고 있다는 사실 따위 그는 잘 모르는 일이었기에 자신이 수석이라는 사실을 끊임없이 반 아이들의 머릿속에 떠오르게 할 필요가 있었다. 또한 자신도 그 사실을 종종 돌아볼 필요가 있었다. 반 아이들은 그에게 '수석'이라는 별명을 붙였다.

이른바 수석으로서의 관록이 없었던 것이다. 입을 다물고 있는 편이 더 나았던 것이다. 그들은 아무리 노력해도 그를 따라잡을 수 없다는 사실을 알면서도 그가 너무나도 자신을 돋보이려 했기에 결국에는 그것을 허세라고 생각하게 되었다. 공부벌레라는 말을 듣고 나서야 비로소 퍼뜩 깨달은 효이치는 더 이상 아무런 손도 쓰지 않고 수석이라는 별명에 우쭐해서 싱글벙글 있을 수 없었기에 자신이 그다지 공부도 하지 않는데 수석이 되었다는 사실을 각인시키기 위해서 시험 전날이면 반드시 신세카이(新世界)의 아사히(篠日) 극장으로 가서 첫 번째로 상영하는 마키노의 영화를 보고, 시험 당일에 그 프로그램 종이를 가지고 와서 보여주었다. 그런 그에 대해서, 처음에는 그에게 자신감이 없다는 데서 오는 겸손함 같은 것을 보고 있던 사람까지 저절로 오만하다고 생각하게 되었다. 반 아이들은 그를 싫어했다. 그러나 그의 적개심은 반 아이들을 처음부터 적이라 단정 짓고 있었기에 미워하는 것이 오히려 속 시원하다는 듯 차분한 태도였으며, 그의 미모에 눈독을 들인 거친 상급생이 소름 돋는 애교로 다가오는 것을 보고는 오히려 그 애정에 어떻게 답해야 좋을지 모르겠는 기묘한 난처함에 빠져버렸다.

늘 수석을 지키며 3학년생이 되었다. 어느 날의 방과 후, 반 아이들 전원에게 둘러싸여 공부벌레 주제에 건방지다며 철권제재를 받았다. 40명이나 되는 상대와 5분 정도 분투했으나 결국은 코피가 터져 싸움은 끝났다. 그로부터 얼흘쯤 지나 학기시험이 시작되었다. 눈에 불을 켜고 문제지에 매달려 있는 반 아이들의 얼굴을 참으로 천박한 얼굴이라고 생각한 순간, 적개심이 갑자기 머리를 쳐들더니 가슴을 힘껏 찔렀다. 꼬락서니 하고는, 하며 작성하고 있던 답안을 지우고 의기양양하게 백지인 채로 제출했다. 임금이 스스로 기꺼이 왕위를 내려놓는 듯한 마음의 여유가 느껴져 희미한 기쁨이 전해졌다. 그는 처음으로 자존심이 만족을 얻었다고 생각했다. 수석에 연연했던 것도 자존심 때문이었는데, 그러나 생각해보니 그처럼 수석에 연연하는 태도야말로 그의 자존심이 허락하지 않는 일이었다. 하지만 그의 자존심이 조금 더 훌륭한 것이었다면, 적어도 그때 그것을 행하는 데에도 관중이 필요하다는 마음의 상태는 좋지 않게 여겼을 것이다. 그는 관객의 박수를 필요로 하는 자신의 광대 기질을 깨닫지 못했던 것이다. 관중은 그러나 답안을 백지로 제출하여 그가 낙제했다는 사실밖에 보아주지 않았으며 그를 조소했다. 그의 자존심은 간단히 상처를 입고 말았다.

두 번째 3학년 때, 교실에서 로마자로 쓴 이름을 2개 늘어놓고 같은 글자를 지워나가는 방법의 연애점이 유행했다. 교실의 칠판이 활발하게 이용되었고, 반 아이들이 공공연하게 점치고 있는 모습을 따돌림 당하고 있던 효이치는 하찮은 짓이라 여기고 있었는데, 문득 반 아이들 모두가 한 번쯤은 미즈하라 기요코(水原紀代子)라는 이름을 칠판에 쓴다는 사실을 깨달은 순간, 그의 눈이 이상하게 빛났다. 그는 반 아이 가운데 가장 성적이 좋지 않은 아이를 붙들고, 상대방은 그가 무엇을 물으려 하고 있는 것인지 전혀 알 수 없을 만큼 빙빙 에둘러 반시간이나 떠들어댄 끝에 미즈하라 기요코에 관한 두어 가지 지식을 얻었다. 대형열차의 선로 변에 있는 쇼인(樟蔭) 여학교의 학생이라는 사실을 알아냈기에 그날 오후의 수업을 빼먹고 우에혼마치 6번가의 전차 역 안으로 가서 그녀가 하교하기를 기다렸다. 2시간쯤이나 끈질기게 기다려 마침내 개찰구에서 나오는 미즈하라의 모습을 발견할 수 있었다. 가르쳐준 자줏빛 보자기와 키가 아주 크고 스마트한 인상이라는 말로 그녀라는 사실을 알 수 있었는데, 뭐가 쇼인 최고의 미인이라는 거야, 웃기지도 않아, 라고 생각했으나, 과장스러울 정도로 오오사카 중학생들 모두의 동경의 대상이라 떠들썩하게 소문이 났다는 점을 계산에 넣어, 미인이라고 생각하기로 했다. 일반적인 견해에 따른 것일 뿐이기는 했으나, 파랗게 맑은 눈은 차갑게 빛나고 있었으며 근시면서도 일부러 안경을 끼지 않을 만큼의 아름다움은 있었다. 2시간이나 신물이 날 정도로 기다렸다는 사실이 용기를 내는 데 도움이 되어 성큼성큼 곁으로 걸어가서는 갑자기, 죄송합니다만 당신이 미즈하라 기요코 씨입니까? 가능한 한 점잖은 척 물어야 한다고 생각한 끝의 말이었기에 기요코는 순간 어이가 없었으나, 그런 일은 종종 있는 일이었기에 그다지 얼굴도 붉히지 않고 네, 라고 대답한 다음, 어차피 편지를 건네줄 거라면 얼른 달라는 의미를 함축한 사무적인 표정으로 그를 보았다. 그러나 그는 준비한 말이 뒤따라 나오지 않았으며, 또 뜻과는 달리 얼굴이 새빨개지고 말았다. 이게 아닌데 싶었으나 자신의 지금 모습을 친구들이 본다면 꽤나 꼴사나울 것이라는 공포 때문에 더욱 어색하게 새빨개져버리고 말았다. 침묵의 15초가 굉장히 긴 시간처럼 여겨졌는데, 구사일생, 삼십육계 줄행랑을 치듯, 특별히 용건은 없습니다, 단지 그것뿐입니다, 라고 딱 그 말만을 간신히 할 수 있었던 것을 다행으로 나는 듯이 달아나버렸다. 명백하게 실패였다. 불량중학생치고는 너무 내성적이라며 기요코는 웃었으나 그의 미모만은 잠깐 마음에 남아, 같은 반의 누구라면 밀크홀로 데려가 3개에 5센 하는 회전 군만두를 사주고 싶어할 소년이라며 주근깨투성이의 친구 얼굴을 떠올렸다. 하지만 나는 달라. 그녀는 내년에 19살이 되어 학교를 졸업하면 바로, 지금 도쿄 제국대학 법학부에 다니고 있는 사촌오빠와 결혼하기로 되어 있었기에 16살짜리 소년 따위는 10살이나 어린 나이로 보이는 누나인 양하는 것이 허영 가운데 하나였다. 그랬기에 그 이튿날부터 사흘이나 연속으로 우에혼마치 6번가에서부터 고바시니시노초(小橋西之町)까지의 포장도로를 효이치가 뒤따라오자, 절반은 여름철 파리를 쫓는 듯한 기분으로 갑자기 뒤돌아서 무슨 일이죠? 라고 야단을 쳐줄 마음이 들었다. 사흘 동안 뒤따라가는 것 외에 아무것도 하지 못했던 심약함 때문에 스스로를 비웃고 있던 효이치의 자존심은 그녀가 그런 태도로 나왔기에 기적적으로 원래의 면모를 되찾았다. 여기서 겁을 먹어서는 나도 끝장이라고 생각하자 눈앞이 핏빛으로 확 불타올라서, 따로 볼일은 없습니다, 그냥 걷고 있는 겁니다. 그 소리 지르는 듯한 모습이 기요코의 가슴을 훅 파고들어, 어슬렁거리지 말고 얼른 집에 가요. 그 말을 튕겨내기라도 하듯 효이치는, 쓸데없는 참견입니다. 어린애 주제에, 라고 말했으나 그럴 듯한 말이 떠오르지 않아 기요코는, 교호연맹(敎護聯盟) 사람에게 말할 거예요, 라고 그 무렵 교외에서 중등학생을 단속하던 무서운 사람들을 꺼내들었다. 말하세요. 고집스럽기는, 대체 무슨 일이죠? 아무 일도 아니라고 말했잖아요, 답답하기는. 오오사카 사투리가 나왔기에 기요코는 살짝 미소 짓고, 볼일도 없는데 따라오는 건 불량해요, 더는 따라오지 마요, 학교 어디죠? 모자 보면 알잖아요. 당신 학교의 교장선생님 알고 있어요. 그럼 일러바치면 되겠네요. 일러바칠 거예요, 정말 알고 있어요, 시바타 선생님이라는 분이죠? 별명은 자라입니다. 언제부턴가 나란히 걷고 있었다. 집 근처까지 오자 기요코는 안녕히 가세요, 또 뒤따라오면 그냥 두지 않을 거예요, 라고 말한 뒤 헤어졌다.

일단은 성공이라고 할 수 있을 듯했으나 헤어지기 직전에 그냥 두지 않을 거예요, 라고 한 말의 명령적인 투에 간단히 풀이 죽고 말았다. 실패라고 생각했다. 그러나 실패만큼 이 사내를 분발하게 만드는 것도 없었다. 이튿날은 커다란 각오로 기요코의 귀가를 기다리고 있었다. 전날의 경솔함을 얼마간 후회하는 기분도 있었던 기요코는, 오늘은 절대로 상대하지 않으리라 생각했으나, 오늘이야말로 혼쭐을 내주겠다는 마음에 져버리고 말았다. 그리고 결국은 효이치의 오만함에 어제보다 훨씬 더 어처구니가 없었다. 그녀의 오만함을 뛰어넘을 정도였으나, 그럼에도 그녀에게는 여유만만한 구석이 있었다. 그녀는 효이치의 눈이 끊임없이 민감하게 표정을 바꾼다는 사실과, 이유도 없이 얼굴이 확 빨개진다는 사실로 보아 아무리 오만함을 가장하고 있다 할지라도 원래는 내성적인 소년이라는 사실을 꿰뚫어보고 있었다. 문학적 취향을 가진 기요코는 효이치의 새빨갛게 물든 뺨을 보고, 이 소년은 나의 반발심이 증오로 들어가기 일보 직전에서 멈춰 서게 하기 위해서 종종 귀여운 불꽃을 쏘아올리고 있어, 라고 생각했다. 그리고 이 소년은 나를 사랑하고 있어, 라고 생각했다. 그것을 이 소년이 고백하도록 하는 것은 재미있는 일이라고 생각했기에 그녀는 그 다음날 평소처럼 나란히 걷게 되었을 때, 당신 나를 좋아하죠? 라고 물어보았다. 싫어한다면 같이 걷거나 하지 않을지도 모릅니다, 라는 대답에 한 방 먹은 듯한 느낌이었기에 다시 한 번, 그런 말이 어딨어요? 싫어요, 아니면 좋아요? 좋아하죠? 라고 분명히 말하지 않으면 용서하지 않겠다는 듯한 기세였다. 좋아하지도 않는데 좋아한다고 여겨진다는 것은 화가 나는 일이라고 생각하고 있던 효이치는 어떻게 대답해야 좋을지 몰랐다. 그러나 싫어한다고 말하는 것은 일을 망치는 짓이다. 그렇게 생각했기에 '좋아' 합니다, 라고 좋아, 라는 말을 괄호 안에 넣은 듯한 기분으로 대답했다. 기요코는 그제야 비로소 그를 살짝 좋아하게 되었다는 마음을 스스로가 용납했다.

　그리고 일주일 지난 어느 날, 센니치마에에 있는 라쿠텐치의 지하실에, 82세의 고령으로 죽었다고 하는 사누키노쿠니(讚岐国)의 한 비구니의 미라가 여성의 특징인 유방 및 성기의 흔적이 역력하여 교육의 참고자료라고 선전되며 구경거리가 되어 있는 것을, 효이치는 남몰래 품고 있던 성적인 것에 대한 혐오가 반대로 작용하여 절망적 호기심에서 보러 갔고, 아니나 다를까 자신을 괴롭히는 혐오스러운 기분을 맛본 채 라쿠텐치에서 나온 순간, 뜻밖에도 기요코와 딱 마주쳐버리고 말았다. 마음에 구멍이 뚫려버린 것처럼 맥이 풀려버린 순간의 생각지도 못했던 만남이었기에 당황하고 있었는데, 문득 지금 자신이 이상한 호기심에서 미라를 보고 온 것이라는 사실을 깨달았기에 이건 기요코가 경멸할 만한 일이라며 순식간에 얼굴이 빨개져버리고 말았다. 게다가 빨개져버렸기에 한층 더 창피하다는 생각이 들었다. 근시안인 기요코는 효이치 같은 모습을 보자, 그것을 확인하기 위해서 눈썹을 한데 모아 눈을 가느다랗게 떴다. 그런 표정이 마치 그가 라쿠텐치 지하실에서 나왔다는 사실을 책망하여 눈썹을 찌푸리고 있는 것처럼 효이치에게는 여겨졌기에 완전히 평정을 잃어, 이런 창피한 모습을 보이느니 차라리 지진이라도 나서 그녀가 다른 곳에 신경을 빼앗겨버렸으면 좋겠다고 생각했다. 평소와는 달리 어떻게 된 것 아닐까 여겨질 만큼 굉장히 빨개져버린 그를 보자 기요코는 오히려 자신이 부끄러워져서 그 얼굴색이 얼른 평범하게 돌아갔으면 좋겠다고 생각할 정도였는데, 그러나 창피해하는 그를 가만히 보고 있자니 놀려주고 싶다는 약간 잔혹한 기분이 마음속에 있어서 자신도 모르게 빙그레 웃었으며 한마디도 하지 않고 그의 귀여운 불꽃놀이를 내려다보듯 가만히 바라보고 있었다. 위장이 좋지 않은 기요코는 종종 아랫입술을 핥는 버릇이 있었는데, 그때도 물론 핥았다. 효이치는 아무런 말도 하지 못하고 갑자기 휙 달리기 시작해서 달아나버리고 말았다. 기요코는 어이가 없었다. 효이치는 그런 창피한 모습을 보였으니 자신을 싫어할 것이라 여겨졌기에 더는 기요코를 만날 용기가 나지 않았다. 그가 이삼일 얼굴을 보이지 않았기에 그녀는 뭔가 허전한 듯한 기분이 들었으며, 그것이 일주일이나 계속되자 그렇게 사이좋게 지냈었는데 혹시 자신을 싫어하게 된 것 아닐까 하는 생각이 들었다. 그리고 열흘이 지나자 그녀는 자신이 틀림없이 그를 좋아하고 있다는 사실을 더는 부정할 수 없게 되었다. 그랬기에 13일째 되는 날 마침내 우에혼마치 6번가에서 그의 모습을 보았을 때는 마음이 놓여 매우 허둥지둥했다. 그러나 효이치는 그녀를 만나려던 것이 아니었다. 우연히 마주쳤기에 더는 얼굴을 보기조차 부끄럽다고 생각하고 있던 그는 다짜고짜 달아나려 했다. 순간 자존심이 뱀처럼 얼른 머리를 쳐들어 달아나려던 발에 엉겨붙었다. 그런 창피한 모습을 보였으니 명예를 회복하지 않으면 안 되었다. 효이치는 간신히 멈춰 섰으며, 그리고 아주 쌀쌀맞게 굴었다. 냉담한 그의 태도를 보고 그녀는 역시 싫어하게 된 것이라 생각했고, 그 때문에 그를 한층 더 좋아하게 되었다. 그랬기에 그날 헤어지기에 앞서, 내일 저녁에 이쿠쿠니타마(生国魂) 신사의 경내에서 만나자고 거절당하지나 않을까 내심 조마조마한 심정으로 효이치가 말을 꺼냈을 때, 마치 그것을 기다리고 있었다는 듯 서둘러 승낙했고, 약속시간보다 30분이나 일찍 가서 그를 기다렸다.

그대 그리운 입술 맞출 수 없지만 눈물이 넘쳐 생각은 끝이 없네,

라는 당시 유행하던 노래에 문득 생각이 떠올라 효이치는 그날 저녁, 기요코에게 간단히 입을 맞췄다. 조그만 자존심의 만족이 있었으나, 기요코가 거부도 하지 않고 그의 등에 감은 손에 힘을 주어 가슴을 세차게 밀어붙이는 것이 느껴지자 갑자기 마음이 변해버렸다. 뭔가 혐오스러운 것을 느낀 것이었다. 갑자기 그녀의 몸을 밀치고 그대로 아무 말도 없이 떠나버렸다. 기요코는 끝도 없이 솟아오르는 정을 편지에 적어 효이치에게 보냈다. 효이치는 그것을 학교로 가져가 반 아이들에게 보여주었다. 이미 효이치와 미즈하라 기요코의 관계를 어렴풋이나마 느끼고 있던 아이조차 그런 효이치에게는, 거짓말이지, 네가 쓴 거 아니야, 라고 말하지 않을 수 없었다. 효이치는 반 아이가 몰래 보냈던 연애편지를 기요코에게서 빼앗아 그것을 교실에서 읽었다. 그랬기에 철권제재를 받았으며 그 사실이 교사에게도 알려져 권고퇴학을 당했다.

　오키미는 아무런 말도 하지 않았으나 야스지로는 그를 비웃었다. 오카네는 집요하게 떠들어댔다. 딸을 주려 생각하고 있었는데 정말 정나미가 뚝 떨어져버렸다, 변변찮은 불량, 이라는 말을 듣자 효이치의 눈이 빛났다. 일주일 후에, 벌써 유히가오카(夕陽丘) 여학교 4학년생으로 코끝이 빨간 오카네의 장녀가 효이치에게 난폭하게 입맞춤 당해 열흘 남짓 멍한 기분이 되어 있었다.

　오키미의 눈가에 주름이 짙어지기 시작했다. 그것을 보자 효이치는 마음이 아팠다. 퇴학처분을 받았기에 어머니가 얼굴을 들지 못하게 된 것이라고 생각했다. 그런 생각이 들자 여공처럼 일만 하고 있는 오키미의 모습이 새삼 가슴 아프게 보였다. 야스지로는 이미 1만 엔 가까운 돈을 모았다. 친밀하게 지내던 유녀를 유곽에서 빼내 첩으로 삼더니 그의 방탕은 갑자기 격이 높아져 게이샤를 끼고 놀았으며, 또 하이칼라인 양 그 무렵 도톤보리(道頓堀)에 생긴 오오사카의 명물 카페 비진자(美人座)에도 뻔질나게 드나들었다. 집에서 자는 날도 드물었기에 그런 그를 보고 얼마 전에 고용된 모리타(森田)는 마님도 가엾으셔, 그래서는 그 부부관계도, 라는 아슬아슬한 말까지 꺼내며 오키미를 동정했다. 오키미는 그저, 남자란 어쩔 수 없는 법이에요, 라며 웃을 뿐이었으나, 그 웃음에 어딘가 힘이 빠진 듯한 부분이 있다고 생각한 효이치는 불평 한마디 하지 않는 오키미의 마음속까지 들어가 생각하여, 뭔가 자신에게 책임이 있는 것 같다는 느낌이 들었다. 전구의 꼭지쇠에 붙은 유리봉을 솥에 넣어 달구고, 그것을 맷돌로 갈아 가루로 만든 다음 거기서 백금을 분리해내는 일을 효이치도 하게 되었는데, 새빨갛게 달구어진 유리봉을 드륵드륵 맷돌로 갈 때면 자신의 마음도 잘게 으깨지는 듯한 느낌이 들었다.

한가한 틈을 타서 공부하여 18살 때 전문학교입학자격 검정시험에 합격했고 교토의 제3고에 입학시험을 봐서 어렵지 않게 합격했다. 효이치를 다시 보게 된 오카네는 야스지로를 설득해서 그를 제3고의 기숙사에 넣었다. 그러나 1학기도 마치지 않고 그는 스스로 자퇴서를 제출했다. 학비를 마련하기에 고생하고 있는 오키미의 모습을 더는 참고 봐줄 수 없었기 때문이었다. 3개월간의 교토 생활 동안 그는 종종 응원단 단원에게 맞았고, 불량배와 싸웠으며, 그리고 몇 명의 여자를 그의 표현대로 하자면 '자신의 것'으로 삼았다. 기념제 날, 알몸에 빨간 천으로 사타구니만 가리고 데칸쇼데칸쇼 하며 관중의 박수를 계산에 넣은 이른바 천진함으로 춤을 추는 기숙생들 무리에는 왠지 들어갈 마음이 들지 않았는데, 끊임없이 관중의 박수가 필요한 자신이 그것을 혐오하는 마음의 모순은 당시 그 춤에 동경의 시선을 보내고 있던 것처럼 보였던 3명의 여자전문학교 학생을 동시에 자신의 것으로 삼는 놀라운 솜씨에 의해서 해결되리라 생각했다. 응원단 단원에게 맞았다는 사실이 그에게 용기를 주었다. 5월 2일, 5월 3일, 5월 4일, 기념제가 끝난 이후 3일 동안, 같은 마루야마(円山) 공원의 벚나무 아래서, 그 미모의 순서에 따라 여전 학생들에게 차례로 입맞춤했다. 간단히 자신의 것이 되어버리는 여자들을 내심 깔보았지만, 그러나 마지막 사흘째에도 역시 자신 없음에 몸을 떨고 있었다. 아주 간단히 자존심의 만족을 얻었기에 기분이 들떠, 노래를 불러달라고 하자, 빨갛게 타오르는 언덕의 꽃, 하며 교가를 불렀는데, 문득 어머니가 머릿속에 떠올라 눈물이 흘렀다. 그런 그를 보고 여자는 그의 손을 자신의 품속에 넣으며, 센티멘털하네요. 그는 황홀함도 느끼지 못했다. 차례차례로 여자를 자신의 것으로 삼았지만, 그러나 효이치는 고집스럽게 몸을 더럽히지는 않았다.

학교를 그만두고 집에 돌아와서는 예전처럼 일을 했다. 학교를 그만두었다는 말을 듣고, 그만두지 않아도 됐을 텐데, 하지만 네가 그만두고 싶다면 그렇게 하렴, 하고 오키미는 여전히 오키미였으나, 어느 날 경찰서에서 그녀에게 호출장이 와서 출두를 하더니 그대로 3일이나 돌아오지 않았다. 무엇 때문에 유치를 당한 건지 알 수 없었으나, 3일 만에 돌아온 오키미의 말로 효이치는 사정을 알 수 있었다. 그 무렵, 야스지로는 폐전구 이외에 새 전구도 취급하여 전구 공장에서 사들인 것을 지방의 회사나 극장에 납품하는 일종의 중개인 같은 일을 하고 있었는데, 가끔 문신이 있는 다야양이라 불리는 사내가 500개, 1000개씩 전구를 팔러 오면 그것을 싼 값에 사들였다. 다야양이 절도죄로 경찰에 붙들렸고, 그 사건과 관련하여 장물을 사들였다는 혐의였다. 훔친 물건인지 알고 샀는지 모르고 샀는지 조사를 받은 것인데, 글쎄요 이상하다고는 생각했지만, 이라고 말한 오키미의 말이 꼬투리가 되었던 것이다. 벌금이야 하며 야스지로는 씁쓸하기 짝이 없다는 표정으로 오키미의 답변을 비난했으나, 효이치는 문득 장물을 취급한 혐의라면 오키미가 아니라 오히려 야스지로에게 걸리는 게 당연한 일 아닐까 의심하여 조사를 해보니 고물상 신고서가 오키미의 명의로 되어 있었던 것이다. 거기에는 뭔가 야스지로의 속셈이 있는 것이라며 효이치는 야스지로에게 대들었다. 어머니가 대신 유치당한 것이라는 효이치의 말에 야스지로는, 건방진 소리 하지 마, 내가 경찰에 가든 오키미가 가든 마찬가지야, 부부는 일심동체야. 그런가요, 그렇다면 좀 더 부부답게, 라고 효이치가 말을 꺼내자, 내게 불만이 있으면 집에서 나가.

어머니도 함께, 라고 생각했으나 효이치는 혼자서 집을 뛰쳐나갔다. 나가면서 자신의 힘으로 부양할 수 있게 되면 반드시 어머니를 모시러 오겠다며 하인인 모리타에게 뒷일을 부탁했다. 어머니에 대한 모리타의 도를 넘어선 동정에는 늘 불쾌한 생각이 들었으나, 일이 그렇게 되었기에 그때는 모쪼록 잘 부탁드립니다, 라며 머리를 숙였다. 변소에서 눈물을 줄줄 흘린 뒤 눈물을 훔치고, 울며 말리는 오키미를 뿌리친 채 집에서 뛰쳐나와 그 걸음으로 직업소개소에 갔다. 가출한 사람에게 좋은 일자리가 있을 리 없었으며, 마루킨(丸金) 간장회사의 간장운반용 화물선의 화부라면 일자리가 있다고 하기에 시코쿠의 쇼도시마(小豆島)로 건너갔다. 다른 일자리도 있었을 텐데 화부가 된 것은 항구에서 쓸쓸한 시간을 보낸 적이 있던 소년의 바다에 대한 향수 때문이었을까? 그러나 거칠기 짝이 없는 선장이 그의 가녀린 팔을 비웃었던 것처럼 배에서의 일은 힘들었다. 쇼도시마와 다카마쓰를 왕복하는 약 100톤짜리 낡은 기선이었는데 그의 석탄 넣는 모습이 형편없었기에 배가 잘 나가지 않으면 보일러 앞에서 엉거주춤한 자세 그대로 발길질을 당했다. 한 명 더 있는 화부는 선장 들과 도박만 했다. 그 도박판에 억지로 끌려들어가 오키미가 준 얼마 되지 않는 돈 20엔을 뜯겼을 뿐만 아니라 선장에게 10엔의 빚을 졌다. 절임반찬과 찬밥이 전부인 형편없는 저녁을 비참한 기분으로 먹다가 '탈출'하기로 마음먹었다. 이틀이 지난 날 밤, 다카마쓰 항구에 들어가자 효이치는 선원들과 함께 여자를 사러 갈 거라며 선장에게 5엔을 빌렸다. 그것을 오오사카까지 갈 여비로 삼고, 도박으로 생긴 빚은 물론 떼어먹을 생각이었다. 불에 탄 것 같은 화부의 옷을 입은 채로는 아무래도 돌아갈 수 없었기에, 집에서 뛰쳐나올 때 입고 있던 옷을 신문지에 싸서 태연한 얼굴로 배에서 내리려 하자 선장이 이상히 여기며, 그건 뭐야. 옷이라는 사실을 알고, 종종 있는 일이지만 설마, 라고 말하는 것을 끊고, 옷을 입고 가지 않으면 프로스터튜트가 좋아하지 않을 거예요. 프로스, 가 뭐야? 영어로 여자를 말하는 겁니다. 너 꽤나 인텔리구나. 그대로 믿어주었고, 배에서 내리자마자 그 걸음으로 연락선 승선장으로 달려갔다.

기차 속에서는 오오사카에 돌아가면 당장 집으로 들어갈 생각이었지만, 그러나 역에 도착하여 갑자기 오오사카 사투리를 들은 순간 어떤 이유에서인지 그런 나약한 마음은 이미 사라져버리고 없었다. 역에서 산 신문의 광고를 보고 가스미초(霞町) 자동차회사의 택시 조수로 들어갔다. 하루에 13시간이나 타고 돌아다녀야 했기에 어지러울 정도로 피곤했으며, 때로 현기증이 났다. 어느 날, 손을 들고 있던 손님을 보지 못했다며 운전수에게 맞았다. 이튿날 운전수가 다니고 있던 신세카이의 '바 홍작'의 여급인 시나코(品子)가 효이치의 것이 되었다. 물론 '것이 되었다'라는 말에는 효이치적인 한계가 있었다. 시나코가 세 들어 있던 스미요시초(住吉町)의 히메마쓰(姫松) 아파트의 한 방에서 묵게 되었는데, 젖가슴에서까지 콜드크림 냄새를 피우고 있는 시나코의 몸을 안기는 안았으나, 문득 멀리서 들려오는 중국 메밀국수장수의 날라리 소리에 생각지도 못했던 감상이 일어나자 가라앉아 있던 어머니에 대한 생각이 미친 듯이 작용하여 갑자기 마음이 변해버렸다. 불타오르고 있던 시나코에게는 이상하게 여겨질 정도로 갑자기 남자답지 못하게 되어버렸다. 수줍어하고 있는 걸까, 라고 여겨져도 어쩔 수 없는 부분이 있기는 했지만, 그러나 수줍음을 느끼지 못하게 하는 시나코의 기교에 끝까지 저항한 본심에는 스스로도 설명 못할 무엇인가가 있었다.

운전수에게 학대당하면서도 여전히 일을 할 수 있었던 것은 시나코를 자기 것으로 만들었다는 승리감에서였는데, 어느 날의 늦은 밤에 손님을 싣고 도비타(飛田) 유곽의 파리루까지 갔다가 운전수가, 어때, 한번 놀다 갈까? 여기는 도비타에서도 제일가는 집이야. 어차피 아침까지 손님은 없을 거고, 거기다 그날은 비 때문에 불꽃을 쏘아올리지는 못했지만 도비타 유곽 창립 20주년 기념일이기도 했기에, 뭔가 좋은 일이 있을 거라며 파리루에 들어가자고 했다. 물론 거절했으나, 18살씩이나 돼서, 라는 비웃음이 가슴에 확 불을 질러 안으로 들어갔다. 쫀쫀하게 굴지는 않겠지, 여기는 이차피 돈이 원수야, 라는 포주 할멈의 말에 지갑을 통째로 던져주었으며, 거기에 주머니에 있던 동전까지 하나, 둘 헤아려 건네주었다. 가엾은 자기도취와 스스로를 비웃은 마음에는, 택시 조수 같을 걸 해서 어느 세월에 어머니를 모셔오나 하는 자책감이 작용하고 있었다. 나가사키(長崎) 현 고토(五島)의 고향으로 보내는 여자의 편지를 대신 써주면서, 왜 이런 곳에 왔어? 부모님 때문에, 하지만 이런 곳인 줄은 몰랐어. 알았다면 안 왔을 거야? 대답이 없기에 다시, 처음에는 어떤 느낌이었어? 얼굴을 옷자락으로 가렸어? 잔혹한 질문이었으며, 그리고 한마디로 말하자면 인상이 좋지 않은 일그러진 얼굴이었다. 하인들의 말에 모욕을 당한 오키미의 모습이 머릿속에 들러붙고, 야스지로를 동물이라고 생각하는 절망적인 분노가 불타오르고 있었기 때문이었을까? 지금은 어떤 식으로 생각하고 있어? 습관이야, 전부 돈을 위해서. 일종의 노동이라는 건가? 맞아. 그렇군, 돈으로 환산되는 거로군, 대단할 것도 없네, 하며 왠지 마음이 가벼워졌으며, 하나만 알고 둘은 몰랐던 사대관념이여, 하며 무거운 짐을 내려놓은 듯한 생각이 들었다. 여자의 몸과 라쿠텐치의 미라를 비교해보고, 색은 향기로우나 어차피 질 것을, 이라며 전부를 깨달은 것 같은 시건방진 기분이 들었다. 성적인 것에 대한 혐오에 너무나도 얽매여 있던 자신이 바보처럼 보였다. 남자도 여자도 마찬가지다, 왜냐하면 남자 혼자서는, 이라는 생각에 진리는 평범한 것이라며 껄껄 커다랗게 웃었다. 하지만 그렇게 단정 짓는 데 효이치의 어리석음이 있었다. 여자의 요구에 웃으며 응했지만, 그러나 여자는 어떤 이유에서인지 효이치에게 격렬하게 불타올라 효이치의 감각은 기껏 단정 지은 관념을 간단히 차버리고 말았다. 창 아래를 달리는 자동차의 헤드라이트가 어두운 천장을 일순 밝게 물들인 것을 통곡하고 싶은 심정에 휩싸여 바라보았다. 일을 단순하게 생각하지 못하는 것이 그의 결점이었다. 지금 본 일이 그에게는 이미 평생 잊을 수 없는 기억이 되어버린 것이었다. 그런 일에는 파계승의 경건함을 가지고 임하는 것이 현명함에도 불구하고.

어떤 마음의 모순 때문이었는지 효이치는 이후 파리루를 자주 드나들었다. 여러 가지로 돈을 짜내 다니고 있는 것이니 물론 취흥(醉興)은 아니었지만, 그러나 어째서 다니는 것인지 자신의 마음을 들여다보아도 알 수 없었다. 반했기 때문이라는 단순한 말이 좀처럼 떠오르지 않았다. 생각이 났다 할지라도 어째서 반한 것인지 끝까지 밝혀내지 못하면 납득을 하지 못하는 성격이었다. 혐오하고 있던 것에 반대로 마음이 움직이고 있다는 자학의 구조는 깨닫지 못했다. 어느 날 아침, 여자가 그를 위해 사과를 깎고 있는 모습을 보고 가슴이 따뜻해졌다. 손끝이 야물지 못한 그는 사과 하나 깎지 못했으며, 그런 여자의 모습을 보고 간단히 부부의 약속을 맺었으며, 계약이 끝나면 부부가 되자는 서언을 주고받았다. 여자는 자신이 처음 손님을 받았을 때의 일을 끈질기게 몇 번이고 거듭해서 물을 때의 그의 무서우리만큼 창백한 표정에 본능적인 증오를 느꼈으나, 종종 수줍다는 듯 슥 빨개질 때의 그에게서 어린아이 같은 모습을 보고 마음에 든다고 생각했다. 그녀는 그를, 그녀의 표현에 따르자면, 제아무리 매정한 여자라도 일단 알게 되면 결코 잊을 수 없는 사내로 만들어버렸다.

그러나 여자는 2개월쯤 지나자 신경증의 한(半)이라는 도박꾼이 기방에서 빼내 데려가버리고 말았다. 효이치는 여자의 하얀 가슴에 있는 점 하나에까지 애착이 느껴지는 듯했고 처음으로 질투를 알게 되었다. 그리고 그의 강한 자존심은 질투하는 상태를 부끄럽게 여겼지만, 그와는 반대로 질투하는 마음은 더욱 깊어지기만 했다. 도박꾼에게 졌다고 생각한 것이었다. 신경증의 한은 이름처럼 끊임없이 신경증이 일어나 몸을 떠는 사내라는 말을 듣고, 여자의 몸과 그 사내를 나란히 생각해보자 효이치는 피가 미친 듯이 불타올랐다. 불량소년들과 싸우는 날이 많아졌다. 그리고 도박꾼 특유의 상인 코트에 짚신을 신은 차림새의 사내를 보면 느닷없이 쿵 몸을 부딪쳐 상대가 마른 그의 모습을 우습게보고 덤벼들면 코피가 날 때까지 싸웠다.

어느 날, 그런 싸움을 하고 있을 때 가슴을 맞아 벌컥 피를 토했다. 기선의 화부로 있을 무렵부터 가끔 기침이 조금씩 났었는데 그로부터 벌써 3개월, 오른쪽 폐첨 카타르, 폐에서 잡음 들림, 이라고 의사가 간단히 진단했을 만큼 몸을 망쳐버리고 말았다. 자동차 회사의 2층에 누워 있었는데 폐병이라는 사실을 알고 사장도 난처하여, 집에 알리는 게 어떻겠어. 기다리고 있었다는 듯 사장의 말을 구실로 오키미에게 편지를 썼다. 한심한 인간이라 비웃어주시기 바랍니다. 어차피 지금까지 이렇다 할 일이라고는 무엇 하나 하지 못한 몸, 죽음으로 사과하고 싶습니다만, 그래도 역시 죽기 전에 한번 뵙고 싶어서. 유약한 글이라고 자조하며 써나갔다. 오키미가 당장 달려올 것이라고 생각했으나 편지가 속달로 왔다. 보낸 사람이 모리 키미[7]라고 되어 있고, 노세 키미가 아니라는 사실에 가슴이 덜컥 내려앉았다. 가고 싶지만 갈 수가 없다. 네 얼굴을 볼 자격이 없는 어미로구나. 원망하지 말기 바란다. 이해할 수 없는 편지였다. 무슨 일인가 있는 것이라 걱정되었으나, 그보다 먼저 어머니가 변했다는 사실이 가슴에 덜컥 와 닿았다. 편지와 간발의 차이로

---

7) 예전에는 여자의 이름 앞에 '오'를 붙여 부르는 것이 일반적이었다. 원래의 이름은 키미(君). 우리말 표기법에 따르면 기미가 되어야 하지만, 앞의 오키미 때문에 여기서는 키미라고 표기했다.

뜻밖에도 야스지로가 데리러 왔다.

오키미는 변했다. 야스지로는 완전히 새롭게 태어난 36살의 여자 한 명과 갑자기 맞닥뜨린 듯한 느낌이었다. 그가 지금까지 무엇 하나 자기 마음대로 못 할 것 없다고 생각했던 여자였는데, 지금은 무엇 하나 마음대로 할 수 없는 사람 하나를 갖게 되었다. 오키미는 자신의 마음을 갖게 된 것이었다.

효이치가 가출했을 때 오키미는 처음으로 자아라는 것에 눈을 떴다. 그리고 그 자아는 효이치와 이어진 자아였다. 효 도련님이 가엾지도 않습니까, 마님이 너무 착해빠져서 그런 겁니다, 라는 모리타의 말을 듣고 번쩍 눈이 뜨인 느낌이었다. 효이치를 생각하는 마음에서 자신의 입장을 생각해보았다. 최근 야스지로는 양자를 들이기로 했다. 한심하기 짝이 없는 일 아닙니까, 노세 집안의 재산은 나리 혼자서 만든 게 아닙니다, 절반은 마님이 일해서 만든 겁니다, 아내 혼자서 자고 남편은 외박을 하고 들어오다니 그걸 부부라고 할 수 있겠습니까, 라는 말을 듣고 하나하나 옳다고 생각했다. 효 도련님을 위해서라도 자신을 좀 더 주장하지 않으시면 안 됩니다, 라는 말이 가슴을 푹 파고들었다. 어째서 효이치와 같이 집을 나가지 않은 걸까, 라고 말하자 모리타는 뭔가 당황한 듯, 아니 집을 나가지 않아도 됩니다, 그보다는 효 도련님을 위해서. 그러나 모리타는 결국 자신을 위해서 오키미를 위로한 것이었다. 모리타는 오키미를 범했다. 잘도 구슬렸다고 생각했지만, 그러나 오키미에게 있어서 그것은 이미 생리보다 오히려 심리적인 것이었다. 야스지로에게 들켜 호통을 들으며 맞아 상처투성이가 되어가면서도 야스지로의 얼굴에 차가운 시선을 고정시켰다. 야스지로의 얼굴에 오뇌의 빛이 짙게 새겨져가는 모습을 빤히 쳐다본 것이었다. 물론 모리타는 쫓겨났다. 그러나 모리타의 끈적하게 기름진 얼굴이 야스지로의 머리를 끊임없이 습격해왔다. 야스지로는 비로소 오키미가 여자로 보였다. 자신의 뒷모습을 뚫어져라 빤히 바라보는 야스지로를 느낀 오키미는, 자신에게도 뒷모습이라는 것이 있었다는 사실을 깨닫고 왠지 만족스러움이 느껴졌다. 수치를 드러내는 듯했으나 야스지로는 형인 모리조와 오카네에게 사정을 이야기하고, 어떻게 할까요? 쫓아낼 마음은 없었던 것이다. 모리조는 오카네에게 모든 일을 맡겼다. 오카네는 우선, 오키미를 내쫓는 처사는 잔혹하다고 주장함으로 해서 모리조에 대한 자신의 위치에 권위를 부여한 뒤, 딸의 혼담을 생각해서 야스지로의 집안에 흠집이 생기지 않도록 원만하게 비밀로 해두지 않으면 안 된다고 자신의 생각을 말했다. 야스지로는 오카네의 말에 따르는 것이 좋겠다고 생각했다. 무엇보다 마흔 넘어서 아내에게 배신당한 사내의 추태를 사람들에게 보여서는 안 되기 때문이었다. 그의 질투는 음지로 숨어들었다. 시샘이라는 혐오스러운 말에 끊임없이 두려움을 느끼며 낮은 목소리로 오키미를 비난했다. 게다가 어떻게 된 일인지 은근히 오키미의 눈치를 보았으며 옷가지 등을 골라 사오곤 하는 것이었다. 오키미가 경대 앞에서 몸단장하는 모습을 옆에서 지켜보며 야스지로는 몹시 불쾌하다는 듯 자신이 알고 있는 온갖 비아냥거리는 말을 끝도 없이 늘어놓았다. 오키미는 거울 속에서 생긋 웃었다. 마음이 가벼웠던 것이다. 야스지로는 되게 얻어맞은 기분이었다. 그랬기에 이번 일은 효이치의 출세에 방해가 될 것이라는 한마디가 오키미의 허를 찌르는 뜻밖의 효과를 가져왔다는 사실을 문득 깨닫고 나자, 오로지 효이치만을 꺼내들었다. 처음으로 오키미의 얼굴에 주름이 새겨졌다. 그녀는 순식간에 얼굴의 윤기를 잃어가고 있었다. 모리타에게서 온 편지를 중간에서 가로챈 야스지로는 소인이 오오사카 시내인 것을 보고 크게 당황했다. 입을 다물고 있었으면 좋았을 것을, 편지가 왔어, 라고 비꼬듯 말하고는 오키미가 답장을 보내지 않을까 걱정에 빠졌다. 자신이 집을 비운 사이에 답장을 쓰리라 생각했기에 외출도 하지 않았으며, 물론 오키미의 외출도 금지했다. 아무리 그래도 목욕만은, 하며 목욕탕에 가는 그녀의 뒤를 미행했으며, 자신의 집에 목욕탕을 만들어야겠다고 생각했다.

뜻밖에도 야스지로가 데리러 왔기에 이상히 여겼으나, 사실은 네 어머니의 일이다만, 하며 일부러 오키미라고도 집사람이라고도 말하지 않고 이야기를 꺼낸 야스지로의 말을 듣고, 사정을 이해할 수 있었다. 야스지로는 18살이 된 효이치를 붙들고 있는 대로 수치를 드러내지 않으면 안 되는 자신이 참으로 한심하다고 여겨져 극력 평정을 가장했으나, 효이치는 이미 야스지로의 고뇌를 구석구석까지 읽어낼 수 있는 사내가 되어 있었다. 실은 네가 있는 곳을 알고 싶어서 신문에 광고를 냈었는데 못 본 모양이로구나, 라고 말하고, 집으로 돌아와 오키미를 감시해달라고 부탁하는 야스지로를 꼴좋다고 생각했지만, 그러나 그런 야스지로를 보자 파리루의 여자에게 질투했던 자신의 모습이 떠올라 효이치는 처음으로 야스지로에게 친밀감을 느꼈다. 뜻밖에도 효이치가 동정을 해주었기에 야스지로는 효이치가 병만 아니었다면 같이 술을 마시고 싶다는 기분이 저절로 들었을 만큼, 생각지도 못했던 방향으로 흘러간 부자의 대면이었다.

그러나 4개월 만에 마주한 모자의 대면은 훨씬 더 미묘하기 짝이 없는 것이었다. 화부가 되었다가 택시의 조수로 있었다는 말을 들은 오키미는 백짓장처럼 창백해진 효이치의 얼굴을 보자 애간장이 끊어질 듯한 자책감이 느껴져, 모두 내 잘못이다, 제발 나의 경솔함을 비웃어주기 바란다며 울었다. 자책할 필요 없어, 어머니가 잘못한 것이 아니라 아버지가 잘못한 거야, 라고 효이치는 위로했는데, 어찌 어머니를 탓할 수 있겠는가 하는 마음에서 여자의 생리적 나약함에 대한 동정심이 솟아올랐다. 그리고 그것이 파리루의 여자에 대한 질투심에서 벗어날 수 있는 유일한 혈로라고 생각했다. 그러나 야스지로에 대한 동정심이 느껴질 때면 그는, 파리루 여자의 몸에 대한 혐오스러운 생각과 질투가 미친 듯이 떠올라, 그런 모순에 밤낮으로 오뇌했다. 혈로는 말 그대로 혈로였다. 그것을 뚫기 위해서는 자신도 상처를 입지 않으면 안 되는 것이었다. 질투는 그에게 여자 문제를 끊임없이 생각하게 했지만, 그러나 생리라는 좁은 골목만을 배회하던 그에게는 아무런 도움도 되지 못했다.

자동차회사의 2층에 누워 있을 때와는 병의 상태가 현저하게 바뀌었다. 오키미는 자신의 모든 것을 걸기라도 했다는 듯 효이치의 간병에 열중했다. 자신을 하찮은 존재라 여기고 있던 그는 방랑의 4개월을 돌아보고 그런 어머니의 애정이 자신에게는 너무 과분하다고 생각하여 눈물을 흘리며 미안해, 미안해, 라고 남몰래 두 손을 모았다. 하지만 조금도 미안하게 생각할 것 없다, 이 집에서 네가 조심조심 삼가야 할 이유는 어디에도 없다, 당연한 일이다, 라는 어머니의 말에, 너무나도 겸손했던 예전의 어머니와 완전히 달라진 모습이 느껴졌기에 눈을 감고 그런 말을 가슴 아프게 들었다. 오키미는 이제 웃음소리조차 내지 않게 되어 있었다. 오키미의 관심이 효이치에게로 완전히 옮겨갔기에 효이치의 병을 본능적으로 두려워하던 야스지로도 겉으로는 싫은 얼굴을 하지 않았다.

그러나 효이치는 채 2개월도 누워 있지 않았다. 자신의 존재를 무엇인가가 끊임없이 지탱해주지 않으면 마음이 놓이지 않는 그는, 무위도식하는 와병 생활이 견딜 수 없이 한심하게 느껴졌다. 어머니의 애정에만 의지하여 살아간다는 것은 삶에 대한 의무에 반하는 것이라는 생각이 들었다. 파리루의 여자에게 배신당했을 때 커다란 상처를 입은 자존심의 고뇌가 그를 일어서게 했다. 갑자기 자리에서 일어나 일을 하겠다고 말했으며, 그를 말리자 그대로 집에서 나와버렸다. 이쿠쿠니타마 신사의 뒤편으로 빠져나와 내리막길로 해서 센니치마에에 이르렀다. 드물게도 안개가 깊은 밤으로, 번화가의 등불이 하늘을 빨갛게 물들이고 있었다. 센니치마에에서 호젠지(法善寺) 경내로 들어서자 그곳은 마치 땅이 꺼져버리기라도 한 듯, 어둑어둑한 경내에 있는 건물의 헌납제등과 등롱의 불빛이 졸린 듯 흔들리고 있었다. 그곳을 나서자 기루가 처마 끝을 나란히 하고 있는 극장 뒤편의 골목이었는데 왠지 가슴이 아픈 것 같은 어둠이라고 생각했다. 앞쪽에서 빛이 눈부시게 옆으로 흐르고 있었는데, 신사이바시(心齋橋) 거리였다. 그 빛의 흐름은 이쪽으로도, 또 맞은편의 골목으로도 흘러들지 않아 홈통을 흐르던 물이 그대로 얼어붙은 것 같았다. 그 때문에 이 골목이 어두운 것이었는데 왠지 암담한 기분으로 빛을 피해 발걸음을 돌렸지만, 그러나 다시 밝은 거리로 나와버리고 말았다. 도톤보리 거리, 그곳의 카바레인 아카다마(赤玉) 앞을 지나려는데 아자, 아자, 하고 영문을 알 수 없는 노랫소리, 그리고 순간 흐르는 타악기와 마라카스의 차이나룸바. 여자 몸의 움직임을 떠오르게 하는 경박한 템포에 갑자기 파리루의 홀에서 하얀 이브닝을 입고 손님과 춤을 추던 여자의 얼굴이 떠올라 입술을 힘껏 깨물며 카바레 안으로 들어섰다. 테이블로 온 백장미의 달달한 냄새를 풍기는 누긋한 여자가 19살이라는 말에 어처구니가 없다는 듯 눈을 깜빡이고 있는 것에는 눈길도 주지 않고, 옆 테이블에서 아무리 생각해도 톤이 너무 높다고 여겨지는 서툰 도쿄 말로 대학생이 꼬드기는 것을 팔짱을 낀 채 응, 응, 듣고 있는, 이마가 넓고 차가운 느낌의 여자를 가만히 바라보았다. 눈치를 채고 은색 실이 들어간 검은 바탕의 옷을 눈에 띄게 뒤로 젖혀 입고 있던 그 여자가 늘씬하게 큰 몸을 일으켜 옆에 왔으나, 얼굴이 확 붉어졌을 뿐, 말을 하려 하자 몸이 떨려왔다. 기가 막혀버릴 정도로 자신 없이 쭈뼛거리는 표정과 어린 나이에 여자를 다 알고 있다는 데서 오는 위압감이 담긴 긴 눈썹의 눈으로 가만히 바라보았다. 그날 밤, 아카다마의 영업이 끝난 후 여자와 함께 센니치마에에 있는 스시스테에서 생선초밥을 먹었으며, 그리고 50센에 가기로 교섭한 자동차로 하기노차야(萩之茶屋)에 있는 여자의 아파트로 갔다. 여자가 아카다마의 넘버원이라는 사실이 자존심에 만족감을 주었지만, 그러나 먹여 살릴 테니 같이 살자는 말에, 정말이야? 나 같은 사람을 좋아하다니 뭔가 잘못된 거 아니야? 좋으니 어쩔 수 없지. 파리루의 여자에게서 배운 기교가 여자를 황홀하게 한 것이라고 효이치는 생각했다. 그렇게 생각함으로 해서 효이치는 자기 자신을 경멸했으며, 또 여자를 경멸했다.

　사흘이 지나서 다시 객혈을 했다. 중태라는 말을 듣고 자신의 과거를 돌아보았다. 끊임없이 자신의 존재를 확인해왔다고 생각했으나, 거기에 뭔가 구멍이 뻥 뚫려 있는 것 같다는 기분이 들었다. 스스로에게 한없이 자신이 없어져 잊고 있던 여러 여자들의 얼굴을 떠올려보았다. 마음 약함을 비웃으며 마루야마 공원에서 마지막으로 입맞춤을 했던 여전의 학생에게 편지를 보냈다. 동생입니다,

언니 이쓰코(伊都子)는 작년 말에 우연찮게 병에 걸려 12월 20일 밤에 영원히 돌아오지 못할 길을 떠나버리고 말았습니다. 언니의 일기를 통해서 당신을 알게 되었습니다. 생전에 언니가 여러 가지로 신세를 졌습니다. 앞으로도 모쪼록 부족한 저를 잘 지도해주시기 바랍니다, 동생 사에코(冴子)가. 이런 편지가 왔다. 죽었다고? 12월 20일에 나는 무엇을 하고 있었을까 생각하다 그 편지를 쥔 채 죽자며, 문득 감상적인 마음이 들었다. 효이치에게도 감상적인 가을이 있었던 것이다. 목서 꽃 냄새가 풍길 무렵에 죽어야겠다고 결심했기에 간신히 목숨을 건질 수 있었다.

산책을 나갈 수 있게 되었고 어느 눈 내리던 날, 우울한 얼굴로 신사이바시를 걷다가 뜻밖의 사내를 만났다. 제3고등학교 시절에 기숙사의 같은 방을 쓰던 오다(小田)라는 사내였다. 어때, 요즘에도 잘 나가나? 다이마루(大丸) 백화점 옆의 찻집에 자리를 잡고 앉자 오다가 담뱃진 때문에 누렇게 변한 손가락을 내밀며 이렇게 말했다. 아니, 메트헨[8]을 말하는 거야, 지금은 병 때문에 삼가고 있다고? 가슴이 좋지 않아? 석유를 마셔. 죽어야겠다고 생각하고 있다면, 실연? 가엾게 여기고 있는 듯한 오다의 얼굴에 내뱉듯, 여자 따위는 내 마음대로 할 수 있어. 스스로도 믿지 못할 말을 해버리고 말았다. 오다가 자극을 했기에 오오사카 극장 지하실에서 장기를 두었는데 하나다(花田) 8단의 공격법이라며 두는 오다에게 농락당하다 코가 납작해지고 말았다. 여자랑 장기는 다르거든, 이라는 오다의 독설에, 좋아 그럼 내기를 하자, 일주일 안에 여자를 내 것으로 만들어 보이겠어, 라고 자신도 모르게 말해버리고 말았

---

8) Mädchen. 독일어로 소녀, 처녀.

다. 찻집 로스앤젤레스의 도모코(友子)라는 소녀로 결정하고, 휑 구멍이 뚫려버린 듯한 자신이 내기에 이김으로 해서 구멍을 메울 수 있을 것이라는 어리석은 희망을 품은 채 로스앤젤레스로 갔다. 이틀째 되던 날 낮, 활동사진을 보러 데려갔던 도모코에게 다짜고 짜, 호텔에 가자. 승낙을 하게 해놓고 호텔에 가기 전에 후지야(不 二屋)에서 런치를 먹었다. 자리로 날라져온 접시에는 손도 대지 않고 냅킨을 갈가리 찢어서는 버리고 갈가리 찢어서는 버리는 여자 의 떨리는 손을 잔혹한 심정으로 가만히 바라보았으며, 그리고 스 스로를 괴롭혔다.

반년쯤 지나 불쑥 도모코를 만났다. 임신했다는 말을 듣고 퍼뜩 놀랐다. 원망하고 있지도 않은 일에 가슴을 찔렸다. 효이치는 도모 코와 결혼했다. 그리고 집 근처에 2층의 방을 빌렸다. 야스지로의 일을 도우며 월급을 받기로 했다. 오다에게서 들었던 석유가 생각 나 정말 효과가 있냐고 의사에게 물어보았다. 그해 가을, 도모코가 남자아이를 낳았다. 이름을 효키치(豹吉)라고 지어주자고 도모코 가 말했으나 그는 평범하게 다로(太郎)라고 지어 모두를 웃게 만들 었다. 분만의 순간, 효이치는 지금까지 혐오했던 것이 이런 일로 연결되는 걸까 싶어 왠지 거기서 해방된 듯한 느낌이 들었다. 그날 은 태어난 아기의 울음소리가 하늘에 울릴 것처럼 청명하게 맑고 화창한 날이었지만, 이튿날부터 추적추적 비가 계속해서 내렸다. 6첩 방 가득 기저귀가 만국기처럼 널려 있었다. 오키미는 효이치의 집으로 뻔질나게 찾아왔다. 화로 위에서 강보를 말리며 20살에 아 버지가 된 효이치와 38살에 손자를 본 오키미는 서로 밝게 웃었다. 그만 집으로 돌아오라며 야스지로가 보낸 사람이 오자 오키미는, 또 오마, 잘 있어라, 라고 도모코에게 말하고 빗속을 돌아갔다. 비가 내릴 때마다 겨울로 다가가는 가을의 비가 오키미의 우산 위를 가볍게 두드렸다.

속 취
俗 臭

1

니고 마사에(二子政江)는 얼마 전에 퍼머넌트 웨이브를 했다. 요즘 유행하는, 앞머리에 핀컬을 주는 그것이다. 1897년 생인, 따라서 올해로 43살이 된 마사에는 그 때문에 한층 더 보기 흉해졌다. 바꿔 말하자면 상당한 폭거였다.

예전에 그녀는 코를 높이는 수술을 받은 적이 있었다. 일본인답지 않을 정도로 코는 높아졌지만 눈이 치켜 올라가 용색을 더했다는 느낌은 조금도 들지 않았을 뿐만 아니라, 거울을 들여다보면 스스로도 전혀 정이 들지 않는 얼굴이 되어버렸다. 3개월 지나서 그 얼굴에 간신히 익숙해지기 시작했을 무렵, 코 위의 밀랍이 녹아내리기 시작했다. 그 여름은 매우 우울한 기분으로 지내지 않으면 안 되었다. 수술료는 500엔이었다고 한다.

난소절개수술이나 콧대를 세우는 수술처럼 난이도 높은 의술에 자발적으로 참가하는 데는 상당한 의학적 지식과 용기, 영단(英斷)이 필요한 법이라는 지론이 그녀를 간신히 위로해주었다. 마사에 주위에는 예방주사마저 무서워하는 꼴사나운 사람들만 모여 있었다. 이러한 사실이 언제나 마사에에게 필요 이상으로 용기를 심어주는 것이었다. 무지무학(無智無學)의 무리들을 무시한 채, 이 여자는 이른바 첨단을 걷고 있는 것이다. 그와 같은 모든 일은 마사에가 젊은 시절에, 자세히 말하자면 18살 때부터 21살 때까지의 햇수로 4년 동안에, 교토 의대 부속병원에서 조산부 견습 및 간호부를 했던 일과 관계가 있다.

간호부 시절에 추문이 있었다. 연애라고 할 만한 정도의 일은 아니었다. 상대는 학교를 갓 졸업한 젊은 보조원들이었다. 대학을 나온 교양 있는 청년들이었기에 존경하는 마음도 있었다. 접근해 오면 저항하지 않았다. 언제나 늘 그랬다. 호기심이 왕성했기 때문이었다. 청년들은 미야가와초(宮川町) 등의 유곽에서 노는 돈을 상당히 절약할 수 있었으리라. 뿐만 아니라, 그것보다 더 얻는 것이 있을 정도였다. 한두 사람에 그치지 않았으니 만약 미모가 있었다면 병원 안에서 약간의 칼부림이 있었을지도 모를 일이었다. 사람들의 입에 오르내렸다는 점에서 그 무렵의 일은 달콤한 추억이 되어 아직도 그녀의 가슴에 남아 있다. 이 일이 의학적인 것에 마사에가 동경심을 품고 있는 이유 가운데 하나라고 해도 좋으리라.

몇 해 전에 네 딸을 낳은 뒤, 다섯째로 집안을 이을 남자를 출산한 것을 계기로 피임을 위해 난소절개수술을 받기로 하고 마사에는 일부러 교토 의대에 입원했다. 그러나 아는 의원은 한 사람도 없었으며 딱 한 명, 벗겨진 머리가 낯이 익은 수위가 있었다. 그는 5엔지폐를 대수롭지 않게 건네주는 데 놀라, "당신, 굉장히 출세하셨군요."라고 말했다. 그것으로 간신히 기대가 보답 받았다. 그로부터 20년이 지났다는 감상보다 그 세월이 원래 조산부 견습을 백만장자의 아내로 만들었다는 생각이 마사에에게는 더 강했다. 아는 사람이 없다면 누가 이 사실에 놀라주겠는가.

난소절개로 인해 희미하게 남아 있던 여성스러움을 거의 잃고 말았는데, 그녀는 원래부터 백만장자의 아내라는 직함 때문에 얼마간 손해를 보고 있는 부분도 있었다. 그러나 이번의 퍼머넌트 웨이브가 그녀의 추한 외모를 결정적인 것으로 만들어버렸다고 주위 사람들은 야단스럽게 떠들어댔다.

"딸도 벌써 적령기가 됐으니 저도 지금까지와는 교제가 달라질 거예요. 지금까지처럼 구폐 같은 올림머리를 하고 있으면 딸의 혼처에 무시를 당하지 않겠어요? 오늘날에는 퍼머넌트 하나 정도 해주지 않으면 양가의 사람과 교제도 할 수 없으니까요. 그리고 말이죠, 한 번 하면 반년은 간다고 하니 제게도 미용실에서 올림머리를 하는 것보다 싸게 먹힐 거라고 생각해서요."

라고 마사에는 말하고 다녔다. 지금까지 '내가', '내가' 하고 말하던 그녀가 이때 갑자기 변해버린 사람처럼 '제가'라고 품위 있는 말을 쓰기 시작했다는 사실이 사람들, 특히 마사에의 올케들의 시선을 끌었다. 이 변화는 무엇에 기인한 것일까 생각한 끝에, 어렴풋이나마 짚이는 것이 있었다.

도쿄의 사키야마(崎山) 아무개라고 하는 신사가 요즘 도쿄와 오오사카 사이를 뻔질나게 왕복하며 니고 집안에 드나들고 있었다. 처음 사키야마는 국회의원으로 오해를 받고 있었다. 그러나 아닌 듯했다. 아무래도 입후보조차 한 적이 없다는 것이 사실인 듯했다. 그러나 어쨌든 그는 마치 휘파람을 부는 듯한 기분으로 의회정치를 논했으며, 덧붙여 국책의 미묘한 사정까지 언급하여 마치 한 사람의 당당한 정객 같은 풍격을 몸에서 풍기고 있었다. 신기하게도 끝내 명함이라는 것을 내민 적이 한 번도 없었다. 이 사실을 가장 불만스럽게 생각한 것은 마사에의 시동생인 덴자부로(伝三郎)였다. 기회만 있으면 유명, 무명 인사들의 명함을 받는 것을 장사의 비결이라 여기고 있던 것이다. 예전에 사키야마와 한자리에 앉았을 때, 덴자부로는 언제나처럼 명함을 요구했다.

"명함 하나 주십시오."

"아하하하하하."라며 그때 사키야마는 커다란 소리로 웃고, "명함은 가지고 다니지 않기에……."라며 빈 담배상자 뒤에 주소와 이름을 적어 주었다. 아카사카 구 아오야마초(靑山町)라고 적힌 것을 보고 덴자부로는,

"당신 굉장히 세련된 곳에 사시는군요. 여긴 이걸 숨겨놓은 집 아닙니까?"라며 새끼손가락을 내밀었다고 한다. 아카사카라는 지명에서 오로지 홍등가만을 상상한 것이리라. 사키야마는 그 새끼손가락을 유유히 내려다보며 담배를 뻑뻑 빨았다. 사키야마가 담배연기에 목이 메어 눈썹을 약간 찌푸린 것을 보고, 마사에도 눈썹을 찌푸렸다. 내심 시동생의 경박한 말을 나무란 것이었다. 그러나 마사에도 예전에 사키야마에게,

"듣자하니 당신들은 2등 차표가 공짜라던데요. 여행을 해도 걱정이 없겠네요."라고 말한 적이 있었다. 국회의원이 아니라면 사키야마라 할지라도 기차표가 무료일 리 없으니 마사에의 말은 꽤나 성급한 것인 셈이었다. 그때 사키야마 아무개는,

"이야아, 이거 황송합니다."라며 쓴웃음을 지었다고 한다. 확실한 사실을 면전에서 묻는 것도 묘한 일이라고 사양하는 마음이 있었기에 사키야마의 신분에 대해서는 모든 것이 애매한 채로 남아 있었다. 아무래도 상관없는 일이었던 것이다. '도쿄 사람들은 돈도 없는 주제에 잘난 척한다.'는 인상으로 간단히 정리가 되는 것이었다. 중요한 것은 사키야마가 가지고 오는 이야기뿐이었다. —마사

에의 장녀인 지마코(千満子)의 혼담일 것이라고 사람들은 짐작했다. 그대로였다. 마사에는 극비에 부치고 있었으나, 사람들은 이번 혼담의 상대는 모 백작의 차남으로 도쿄 제국대학 출신, 고등문관 시험에도 합격하여 현재는 내무성 계획과의 관리라고 전부 조사를 마친 상태였다. 이번 혼담이 성사되면 마사에는 백작 가의 무엇인가에 해당하게 되는 것이다. '내가'가 '제가'로 바뀌고 올림머리가 퍼머넌트 웨이브가 된 것도 마냥 이상한 일만은 아니다—라고 사람들은 짐작하고 있었다.

그런데 신기한 것은 마사에가 누구에게도 이 이야기를 하지 않았으며, 백작의 백 자도 꺼내지 않는다는 사실이었다. 1년 전, 이번만큼 좋은 혼담이라고는 말할 수 없지만 그래도 마사에의 허영심을 만족시켜주기에 충분한 혼담이 있었다. 오오사카 상공회의원의 장남이라면, 적어도 오오사카에서는 일류라며 당시 마사에는 완전히 흥분해버렸다. 그런 만큼 이번에 보이는 그녀의 신중함은 주목할 만한 가치가 있는 것이었다. 혹은 너무나도 좋은 이야기였기에 지레 파담을 두려워하고 있기 때문이 아닐까 여겨지기도 했다. 이전의 혼담이 깨졌을 때, 여기저기 떠들고 다녔던 만큼 꽤나 체면을 구겼을 것이다. 씁쓸한 경험이 그녀를 신중하게 만든 것이리라. —틀림없이 그랬을 것이다. 그러나 아무리 그래도 1명 정도는 이야기를 들어줄 사람이 필요했다. 하녀인 오하루(お春)가 결국 그 역할을 맡게 되었다. 따라서 모든 이야기는 오하루의 입에서 흘러나온 것이었다. 오하루의 이야기를 들었을 때 사람들은 그 자리에서, 모 백작 가는 이른바 가난뱅이 화족이니 지마코의 지참금은 5만 엔에 내지 10만 엔이라고 결론 내려버렸다. 그리고 이 혼담은 성사되지 않을 것이라고 쉽사리 예언했다. 이전의 혼담이 깨진 이유가

이유이기 때문이라는 것이었다. 여러 가지 억측이 있었지만, 그중에서도 마사에의 시동생들은 마사에가 예전에 조산부를 했었다는 사실이 기피의 대상이 되었던 것이라고 평했다. 그 아내들, 즉 마사에의 올케들은 이 말을 듣고 매우 기뻐했다. 부부의 마음이 일치했던 것이다. 올케들에게는 그러나 또 하나의 이유가 있었다. 상공회 의원의 장남이니 지마코의 용모로는 부족했으리라는 것이었다. 그러나 지마코는 코가 조금 낮고 키가 조금 작다는 점을 제외한다면 오히려 미인인 편이었으니 그녀들의 말은 부당한 것이리라. 그녀들의 남편은 각자, 조카의 용모에 대해서는 적극적으로 변호하는 경향이 있었다.

마사에는 시동생 가운데 한 명인 지에조(千惠造)의 행실을 파담의 원인이라고 생각했으며, 스스로 그렇게 믿어 의심치 않았다.

니고 곤에몬(二子権右衛門)을 위로, 순서대로 이치지로(市次郎), 마쓰에(まつ枝), 덴자부로, 지에조, 미키오(三亀雄), 다미코(たみ子) 7남매 가운데 지에조는 니고 일가의 얼굴을 더럽혔다고 여겨지고 있었다. 밥벌레에 물러터진 사람이라는 것이 일반적인 평이었다. 마음이 매우 약한 사람이라는 사실은 기억해둘 필요가 있다. 원래 그들 형제의 출생지인 와카야마(和歌山) 현 아리다(有田) 군 유아사(湯浅) 촌(지금의 유아사초)은 기질이 거칠기로 이웃 마을에 알려진 어촌이었다. 과장해서 말하자면 싸움이나 도박을 하지 않는 날이 없을 정도여서 지에조처럼 마음 약하고 '흐리터분한 사람'은 참으로 이색적이었다. 대대로 생선 도매상을 하여 상당한 부자였으나, 아버지 대에 몰락했다. 원인은 도박과 여자였다. 아버지가 돌아가신 뒤에 남은 것이라고는 약간의 빚과 각각 어머니

가 다른, 28살이 장남, 17살이 막내인 남매 7명이었다. 일가가 뿔뿔이 흩어져 그들은 오오사카로 나와 각자 자활의 길을 찾았다. 곤에몬은 항만 노동자, 이치지로는 마부, 덴자부로는 생선초밥집의 배달부, 지에조는 소학교 임시교원, 미키오는 고리대금업자의 앞잡이, 마쓰에와 다미코는 하녀, 말하자면 모두가 고난의 길이었다. 1912년의 일이었다. 이듬해에 마쓰에는 좋아하는 남자와 결혼했으나 형제 모두 뿔뿔이 흩어져 있었기에 누구 한 사람 혼례식에는 부르지 못했다. 5년 뒤에 있었던 다미코의 결혼식 때도 마찬가지였다. 그러다가 1921년에 그들은 처음으로 덴오지 구 우에혼마치 8번가에 있는 곤에몬의 집에서 얼굴을 마주했다. 우연이 아니었다. 곤에몬이 이미 어엿한 동철(銅鐵) 취급상인으로 출세한 것이었다. 얼마 후 이치지로, 덴자부로, 미키오도 형 덕분에 훌륭한 동철 상인이 되었다. 그러나 지에조만은 언제까지고 곤에몬의 집에서 빈둥거리며 장부만 만지작거리고 있었다. 다른 형제들처럼 눈 감으면 코 베어갈 정도의 상혼(商魂)이 없었던 것이다. 그 대신 임시교원을 했을 정도였기에 글을 잘 썼다. 덴자부로 왈, '글을 잘 쓰는 자 가운데 변변한 놈 없다.'

아내를 들였으나 사정이 있어서 이혼했다. 아내의 본가가 곤에몬과 거래를 했는데 7천 엔의 손해를 입혀 곤에몬과의 사이에 소송이 일어난 것이 원인이었다. 하얀 피부에 눈이 굉장히 큰 가련한 여자였다. 게다가 도쿄 출생으로 시원시원한 말투, 분에 넘치는 아내였으나 지에조는 형이 말하는 대로 따랐다. 파산한 본가로 아내를 보냄에 있어서 그는 참으로 물러터진 모습을 보였다. 얼마 후, 상업상의 이유로 나고야(名古屋)에 갔을 때, 나카무라(中村) 유곽에서 아내의 여동생을 만났다. 단역이었지만 그녀는 가마타(蒲田)의 영화배우였다. 두어 번 하녀 역으로 나온 것을 보기 위해 아내와 함께 상설관으로 간 것도 극히 최근의 일이었다. 유녀가 된 처제와 침상을 함께 하며 하룻밤을 밝혔을 때 지에조가 발휘한 인간미에 대해서는 기술을 피하겠다. 오오사카로 돌아오자 그는 도톤보리나 센니치마에의 카페를 돌아다니며 술을 마셨다. 폐가 좋지 않아 한 번은 3홉 정도의 피를 토했으나 이튿날에도 카페에 가서 놀기를 빼먹지 않았다. 취하면 여급을 상대로 무엇인가 중얼중얼 넋두리를 해댔다. 매일 밤 반드시 맥주를 대여섯 병, 일본주를 대여섯 홉, 섞어서 마셨다. 그만큼 마셔도 커다란 소리로는 얘기하지 못할 정도로 마음이 다정하고 일하는 여자에 대한 배려심도 있는 듯해서, 썩 잘생긴 사람은 아니었으나 여기저기서 인기가 좋았다. 센니치마에 라쿠텐치(지금의 가부키자) 골목에 있는 카페 기라쿠(喜楽)의 나이 든 여급과 친해져 다카라즈카(宝塚)의 옛 온천지에서 관계를 맺었다. 하루미(春美)라는 이름으로 26세, 예전에 한 창가 연예장 주인의 첩이었던 적이 있었는데, 서방은 난고(南五) 홍등가의 유곽에서 모르는 사람이 없을 정도로 드물게 볼 수 있는 엽색꾼으로 늘 춘화, 음서, 음란한 기구 등을 품속에 넣고 다니는 사내라고, 여자는 무슨 생각을 한 것인지 전부 지에조에게 털어놓았다. 지에조는 신음했다. 장소가 장소였던 것이다. 조금 전 여자는 그에게 36살이 되어 처음으로 여자의 몸을 알게 된 것과 같은 감명을 주었던 것이다. 게다가 그녀는 굳이 말하자면 천진한 구석이 있는 만큼, 이 속사정을 털어놓은 이야기는 단순한 규방의 화술을 넘어 지에조의 마음에 아프게 울렸다. 그는 화장실로 가서 괜찮아, 괜찮아, 라고 중얼거렸다. 창문으로 무코가와(武庫川)의 강가가 보였다. 5월의 오후, 태양이 반짝이고 있었다. 당시 지에조의 심리상태는 묘사할 만한 가치가 있는 것이지만, 여기서는 그 번거로움을 피하기로 하겠다. 직시하기 어려울 것 같은 자신의 기묘한 표정을 세면대의 거울로 힐끗 보고 지에조는 방으로 돌아갔다. 그의 얼굴은 고통과 정욕으로 일그러져 있었다. 그 후에도 종종 밀회를 거듭한 끝에, 원래부터 심지가 고운 하루미는 지에조의 정에 얽매여 털어놓아야 할 마지막 것을 털어놓았다. 자세한 이야기는 피하겠으나, 그녀는 세상 사람들이 몹시도 싫어하는 한 종족의 사람이었다. "제가 싫어졌지요?" 라고 말하며 얼굴을 가까이 들이미는 여자의 매력에 저항할 힘이 지에조에게는 없었다. 뭔지 모를 슬픔이 느껴진 그는 그때 자신의 불행을 과장해서 이야기했다. 벌레 우는 소리, 파란 전등이 켜진 이코마야마(生駒山)의 여관에서 두 사람은 서로를 위로한 것이다. 이렇게 되니 연애의 조건은 전부 갖춰졌다. 대체로 속사정을 털어놓는 이야기는 연애의 음영을 더욱 짙게 한다는 말에 두 사람도 예외는 아니었던 것이다. 두 사람은 결혼했다.

마사에와 그의 남편인 곤에몬의 허가를 얻기란 그리 쉬운 일이 아니었다. 하마터면 결혼을 하지 못할 뻔했다. 덴자부로가 "서로 좋아하는 사이잖아."라며 도움을 준 끝에 결국 이전에 억지로 이혼시킨 것에 대한 보상으로 허락을 해주었다. 비교적 성대한 혼례가 행해졌으나 그날 밤, 지에조는 어떤 이유에서인지 오히려 풀이 죽은 얼굴을 했다. 다카라즈카의 옛 온천지에서 들었던 여자의 이야기에 아직도 고뇌하고 있었던 것일까?

그야 어찌됐든 혼례식 밤에 꽃단장을 한 하루미, 곧 니고 가쿠코(賀来子)의 용모는 사람들의 눈을 둥그렇게 만들었으며 지에조는 선망의 대상이 되었다. 덴자부로의 말을 빌리자면, 지에조는 "끝내 고운 여자를 얻었으니 승부했다(성공했다는 뜻)."는 것이었다. 그러나 '승부했다'는 실감이 나려면 그는 적어도, 나는 승부했다고 자기 자신에게 들려줄 필요가 있었다. 혼례 비용은 어림잡아 1,500엔이었다.

니고 가의 권위를 보여주기 위해서 적어도 800여 엔의 돈이 쓰였다. 그러나 그런 돈을 쓸 필요는 애초부터 없었다고, 나중에야 사람들, 특히 마사에는 생각했다.

혼례식 밤으로부터 1개월 정도 지난 어느 날, 마사에가 신혼집을 방문했다. 현관으로 나온 가쿠코의 얼굴을 보자마자 "사실은 가쿠코 씨, 당신이 솔직하게 대답해줬으면 하는 일이 있어요. 여자의 일생이 걸린 일이니 거짓말 하지 말고 대답해주세요. 당신의 혈통에 대해서 사람들한테 잠깐 들은 얘기가 있어요. 당신의 아버님은……."

끝까지 말하게 하지 않고 가쿠코는,

"네, 맞아요."라고 외쳤다. 절망한 듯한 말투였기에 마사에는 왠지 섬뜩한 느낌이 들었다. 몸이 약간 떨렸다.

"역시 그랬군요. 그게 사실이죠? 정말 그런 거죠? 그랬군요. 생각할 시간을 주세요. 남편과 상의해볼게요."

마사에는 흥분한 나머지 변의(便意)를 느꼈다. 그녀는 서둘러 집으로 돌아왔다. 그날 밤 곤에몬은 마사에의 입을 통해서 지에조에게 가쿠코와 이혼하라고 명령했다. 지에조는 한없이 미적지근한 태도를 취했다. 그러고도 남자냐는 극단적인 말까지 들었다. 그러나 이튿날 지에조는 자신이 남자임을 보였다. 지에조와 가쿠코는 도주했다. 덴자부로가 그 사실을 알고 우메다(梅田) 역으로 달려가 작별인사로 30엔의 돈을 주었다. 그 일이 알려져 그는 곤에몬으로부터 출입을 금지 당했다.

덴자부로에게 이는 상당한 타격이었다. 생선초밥집의 배달부에서 지금은 상당한 동철 취급상인이 되기는 했지만, 그는 닭의 해에 태어나 화려한 것을 좋아하는 성격이었기에 돈으로 허세를 부리는 것이 재미있어서 낭비가 많았고, 모아놓은 목돈이 없었기에 1만, 2만이라는 커다란 금액의 물건을 살 때는 아무래도 형의 자본에 의지할 필요가 있었던 것이다. 그랬기에 출입금지를 당한 그는 종종 막내 동생인 미키오에게 자본의 융통을 부탁했다. 미키오는 깍쟁이여서, 스스로는 돈이 없다, 돈이 없다고 떠들고 다녔지만, 적어도 10만 엔은 쌓아두었을 것이라 일컬어지고 있었다. 예전에 고리대금업자의 앞잡이로 있었을 때의 근성이 아직 남아 있어서, 그는 형인 덴자부로에게도 하루에 3센씩 이자를 받았다. 덴자부로는 끝을 알 수 없을 정도로 축재(蓄財)에 몰두하는 미키오의 모습을 경외하고 있었기에 순순히 이자를 지불했지만, 그 이자 때문에 덴자부로의 집에서 사소한 다툼이 벌어진 적이 있었다. 덴자부로는 그때 아내를 심하게 야단쳤다.

　"당신, 우리 형제를 나쁘게 말하지 마."

　덴자부로는 형제애가 깊었다. 그야 어찌됐든 출입금지는 뼈아픈 일이었다. 걱정이 되어 중재를 해주는 자도 있었으나, 워낙 덴자부로가 지에조의 도주를 부추겼을 뿐만 아니라 여러 가지로 지에조의 편을 들었으며, 그를 변호한 것이라 알려져 있었기에 화는 풀리지 않았다.

　그러던 어느 날 저녁, 덴자부로를 바꿔줘, 라고 이름을 함부로 부르는 전화가 걸려왔고, 그가 받아보니 6개월 만에 듣는 곤에몬의 목소리가 들려왔다. 할 얘기가 있으니 집으로 와달라는 말에, 덴자부로는 저녁도 먹지 않고 자동차를 달리게 했다.

"형님이 좋아하시는 겁니다."라며 덴자부로가 선물로 내민 성게 알젓을 보고 곤에몬은,

"사치스러운 짓 하지 마."라고 말한 뒤 이어서, "자세한 얘기는 마사에가 할 거야."라며 자리를 떴다. 마사에는 시키시마(敷島) 담배를 3개비 피우고 난 뒤에야 이야기의 요점을 꺼냈다.

"사실은 지에조 도련님의 일입니다만, 도련님은 지에조 도련님이 어디 계신지 알고 있죠?"

"……."

덴자부로는 당황하여 앉은 자세를 고쳤다. 방석이 절반 이상 엉덩이에서 삐져나왔다. 얼마 전에 지에조로부터 그에게 처음으로 편지가 왔었던 것이다. 지에조 부부는 경성에 있는 가쿠코의 큰아버지를 의지하여 조선으로 건너가 지금은 경성의 홍등가에서 '아카다마'라는 작은 당구장 겸 사격장을 열어 소소한 생활을 하고 있었다. 일본과는 달리 기후가 불순해서 힘들다는 등의 내용이 있었고, 이 편지에 대해서는 곤에몬의 귀에 들어가지 않도록 해달라고 당부를 했었다. 그게 아니라 할지라도 마사에 앞에서 지에조에 대해서 이야기하는 것은 제 무덤을 파는 짓이리라. 덴자부로는 일언반구도 하지 않고 단지 애매한 소리만 냈다. ─하지만 마사에는 무엇 때문에 지에조가 있는 곳을 묻는 것일까? "도련님, 숨기지 말고 솔직하게 말해주세요." 마사에의 삼각형으로 조그만 눈이 음험하게 빛났다. 솔직하게 말해주세요는 마사에가 입버릇처럼 하는 말이었다. 예전부터 덴자부로는 형수 앞에만 서면 설설 기었기에 그녀에게 저항한다는 것은 쉬운 일이 아니었다.

"네. ……."

있는 그대로를 말했다. 다시 한 번, 평생 출입을 금하든지 말든지

마음대로 하라고, 반항하는 마음이 들었던 것이다. 소위 말하는 이 배짱과도 같은 것은 덴자부로가 매우 자랑스럽게 생각하고 있는 부분이었다. 대부분은 술에 취했을 때 나타나지만, 이때는 요즘 갑자기 더해가는 마사에의 위엄에 짓눌린 것이리라. 이 배짱에 대해서 한마디 해두자면, 예를 들어 즐겨 하는 화투에서 그의 배짱은 아주 커다란 대가를 치르게 한다. 이는 그가 종종 허풍스럽게 이야기하는 부분이다. 덴자부로에게는 도박에서의 손해를 과장스럽게 말하는 것을 매우 좋아하는 버릇이 있었다. 그는 요즘 살이 찌기 시작해서 대감의 풍격이 생겼다고 자부하고 있었던 것이다.

어쨌든 이때 마사에의 얼굴에 미소가 떠오르기에 이르러 덴자부로의 배짱은 마침내 보답을 받았다. ―덴자부로를 일부러 불러 지에조에 대해서 물은 데에는 물론 이유가 있었다. 그 무렵, 앞서 이야기했던 상공회의원의 장남과의 혼담이 있었던 것이다.

"지에조 도련님이 그런 여자와 부부라는 사실이 알려지면 듣기가 안 좋으니." 무슨 일이 있어도 이혼을 시켜야 한다고 마사에는 다짐하고 있었으며, 덴자부로라면 편지 한 통 정도는 받았을 테고 사는 곳도 알고 있으리라 추측한 것이었다.

"지당하신 말씀."이라며 덴자부로는 동조했다. 일본에 있다면 모르겠지만 조선에 있는 사람이 어찌 혼담에 방해가 되겠느냐는 말은, 이럴 때 해서는 안 될 말이었다.

"조카의 혼례를 방해하다니. 그놈은 사회주의자야."
라고 덴자부로는 말했다. 마사에에게 이 말은 아주 마음에 드는 것이었다. 덴자부로가 지에조의 변호를 하고 있다는 오해는 이것으로 풀렸다. 출입금지는 완전히 풀렸다. 이때 이후, 마사에는 지에조에 대해서 이야기할 때면 언제나 사회주의자라는 형용사를 잊지 않고 붙였다.

　대체로 덴자부로는 비유에 상당한 재주가 있어서 그의 용어에는 흥미로운 부분이 적잖이 있었다. 예를 들어 밍밍한 반찬이 나오면, "금붕어 모이 같은 걸 먹이다니.", 상인들의 담합을, "얼러붙어서 ○○○한다."고 말하는 것은 참으로 그답다는 느낌이었다. '사회주의자'라는 것도 이 금붕어 모이와 비슷한 것이었다.

　어쨌든 마사에의 의뢰로 덴자부로가 지에조에게 이혼을 권하는 편지를 보내기로 얘기가 매듭지어졌고, 이 의의 넘치는 반년 만의 방문도 막을 내렸다. 덴자부로는 글을 쓸 줄 몰랐기에 지배인에게 편지를 대필케 했다. 사회주의자라고 써야한다고 덴자부로가 다짐을 두자, 그 말은 온당치 않다고 지배인이 말했다. 지배인은 그 무렵 남녀 간의 애정문제에 눈을 떴기에 도주한 지에조를 남몰래 동정하고 있었던 것이다. 덴자부로는 지배인의 말을 듣지 않았다. 사회주의자라는 말을 넣는 것이 마사에의 바람이었기 때문이다. 지배인은 사회주의자라는 글자에 괄호를 쳐서 자신이 뜻하는 바를 지에조에게 전하려 했다. 그러나 결국 그것은 자신만의 생각일 뿐이었다. 편지를 본 지에조는 그 괄호를 강조를 위한 부호라고 생각했다. 그랬기에 어쩌면 평범하게 흘려 읽었을지도 모를 그 말에 한껏 사로잡혔고, 그 때문에 조카의 혼담에 방해가 된다는 중요한 사실은 마음에 두지 않았다. 가쿠코가 그 사실을 마음에 두었다. 그녀는, 자기 때문에 당신이 소중한 조카의 행복에 방해가 된다면 자신이 희생을 하겠다고 말했다.

　"어차피 저는 불행한 사람이라고 각오하고 있습니다."

　그 마음씨가 사랑스럽게 여겨진 지에조는 가쿠코와 더더욱 헤어질 수 없다고 생각하게 되었다. 가쿠코는 그 출생 외에 아무런 결점도 없다, 그런 여자를 희생으로 삼으면서까지 조카의 세상적 행복을 바랄 마음은 없다, 라는 내용의 글을 예의 우유부단한 투로 써서 답장을 보냈다. 드디어 그가 사회주의적 색채를 띠기 시작한 것이었다.

"도련님 때문에 지마코의 혼담은 엉망이 되어버릴 거야."

라고 마사에는 소리 질렀다. 아니나 다를까 그녀의 예언대로 혼담이 깨졌다는 것은 앞서 이야기한 대로다. 그 원인에 대해서 여러 가지로 소문이 무성했다는 사실도 앞서 이야기했다. 지에조가 원인이라는 마사에의 말은 어딘가 핑계에 지나지 않는다는 느낌이 있었으나 주위 사람들은 승인하지 않을 수 없었다. 그러나 진상을 말하자면, 맞선을 볼 때 신랑 될 사람이 지마코에 대해서 매우 우스운 인상을 받았다는 것이 원인이었다.

맞선은 지마코의 가야금 연주회라는 명목으로 행해졌다. 회장인 호쿠요(北陽) 연무장에서 후리소데[1]를 입은 지마코가 스승과 함께 연주하는 것을 신랑 될 사람이 감상했다. 그는 스승의 여유 있는 태도에 비해 지마코가 추하게 보일 정도로 내내 긴장해서 빨간 얼굴을 하고 있는 것을 보고 자신의 얼굴이 빨개진 것 같다는 착각이 들었다. 전부 이 일이 원인이었다. 그는 그 후, 룸바댄스의 명수라 일컬어지던 한 레뷰걸과 결혼했다고 한다.

여담이지만 이 가야금 연주회를 위해서 마사에가 쓴 돈은 아무리 적게 잡아도 3천 엔은 될 것이라는 소문이었다. 마사에 모녀의 의상비만 해도 집에 드나드는 포목점에 1,500엔을 지불했다고 올케들은 떠들어댔다. 그 포목점은 니고 가에 드나드는 것만으로도 딸을

---

1) 振袖. 겨드랑이 밑을 꿰매지 않은 긴 소매, 혹은 그런 소매의 옷. 주로 미혼 여성의 예복.

여학교에 보내고 있었다. 마사에게는 딸이 4명 있는데, 최근에 그녀들의 설빔을 지어주고 돈을 듬뿍 받은 포목상은 이번 정월에 가족 모두가 시라하마(白浜) 온천으로 여행을 갈 예정이었다. 니고가에서는 이번 설부터 연시에 찾아온 손님에게 주안상을 내줄 수 있게 되었다. S은행 우에혼마치 지점으로부터 니고 곤에몬의 예금 원리결산보고서가 왔는데, 곤에몬의 예금이 100만 엔에 달했다는 사실을 알게 되었기 때문이다.

2

후리소데가 장지문 틈으로 보이는가 싶더니 지마코, 하루코(春子), 노부코(信子), 히사코(寿子)가 순서대로 방에 들어왔다. 설빔이었다.

"이야! 모두 왔구나. 여자들만 줄줄이 있다니, 이건 카페로구나. 너희들은 카페의 여급이다. 아버지한테 술을 따라라."

곤에몬은 눈물이 날 정도로 기분이 좋았다. 올해부터 설에는 방문객에게 술을 내기로 했고, "자, 한잔 하게."라며 아침부터 손님을 상대했기에 꽤나 술기운이 돌고 있었다.

"어머, 아버지도 참."

후리소데 속으로 얼굴을 묻는 것을 보고 마사에는 곤에몬의 천박한 말투를 나무라지 않으면 안 되겠다고 생각했다. 딸들의 혼담을 위한 일이기도 했다. 자리에 있는 사람들이 가족들뿐이기에 망정이지 이게 만약……, 그러나 지금은 입을 다물고 있기로 했다. 딱한 번뿐이었지만, 취한 곤에몬의 심기를 건드렸다가 호되게 당한 경험이 있었다.

"애야, 나니와부시를 한번 틀어보도록 해라! 도라조(虎造)의 숲의 석송을 틀어라. 도라조는 창을 아주 잘하지. 누가 뭐래도 그는 목청이 좋으니까."

오오사카 사투리에 기슈[2] 사투리가 섞여 있었다. 말투도 내용도 딸들의 마음에 들 리가 없었다. 나니와부시는 천박하다고 모두가 내심 생각하고 있었다. 대변자는 언제나 노부코였다. 17살, 안경을 끼고 있었다. 예로부터 '안경은 오만하다.'는 말이 있다. 지금이라고 그 오만함을 발휘하지 않을 수 있겠는가.

"나는 리스트의 헝가리안 랩소디를 틀 생각인데. 나니와부시는 천박해."

오오사카 사투리와 도쿄 사투리.

"그럼 틀고 와야지." 노부코가 일어선 것을 계기로 자매들은 줄줄이 일어나 방을 나섰다. 마사에는 지마코의 허리띠를 바로 고쳐주었다.

"뭐야, 오만하게! 그런 피아노 같은 게 뭐가 좋다는 겐지! 삥삥뽕뽕, 마사에! 네가 그런 걸 배우게 한 게 잘못이야!"

마사에를 제외한 사람들 모두 같은 생각이었다. 마사에는 약간 골이 났다. 사람들은 술맛이 좋아졌다고 생각했다. 이치지로 부부, 덴자부로 부부, 미키오, 예전의 하인이었던 하루마쓰가 자리에 있었는데 그 가운데서도 특히 하루마쓰는 가장 술맛이 좋아졌다고 생각했다. 그는 마사에가 밀어붙이는 바람에 니고 가의 하녀를 아내로 맞아들였는데 그 아내가 무슨 일에나 마사에의 지도를 받아 위세를 부렸기에 남편의 권위가 조금도 없다는 이유로 마사에를

---

2) 紀州. 지금의 와카야마 현과 미에 현 남부를 가리키는 옛 지명.

원망하고 있었던 것이다. 그 외에도 원망할 이유는 있었다. 그러나 지금은 오로지 그것이었다. 그 마누라가 이번이 산달이어서 오늘 오지 않았다는 것도 술맛과 관계가 있었다. 미키오의 아내는 조금 전에 얼굴만 잠깐 내비치고 젖먹이가 있다는 사실을 구실 삼아 바로 돌아가버렸다. 그때 마사에의 비위를 살짝 건드렸다. 원래부터 미키오의 아내는 양가 출신이라는 이유에서인지 약간 건방지다는 사실에 마사에는 불만을 품고 있었다. 그러나 미키오의 아내는 양가의 딸이기는 하지만 사실은 양녀로 원래는 어디서 굴러먹었는지도 모를 자의 사생아라는 소문을 들었을 때, 그랬기에 마사에는 너무나도 기쁜 나머지 매우 들뜬 기분이었다.

"형님 말처럼 꼭 그렇지만도 않아요. 요즘에는 역시, 그 뭐냐, 피아노 하나쯤은 배우지 않으면……."

이라고 말한 사람이 있었다. 미키오였다. 민감하게 마사에의 비위를 맞추려 한 것이었다. 미키오의 목소리는 평소에도 그렇지만, 특히 이런 경우에는 이른바 우물거리는 목소리로, 새되다는 형용사가 적합했다. 축농증을 앓은 적이 있었다. 목에 칼이 들어와도 듣기 좋은 목소리라고는 할 수 없었으나, 이때의 마사에의 귀에는 매우 듣기 좋았다. 미키오의 아내가 일찍 돌아갔다는 사실은 면죄를 받았다.

"주목, 주목."

덴자부로의 아내였다. 곤에몬의 나니와부시가 시작되었기에ー.

덴자부로의 아내는 마른 체형으로 어딘가 존재감이 부족한 듯한 얼굴이었으나, 굳이 말하자면 화려한 것을 좋아했다. 예전에 유행했던 속요를 흥얼거리는 것 외에 그다지 눈에 띄지는 않았지만 미끈한 미남 활동배우의 브로마이드를 모으는 것이 유일한 취미였

다. 그렇지만 활동사진을 보러 간 적은 아직 한 번도 없었다. 덴자부로가 보내주지 않는 것이었다. 얼마 전에 덴자부로의 집에서 하녀를 고용했었는데 바로 그만두어버렸다. 그녀처럼 바지런한 주부 밑에서는 오히려 일을 하기 힘들었던 것이다. 하녀는 일을 그만둘 때, 이 댁의 마님은 무슨 낙으로 사는 건지, 하며 울었다. 덴자부로가 방탕한 사람이어서 15년 동안 눈물을 흘려왔다. 그런 사실을 곤에몬이라고 모르는 것은 아니었으나 지금까지 단 한 번도 직접 위로를 해준 적은 없었다. 예전부터 마음에 두고 있기는 했다. 곤에몬은 덴자부로에게 돈을 빌려줄 때마다, 네게 빌려주는 게 아니야, 오하쓰(お初) 제수씨한테 빌려주는 거야, 라고 늘 말했다. 하쓰노(初乃)가 그녀의 이름이었다. 곤에몬은 그 하쓰노를 눈여겨보고 있었다. 하쓰노가 없으면 덴자부로의 집은 엉망진창이 될 것이라고 곤에몬은 늘 말했는데, 그것은 대체로 옳은 말이었다.

지금도 곤에몬은 하쓰노가 오른쪽 어깨를 푹 숙인 채 삼가 듣고 있는 모습을 보자, 덴자부로 녀석, 하는 생각이 들었다.

"듣기 좋죠, 형님."

덴자부로의 아내가 옆에 있는 이치지로의 아내에게 이렇게 말했다. 멍하니 앉아 있던 이치지로의 아내는 당황해서 고향의 사투리로,

"네, 정말 그래요. 좋아요."라고 말하고, 마치 덴자부로의 아내에게 사과라도 하는 것처럼 꾸벅 머리를 숙였다. 이 사람은 매우 조신한 태도의 여자였다. 이 여자가 인사를 할 때의 긴 시간과 기가 막힐 정도의 정중함에 덴자부로의 아내는 늘 애를 먹었다. 그러나 그럴 때마다 덴자부로의 아내도 상대방에게 지지 않을 만큼 정중하게 인사를 했다. 지금도 덴자부로의 아내는 아무런 이유도 없이

넙죽 머리를 숙이지 않을 수 없었다. 이치지로의 아내가 두 손을 무릎 위에 다시 겹쳐놓는 것을 보고 나서야, 덴자부로의 아내는 목깃을 바로하고 옷자락을 잡아당겨 위의를 갖추었다. 이 여자들은 서로에 대한 이른바 에티켓에 열중하느라, 곤에몬의 나니와부시는 제대로 듣고 있지도 않았다. 그러나 끝나자 가장 먼저 박수를 친 것은 두 사람이었다.

박수를 받자 곤에몬은 수줍어했다.

"아아. 이거 굉장히 부끄럽구먼."

이렇게 말하며 머리 꼭대기를 긁적이는 곤에몬의 모습은 꽤나 귀여워 보였다. 36살에 1만 엔을 모았을 때 처음으로 기르기 시작한 콧수염은 그의 위엄과 커다란 관계가 있었지만, 이때는 오히려 호색적으로 보이기까지 했다.

"샤미센이 없어서 말이지. 아무래도 영." 문득 떠올랐다는 듯, "어때, 모두 돈을 쓰러 한번 나가자. 오하쓰 제수씨, 같이 가죠."

"네에, 데려가주세요."

이렇게 말하기는 했으나 하쓰노는 곤에몬이 굉장히 취했다고 생각했다. 사람들은 서로의 얼굴을 바라보았다.

"나리, 정말이십니까?"

오늘 밤, 여자를 사러 가기로 마음먹었던 하루마쓰는 그 사실을 슬쩍 염두에 두고 있었다. 여자를 사는 일에 관해서 곤에몬에게 하나의 일화가 있다는 사실을 하루마쓰는 떠올렸다. ─꽤나 오래전의 일이지만 곤에몬, 덴자부로, 미키오, 하루마쓰 넷이서 상업상의 용무가 있어 도쿄에 간 적이 있었다. 도쿄의 상인을 경멸하고 있는 그들은, 따라서 긴자에도 가지 않았다. 곤에몬 특유의 의견에 의하자면 도쿄의 상인은 ─도쿄의 공장에서 만든, 예를 들어 기계라면, 기계를 그들은 도쿄에서 사지 못한다. 기계는 전부 오오사카 상인의 손을 거치지 않으면 그들의 손에 들어가지 않는다. 도쿄의 공장에서 오오사카의 상인에게로, 오오사카의 상인에게서 도쿄의 상인에게로, 그러는 사이에 여러 가지로 운임과 중개료가 기계에 붙는다. 왜 이런 일이 벌어지는가 하면, 도쿄의 상인들은 당장 3개의 수요가 있으면 3개만 공장에 주문하지만, 오오사카의 상인은 3개의 수요밖에 없는데도 10개를 주문한다. 공장이 제작품을 전부 오오사카의 상인에게 팔아치우는 이유다. 도쿄 상인에게는 앞날이 보이지 않는다. ―는 것이었다. 또 긴자의 상인들은 거의 대부분 자본을 오오사카의 상인들에게서 빌려 쓰고 있지 않은가. 그랬기에 그들은 긴자에도 가지 않았다. 그러나 밤이 되자 덴자부로, 미키오, 하루마쓰 세 사람이 "자, 지금부터 도쿄의 게이샤를 품으러 갑시다."라고 곤에몬에게 말했다. "나는 여관에서 잘 거야." 세 사람은 밖으로 나갔다. 이튿날 아침, 그들이 센조쿠마치(千束町)에서 돌아와보니, 곤에몬은 없었다. 여관의 여종업원에게 물으니 어젯밤 세 사람이 나가고 난 뒤에 조용히 외출했다고 했는데, 틀림없이 요시와라나 다마노이[3] 부근으로 간 것이라고 추측되었다. 아니나 다를까 곤에몬은 졸린 듯한, 부끄럽다는 듯한 얼굴로 돌아왔다. 사람들과 함께 가면 곤에몬이 계산을 해야 한다. 그것이 싫어서 혼자 몰래 싸구려 여자를 사러 갔던 것이라는 것이 세 사람의 의견이었다.

그중에서도 특히 덴자부로는 이 의견을 강조했다. 왜냐하면 그 무렵 이런 일이 있었기 때문이었다. 덴자부로가 곤에몬에게서 빌린 돈 900엔을 언제까지 갚지 않고, 흐지부지 넘어가려 하고 있었다.

---

3) 요시와라, 다마노이(玉の井) 모두 도쿄의 대표적인 홍등가였다.

곤에몬은 덴자부로가 최근에 700엔이나 하는 도사견을 기르고 있고, 거기에 투견에서 이겼다며 개의 사슬과 투견판에 커다란 돈을 쓰고 있다는 말을 듣고 화가 나서 내용증명서를 덴자부로에게 보냈다. 새파랗게 질려버린 덴자부로는 전화의 명의를 다른 사람의 명의로 돌리기도 하는 등, 곤에몬의 압류에 대비했다.

어느 날, 곤에몬이 고리대금업자의 손가방 같은 것을 들고 덴자부로의 집으로 찾아왔다. 마침 덴자부로는 사람들의 눈에 띄는 곳, 즉 집 앞에서 도사견을 씻기고 있었다. "한심한 놈!" 곤에몬이 양동이를 걷어차 쓰러뜨렸다. 애견이 곤에몬에게 달려들려 했다. 곤에몬은 개가 짖는 소리를 남겨둔 채 달아나버렸다. 후에 억지로 9백 얼마가 되는 돈을 덴자부로에게서 받아냈다. 그런 일이 있었던 것이다. 그러나 지금의 덴자부로는 그에 대한 불만을 접어두었다. 그건 곤에몬이 사치를 하지 말라고 몸소 가르쳐준 것이라 생각하기로 했기 때문이었다. 요즘의 그는 무슨 일에 있어서나 곤에몬의 처세술을 배우지 않으면 안 된다고 생각하고 있다. 마침내 2만 엔을 저금하게 되자, 갑자기 낭비벽이 사라지고 은행의 이자를 계산하는 것이 무엇보다 재미있어지기 시작한 것이었다.

─한편, 하루마쓰는,

"나리, 정말이십니까?"

라고 말하고, 설마 싶기는 했지만 곤에몬이 흥에 겨운 나머지 정신 줄을 놓아 기생놀이 하는 모습을 본다면 얼마나 통쾌할까 기대했다. 코흘리개 어린 시절부터 고용되어 곤에몬을 위해서는 꽤나 위험한 일까지도 해온 하루마쓰였다. 곤에몬을 생각하는 마음은 가장 강하다고 할 수 있었다. 그런 만큼 곤에몬의 알몸을 보고 싶어 하는 것이었다. 그러나 그의 기대는 다음에 나온 곤에몬의 한마디로 간단히 배신당하고 말았다.

"설에는 예기의 몸값이 2배야. 세뱃돈도 필요해." 이하 운운.

덴자부로가 술이 지나쳐 속이 불편하다고 하기에 하쓰노는 소금물을 가지러 갔다. 이 집 부엌의 어디에 무엇이 있는지는 잘 알고 있었다. 가끔 일을 도와준 적이 있었던 것이다. 부엌에 해삼이 놓여 있는 것이 눈에 띄었다. 하쓰노는 사람들이 아까부터 말린 청어알만을 안주로 먹고 있다는 사실이 얼핏 떠올랐기에 해삼에 양념장을 쳐서 내놓으면 기뻐할 것이라고 생각했다. 덴자부로에게 줄 생각이었던 소금물이 잠깐 잊혀지고 말았다. ─

"좋은 게 있었어요."

해삼 접시를 들고 방으로 돌아가자 덴자부로가,

"무슨 짓을 하고 있었던 거야, 지금까지. 자리를 옮겨다니는 기생처럼 한번 나가면 함흥차사야."

"……."

변명하려 하다가 하쓰노는 그만두었다. 덴자부로는 귀가 약간 멀기에 이해를 시키려면 커다란 목소리를 내야 했다. 야단을 맞았다고 큰소리를 낼 수도 없는 일이었다.

"후처의 할멈처럼 곰상스럽게 나대지 마. 넌 대체로……."

속이 거북해졌기에 덴자부로는 잔소리를 뒤로 미루고 토를 하기 위해 화장실로 갔다. 하쓰노가 처벅처벅 뒤를 따라갔다.

피아노 소리가 들리고 있었다. 마사에는 소리로 지마코라는 사실을 알 수 있었다. 희미하게 웃었다. 백작 가와의 혼담도 슬슬 본론으로 들어가고 있었다. 설이라는 것은 왠지 그냥 좋은 것이라고 생각했다. 문득 지에조의 일이 머리에 떠올랐다. 덴자부로 부부가 방으로 돌아온 것을 계기로 마사에는 운을 띄웠다.

"정말 이렇게 형제들이 모여 설을 쇠는 건 좋은 일이에요."

"맞아요. 무엇이 가장 좋은가 하면, 형제들이 사이좋게 술을 마시며 설을 쇠는 게 가장 좋은 일이에요."

이치지로의 아내가 한마디, 한마디에 힘을 주어 말했다. 하쓰노도 거의 비슷한 말을 했다. 남자들도 각자 짧은 말로 거기에 동의를 표하고 술을 마셨다. 마사에의 순서였다.

"여기에 조선에 있는 지에조 도련님만 있었다면 모두가 모이는 건데."

곤에몬의 잔에 술을 따르고 넘친 것을 행주로 닦으며 은근슬쩍 말했다.

"그 얘기는 하지 마."

반향이 없을 리 없었다. 마사에는 대기실에서 나와 무대로 접어든 것이라고 할 수 있었다.

"아니요, 말해야겠어요. 전 도련님의 험담을 할 마음은 조금도 없어요. 조금도 없지만, 지금 피를 나눈 조카의……." 나머지는 들을 필요도 없는 일이었다. 지금 피를 나눈 조카의 결혼을 지에조가 방해하고 있다. 맞는 말이었다. 그러나 듣고 있자니 곤에몬은 왠지 벌컥 화가 났다. ─설날부터 조급하게 꺼낼 얘기는 아니야. 요전의 혼담이라면 모르겠지만, 백작 가와의 이번 혼담은 영 마음에 들지 않아. 격이 맞지 않는다는 게 아니야. 백작이 대체 뭐란 말이야. 지에조의 일 정도로 혼담을 깰 만큼의 식견 따위 고맙지도 무섭지도 않고, 성격에도 맞지 않아. 상인의 딸은 상인에게 시집을 보내는 게 좋아. 차라리 작업복을 입은 상인에게 딸을 주라고 마사에에게 말해버릴까. 당신은 딸의 입장에서 생각하지 않는다고 말하겠지. 하지만 상인만큼 좋은 게 또 있을까? 실제로 상인이 되었기에 나도

100만 엔이라는 돈을 이 손으로 만든 거야. ─이상이 마사에의 이야기를 들을 때 곤에몬이 한 생각의 개요다. 곤에몬은 생각함으로 해서 화를 억누르고 있었던 것이다. 마사에에게 해주어야 할 여러 가지 말들을 생각함으로 해서 간신히 노여움을 억누르고 있었던 것이다. 특히 마지막의 '100만 엔'을 생각한 것은, 이런 경우 매우 효과적이었다.

　마사에는 지에조 들의 이혼이 필요하다는 사실을 장황하게 설명했다. 그러나 누구도 대답다운 대답을 하지 않았다. 이 사람들은 매정한 사람들이라고 마사에는 생각했다. 그녀만이 딸을 걱정하고 있는 것이었다. 딸만큼 사랑스러운 것이 또 있을까. 마사에는 같은 말을 질리지도 않고 다시 되풀이했다. 너무 열중한 나머지 말이 지나쳤다고 생각한 그녀는,

　"난 도련님을 나쁘게 말할 생각은 조금도 없어요."

라고 마지막에 덧붙였다. 앞뒤로 2번을 말했기에 이 말이 곤에몬의 주의를 끌었다. 그래, 지에조는 피를 나눈 동생이야. 이 생각은 다른 동생들 앞인 만큼 한층 더 곤에몬의 마음을 움직였다. 술기운도 더해져 곤에몬의 목소리는 거칠고 높아졌다.

　"너한테 우리 형제들을 나쁘게 말할 권리는 없어. 지에조 때문에 안 되겠다고 말하는 집에는 딸을 보내지 않아도 돼. 작업복을 입은 상인이라면 지에조에 대해서도 뭐에 대해서도 떠들어대지 않을 거야. 상인에게 보내면 돼. 상인만큼─."

　이하는 조금 전에 생각했던 말들이다. 마사에의 귀에 그 뒤부터는 더 이상 들어오지 않았다. 마사에는 딸을 위해서 울었다. 어떻게 저런 아버지가 있을 수 있단 말인가. 남편 때문에 울었다. 이 사람은 이런 억지스러운 말을 하는 사람이 아니었다. 그러나 그녀는 자신

을 위해서 한층 더 많이 울었다. 권리라는 말이 서러웠던 것이다.

"저한테 왜 권리가 없다는 거죠?"

울부짖는 모습을 보고 사람들은, 이후 마사에가 히스테리라고 말할 수 있게 된 것을 살짝 기뻐했다.

"자자, 언니."

"형님, 형님도."

중재하는 사람들은 모두 행복한 얼굴이었다. 이 어머니가 이렇게 미움의 대상이라는 사실을 알면 딸들은 어떻게 생각할까. 딸들은 그 이유를 알 수 없으리라. 그러나 이유는 간단했다. 남편 곤에몬을 백만장자로 만든 내조의 공적 위에 너무나도 보란 듯이 앉아 있었기 때문이었다. 곤에몬은 돈을 만드는 것이 목적이었으나 마사에는 그 후의 일이 목적이었다. 남자와 여자가 가진 야심의 차이점이다. 특히 품위를 지켜야 할 여자가 보란 듯이 앉아 있으면 어찌됐든 사람들의 눈에는 좋게 보이지 않는 법이다.

곤에몬은 마사에를 때렸다. 얼추 십 몇 년 만의 일이었다. 하루마쓰는 미소를 금치 못했다.

"너한테 어떤 권리가 있다면, 지에조가 마음에 들지 않는다면, 우리 동생이 마음에 들지 않는다면 당장 나가도록 해."

'앗' 하고 놀란 모습, 마사에는 몸을 떨기 시작했다. 그녀의 모습은 차마 똑바로 쳐다볼 수가 없었다. 과장스럽게 말하자면 웨이브를 준 머리카락이 더욱 크게 물결치고 있었다. 이런 말에 경험이 많은 덴자부로의 아내는 이럴 때 마사가 어떤 태도를 보일지 구경거리가 아닐 수 없다며 마른침을 삼켰다. 이치지로의 아내는 마사에를 위로하기 위해 오늘 하루를 쓰겠다고 마음먹었다. 남자들은 곤에몬의 얼굴을 믿음직스럽다는 듯 올려다보았다. 그중에서도 특히 이치지로, 덴자부로, 미키오에게 있어서 문제는 자신들의 동생에 관한 것이었다. 형제애의 발로에 소극적이어서 좋을 것은 없었다. 하루마쓰는 나리가 할 수 있을까 생각했다. 지금까지 곤에몬이 마사에에게 기를 펴지 못했다는 사실을 매우 불만스럽게 생각하고 있었던 것이다. 기를 펴지 못했기에 돈도 모을 수 있었던 것이라는 처세술 따위는 알지도 못하는 그였다.

마사에는 무엇인가 울부짖으며 방에서 나갔다. 잠시 후, 그녀가 딸들에게 말하고 있는 듯한 소리가 들려왔다.

"얘들아, 내 말 좀 들어봐라. 아버지가 지금 어머니한테 무슨 말을 했는지 좀 들어봐라. 너희들은 모두 여자다. 여자는 시집을 가고 나면 불리해지는 법이다. 어머니가 좋은 본보기다. 나는 집에서 나가라는 말을 들었으니 나갈 생각이다. 너희는 어머니와 함께 나갈 거냐, 아니면 여기에 남을 거냐, 응? 어떻게 할 거냐?"

덴자부로의 아내는 마사에를 과연 현명하다고 생각했다. 그녀는 자신에게 아이가 생기지 않는다는 사실이 새삼스럽게 슬펐다. 딸들은 뭐라 대답을 할 수가 없었기에 어머니를 데리고 줄줄이 방으로 들어왔다.

그때 곤에몬의 모습은 이미 방 안에 없었다. 아무래도 딸들 앞이었기에 창피했는지 집에서 뛰쳐나와 우울한 산책을 시작했다.

남겨진 사람들은 집의 분위기를 수습할 필요가 있었다. 가장 연장자인 이치지로에게 우선 발언권이 주어졌다. 그러나 그는 끔찍할 정도로 말이 없는 사람이었다. 이치지로의 아내가 자꾸만 남편의 옆구리 부근을 찔렀으나 그는 명상에 잠겨 있었다. 해야 할 말을 찾고 있는 것이었다. 답답할 정도였다. 그러나 예전에 그의 과묵한 성격이 크게 빛을 발한 적이 있었다. 5년쯤 전의 일이었는데 한 관청의 쓸모없어진 동철제품 불하에 대한 견적 때문에 이치지로가 뇌물 혐의로 구인된 적이 있었다. 이 일에는 곤에몬과 미키오도 관계가 없다고는 할 수 없었다. 아니, 그 거래로 가장 이익을 본 것이 이 두 사람이었기에 그들은 새파랗게 질려버리고 말았다. 덴자부로의 집에 모여 매일 밤새도록 협의를 진행했다. 소문에 의하면 이치지로는 지독한 ◯◯에게 걸렸다는 것이었다. 게다가 그에게는 달아날 구멍이 전혀 없었던 것도 아니었다. 두 사람의 이름을 대면 그만이었다. 그들은 이치지로의 말이 없는 성격과 예전에 짐수레를 끌었던 그의 튼튼한 신체를 유일한 위안거리로 여겼다. 이치지로는, 자신에게는 딸이 1명밖에 없지만 곤에몬에게는 딸 4명이 있고, 미키오에게는 양가 출신의 아내가 있다고 매일 밤 유치장에서 중얼거렸다. 손가락이 찢어지는 한이 있어도, 하며 이를 악물었다. 기대를 저버리지 않았던 것이다. 형을 마치고 돌아왔을 때, 이치지로가 곤에몬, 미키오의 얼굴을 보자마자 말했다.

"좋지 않은 일은 혼자서." 과묵한 자의 웅변이라고 해야 할까. 이후 두 사람은 이치지로를 볼 낯이 없었다. ─이치지로가 가엾은 마사에에 대해서 한동안 생각을 정리하지 못하고 있을 때, 기다리다 지쳐버린 덴자부로가 입을 열었다. ……덴자부로의 요설을 여기에 옮길 필요가 있을까? 그의 가정에서는 1달에 한두 번, 집에서 나가, 하는 소동이 벌어진다. 일일이 마음에 두어서는 견딜 수 없기 때문인지, 아내는 그때마다 더없이 평범한 얼굴로 집에서 나가라는 그의 말을 흘려듣는다. '집에서 나가'라는 건, 말하자면 남자들의 말버릇이다. 실제로 그의 집에서는 결혼한 지 1개월도 지나지 않아서 첫 번째 '집에서 나가'가 있었다. 그러나 그럭저럭 벌써 13년 동안 이러니저러니 해가면서도 함께 살아왔다. 결혼한 것은 틀림없이 덴자부로가 27살, 하쓰노가 18살. 옛날에 여자들은 일찍 결혼을 했다. 19살에는 운수가 좋지 않다고 여겨졌기에 18살에 결혼을 했다. 그러나 그 무렵에는 17살 정도에 결혼한 사람들도 얼마든지 있었다. 그러고 보니 그에게는 16살 때 이미 여자가 있었다. ……끝이 없었다. 옛날이야기가 시작되어 자리의 분위기가 조금 누그러들었다. 그러나 마사에의 마음은 가라앉지 않았다. 덴자부로와 곤에몬은 달랐다. 그의 '집에서 나가'는 그녀가 기억하는 한 첫 번째 것이었다. 곤에몬은 덴자부로처럼 허튼소리를 하는 사람이 아니었다. ……곤에몬의 비할 데 없이 굳은 의지에 대해서 마사에는 한바탕 이야기했다. 사람들은 삼가 들었다. 그러나 이야기를 하며 그녀는 불안했다. 언젠간 돌아올 텐데, 곤에몬은 어떤 얼굴로 어떤 말을 할지. 다시 집에서 나가라고 말할까? 어떻게 될까…….

날이 저물자 그가 돌아왔다. 마사에는 가능한 한 이른바 '등을 돌리는 태도'를 취했지만, 그러나 곤에몬의 눈가에 주름이 잡혀 있는 것을 보고는 역시 마음이 놓인다는 사실을 숨길 수 없었다. 곤에몬은 기분 좋다는 듯한 목소리로 "신세카이의 짓센야(十錢屋)에 갔다왔어. 짓센야가 최고야."

짓센야란 입장료 10센을 받고 만담 등을 들려주는 작은 연예장을 말하는 것이다. 설 명절로 가득 들어찬 손님들 속에서 만담을 들으며 시간을 보냈다는 것은 참으로 수긍이 가는 일이었으나, 그의 기분이 좋다는 것은 조금 의외였다. 어차피 사람들은 쉽사리 헤아릴 수도 없는 것이 곤에몬의 심중이었다. 그는 막간에 라므네를 마시기 위해 붐비는 사람들 속에서 몸을 늘여 판매원을 불렀다. 그러나 판매원은 좀처럼 오지 않았다. "죄송합니다."라고 붐비는 사람들을 헤치며 판매원 쪽으로 가려 한 순간 누군가의 발을 밟았다. "이봐! 조심해! 넋 빠진 놈!", "아이고, 죄송합니다.", "죄송하다면 다야?", "이거 참." 곤에몬은 다섯 번이고 여섯 번이고 머리를 숙였다. 상대방은 장색 같은 차림의 사내로 그 생활을 추측해보건대 하루 벌어 하루 먹는 생활 이상은 아닌 듯 보였다. 머리를 숙이며 곤에몬의 머리에 100만 엔이 떠올랐다면, 그는 평범한 인간이라는 말을 들어도 어쩔 수 없을지 몰랐다. 과장스럽게 말하자면 그는 그때, 100만 엔을 버릴 각오를 했다. 다음은 그때의 결심을 드러낸 말이다.

－"모두 좀 들어봐. 나는 100만 엔을 없는 것이라 생각하기로 했어. 예의 일을 하기로 마음먹었어."

연말에 그에게로 나가사키 현 고토 앞바다에 있는 침몰선 매각에 대한 이야기가 들어왔었다. 인양작업이 쉽지 않아 잘못하면 투자금을 전부 잃게 될지도 모른다는 것이었다. 그것을 해볼 생각이었던 것이다. 사람들은 머리를 모았다.

"라므네 마시며 생각한 일인데－."라며 곤에몬은 만일의 경우에 대비해서 이번 기회에 니고 형제 합자회사를 설립하자고 말했다. 훗날에 대한 근심이 있어서는 도 아니면 모의 승부에 나설 수가 없다. 거기에 모리 모토나리(毛利元就)의 교훈.

"지에조도 같이 하도록 하자."

이 한마디가 마사에의 입가를 헤헤 풀어지게 했다. 지에조를 일본으로 불러들이는 일의 교환조건은 물론 가쿠코와의 이혼이 될 것이라는 말 속의 의미를 읽고 있었기 때문이었다. 이렇게 해서 마사에와의 이혼에 관한 이야기는 중단되었다. 그녀는 지금이 결단의 순간이라는 듯 말을 꺼내서 "만일의 경우도 있으니……." 곤에몬 명의의 예금 가운데 15만 엔을 마사에, 10만 엔을 지마코 명의로 해두는 것의 유리함을 곤에몬에게 납득시켰다. 조금 전의 '집에서 나가' 소동 때 떠오른, 이것은 말하자면 그녀의 신분보장령이었다. 그 웅변 중에 응당 마땅한 사람이 지에조를 데리러 조선으로 건너갈 필요가 있다는 사실도 덧붙여두기를 잊지 않았다.

그날 밤, 마사에는 곤에몬이 잠자리에 들기 전 마시는 술 안에 오랜만에 미약을 넣었다. 이치지로는 아내와 헤어진 뒤 '극장 뒷골목'에서 묵었다. 하루마쓰는 '극장 뒷골목'은 마음에 들지 않는다며 도비타의 유곽으로 갔다. 덴자부로는 자기 집에서 도박을 했다. 사람들에게 술과 안주를 내느라 덴자부로의 아내는 밤을 샜는데, 때때로 졸았기에 도박에서 진 덴자부로에게 야단을 맞았다. 미키오도 그 도박에 함께 했다가 딴 돈을 가지고 도중에 몰래 빠져나와 도톤보리의 그랜드카페로 갔다. 그곳의 넘버원으로 메리라는 여자에게 그는 매달 60엔을 주며 뒤를 봐주고 있었다. 메리는 꽤나 좋은 몸을 가지고 있었으나 약아빠졌다. 종종 병을 구실로 그를 피하는 것은 그나마 참을 수 있는 일이었으나(왜냐하면 그녀도 남자를 완전히 싫어하는 것은 아니었기에−) 가끔 약속한 금액 이외의 돈을 졸라댔다. 지난 연말에도 히메지(姬路)에 계신 어머니가 병에 걸려 문병을 가야 한다며 여비로 40엔을 졸라댔다. 값을 깎아서 25엔을 주었는데 그 후로 아직 만나지 못했다. 설이니 돌아왔을 것이라 생각하여 카페로 가본 것이었다. 그러나 없었다. 동료의 말에 의하자면,

"맞선을 위해 히메지로 간 것이라던데요."

문병과 맞선은 전혀 다르지 않느냐며 미키오는 화가 났다. 도박에서 200엔을 딴 일이 생각났기에 마음이 약간 누그러들었다. 니고

가의 딸들은 편안하게 잠들었다. 잠자리에 들기 전에 모두 올리브 오일을 얼굴에 발랐다. 주근깨가 있는 히사코만은 아스트린젠트를 발랐다.

3

그 설날 밤, 곤에몬 부부는 언제까지고 잠들지 못했다.

곤에몬이 화장실에 가자 마사에가 그 뒤를 따라가 곤에몬의 손에 씻을 물을 부어주었다. 달이 얼어붙은 듯 새하얬다.

"아 이거. 고마워, 수고했어."

곤에몬이 내심 멋쩍어하며 말했으나 그의 말은 멋쩍어하고 있는 것처럼은 들리지 않았다. 마사에에게는 듬직하게 여겨지는 부분이 기도 했다. 손 씻을 물을 부어주기 위해 화장실 밖에서 기다리다니, 지금껏 한 번도 해본 적이 없는 일이었다. 부인잡지에서 배운 것이 었다. 그것의 응용을 이렇게 자연스럽게 실행한다는 것은 그녀의 성격에 맞는 일이기도 했다. 의식적으로 내보이는 교태로 얼굴이 빨개지곤 하는 것은 서로가 싫어하는 일이었다. 게다가 조산부 견 습 시절부터 지금까지 그런 일은 한 적이 없었다. 곤에몬 또한 그녀 의 교태에 수줍어할 사람이 아니었다. 말하자면 당당하게 그것을 받아들이는, 그 태도도 마사에의 마음에 맞는 것이었다. 예를 들어 신혼 첫날밤에 보여준 곤에몬의 태도가 그랬다. 잠자리에 들기 전 의 술을 마시고 난 뒤 곤에몬이 엄숙하게 말했다.

"연이 닿았기 때문이라고는 하지만 나 같은 놈에게 잘도 와주었 소. 지금 나는 600엔밖에 재산이 없소. 나는 어떻게 해서든 10만 엔의 돈을 모아 보이겠소. 그를 위해서는 어떤 고생도 마다하지 않을 것이며, 또 사치도 하지 않을 생각이오. 내게는 남동생 넷과 여동생 둘이 있소. 일가의 가장으로 나는 이 목적을 품은 것이오. 당신도 나의 목적을 잘 헤아려서 모쪼록 내가 목적을 이룰 수 있도록 분발해주었으면 하오."

그때 그녀는 두 손을 방바닥에 대고,

"무슨 말씀이신지 잘 알았습니다. 당신은 그 목적을 달성해서 훌륭한 사내가 되어주시기 바랍니다. 저도 니고 집안에 들어온 이상 부족하나마 니고 집안의 가장이신 당신의 목적을 돕도록 하겠습니다."

라고 말했다고, 훗날 올케들에게 종종 들려주곤 했다. 물론 이는 당시 두 사람의 말을 그대로 옮긴 것은 아니다. 그러나 사람들에게 말할 때는 이처럼, 말하자면 문장화하는 것이 적어도 마사에에게는 좋다고 여겨졌다.

그랬기에 지금도, 마사에가 방으로 돌아와 곤에몬과 나란히 누우며 문득 당시의 일을 회상했을 때도 머릿속에 떠오른 것은 이 문장화된 말이었지 결코 횡설수설 기슈 사투리가 뒤섞인 쪽이 아니었다. "10만 엔을 모은 뒤 이후 100만 엔을 모을 때보다, 600엔에서 10만 엔을 만들 때가 더 고생스러웠어."라고 그 후, 마사에가 사람들에게 종종 말하곤 하는, 그 10만 엔을 모으기까지의 고생을 그녀는 회상했다. 문득 곤에몬을 보니 그도 뭔가 회상에 잠겨 있는 듯했다. 같은 생각을 하는 것이라며 마사에는 왠지 기분이 좋아져 고타쓰 위로 발을 뻗었다. 그러기 위해서는 곤에몬의 발에 닿을 필요가 있었다.

그러나 곤에몬은 지난 시절을 회상하고 있기는 했지만, 마사에와 같이 600엔에서 10만 엔을 모을 때까지의 시절이 아니라, 무일푼에서 600엔을 만들기까지의, 그러니까 마사에와 결혼하기 전까지의 일들을 회상하고 있었던 것이다. 마사에의 발이 닿았을 때 그는 하필이면 젊은 시절의 연인에 대해서 생각하고 있었다. 하나코(花子)였다.

　도톤보리 다자에몬바시(太佐衛門橋)의 다리 위에 있었다. 그날은 아버지가 돌아가신 뒤 고향인 와카야마 현의 유아사 촌을 떠나 형제들이 뿔뿔이 흩어져 자활의 길을 찾기 위해 오오사카로 온 지 꼭 열흘째 되는 날이었다. 일자리를 찾기 위해 센니치마에의 싸구려 여인숙에서 묵고 있는 동안 가지고 있던 돈을 전부 써버려서 그날은 아침부터 아무것도 먹지 못했다. 도톤보리 강의 탁한 물에 강가 유곽의 등불이 깜빡깜빡 비치는 저물녘의 허전함을 의지할 곳도 없이 배에 느끼며 멍하니 다리에 기대어 서 있자니 부드럽게 어깨를 두드리는 사람이 있었다. 돌아보고, 앗! 순간 달아나려 했다. 달아날 건가요, 당신은? 기슈 사투리였지만, 아니, 그렇기에 한층 더 묘하게 요염해서 잊을 수가 없다. 그건 열흘 전 고향을 떠날 때 서로에게 작별을 고하기에 꽤나 애를 먹었던 술집의 하나코였다. (지금 그 여자의 진짜 이름은 잊어버렸지만 떠오를 때마다 간단히 하나코라고 생각하고 있다.) 그때 같이 데려가달라고 말했는데, 당신은 어떻게 생각했기에 데려오지 않은 건가요, 하고 나란히 걷기 시작하자 그녀가 말했다. 뒤를 따라서 오오사카까지 왔다, 찾는 데 애를 먹었다, 지금은 이 부근의 요정에 있다, 유혹이 많지만 당신에게 진심을 보이기 위해서 몸을 굳게 지키고 있다, 수입도 상당히 있으니 둘이서 살지 못할 것이 없다, 당신은 일하지 않아도 된다, 내가 먹여살리겠다. ―응응, 듣고 있다가 갑자기 휙 달리기 시작했다. 도톤보리의 인파를 헤치며 에비스바시(戎橋) 다리를 건너, 신사이바시 거리 쪽으로 달렸다. 지금의 자신에게 여자는 커다란 도움이 되지만, 물에 빠져 죽은 사람처럼 도움을 받는다면 남자로서 성공할 수 있겠는가, 물에 빠져 죽은 사람이라면 떠오르기라도 할 테지만 나는 평생 떠오르지도 못할 거다. 곤에몬 씨, 라고 부르는 하나코의 목소리에 미련이 느껴지기도 했으나 나는 10만 엔을 모아야 해, 하며 미련을 끊고 북적이는 사람들 속으로 다람쥐처럼 달아났다. (이상의 표현은 곤에몬이 종종 사람들에게 이야기할 때의 표현에 의한 것이다.) 무료 숙박소가 없는 시대였기에 그날 밤은 덴노지 공원의 벤치에서, 다자에몬바시에서 만났던 하나코를 슬픈 심정으로 떠올리며 하룻밤을 보내고, 날이 밝자 강 하구의 하역 인부로 고용되었다. 기슈 앞바다는 어디일까 바다 건너편을 가만히 바라보며 이를 악문 채 말없이 몸을 사리지 않고 일하는 모습을 이상히 여긴 것인지 고용주가 물었고, 원래는 생선 도매상의 아들이었다는 사실을 알자 가엾게 여겨 회계를 맡게 해주었다. 그는 장부를 만질 만한 사람이 아니라는 말을 듣게 되었다. 맞아, 나는 이런 일을 할 마음은 없어, 매달 쥐꼬리만 한 정해진 월급에 안주한다면 어떻게 출세할 수 있겠어, 장사를 해야 돼, 라고 생각하여 일을 그만두었다.

1개월분의 급료인 10엔을 자본으로 냉물엿음료 노점상이 되었다. 시타데라마치의 언덕 한가운데로 손수레를 끌고 가, 자 시원하고 달콤한 1잔이 5린! 하고 귀에 거슬리는 소리로 외쳤다. 첫째 날에 온 손님은 130명, 개중에 두 잔, 세 잔씩 마신 손님도 있었기에 에누리 없이 1엔 20전의 매출에서 해가 저물었으며, 1되 정도의 물건이 남았지만 여름이었기에 상해버리고 말았다. 얼음 3관 값만큼 손해를 보았다. 이튿날부터는 야간에도 장사를 해서 30센 정도를 번 듯했다. 열흘쯤 지났을 무렵이었을까, 센니치마에 야시장 끝자락의 어두컴컴한 곳에서, 그것도 카바이드 값을 아끼기 위해 더욱 어두컴컴한 가게를 펼쳐놓고 있자니 아저씨 한 잔 주슈, 하며 젊은 남자가 앞에 서 있었다. 귀에 익은 높고 카랑카랑한 목소리에 어라 싶어 어둑한 앞을 바라보니 역시 동생인 덴자부로였다. 갓난 아기였을 때 코를 세운다며 아버지가 틈만 나면 코를 집어 올렸기에 눈에 띄게 콧대가 높아진 덴자부로의 코 부근을 반갑게 보았다. 덴자부로도 형이라는 사실을 알고는, 형님, 하고 22살에 어울리지 않게 어리광부리는 듯한 목소리를 내며 눈에 눈물을 글썽였다. 얘기를 들어보니 오오사카에 오자마자 곧 이타야바시(板屋橋)에 있는 생선초밥집의 배달부로 들어갔으나 귀가 멀어서 주문 전화를 잘 듣지 못하니 장사에 방해가 된다며 오늘 아침에 쫓겨났고, 하루 종일 센니치마에와 신세카이 부근의 직업소개소를 돌아다니며 주방에서 일할 수 있는 곳을 알아보았지만 일자리가 없었기에 어찌해야 좋을지 모르던 차였다는 것이었다. 이야기를 나누다보니 도톤보리 극장의 종영 시간이 되었는데 그곳은 마침 극장 아사히자(朝日座) 앞이었기에 일고여덟 명의 손님이 한꺼번에 몰려든 것을 시작으로 한동안 손님이 끊이지 않았다. 덴자부로도 멍하니 있을 수는 없었기에 아저씨, 한 잔 줘, 라고 하면 낮은 목소리로 네, 대답하고 형이 하는 대로 배워서 컵에 냉물엿을 따랐다.

　이튿날부터 둘이서 장사를 하게 되었다. 벌이도 시원찮고 둘이서 덤벼들 정도의 일도 아니라며 냉물엿 손수레와 도구를 팔아치운 돈으로 여름용 부채를 마쓰야마치(松屋町) 거리의 도매상에서 사들여 그것을 늘어놓고 장사를 하기로 했다. 물건이 물건이었기에

젊은 여자 손님이 적지 않았으며, 특히 미조노가와(溝ノ川), 오우마(お午) 등 홍등가와 가까운 곳에서 밤에 장사를 하면 16살 때부터 여자의 꽁무니를 따라다녔던 허영심 강한 아이였기에 덴자부로는 꼴사납다고 창피해 하며 노골적으로 야간장사를 싫어하는 듯했다. 그런 그를 나무라며, 주방에 들어가 남에게 굽실거리기보다는 설령 밤에 노점상을 한다 할지라도 자신의 손으로 독립해서 장사를 하는 편이 얼마나 더 낫느냐, 남의 고용살이를 하겠다는 근성을 가져서야 어떻게 출세할 수 있겠느냐고 들려주었다. 그의 지론이었다.

보름쯤 지났을 무렵이었을까, 틀림없이 16일이면 가미시오마치에 서는 야시장에서였을 것이다. 사람들이 몰려들 무렵에 운 없게도 소나기가 내려 판매할 물건인 부채가 젖어서는 안 되기에 서둘러 정리해 커다란 보따리를 등에 진 채 한 가정집의 처마 밑에서 비를 피하고 있었다. 그런데 무슨 우연인지 그곳은 여동생인 마쓰에가 하녀로 일하는 집이었다. 그 사실을 어떻게 해서 알게 되었는지 지금은 잊어버렸다. 그야 어찌됐든 몇 개월 만에 마쓰에의 얼굴을 봤다는 사실만은 기억하고 있다. 선 채로 수다를 떤 정도는 아니었으나, 두어 마디 말을 주고받았을까. 마쓰에의 동생인 덴자부로가 "누님, 아주 좋은 집에 있네요."라고 말한 것을 기억하고 있다. 틀림없이 꽤나 훌륭한 외관의 가정집이었다. 그때 마쓰에의 얼굴에 당혹감과 같은 표정이 떠오른 것을 놓치지 않았다. 하지만 그녀보다 이쪽이 더 당혹감을 느끼고 있었다. 밤에 노점상을 하는 오라비가 있다는 사실이 알려지면 마쓰에도 자신의 주인에 대해서 체면이 서지 않으리라, 밤의 노점상 같은 건 할 게 못 된다. ─자신이 비에 젖었다는 초라한 마음까지 더해져 진지하게 생각했다.

얼마 후, 밤의 노점상은 그만두기로 했다. 그때의 생각이 직접적인 원인이었다. 또 한 가지는, 동업자들을 살펴보고 완전히 넌덜머리가 나 있었다. 붕어빵 장수는 20년 동안 붕어빵을 굽고 있었다. 싸구려 튀김장수는 15년 동안 우엉, 연근, 곤약 튀김을 튀기고 있었다. 붕어빵이 자신인지 자신이 붕어빵인지, 튀김이 자신인지 자신이 튀김인지, 불과 기름의 상태를 확인하기에 이골이 났을 정도의 강한 인내심보다, 그처럼 평생 빛을 보지 못할 것 같은 그들의 초라함이 먼저 눈에 띄었다. 8월 하순이었다. 여름용 부채가 더는 팔릴 리도 없었다. 팔다 남은 부채를 도매상에게 돌려주러 갔더니 계절도 바뀌었으니 날마다 뜯어내는 달력을 팔아보는 것이 어떻겠느냐고 권했으나 거절했다. "그렇다면 신형 풍로는 어떻습니까? 말재주만 있다면 괜찮은 장사가 될 겁니다." 거절했다. "사람은 포기가 중요합니다. 안 되겠다 싶으면 깨끗이 손을 씻는 게 저의……" 지론에 바탕을 둔 것이었다.

　덴자부로와 둘이서 세 들어 있던 다마쓰쿠리(玉造)의 우동집 2층에서 나와 하룻밤에 20센 하는 센니치마에의 싸구려 여인숙으로 옮겼다. 우동집의 2층에서 살면 가게가 가게였기에 가끔은 계란 닭 덮밥, 뿐이라면 상관없지만 술도 마시게 되곤 했다. 외상을 잘 해주기에 어느 틈엔가 일정 양을 초과해버리는 것이 좋지 않다고 생각한 것이었다. 실제로 그곳을 떠날 때 지불한 돈이 소지금의 대부분이어서 남은 것이라고는 운반선 일을 그만둘 때 받았던 10엔에도 미치지 못하는 금액이었다. 두 사람의 입에 풀칠을 해왔다고는 하나 결국 냉물엿 장사를 한 기간만큼 손해를 본 셈이었다. 덴자부로는 이를 계기로 이쿠쿠니타마마에초의 생선초밥집에서 침식을 제공받으며 일하게 되었기에 요리사 옷과 굽 높은 나막신을 사라며 3엔쯤 건네주었다. 그것으로 소지금은 5엔 몇 푼쯤이 되었다.

덴자부로를 생선초밥집까지 데려다주고 돌아오는 길, 데라마치(寺町)의 무료지(無量寺) 앞을 지나는데 문 입구에 사람들이 2줄로 늘어서 있었다. 슬쩍 안을 들여다보니 그 줄이 본당까지 계속 이어져 있었다. 장례식 같은 장식물도 없고 법회가 열리는 걸까, 어쨌든 수많은 '사람을 불러모았다'며 물어보니, 오늘은 뜸질을 하는 날이라는 것이었다. 2, 3, 4, 6, 7일이 뜸질을 하는 날로 그날은 무료지에서 돈을 긁어모으는 날이라는 것이었다. 순간 떠오른 생각이 있었다. 같은 여인숙에서 빈둥거리고 있는 노파였다. 어디서 냄새를 맡고 오는 것인지, 오늘은 어디어디서 어떤 도박판이 벌어지는지 전부 알고 있는 듯 매일 외출을 했다. 한번은 같이 가자는 것을 거절했는데, 그때 무슨 말을 하다가 노파는 원래 뜸을 뜨던 사람이었다는 사실을 알게 되었다. 그 일이 떠오른 것이었다. 여인숙으로 돌아오자마자 바로 노파를 붙들고, 긴히 상의할 것이 있는데, 사실은 할멈의 솜씨에 의지하여 부탁할 것이 있다. ─

이튿날 아침, 두 사람이서 가와치(河內)의 사야마(狹山)로 갔다. 절에 가서 얘기를 해보았으나 거절당했기에 상인들 숙소의 가장 넓은 방 2개를 빌려, 방 사이의 문을 떼어내 회장으로 삼기로 했다. 그런 다음 사람 모으기에 들어갔다. 마을 곳곳에 '일본에서 가장 영험한 구술사(灸術師)! 사람의 목숨을 구하고 어떤 병이든 낫게 한다. ○○여관에서 봉사함'이라고 써붙였으며, 이발소나 잡화점처럼 사람들이 많이 모이는 곳의 가족에게는 미리 무료로 뜸을 떠준 뒤 사람들이 모여들기를 기다렸다. 선전이 먹힌 것인지 신기할 정도로 인기가 좋았다. 노파가 화장실 갈 시간도 없다며 불평했기에 수입을 4대 6으로 나누기로 약속했으나 그 절반을 떼어주었다. 사야마에서 나흘을 지냈는데 이렇게 눈코 뜰 새 없이 바빠서는 견딜 수가 없다, 밑천을 마련했으니 도박을 하러 오오사카로 돌아가겠다는 노파를 사정사정해서 간신히 붙들어 기슈의 유자키(湯崎) 온천으로 갔다. 온천장이니 병자도 많아서 인기가 좋을 듯했기에 1번에 20센이던 것을 30센으로 올렸으나 그래도 사람들이 꽤 왔다. 전후 일주일 사이에 5엔이었던 자본금이 절반으로 나누어도 8배가 되었기에 앞으로 이 노파만 꼭 붙들고 있으면 한몫 잡을 수 있겠다며, 허리가 끊어질 것처럼 무지근하다는 할멈의 다리와 허리를 온천에서 주물러주기도 하고 밤이면 술 1병을 내주기도 하여 정중하게 다루었지만, 유자키에 온 지 정확히 닷새 되던 날 정말로 허리가 아프다며 몸져눕고 말았다. 안마사를 불러주었으나 안마로는 안 되었기에 의사에게 보였더니 신경통이다, 천천히 온천욕을 하며 양생해야 한다는 것이었다. 노파를 간병하느라 꼬박 사흘을 그냥 허비했지만 결국은 중풍이 되어버린 노파의 허리가 나을 것 같지는 않았다. 숙박비와 치료비 등도 늘어나서 자칫 잘못했다가는 무일푼이 될 우려도 있었기에 마침내 노파를 버리고 달아나기로 결심했다. 사람은 포기가 중요하다. —

　—그러나 지긋지긋하게도 그 노파의 얼굴이 지금도 생생하게 떠오르곤 했다. 작은 몸에 언제나 머리를 기울이고 있었다. 그뿐이라면 가끔은 귀엽게 보일 만한 모습이었으나, 이 여자의 경우는 주걱턱으로 턱이 툭 삐져나왔기에 한층 더 밉살맞았다. 그런 만큼 동정하는 마음이 덜 들었으나 그 대신 저주라는 것이 있다면, 이런 노파야말로 한층 더 무서운 법이다. 어쨌든 꿈자리가 사나워진다.

그도 그럴 것이 결국은 이 노파를 발판으로 이후 순풍에 돛 단 듯 일이 풀렸기 때문이었다. ─

유자키에서 다나베(田辺)로 건너가 거기서 기선을 타고 오오사카로 돌아왔다. 배 안에서 기생 셋을 데리고 큰 부자인 양하는 사람을 보았기에, 실례합니다만 당신은 무슨 장사를 하십니까, 라고 물었더니, 남자는 파안대소하다 곧 데리고 온 기생들을 의식해서인지 작은 목소리로 원래는 고물상을 했었는데 지금은 이렇게 출세했습니다. 오오사카로 돌아오자마자 고물상을 시작했다.

소지금 30엔으로 집세 6엔, 보증금 18엔 하는 단층집을 니혼바시 5번가에서 빌렸다. 보증인은 덴자부로가 일하고 있는 생선초밥집의 주인에게 부탁했다. 니혼바시 5번가 부근에 고카이(五会)라는 중고품 노점상인들의 집단이 있었기에 여러 가지로 편리했다. 초창기에는 신문, 낡은 천 종류를 전문으로 취급했기에 쉽게 돈을 벌지는 못했으나, 그 대신 손해도 보지 않았다. 일이 손에 익자 자신도 날로 먹을 수 있는 물건을 취급하고 싶다는 욕심이 들었으나 그럴 때마다 고카이 사람들의 웃음거리가 되었다. 일을 시작한 지 3개월쯤 지나 끊어진 전구 1천 개를 1개에 1센씩, 10엔에 전등회사로부터 사들여 고카이의 폐전구 취급상에게 가져갔더니, 니고 씨, 당신 장사할 줄 모르는군, 폐전구는 1개 2린이 제값이야, 라는 것이었다. 후루카와(古川)라는 폐전구 취급상은 그러나 잠시 폐전구를 살펴보더니, 다른 사람도 아니고 당신이니 특별히 1센에 사주겠다고 했다. 2린이 제값인데 그것을 1센에 사주겠다니 이상하다 싶어, 그 후 일이 있든 없든 후루카와의 가게에 드나들다보니, 이유를 알 수 있었다. 폐전구 가운데 '찰싹이'라는 것이 있었다. 선이 완전히 끊어져버린 것이 아니라 한쪽만 떨어져 있을 뿐이어서, 솜씨 좋게 잘 만지면 떨어졌던 부분에 찰싹 들러붙었다. 불을 켜면 열 때문에 밀착하여 적어도 사오일은 쓸 수 있었다. 그것을 신품으로 싸게 파는 것이었다. 또 '백금이'라는 것이 있었다. 전구 가운데 소량이기는 하지만 백금을 사용하는 것이 있다. 분해해서 유리와 꼭지쇠로 쓰이는 놋쇠를 떼어낸 뒤 백금을 분리하는 것이었다. 백금은 1돈에 26엔이고, 전구 1만 개에서 많게는 2돈 8푼 정도를 얻을 수 있었다. 거기에 '시전구'라는 것이 있었다. 시전(市電)의 마크가 찍힌 폐전구를 말하는데, 수요자는 대부분 시전으로부터 전구를 빌려서 쓰고 끊어지면 무료로 교환해주지만 깨지면 1개에 50센씩 변상해야 했다. 그러니 예를 들어 후루카와의 가게에서 끊어진 '시전구'를 1개에 10센씩 사들여 그것을 전등회사로 가져가 신제품으로 교환하면 밑천을 빼고 40센을 벌게 되는 것이었다. 사들인 물건이라는 말만 하지 않으면 되는 것이었다. '찰싹이', '백금이', '시전구'가 많이 섞여 있는 폐전구라면, 그렇기에 1개에 1센씩 사들여도 돈을 꽤 벌 수 있는 것이었다. ─

　이런 사실을 알았기에 이튿날부터 폐전구 전문 고물상이 되었다. 커다란 짐수레를 끌고 "폐전구 쌓여 있지 않습니까?"라며 전등회사와 공장을 돌아다녔다. 1개 3린에 사서 '찰싹이'와 '시전구'는 후루카와에게 1개 5센에 팔았으며, '백금이'는 자신의 집에서 분해하기로 했다. 후루카와가 분해하는 방법을 쉽게 가르쳐주시 않았기에 극장 뒤편의 유곽에서 떠돌이 유녀를 하룻밤 품게 해줄 필요가 있었다. 그때 같이 가서 방탕을 했는데, 생각해보니 여자의 살갗에 닿은 것은 1년 반 만의 일이었다. 인상 깊지 않은 일은 아니었으나 어떤 유녀였는지는 잊어버리고 말았다. 그보다는 후루카와가 품었던 유녀의 얼굴이 기억에 남아 있다. 하나코를 닮았기 때문이었다. 취한 후루카와가 엉덩이를 까고 속옷을 벗은 채 막춤을 추며 그 유녀에게 장난치는 것을 차마 참고 봐줄 수 없다는 괴로운 심정으로 바라보았다. 장사가 중요하다며 참고 장단을 맞춰주기는 했으나.

그 후, 후루카와가 장물취급 혐의로 구인되었다는 말을 듣고 그때의 응어리가 가라앉았다. 그러나 열흘도 지나지 않아서 그도 소환되었다. 후루카와의 '시전구' 매매와 관계가 있는 것 아닐까 하며 겁을 집어먹었다. 응어리가 가라앉은 게 문제가 아니다, 나도 위험하다, 여자에 집착하여 쌤통이라고 생각했던 자신의 안일함을 엄하게 꾸짖었다. 그러나 경찰의 소환은 자전거 감찰 및 세금에 관한 것이었다. 가슴을 쓸어내렸으며, 이후부터 세금은 내기로 했다. 자전거는 그 무렵에 고용한 하루마쓰가 타는 것이었다. 고물상을 시작한 지 채 1년도 되지 않아서 벌써 사람을 쓰는 신분이 된 것이었다. 현금과 물품을 합하여 500엔 가까운 돈이 있었다. 담배 한 개비 피우지 않았던 것이다. 16살인 하루마쓰가 되바라져서 몰래 여자를 사러 가는 것을 보면 마음이 혹하지 않는 것은 아니었으나 여자의 살갗이 주는 감촉보다 지폐가 주는 감촉이 더 좋았다. 한 장 한 장 구겨진 것을 펴서 돈주머니에 넣어둔 것을 한순간의 쾌락을 위해 눈을 멀뚱히 뜬 채 잃어서야 되겠는가. 하루마쓰는 놀기를 좋아해서 골칫거리였지만, 그 대신 백금을 분리해내는 솜씨만은 참으로 놀라웠다. 우선 유리봉을 불에 달구고 그것을 맷돌로 갈아 가루로 만든다. 그것을 깨 볶을 때 쓰는 목제 기구에 넣어 대야의 물속에서 가만히 흔들면 백금이 섞인 금속만 남고 나머지 가루는 물속으로 떨어졌다. 그 손놀림이 어려웠다. 조금이라도 손놀림이 흐트러지면 소중한 백금이 떨어진다. 하루마쓰가 깨 볶는 기구를 흔드는 손놀림은 보고 있으면 황홀해질 정도였으며, 게다가 떨어진 가루를 다시 몇 번이고 몇 번이고 깨 볶는 기구에 넣어, 말하자면 여자가 벼룩을 찾을 때의 열정이 있었다. 거기에 하루마 쓰는 요리도 잘했다. 정어리 조림을 만들 때도 차조기와 생강을 넣고 식초와 간장 이외에 물은 사용하지 않아 비린내가 조금도 나지 않도록 삶는 법을 알고 있는 식이어서, 독신 생활에 커다란 도움이 되었다. 그러던 어느 날, 하루마쓰는 폐전구를 사들이기 위해 굵은 빗줄기를 맞으며 돌아다닌 것이 원인이 되어 독감에 걸렸고, 폐렴을 앓게 되었다. 39.5도의 열이 사흘이나 떨어지지 않아 파견 간호부를 고용했다. 스물두어 살쯤의 피부가 거뭇하고 용모가 좋지 않은 여자였다. 그러나 어딘가 듬직했으며 같은 집에 서 숙박했기에 저절로 정이 들었다. 우연한 순간에 옷깃이 흐트러 져 거뭇한 정강이가 얼핏 보였다. 그것이 계기가 되어 구슬렸다기 보다는 거의 행동에 호소했더니, 맥없이 무너졌다. 마사에였다. 머 지않아 결혼했다. 1914년 2월, 틀림없이 입춘 전날 밤으로 눈이 내렸다. ─

　그날 밤 곤에몬의 회상은 여기에서 그치지 않았다. 그러나 앞서 이야기한 것처럼 결혼을 했을 때는 이미 600엔의 돈을 모은 뒤였으 니 우선은 여기서 중단해도 상관없으리라. 이후는 마사에의 회상을 기다리는 것이 순서이리라. 결혼식 날 밤, 곤에몬 부부의 의의 있는 대화에 대해서는 앞서 이야기한 적이 있다. 그날 밤을 전후로 해서 이야기할 만한 일은 아주 많다. 그러나 그것은 두 사람의 끝도 없는 회상에 맡겨두는 편이 현명하리라. 여기서는 결혼 비용으로 곤에몬이 700엔이라는 돈을 썼다는 사실에 대해서만 한마디 해두겠다. 다시 말해서 그때 그는 1300엔을 가지고 있었는데 700엔을 결혼비용으로 써서 600엔(재고품도 계산에 넣은 것이다.)이 남은 셈으로, 이는 일반적인 상식에 비춰봐도 꽤나 과감한 지출이었다. 그에게 있어서는 상당한 폭거나 다를 바 없다고 일단은 여겨진다. 그러나 그 700엔은 전부터 가지고 있던 돈이 아니었다. 그가 결혼을 앞두고 이른바 결혼기념을 위해서 이리저리 뛰어다녀 한몫 잡은 돈이었다. 그럴 필요가 있었던 것이다. 덴자부로의 말을 빌리자면, "결혼 전에 이미 축제가 끝"난 셈인데, 니고 가의 가장이 얼마간의 돈을 절약하기 위해서 마땅히 치러야 할 식전도 거치지 않고 결혼한다는 것은 곤에몬이 흔쾌히 여길 만한 일이 아니었다. 관혼상제를 가벼이 여겨서는 출세할 수 없다는 신념을 가지고 있다. 그러나 동시에 밑천인 저금을 전부 털어서 성대한 결혼식을 올리고 나니 무일푼이 되어버렸네, 하는 것도 그가 취할 행동은 아니었다. 그랬기에 그때는 결혼비용으로 한밑천 마련하지 않을 수 없었던 것이다.

그를 위해서는 위험도 감수할 각오가 있었다. 그 무렵, 거리의 조그만 전구 공장을 가지고 있던 마쓰다(松田)라는 사람에게 꼭지쇠 대금으로 100엔쯤을 빌려주었는데 저당으로 전구 3천 개를 잡고 있었다. 100엔이라는 돈도 지불하지 못할 정도였으니 마쓰다는 참으로 소심한 사내였다. 그는 자신의 성이 마쓰다였기에 자신의 제품에 마쓰다 전구라는 마크를 찍었으나, 진짜 마쓰다 램프는 일류품으로 작은 공장의 제품이 1개에 10센이라면 적어도 1개에 30센의 가치가 있었다. 그랬기에 당연히 마쓰다 램프에서 마쓰다에게 항의를 해왔다. 마쓰다는 그것을 무시하지 못했을 뿐만 아니라 상표위조로 고소당하지 않을까 하는 걱정까지 하고 있었다. 마쓰다라는 마크를 찍을 생각이었다면 처음부터 각오를 했을 텐데, 어차피 돈을 벌기는 글러먹은 사내다, 라고 곤에몬은 마쓰다를 으르기도 하고 달래기도 한 끝에 가진 돈 전부를 털어 마쓰다의 제품을 거의 매점해버렸다. 명목은 저당물품이었다. 마쓰다 램프에서 소송을 일으켜 마쓰다가 패했기에 마쓰다 램프에서 제품을 압류하러 왔으나 곤에몬의 저당물품이었기에 손을 댈 수가 없었다. 난처해진 마쓰다 램프와 교섭할 때 보여준 곤에몬의 강경한 자세에는 마쓰다도 어처구니가 없을 정도였다. 결국 마쓰다 램프에서는 자사 제품 수준으로 사들일 수밖에 없었다. 그냥 내버려두면 '마쓰다 전구'라는 조악한 제품이 유포되어 마쓰다 램프의 신용에 문제가 생길 수 있다는 약점이 있었던 것이다. 그때 번 돈의 얼마간을 소개료로 마쓰다에게 떼어주고 남은 돈, 즉 곤에몬의 순이익이 700엔이었던 것이다. —

이 이야기를 들려주었을 때, 마사에가 얼마나 곤에몬을 듬직하게 생각했는지는 상상하기 어렵지 않으리라. 그녀는 곤에몬에게 희망을 걸었다. 혼례 이튿날, 그들이 먹은 점심은 보리밥에 정어리 자반 1마리였다. 오오사카에서는 춘분 전날이면 보리밥에 정어리 자반을 먹는 것이 행사 가운데 하나다. 혼례 날이 춘분 전날이었으니, 다시 말해서 하루 늦게 팔고 남은 싸구려 정어리로 행사를 치른 것이었다. 그러나 이 행사는 그날에만 그치지 않고 그 후 일과가 되었다. 600엔에서 10만 엔을 모으기까지의 고심 가운데서 그녀가 자랑해도 좋을 것은 이 한 가지 일이었다. 최근에는 덴자부로가 이 행사를 따라하고 있다. 그러나 그는 정어리를 좋아하기에 오히려 사치를 부리게 된다. 계절이 아닐 때나 막 나오기 시작한 정어리를 먹고 싶어 하기 때문이다. 마사에의 고심과는 약간 다른 점이 있다. 또 하나 그녀가 자랑해도 좋은 것은, 그 후 곤에몬의 동생들이 형의 도움으로 장사를 할 수 있게 되었을 때, 그들에게 자본을 빌려주면 눈에 띄지 않을 정도로 반드시 이자를 받으라고 곤에몬에게 강요한 일이었다. 눈에 띄지 않게, 라고 한 것은 그 이자로 빌려준 돈의 몇 부가 아니라 그 빌려준 돈을 자금으로 번 금액의 몇 부를 받았기 때문이었다. 돈을 벌지 못할 것 같을 때에는 물론 빌려주지 않았다. 확실하고, 일반적인 이자보다 많이 받을 수 있었다. 미키오는 모르겠지만, 덴자부로는 허세 부리기를 좋아해서 번 돈을 과장하는 버릇이 있었기에 덴자부로의 아내는 손해가 너무 크다며 종종 불평을 토로하곤 했다. 누구나 남들에게 잘 보이려 하는 법이니 마사에의 이와 같은 방법은 쉽게 실행에 옮길 수 있는 것이 아니었다. 남편 동생들의 이익을 일부 가로채 욕을 먹는 것도 전부 남편을 위해서라고, 단단히 마음먹고 있었기 때문 아니었을까?

이런 마사에를 곤에몬은 높이 샀다. 곤에몬의 장점 가운데 하나는 "참견하는 듯하지만……"하고 말하는 마사에의 의견을 뿌리치지 않는다는 점이다. 마사에로서도 행동에 옮기기 쉬웠던 것이다.

그러나 마사에의 회상 속에서는 이 일이 가장 괴로운 일로 떠오른다. 남편과 시동생들 사이에서 꽤나 서러운 일을 겪었다는 것이다. 어차피 남자는 자기 생각밖에 못하기에 여자의 고심은 알지도 못해, 뒤에서 운 적이 얼마나 많았는데. 적어도 그녀는 이렇게 생각했다. 그랬기에 600엔에서 10만 엔을 만들기까지의 고심 가운데 그녀가 강조하는 것은 언제나 이 일이었다. 그러나 그것만으로는 아무리 노력해도 10만 엔은 어려운 법이다. 따라서 그녀도 물론 곤에몬의 솜씨는 인정하고 있었다. '포기가 중요'하다며 그가 보여준 행동은 여기서도 문제가 된다.

언제부턴가 그는 폐전구 취급을 그만두었다. '찰싹이'나 '시전구'는 위험했으며, '백금이'도 이제는 백금의 사용량이 줄어들 것이라 일찍부터 내다보고 있었기 때문이었다. 아니나 다를까, 곧 전구에는 백금을 대신하여 다른 금속이 사용되기 시작했다. 선견지명이라고 해야 하리라. 또 하나의 선견지명은, 유럽 대전이 일어나 동, 철, 놋쇠 등 금속류의 가격이 폭등할 것이라 예상하고 폐전구를 사들이기 위해 드나들던 전등회사에 부탁하여 낡은 동철선, 쓸모없어진 레일과 못 쓰는 발전소 기계 종류 등을 불하받은 일이었다. 처음 회사에서는 시세도 모르는 채로 헐값에 팔아치웠다. 시세를 알게 된 뒤에는 용도 과장에게 뇌물을 주었다. 같은 일을 하려는 사람들이 늘어나자 '담합'이라는 방법을 썼다. 이치지로, 덴자부로, 미키오 등은 처음 이 '담합의 바람잡이'로 돈을 번 것이었다. 곤에몬처럼 동철 매매를 할 만한 주변머리는 없었기에, 그저 형 덕분에 입찰 명의만을 받아 허울뿐인 가짜 입찰을 하고 담합의 수고비를 받은 것이었다. 그들이 그렇게 해서 설령 1만 엔을 모았다 할지라도 곤에몬과 마사에가 고심해서 번 100엔만큼의 가치도 없는 것이라고 마사에는 생각했다.

그러나 마사에는 하루마쓰의 고심을 잊고 있었다. 예를 들어 하루마쓰의 보기 흉하게 짓이겨진 오른쪽 엄지손가락은, 그녀의 회상에는 떠오르지 않는다. ─하루마쓰는 곤에몬이 낙찰 받은 동철품의 거래에 나설 때면 언제나 동행했다. 낙찰품의 무게를 잴 때, 회사 측 사람들 몰래 저울의 철판 밑에 조그만 철 구슬을 끼워넣는 것이 그의 역할이었다. 그 장치를 하면 100관짜리 물건의 무게가 60관밖에 나오지 않는 것이다. 한번은 감시인이 이상히 여겨 저울 위로 올라가보려 했다. 자신의 몸무게라면 속임수를 쓸 수 없을 터였다. 하루마쓰는 당황해서 구슬을 빼내려 했다. 그 순간 감시인이 저울 위로 올라섰기에 그의 손가락이 끼고 말았다. 거기에 이어 3, 40관이나 되는 동철이 저울 위로 올려졌다. 하루마쓰의 얼굴은 순식간에 새파랗게 질려버리고 말았다. 곤에몬은 태연한 얼굴로 담배를 피우고 있었다. ―하루마쓰는 언젠가 이 일을 지에조 앞에서 꺼낸 적이 있었는데, 그것은 술을 마실 때였기에 술에 취하기만 하면 우는 버릇이 있는 그는 울음을 터뜨렸다. 운 것은 아내가 떠올랐기 때문이었다. 아내는 니고의 집에서 일하던 하녀를 억지로 맞아들이게 한 것이었다. 그 아내가 마사에의 위세를 등에 업고 나대는 것이 하루마쓰로서는 화가 나서 견딜 수 없었던 것이다. 그랬기에 한 번도 입 밖에 낸 적이 없었던 저울에 관한 일을 끄집어내 지에조에게 호소한 것이었다. "전 어르신을 위해서 이렇게 도둑놈 같은 짓도 해왔습니다. 그런데 마나님은…….", "그런 말 말게, 그런 말."하며 지에조는 위로했으나, 여자 때문에 사람 좋은 하루마쓰가 하지 않아도 될 말까지 하게 된, 그 마음에는 동감하는 부분이 있었다.

　1916년, 곤에몬은 1만 엔을 모았다. 콧수염을 기르기 시작한 것은 이해부터였다. 1921년에 10만 엔이 되었다. 이후 100만 엔에 이르기까지는 쉬웠다고 마사에는 말한다. 10만 엔을 모든 뒤부터는, 예를 들어 점심에 정어리만을 먹는 일은 없었던 것이다. 그 무렵 마침내 고용하기 시작한 하녀에게 부끄럽기도 했기 때문이었다. 마사에의 오빠는 그때까지 두부장사를 하고 있었는데 폐업하고 편안한 담뱃가게를 시작하게 되었다. 동생은 산파를 하고 있었으나 일을 그만두고 치과의사와 결혼했다. 그때 축하선물로 그녀는 1천 엔이나 하는 다이아몬드 반지를 보냈다. 이후로는 그 외에도 즐거운 일들만 가득했다. ……

  ……그날 밤, 곤에몬 부부는 날이 밝을 때까지 잠들지 못했다. 해야 할 이야기도 많았으며, 추억이 차례차례로 끝도 없이 떠올랐기 때문이었다.

4

  지에조 부부에게 아이가 없다는 것은 무엇보다 다행스러운 일이었다. 그들은 헤어졌다.

  니고 형제 합자회사의 일원으로 받아들이겠다는 형의 뜻을 무시할 수 없었던 것이다. 동생은 감격한 나머지 가쿠코와 이혼한 것이었다. 마사에가 기대한 대로였다. 그러나 욕망에 눈이 멀어 이혼했다고 말하기에는 조금 잔혹한 면이 있었다. 적어도 그 결의를 굳힌 순간의 지에조에게는 욕망의 관념에 얽매일 수 있을 만큼 마음의 여유가 없었다. 그 사실은 니고 가의 대리인으로 멀리 조선까지 갔던 센시 후나조(船司船造)가 잘 알고 있었다.

  지에조가 눈물을 흘리며 센시에게 말했다. 형님이 이렇게까지 나를 생각해주고 있을 줄은 몰랐다, 더 이상 조카의 결혼을 방해할 마음은 없다—고. 센시는 원래 곤에몬 등의 출생지인 유아사 촌의 촌장을 하던 사내였으나 지금은 몰락하여 생명보험의 영업사원으로 있었다. 남에게 속아 전지와 가옥을 전부 빼앗긴 만큼 틀림없이 선량한 성격의 사내였다. 따라서 그 당시 흘린 지에조의 눈물을 좋지 않게 생각한 기색은 조금도 없었다. 이 사내에게 있어서 눈물을 흘리는 사람이 욕망에 사로잡혀 있다는 것은 상상할 수도 없는 일이었다. 일반적으로 사람들은 종종 욕망 때문에 눈물을 흘리는 법이라고는…….

입에 풀칠을 하지 못하면 예절도 차릴 수 없다는 말이 있는 것처럼, 지에조라고 해서 예절을 차릴 수 있는 것은 아니었다. 그 사실은 오히려 다음과 같은 그의 말에 나타나 있다고 봐야 하리라. "가쿠코는 아무런 결점도 없는데 일생을 망치게 되었어. 어떻게 하지?" 은근히 위자료에 대한 이야기를 꺼낸 것이었다. 그 정도는 곤에몬이 내도 상관없으리라. 1천 엔의 돈이 준비되어 있다고 센시는 대답했다.

가쿠코는 진작부터 이렇게 될 것이라 예기하고 있었다. 지마코와 혼담이 오가고 있는 곳이 백작 집안이라는 말을 듣자 그녀도 마음 편하게 물러날 수 있으리라 생각했다. 얼마 전에 사내아이를 양자로 들여 둘만의 생활이 셋이 되었기에 활기찬 집안이 될 줄 알았다며 울기는 했지만. 어찌 됐든 센시는 난처하지 않을 수 없었을 테지만. 알고는 있었으나 얘기가 마무리 지어진 뒤에도 좋은 기분은 들지 않았다.

센시는 '얘기 잘 끝났음. 송금바람.'이라고 오오사카의 니고 집안에 전보를 쳤다. 사실은 만일의 사태에 대비해서 센시에게는 위자료를 지참시키지 않았던 것이다. 돈이 송금되어 지에조에게 건네주려 했으나 받지 않았다. 자신이 이혼하는 것이 아니니 자신의 손으로 가쿠코에게 건네줄 수는 없다는 것이었다. 이혼하는 것은 곤에몬이다, 곤에몬의 대리인 센시가 건네주어야 한다는 이유는 그럴 듯한 것이라고 센시는 생각하여, 그렇게 했다. 이런 지에조의 태도는, 한편으로는 우습다고도, 시건방지다고도 볼 수 있는 것이었으나, 센시는 오히려 훌륭한 것이라고 생각했으며, 어디가 사회주의자라는 거야, 라고 감탄하기도 했다. 오히려 성공하면 5만 엔짜리 보험에 가입하겠다는 먹음직스러운 미끼에 끌려, 말하자면 생나무를 찢어놓는 것 같은 이 이혼 이야기 속의 배우가 된 자신을 부끄럽게 생각했다. 지에조 부부의 금슬 좋은 모습을 보면 볼수록 그런 생각은 한층 더 강해졌다. 그저 욕망에 따라서 움직이는 사람이라고 보이기는 싫었기에 센시는 가능한 한 인간미를 내보이지 않으면 안 되겠다고 생각한 것이었다.

　니고 집안에서 그런 센시를 대리로 기대하고 있었던 것은 아니었다. 센시는 얼마 전에 동향사람이라는 연에 의지하여 니고 집안으로 보험을 권하러 온 사내였는데 집에 있었으면서도 없다고 하자, "그럼 신문을 좀 보겠습니다."라고 하더니 신문 1장을 몇 시간에 걸쳐서 읽으며 '귀가'를 기다렸다. 그 끈질김과 넉살 좋음과 사태에 흔들리지 않는 태도를 높이 샀던 것이다. 또 하나는, 센시는 58세로 벌써 노인이라고 해도 좋았는데, 그렇기에 정에 휘둘리지 않으리라는 점에서 이와 같은 이야기에는 적임자라고, 그 나이도 높이 샀던 것이다. 따라서 이처럼 인간미를 발휘해서는 곤란해진다. 몰락한 사람들끼리는 서로에 대한 동정도 있다. 그런 동정을 함부로 드러내서는 한층 더 곤란해지는 것이었다. 그러나 어쨌든 이야기는 마무리 지어졌다. 1월 하순의 어느 날 밤, 지에조는 일본으로 돌아왔다. 덴자부로 부부가 오오사카 역으로 마중을 나갔다.

　플랫폼으로 기차가 들어오자 덴자부로는 아내를 야단쳐가며 우왕좌왕했고, 마침내 차창에서 센시의 얼굴을 발견했다. 센시는 덴자부로의 얼굴을 보더니 참으로 맥이 빠진다는 듯한 얼굴을 했으며, 옆을 손가락으로 가리켰다. 지에조 외에 가쿠코의 모습도 보였기에 덴자부로는 뭔가 싶어 오랜만에 만나는 동생에게 하려고 준비했던 '그래, 잘 왔다.'라는 말도 나오지 않았다. 가쿠코가 덴자부로의 아내에게 인사를 하는 동안 형제는 멍하니 서서 각자 서로의 묘한 얼굴만 바라보고 있을 뿐이었다. 덴자부로는 마치 여우에 홀린 듯한 모습이었다. 덴자부로의 말을 빌리자면, "마누라가 쌍둥이를 낳은 것 같은 기분이었다."고 한다.

    그러나 사정을 듣고 나자 일단 이해가 되었다. 가쿠코는 지에조와 헤어지게 되자 더는 조선에 있을 필요도, 그럴 마음도 없었기에 어차피 일본으로 오게 될 테니 그렇다면 역시 일본으로 돌아가는 지에조와 함께……, 라고 생각한 것이라고 했다. 어차피 헤어질 거라면 기차 안에서만이라도 천천히 작별을 아쉬워하고 싶다는 가쿠코의 소망을 어찌 거절할 수 있었겠는가, 하고 센시는 변명했으며, 큰나리 댁 사람이 마중 나오지 않은 것은 뜻밖의 행운이다, 물론 이 사실은 큰나리 댁에는 비밀로 해야 한다고 덴자부로에게 다짐을 두었다. 부탁을 받으면 싫다고는 못하는 성격이었기에 덴자부로는 승낙했다. 거기까지는 좋았으나, 지금 여기서 뜻밖에도 가슴 찢어지는 작별의 장면을 봐야 한다는 것이 그에게는 괴로웠다. 작별을 고하는 데 1시간이나 걸렸으며, 지에조는 우선 덴자부로의 집으로 갔다. 가쿠코의 행선지에 대해서는 물어볼 만한 일이 아니었다. 센시는 굳은 얼굴 그대로 니고의 집으로 갔다.

    지에조만큼 복 받은 사람이 또 있을까, 하고 형제들은 생각했다. 다시 새로운 아내를 맞아들이게 되었기 때문이었다. 일본으로 돌아온 지 한 달도 되지 않아서 이야기가 시작되었다. 얼른 아내를 맞아들이게 하지 않으면 또 무슨 짓을 할지 알 수 없다는 이유에서였다. 지에조는 맞아들이겠다고도 맞아들이지 않겠다고도 하지 않고 예의 미적지근한 태도를 보였으나, 맞선용 사진을 보고는 약간 마음이 움직인 모양이었다. 속요 가수인 이치마루(市丸)를 닮은 성숙한 미인이라며 미키오 등은 제정신이 아니었다. 맞선 결과 여자 쪽에서 거절했다. 사람들은 그런 미인이 뭐가 아쉬워서 지에조처럼 시원시원하지 못한 사내를 좋아하겠느냐고 말했다. 미키오는 마음이 놓였으며, 그 여자가 30살이 된 지금까지 독신으로 사는 데에는 어떤 이유가 있을 것이다, 어떻게든 그 여자를 돈으로 움직여 자신의 첩으로 만들 방법이 없을까 생각했다. 두 번째 후보자는, 미인이라고는 할 수 없었다. 그러나 처녀라는 소문이었다. 나이는 26살로 지에조에게는 너무 어렸다. 그래도 일단은 맞선을 보기로 했다. 이번에는 지에조도 과연 한껏 멋을 부리고 맞선 자리에 나갔다. 성사되었다.

뜻밖에도 지에조는 그 결혼에 관해서 가쿠코와 상의를 했다는 것이었다. 참으로 이상하기 짝이 없는 일이었다. 지에조는 일본에 돌아와서도 참으로 빈번하게 이미 이혼한 가쿠코를 만나고 있었던 것이다. 가쿠코는 난카이(南海) 철도의 덴가차야(天下茶屋) 역 부근에 아담한 집을 빌려 살고 있었는데 지에조가 그곳으로 찾아갔던 것이다. 가쿠코가 지에조와 함께 일본으로 돌아온 것도, 이렇게 하기로 서로 말을 맞춰놓았기 때문이었다. 이 모든 일을 지도한 것은 센시였다. 지에조가 구워삶은 것이라기보다는 오히려 위와 같은 지혜를 자발적으로 빌려준 것이었다. 이러한 모든 사실이 덴자부로가 고용한 점원의 입을 통해서 나중에 흘러나왔다. 그 점원은 지에조의 심부름으로 두어 번 덴가차야에 있는 가쿠코의 집에 간 적이 있었던 것이다. 가쿠코는 떳떳하지 못한 신분을 감수하면서까지 지에조와 헤어지고 싶지 않았던 것일까? 아니면 지에조가 헤어지고 싶지 않았던 것일까? 어쨌든 이런 남자의 어디가 좋다는 건지, 하며 사람들은 이 이야기를 들은 순간 여러 가지로 수군댔다. 하지만 그 정도로 헤어지기 싫다면, 어째서 다른 여자와 결혼하는 걸까? 지에조의 진의에는 이해하기 어려운 부분이 있었다. 결국은 열 여자 마다할 남자는 없다는 소리일까? 가쿠코가 승낙하지 않을 것이다. —

　—그대로였다. 결혼할지 말지를 물어온 지에조에게 가쿠코는 이렇게 말했다. 표면적으로는 이혼을 했다고 하지만 두 사람이 언제까지고 이렇게 만나는 것은 당신의 형제들에게도 미안한 일이에요, 이번 기회에 깨끗하게 헤어져요, 그리고 당신은 그 여자와 결혼하세요, 그것이 형제들과 조카에게 당신이 해야 할 의무예요, 그 여자 분은 아름다운 분인가요? 운운.

　지에조의 세 번째 결혼식은 길일인 3월 삼짇날에 거행되었다. 지에조는 등떠밀려서 어쩔 수 없이 하는 것이라는 듯한 얼굴을 하고 있었다. 그러나 원래부터 지에조에게는 그런 얼굴이 오히려 어울렸다. 특히 이번에는 그가 들뜬 얼굴을 하면 애초부터 사람들의 험담을 면할 수 없을 터였다. 이 혼례에 신랑 측에서는 참으로 많은 사람들이 참석했다. 지에조의 4형제들과 그 아내들은 물론 마쓰에, 다미코 자매와 그 남편들까지도 참석했다. 그녀들에 대해서는 지금까지 거의 얘기할 기회가 없었는데, 굳이 말하자면 그녀들은 니고 집안과는 그다지 교류가 없었다. 남편들이 각각 기술을 가진 사람들이어서 상인과는 마음이 잘 맞지 않는 것이었다. 그 외에 하루마쓰 부부가 참석했다. 하루마쓰의 아내는 정월에 낳은 아기를 안고 있었다. 그 아이의 귀에 솜이 꽂혀 있는 것을 보고 마사에는 중이염일 것이라고 생각했다. 지마코도 참석했다. 이는 사람들의 눈길을 끌었다. 지에조에 대한 감사의 표시로도 읽혔다. 덴자부로는 "혼례식 견학인가."하고 놀렸다. 덴자부로의 아내는 성화에 못 이겨 속요를 한 곡 불러 박수를 받았다. 덴자부로는 씁쓸한 표정을 지었다. 덴자부로의 아내는 지에조의 결혼을 위해서 상당한 돈을 썼다. 장롱, 책장, 책상, 의자, 방석, 찬장, 우산, 세면기까지 사주었기에 비상금을 전부 써버렸을 뿐만 아니라, 빚까지 지게 되었다. 남편의 동생을 위해 최선을 다하는 것은 당연한 일이라는 그녀의 주의는, 최근 들어 마사에를 존경하게 된 덴자부로에게는 참으로 못마땅한 것이었다. 그러나 지에조의 이번 아내는 덴자부로의 아내가, 남편 형제들의 아내 가운데서 가장 좋은 사람이라는 사실을 직감할 수 있었다. 그 혼례에서 가장 기쁘다는 듯한 표정을 자연스럽게, 숨김없이 짓고 있는 것이 덴자부로의 아내였기에. 사실을 말하자면 가장 기뻐해야 할 것은 마사에였으나 그녀는 사람들의 눈을 의식하여 기쁜 표정을 잊고 있었던 것이다. 한마디 덧붙이자면, 마사에는 이번에는 돈을 그렇게 많이 내지 않았다.

지에조의 아내에 대해서는 이야기할 만한 것이 그다지 없다. 요컨대 그녀는 불행한 여자였다. 지에조는 그녀의 용모보다 육체에 만족하지 못했다. 가쿠코와 비교를 하기 때문이었다. 당연히 가쿠코를 생각했으며 헤어진 가쿠코에게 밀회를 요구했다. 가쿠코는 피했다. 지에조는 그 이유를 이해할 수 없었으며, 마침내 걷잡을 수 없는 질투에 괴로워하기 시작했다. 미적지근한 사내로 정평이 나 있던 지에조는 이때부터 걷잡을 수 없는 정열의 사내가 되었다.

어느 날 밤, 지에조는 다시 가쿠코와 달아나버리고 말았다. 혼례식이 있던 밤으로부터 3개월쯤 지난 뒤의 일이었다. 사람들의 놀라움과 분노는 설명할 필요도 없는 일이리라. 니고 형제 합자회사의 일원이라는 직함이었으나, 지에조는 결국 월급 70엔을 받는 회사의 일개 회계원에 지나지 않았다. 그 대우가 성에 차지 않았기 때문이었을까, 혹은 새로 맞이한 신부가 마음에 들지 않았기 때문이었을까, 하며 사람들은 논의했다. 후자 쪽이 오히려 진상에 가까웠는데, 결국 모든 것을 결정한 것은 가쿠코의 매력이었다. 그 매력을 '약자의 편'이라는 억지스러운 말로 바꿔놓음으로 해서 지에조는 얼마간 영웅감을 맛보았다. 아동극에나 어울릴 법한 일이었다. 그러나 그처럼 가여운 지에조였기에 가쿠코와의 악연을 계속할 수 있었던 걸지도 모르겠다.

지에조의 도피행각을 시작으로 니고 집안에서는 이후 많은 일들이 일어났다.

첫째. 곤에몬이 통제위반으로 구인되었다. 침몰한 기선의 인양 및 해체작업이 끝나 마침내 동과 철을 매각하게 되었는데 그때 암거래를 한 것이었다. 철선 1관에 30센 이상 받아서는 안 되는 것을 1엔 40센에 판 외에 여러 가지. '암거래'를 하지 않으면 돈을 얼마 벌지 못할 사업이었던 것이다. 히라노(平野) 경찰서에 20일 동안 유치되었다가 곤에몬은 집으로 돌아왔다. 유치되어 있는 동안 그는 여러 가지 인생 문제에 대해서 생각했다. 그러나 얻은 것은 별로 없었다. 단 하나, 지금까지 상인은 비싸게 파는 것이 자랑이었으나, 지금은 그렇지 않다는 사실에 대해서 깊은 이해를 얻은 부분이 있었다. 1만 엔의 벌금형에 처해졌다.

둘째. 곤에몬의 유치를 계기로 마사에는 '심령연구' 즉, '신'에 빠지기 시작했다. 곤에몬이 돌아올 날을 '신'의 선생이 맞힌 것이 동기였다. '신'의 선생은 색마이니 조만간에 니고 집안에서 부부싸움이 일어날 것이라는 소문이 파다하게 돌았다. 그간의 사정에 대해서는 여러 가지로 이야기할 것이 많지만, 하나같이 어디서나 흔히 들을 수 있는 얘기들이다.

셋째. 니고 지마코와 모 백작 집안 차남과의 혼담이 성사되었다. 지참금은 생각보다 적어서 2만 엔이었다고 한다.

■ 옮긴이의 말

제2차 세계대전 직후, 일본 문단에서 활발한 활동을 펼친 작가 가운데 무뢰파(無賴派)라 불리는 일련의 작가들이 있다. 이들은 근대 기성문학 전반에 대한 비판을 바탕으로 작품활동을 했는데, 상징적인 동인지가 없었기에 범위와 집단이 명확하고 구체적이지는 않다.

무뢰파에 속하는 작가로는 사카구치 안고, 다자이 오사무, 오다 사쿠노스케를 중심으로 이시카와 준(石川淳), 이토 세이(伊藤整), 다카미 준, 다나카 히데미쓰, 단 가즈오(檀一雄) 등을 드는 경우가 많다. 논자에 따라서는 미요시 주로(三好十郎), 히라바야시 다이코(平林たい子)를 포함시키는 경우도 있지만 다자이, 오다 등과 친분이 있었으며 무뢰파로도 꼽히는 아오야마 고지(青山光二)는 만년의 인터뷰에서 다자이와 오다를 순수한 무뢰파로 언급했으며, 장수를 한 단 가즈오나 자신에 대해서는 순수한 무뢰파가 아니라고 말했다.

이번 책에는 무뢰파의 주요 작가라 할 수 있는 사카구치 안고, 다카미 준, 다자이 오사무, 다나카 히데미쓰, 오다 사쿠노스케의 단편소설 가운데 우리나라에 아직 소개되지 않은 작품을 중심으로 각 2편씩 선별하여 실었다. 단, 다자이 오사무는 우리나라에도 이미 전집이 나와 있기에 처음 소개하는 작품은 찾을 수 없으며, 다나카 히데미쓰의 「여우」는 옮긴이가 2010년에 『태어나서 미안합니다』(문학사상)라는 일본 단편선집에서 소개한 적이 있는 작품이다.

사카구치 안고의 「요나가 아씨와 미미오」는 1952년에 발표한 설화풍의 작품으로 「만개한 벚나무 숲 아래」와 함께 걸작으로 평가받고 있다. 「전쟁과 한 여자」는 일본의 패전 직후인 1946년에 발표된 소설로 연합국군 최고사령관 총사령부의 검열에 의해 대폭 삭제된 작품이다. 이후 무삭제판이 발표되었으나 여기에는 삭제된 작품을 실었으며, 무삭제판은 다음 기회에 소개하기로 하겠다.

다카미 준의 수록작인 「신경」과 「인간」은 모두 1941년에 가이조샤(改造社)에서 발행한 신일본문학전집 제21권 『다카미 준 집』에 수록된 작품을 저본으로 삼았는데 「신경」은 1938년 3월에, 「인간」은 같은 해인 1938년 7월에 각각 발표된 단편소설로 다카미 준의 초기 성향을 엿볼 수 있는 작품들이다.

다자이 오사무의 「후지 백경」은 1939년에 발표된 자전적 소설로 당시 다자이의 모습을 엿볼 수 있으며, 「비용의 아내」는 1947년에 발표된 작품으로 다자이 만년의 대표 단편 가운데 하나로 꼽히는 작품이다.

다나카 히데미쓰의 「사요나라」는 작가가 다자이의 무덤 앞에서 자살한 1949년 11월에 발표된 작품으로 자신의 일생을 돌아본 단편소설이다. 「여우」도 1949년(5월)에 발표되었는데 「사요나라」에 '리에'라는 이름으로 등장하는 '몹쓸 여자 게이코'와의 관계를 중심으로 자신의 한 시기를 돌아본 작품이다.

오다 사쿠노스케의 「비」는 그의 데뷔작으로 1938년에 동인지에 발표된 작품인데, 몇 번의 개작을 거쳐 이후 장편 「청춘의 역설」이 되었으나 여기에는 첫 번째 발표한 작품을 실었다. 「속취」는 1939년에 동인지에 발표한 작품으로 매형 가족을 모델로 한 작품인데 아쿠타가와 상 후보작이 되어 주목을 끌었다.

이상, 지면관계로 거의 아무런 정보도 제공하지 못하는 매우 짧은 해설이 되었으나 이 책을 통해서 한 시대를 풍미했던 무뢰파 작가들의 작품을 한껏 맛보시기 바란다.

옮긴이 **박현석**

대학 졸업 후 일본으로 건너가 유학 및 직장 생활을 하다 지금은
전문번역가로 활동 중이며 우리나라에 아직 소개되지 않은 유명
작가들의 작품을 소개하기 위해서 출판을 시작했다. 번역서로는
『붉은 수염 진료담』, 『계절이 없는 거리』, 『사부』, 『그럼, 이
만…… 다자이 오사무였습니다.』, 『그럼, 안녕히…… 야마자키
도미에였습니다.』, 『신주로 사건수첩』, 『나쓰메 소세키 단편소
설 전집』, 『나쓰메 소세키 수상집』 외 다수가 있다.

일본 무뢰파 단편소설선

1판 1쇄 인쇄 2021년 5월 10일
1판 1쇄 발행 2021년 5월 17일

지은이 사카구치 안고 외
옮긴이 박현석
펴낸이 박현석
펴낸곳 玄 人(현인)

등 록 제 2010-12호
주 소 서울시 도봉구 덕릉로 62길 13, 103-608호
전 화 010-2012-3751
팩 스 0505-977-3750
이메일 gensang@naver.com

ISBN 979-11-90156-19-6